A pousada entre capítulos

OBRAS DA AUTORA JÁ PUBLICADAS PELA HARLEQUIN

Operação Família
Um verão em Paris
Casamento em dezembro
Vocação verão

Para Nova York, com Amor
Meia-noite na Tiffany's
Amor em Manhattan
Pôr do sol no Central Park
Milagre na 5ª Avenida
Simplesmente Nova York
Férias nos Hamptons
Manhattan sob o luar

SARAH MORGAN

A pousada entre capítulos

Tradução
Flora Pinheiro

HARLEQUIN
Rio de Janeiro, 2025

Título original: The Book Club Hotel

Produção editorial	Cristhiane Ruiz
Copidesque	Anna Clara Gonçalves
Revisão	Elisa Rosa e Thais Entriel
Design de capa	Peggy Dean
Adaptação de capa	Guilherme Peres
Diagramação	Abreu's System

Dados Internacionais de Catalogação na Publicação (CIP)
(Câmara Brasileira do Livro, SP, Brasil)

Morgan, Sarah
A pousada entre capítulos / Sarah Morgan ; tradução Flora Pinheiro. -- Rio de Janeiro : Harlequin, 2025.

Título original: The book club hotel.
ISBN 978-65-5970-576-4

1. Romance inglês. I. Título.

25-306567.0 CDD-823

Índice para catálogo sistemático:
1. Romances : Literatura inglesa 823

Bibliotecária responsável: Eliete Marques da Silva - CRB-8/9380

Rua da Quitanda, 86, sala 601A – Centro
Rio de Janeiro/RJ – CEP 20091-005
Tel.: (21) 3175-1030
www.harpercollins.com.br

Para Margaret e Alan, por serem amigos maravilhosos.

1
Hattie

Pousada Maple Sugar, em que posso ajudar?

Hattie atendeu ao telefone com um sorriso no rosto, pois descobrira que era impossível parecer derrotada, mal-humorada ou à beira das lágrimas quando se sorria e, naquele momento, ela estava sentindo todas essas coisas.

— Faz anos que planejo uma viagem para Vermont no inverno, então vi fotos da sua pousada nas redes sociais — começou uma mulher, empolgada —, e ela parece tão aconchegante e convidativa. O tipo de lugar onde não tem como a gente não relaxar.

É uma ilusão, pensou Hattie. Não havia nada de relaxante ali, pelo menos não para ela. Sua cabeça latejava e os olhos ardiam depois de mais uma noite sem dormir. A camareira-chefe estava ameaçando pedir demissão, o chef chegara atrasado duas noites seguidas e ela temia que aquela fosse ser a terceira, o que seria um desastre, porque a pousada estava lotada. O chef Tucker tinha conquistado para o restaurante aquela cobiçada estrela, e seu confit de pato era famoso por arrancar suspiros de prazer dos clientes, mas havia dias em que Hattie trocaria aquela estrela por um profissional com um temperamento mais estável. Ele era tão esquentado que às vezes ela se perguntava por que ainda se dava ao trabalho de ligar a grelha. Poderia até queimar o pato com o calor explosivo da sua raiva. Tucker era desrespeitoso e estava se aproveitando dela. Hattie sabia, assim como reconhecia que deveria demiti-lo, mas Brent o tinha escolhido, e demiti-lo seria cortar mais um elo com o passado. Além disso, conflitos a deixavam sem energia, e ela não tinha nenhuma sobrando naquele momento. Era mais fácil apaziguá-lo.

— Fico feliz que tenha gostado — respondeu à mulher no telefone. — Gostaria de fazer uma reserva?

— Gostaria, mas sou bem exigente quanto ao quarto. Posso dizer do que preciso?

— Claro.

Preparando-se para uma lista de exigências longa e impossível, Hattie resistiu à vontade de bater a testa na mesa. Em vez disso, pegou o bloco de papel e a caneta que sempre deixava por perto.

— Pode falar.

Quão ruim poderia ser? Na semana anterior, uma mulher quis saber se podia levar o rato de estimação nas férias — a resposta: não! —, um homem, na semana retrasada, exigira que ela diminuísse o barulho do rio que corria do lado de fora da janela, pois atrapalhava seu sono.

Hattie fazia o possível para atender aos caprichos dos hóspedes, mas havia limites.

— Gostaria de um quarto com vista para a montanha — disse a mulher. — E uma lareira de verdade seria um ótimo bônus.

— Todos os nossos quartos têm lareira de verdade — comentou Hattie —, e os que ficam nos fundos têm uma vista linda das montanhas. Os da frente dão para o rio.

Ela relaxou um pouco. Até então, nada complicado.

— Montanhas, então. Também sou exigente com a roupa de cama. Afinal, a gente passa um terço da vida dormindo, então é algo importante, não é?

Hattie sentiu uma pontada de inveja. Ela com certeza não passava um terço da vida dormindo. Com uma criança pequena para criar, uma pousada para administrar e o luto pela perda do marido, Hattie mal dormia. Sonhava em dormir, mas, infelizmente, quase sempre quando estava acordada.

— Roupa de cama é importante.

Ela respondeu o que era esperado, como vinha fazendo desde que a polícia batera em sua porta dois anos antes para informar que seu amado Brent tinha morrido em um estranho acidente. Um tijolo caíra de um prédio enquanto ele passava na calçada, a caminho do banco, e o acertara na cabeça.

Era humilhante lembrar que sua reação inicial fora rir. Estava convencida de que era uma piada, porque pessoas normais não eram mortas por tijolos aleatórios caindo de prédios, eram? Mas então percebeu que ninguém mais estava rindo e que não era por falta de senso de humor.

Hattie perguntou se estavam certos de que seu marido tinha morrido e depois precisou se desculpar por questionar, porque é claro que tinham certeza. Quantas vezes a polícia termina um "Sentimos muito em informar" com um "Opa, nos confundimos"?

Depois de repetirem a má notícia, ela agradeceu com toda a educação. Então preparou uma xícara de chá para eles por duas razões: primeiro, Hattie era metade britânica. Em segundo lugar, ela estava em estado de choque.

Quando terminaram a bebida e comeram dois de seus biscoitos caseiros de canela, acompanhou-os até a porta como se fossem convidados queridos que lhe deram a honra de uma visita, não as pessoas que tinham destruído seu mundo com uma breve conversa.

Hattie ficou encarando a porta fechada durante cinco minutos depois da partida dos oficiais, tentando processar a notícia. Em questão de minutos, sua vida mudara por completo, o futuro que planejara com Brent fora roubado, suas esperanças, esmagadas.

Mesmo depois de dois anos, havia dias em que não parecia real. Dias em que ainda esperava que Brent fosse entrar pela porta com seu jeito de andar animado, cheio de entusiasmo por mais uma de suas ideias brilhantes que não via a hora de contar a ela.

"Acho que a gente devia se casar..."

"Acho que a gente devia ter um filho..."

"Acho que a gente devia comprar aquela pousada com arquitetura antiga que vimos na viagem para Vermont..."

Os dois se conheceram na Inglaterra, no último ano da faculdade, e desde o primeiro momento Hattie fora levada pela maré do entusiasmo de Brent. Depois de se formarem, os dois arrumaram empregos em Londres, mas então duas coisas aconteceram: a avó de Brent faleceu, deixando-lhe uma herança generosa, e o casal fez uma viagem para Vermont. Acabaram se apaixonando pelo lugar, e agora lá estava ela, viúva aos 28 anos, criando uma filha de 5 anos e administrando o prédio histórico que era a pousada. Sozinha. Desde que perdera Brent, tentara manter tudo do jeito que ele queria, mas não estava sendo fácil. Tinha medo de não dar conta sozinha. Tinha medo de perder a pousada. Mas, acima de tudo, tinha medo de não ser boa o suficiente para a filha. Depois que o marido se fora, Hattie precisava ser duas pessoas, mas como, se na maior parte dos dias ela nem sequer se sentia inteira?

Percebeu que, enquanto vivia seu momento melancólico de autopiedade, a mulher ao telefone ainda falava.

— Perdão, poderia repetir?

— Gostaria que os lençóis fossem de linho, pois sinto muito calor à noite.

— Temos roupa de cama de linho, então isso não será problema.

— E rosa.

— Perdão?

— Gostaria que o linho fosse rosa. Durmo melhor assim. Branco é muito agressivo, e cores sem graça me deprimem.

Rosa.

— Vou anotar.

Pegou o bloco de notas e rabiscou SOCORRO seguido de quatro pontos de exclamação. Poderia ter escrito algo mais rude, mas as habilidades da filha como leitora eram extraordinárias, e a menina adorava demonstrá-las sempre que podia, então Hattie aprendera a tomar cuidado com o que escrevia e deixava à vista.

— Alguma data específica em mente?

— No Natal. É a melhor época, né?

Não para mim, pensou Hattie, conferindo a ocupação dos quartos. O primeiro Natal depois da morte de Brent fora horrível, e o do ano anterior não tinha sido muito melhor. Ela só queria se enfiar debaixo das cobertas e ficar lá até tudo passar, mas era esperado que ela trouxesse alegria natalina à vida dos outros. Agora já era fim de novembro de novo, e o Natal estava quase chegando.

Ainda assim, desde que não perdesse mais nenhum funcionário, com certeza daria um jeito de aguentar. Já sobrevivera a dois Natais, sobreviveria a um terceiro.

— A senhora deu sorte. Ainda temos alguns quartos disponíveis, incluindo um de casal com vista para as montanhas. Gostaria de reservar?

— É um quarto de canto? Gosto de ter mais de uma janela.

— Não é de canto, e este tem apenas uma janela, mas a vista é maravilhosa e há uma varanda coberta.

— Não tem mesmo como conseguir uma segunda janela?

— Infelizmente, não. — O que Hattie devia fazer? Abrir um buraco na parede? — Mas posso enviar um vídeo do quarto antes de confirmar a reserva, se preferir.

Quando anotou o e-mail da mulher, bloqueou o quarto por vinte e quatro horas e respondeu o restante das perguntas, meia hora já tinha se passado.

Hattie suspirou ao fim da ligação. O Natal seria um pesadelo. Colocou uma anotação na reserva: *Lençóis rosa. Linho.*

Como Brent resolveria? Era uma pergunta que fazia a si mesma um milhão de vezes por dia, e se permitiu olhar para uma das duas fotografias que mantinha na mesa, a que mostrava Brent balançando a filha no alto. Os dois estavam rindo. Às vezes, descobrira Hattie, lembrar dos melhores momentos ajudava a suportar os piores.

Estava prestes a procurar lençóis de linho rosa na internet quando alguém pigarreou de forma exagerada.

Ela ergueu os olhos e deu de cara com Stephanie, a camareira-chefe, encarando-a com jeito de poucos amigos.

Stephanie também tinha sido contratada por Brent. Na verdade, quase toda a equipe tinha sido escolhida por ele. Antes de ser recrutada por Brent, a mulher trabalhara como camareira-chefe em um renomado hotel de Boston. "As credenciais são impecáveis", dissera depois da entrevista. "Ela é competente e pega pesado na organização".

Hattie concordava com o "pega pesado". Comentara que a postura de Stephanie beirava a grosseria e que ela talvez fosse difícil de lidar, mas Brent ignorara sua preocupação e garantira que ele próprio lidaria com os funcionários, então não seria problema seu. Só que agora era Hattie quem estava assumindo tudo e era, sim, problema dela. Era tudo problema dela.

— Está com dor de garganta, Stephanie?

Ela sabia que não devia ter dito isso, mas não aguentava mais a negatividade constante da mulher. Lidar com Stephanie drenava sua energia. A mulher respeitava Brent, e havia momentos em que Hattie até se perguntava se o sentimento ia além do respeito, e respondia bem ao entusiasmo do marido. Mas a personalidade mais branda de Hattie a irritava.

— Tenho problemas maiores do que uma dor de garganta. Aquela idiota misturou uma peça vermelha com a roupa de cama quando estava cuidando do Quarto do Rio.

Hattie fingiu não entender.

— Não sei bem de quem você está falando.

— Chloe. — A boca de Stephanie era uma linha contraída. — Ela é um desastre. Já perdi a conta de quantas vezes avisei que é preciso sacudir os lençóis para ter certeza de que os hóspedes não esqueceram nada na cama. Eu avisei para não contratar aquela garota e não sei por que você insistiu. E agora isso.

Hattie tinha contratado Chloe porque ela era simpática e entusiasmada, qualidades que considerava importantes. Um lugar como a Pousada Maple Sugar precisava manter uma boa reputação, e isso dependia da equipe. A jovem fazia as pessoas se sentirem acolhidas e especiais. Stephanie estava mais para um dobermann guardando uma propriedade.

— Chloe é calorosa, prestativa e os hóspedes a adoram. Tenho certeza de que não vai se repetir.

— Brent jamais teria contratado ela.

Hattie sentiu como se tivesse levado um soco no estômago.

— Brent não está mais aqui.

Stephanie teve a decência de corar.

— Sei que os últimos anos foram difíceis para você, Harriet, e, mesmo que não seja uma gerente nata, precisa ser firme com a equipe. Você é a dona. É a responsável agora. O problema é que você é boazinha demais. Uma boa gerente tem que saber demitir alguém.

Hattie não tinha a menor intenção de demitir Chloe. Era uma das poucas funcionárias que não deixava o ambiente mais tenso.

— É o primeiro emprego dela — disse Hattie. — Ela está aprendendo. Erros acontecem.

— Este deveria ser um estabelecimento de qualidade. Estabelecimentos de qualidade não toleram erros.

Toda a empreitada foi um erro, refletiu Hattie, exausta. *Que ideia foi essa, Brent?*

— Vou conversar com ela. Onde ela está?

— Na lavanderia, chorando. Tomara que não esteja assoando o nariz nos lençóis.

Talvez nós duas pudéssemos chorar juntas, pensou Hattie, enquanto passava pela recepção acolhedora e pela porta aberta da biblioteca. Lançou um olhar desejoso para as prateleiras bem abastecidas, lamentando não ter tempo de se acomodar em uma poltrona diante do fogo crepitante da lareira e escapar por um tempo. A biblioteca era seu cômodo favorito, e nada lhe dava mais prazer do que ver alguém sentado em um dos sofás com um livro.

Às vezes, sentia inveja dos hóspedes, que eram mimados e cuidados, com cada necessidade satisfeita, cada desejo atendido. Eles pareciam felizes, e a maioria fazia novas reservas, então talvez Hattie não estivesse se saindo tão mal assim como dona da pousada, embora fosse péssima em lidar com pessoas. Será que era mesmo péssima? Ou será que só não sabia lidar com pessoas péssimas?

Desceu as escadas e encontrou Chloe onde Stephanie dissera.

Os olhos da moça estavam vermelhos, e ela esfregou o rosto com a mão ao ver Hattie.

— Desculpe — murmurou a garota. — Ela me mandou trocar a roupa de cama em quatro minutos, então estava tentando ser rápida. Eu fiz besteira, eu sei, mas a sra. Bowman franze tanto a testa que me deixa nervosa, e aí eu me atrapalho e acabo cometendo mais erros.

Hattie se perguntou se devia confessar que Stephanie Bowman tinha o mesmo efeito nela.

— Não se preocupe com isso. — Deu um tapinha no ombro da garota. — Está tudo bem.

— Não está. A roupa de cama estragou. — O rosto de Chloe estava vermelho. — Era para ser branca, e agora é rosa. E não um rosa clarinho, mas rosa mesmo. Vou tentar lavar de novo, mas acho que a cor pegou. Vai ter que ser jogada fora.

— Isso não... — Hattie deixou a mão cair. — Espera um pouco. Você disse *rosa*?

— Sim. Era um gorro. Acho que da fantasia de Papai Noel do sr. Graham. Ele alugou a roupa, e obviamente não era resistente à lavagem. — Franziu a testa. — E é estranho, porque eu podia jurar que tinha guardado a fantasia para eles, inclusive o gorro. Tomei bastante cuidado, mas de algum jeito o gorro foi parar na roupa suja, então pelo visto não guardei tudo.

Hattie piscou.

— Fantasia de Papai Noel?

— O sr. e a sra. Graham, de Ohio. Ficaram duas noites na Suíte da Sidra. Ele me contou que o sonho da esposa era passar uma noite com o Papai Noel, então alugou a fantasia para surpreendê-la.

— Mas é novembro.

— Acho que não importava. Ele também comprou um brinquedo sexual temático de Natal, mas preferi não pedir detalhes. Achei que podia estragar o Natal para a mim.

— Verdade. — Hattie estava tão fascinada que por um momento até se esqueceu do cansaço. — Como você sabe de tudo isso?

— As pessoas conversam comigo — comentou Chloe —, o que às vezes é meio assustador, para ser sincera, mas também leva a algumas revelações bem interessantes.

— E lençóis rosa. — A proprietária pegou uma caixa de lenços da estante da lavanderia e lhe entregou um. — Pare de chorar, Chloe. Você pode ter acabado de me fazer um favor.

A jovem pegou o lenço e assoou o nariz.

— Eu fiz?

— Fez. Há hóspedes que adorariam dormir em lençóis rosa. São calmantes, sabia?

— Não... — A garota parecia atordoada. — Eu não sabia.

— Pois agora sabe. Separe os lençóis rosa. Não jogue fora.

Hattie voltou apressada para a recepção, onde Stephanie batia o pé de impaciência.

Ela respirou fundo e sorriu, tentando aliviar a tensão e amenizar a atmosfera.

— Tudo resolvido.

Stephanie parou de bater o pé, mas seu humor não parecia nada amenizado.

— Você a demitiu?

— Não, não demiti. Foi um erro. — Ou será que tinha sido outra coisa? Algo que Chloe dissera não parava de martelar em sua cabeça. — Foi meio estranho, na verdade, porque ela parecia ter certeza de que tinha guardado o gorro vermelho com o resto da fantasia de Papai Noel que o sr. Graham trouxe. Não conseguia entender como foi parar na lavanderia.

A expressão de Stephanie não mudou.

— Deve ser porque ela é descuidada. Você é tolerante demais. Brent teria demitido ela.

Hattie sabia que seu marido jamais teria demitido Chloe, mas com certeza teria encontrado um jeito de lidar com Stephanie.

Ela tinha a sensação de que Stephanie queria que a garota fracassasse.

— Somos uma equipe — observou Hattie —, e nosso trabalho é apoiarmos uns aos outros.

Para sua sorte, naquele momento, Gwen e Ellen Bishop, duas irmãs octogenárias que eram hóspedes regulares desde a inauguração da pousada, apareceram na recepção. Hattie nunca ficara tão aliviada ao ver alguém.

— Com licença, Stephanie. Preciso atender nossas hóspedes.

Saiu a passos rápidos em direção às irmãs e as cumprimentou como se fossem um bote salva-vidas em mar revolto.

— Como foi o café da manhã?

— Delicioso, como sempre — respondeu Gwen com um sorriso. — O xarope de bordo é o melhor que já provamos.

Tudo aqui é perfeito, como sempre, e é tudo graças a você, querida Hattie.

Quem dera todos fossem tão gentis e fáceis de agradar.

— Vamos dar uma garrafa para você levar para casa, srta. Bishop. Já vou providenciar.

— Já falei tantas vezes para me chamar de Gwen, querida. — A senhora deu um tapinha gentil no braço de Hattie. — Você está com uma carinha cansada. Não está dormindo bem?

— Estou bem — mentiu ela, e a outra lhe lançou um olhar compassivo.

— Continue vivendo — disse, baixinho. — Um dia de cada vez, um passo de cada vez. Era o que eu dizia a mim mesma quando perdi o meu Bill.

— E eu dizia isso para você também — completou Ellen, e a irmã assentiu.

— Dizia, sim. Todo santo dia. Eu tinha vontade de virar o café da manhã na sua cabeça.

— É para isso que servem as irmãs.

Hattie sentiu uma pontada de inveja. Ter uma irmã teria sido tão bom... Mas sua mãe morrera uma semana depois de seu nascimento, e o pai nunca se casara de novo. Os dois eram muito próximos, e ela ainda sentia a falta dele, especialmente após a morte de Brent.

Eu preciso de você, pai.

Sentia saudade especialmente no Natal. Seu pai sempre tornava a data especial.

— O problema — continuou Gwen — é que, no começo, as pessoas têm pena de você, mas depois acham que está na hora de superar. Não percebem que o luto nunca passa.

Hattie assentiu. Costumava guardar as lágrimas para quando estava sozinha no chuveiro ou passeando com o cachorro, mas a bondade de Gwen abrandou seu autocontrole e, por um momento, teve medo de cair no choro ali mesmo. A emoção se acumulou na garganta e ameaça se libertar do seu controle.

— É verdade. Ainda sinto falta do meu pai — confessou —, e ele morreu há sete anos.

Gwen estendeu a mão e apertou seu braço.

— Quem a gente ama nunca vai embora de verdade.

As pessoas diziam isso, mas não era verdade, era? Brent com certeza tinha ido embora. E deixado um montão de problemas para ela resolver.

— O tempo está bom para a nossa viagem de volta para casa — disse Ellen, mudando de assunto de repente. — Mas, antes de irmos, temos uma lembrancinha para aquele seu tesouro.

— Delphine — completou a irmã, como se Hattie tivesse vários *tesouros*.

— Adoraríamos nos despedir dela.

A mulher se recompôs.

— Ela está lendo um livro no meu escritório, com o Rufus. Vou chamá-la.

Rufus, o labrador de 4 anos da família, tinha sido uma das melhores ideias de Brent. Além de uma babá excelente e confiável, era também uma fonte constante de amor e carinho. Hattie chorara tanto em seu pelo dourado e macio nos últimos dois anos que o animal quase não precisava tomar banho.

— Delphi?

Ela espiou pela porta do escritório e viu a filha deitada de bruços, virando com cuidado as páginas de um livro, com Rufus ao seu lado, protetor. O cachorro ergueu a cabeça, sempre vigilante, e abanou o rabo no chão. Delphi também olhou para cima.

O rostinho da menina se iluminou.

— Você sabia que o tiranossauro tinha sessenta dentes?

— Eu não sabia. Você está sempre me ensinando alguma coisa.

— Dinossauros iam ao dentista?

— Não, eles não iam ao dentista.

Hattie não fazia ideia de onde surgira a obsessão de Delphi por dinossauros, mas era sempre divertido.

De repente, ela sentiu seu coração preenchido. Aquela criança era o seu mundo inteiro.

Hattie tinha sorte, e precisava se lembrar disso.

Parecia que tinha sido ontem que descobrira que estava grávida. A filha estava crescendo tão rápido que dava medo.

— Você pode me contar mais sobre os dinossauros depois, mas agora as srtas. Bishop querem se despedir de você.

— Elas vão embora? Ah, não! Eu quero que elas fiquem. — Delphi se levantou em um pulo, a saia grudada na meia-calça. — Odeio quando as pessoas vão embora.

Hattie sentiu um aperto no peito.

— Eu também. Mas daqui a um mês estarão de volta. Vêm para o Natal, lembra?

Desde que a vida não resolvesse pregar mais uma peça de mau gosto, como um tijolo caindo de um prédio bem quando estivessem passando lá embaixo.

Ela precisava parar de pensar essas coisas.

Estava virando uma catastrofista e não queria que a filha crescesse com medo de tudo, sempre à espera de algo ruim.

Delphi saiu correndo do escritório e deu um abraço apertado nas srtas. Bishop.

— Não vão embora. Quero que fiquem pra sempre.

— As coisas mudam, querida. É a vida.

Gwen acariciou o cabelo de Delphi, e os olhos de Ellen ficaram marejados.

— Que gracinha. Voltaremos logo e, enquanto isso, temos uma coisinha para a você. Um presente.

As irmãs se revezaram para abraçar Delphi e em seguida lhe entregaram um pacote bem embalado.

— Um presente? — A menina arregalou os olhos e pegou o pacote com cuidado. — Mas ainda não é Natal.

— Não é um presente de Natal — disse Ellen. — Na verdade, mal conta como presente. É um livro, e minha irmã e eu achamos que um livro é uma necessidade, não um luxo.

— O que é neces-sidade? — perguntou Delphi, tropeçando na pronúncia.

— Uma necessidade é algo de que a gente precisa — explicou Gwen —, como comida ou água.

— Às vezes o Rufus acha que livro é comida. — Ela mexeu na fita. — Posso abrir?

Olhou para a mãe pedindo permissão, e Hattie sorriu em aprovação.

— Que gentileza. Pode, sim. E o que se diz às srtas. Bishop?

— Obrigada. — Delphi puxou a fita e rasgou o papel. — Obrigada, obrigada!

— Nós sabemos que você ama livros, querida — disse Gwen, e Ellen assentiu.

— Livros podem transportar você para outro mundo.

Um outro mundo seria ótimo, pensou Hattie. Ela queria estar em um mundo onde Brent ainda existisse, assim como seu pai. E, com sorte, esse mundo alternativo não incluiria Stephanie, nem o chef Tucker, nem ninguém que usasse gritos como principal forma de comunicação.

Após ajudar as irmãs com a bagagem, ela voltou para a recepção. O telefone tocava de novo.

Estava prestes a estender a mão para atender quando Stephanie se colocou à sua frente.

— A situação não está resolvida. Ou Chloe vai embora, ou eu vou.

Hattie resistiu à vontade de dizer “Vá! Agora”. Não podia se dar ao luxo de perder ninguém e, além disso, demitir Stephanie faria com que se sentisse desleal a Brent. Estava tentando manter de pé o negócio que ele havia começado, não gostaria que tudo desmoronasse.

O telefone continuou tocando, e ela sentiu o estômago contrair com o estresse. Se atendesse a ligação, a mulher acharia que não estava sendo levada a sério.

— Espero que saiba o quanto eu valorizo você, Stephanie. — A mão dela coçava de vontade de pegar o telefone. — Você é uma parte importante da família da Pousada Maple Sugar.

Hattie estremeceu. Pensar em Stephanie como *família* era demais.

— Então alguma coisa precisa mudar ou eu vou ter um colapso.

Com esse aviso, Stephanie saiu bufando, e Hattie ficou olhando enquanto se afastava.

Eu também vou ter um colapso.

Virou-se para atender o telefone, mas Delphi foi mais rápida.

— Pousada Maple Sugar, Delphine Maisy Coleman falando — disse ela, articulando cada palavra com cuidado. — Em que posso ajudar?

A menina lançou um olhar culpado para a mãe. Sabia que não devia atender o telefone, mas isso não a impediu.

— Senhora Peterson! — Ela abriu um sorriso. — Ganhei livros! Livros novos!

Hattie ouviu Delphi contar à vizinha sobre o presente que acabara de ganhar, atrapalhando-se com as palavras de tanta empolgação.

— A mamãe não pode falar agora porque está tendo um colapso.

A mulher fez uma careta. Tinha mesmo falado aquilo em voz alta? Precisava tomar mais cuidado, ainda mais na frente de Delphi, que era como uma esponja, absorvendo tudo ao redor. Tudo o que ouvia era armazenado e depois repetido no pior momento possível.

Estendeu a mão para pegar o telefone, e filha o entregou, deslizando da cadeira e voltando para o escritório, onde Rufus a esperava, com a cabeça apoiada nas patas.

— Alô, Lynda. Como vai?

— Estou bem, querida, mas e você? Faz tempo que a gente não se vê. Delphi disse que você estava tendo um colapso.

— Ela entendeu errado. — Hattie improvisou como pôde. — É que estávamos falando de testar um prato novo no restaurante e é uma palavra nova para ela.

— Ah, que delícia. Mal posso esperar para experimentar. Sei que sempre digo isso, mas a Delphi é um encanto. Você é uma mãe maravilhosa, Hattie, e está lidando com tudo tão bem. Brent estaria orgulhoso.

Estaria?

Será que estava mesmo lidando bem com tudo? Estava sobrevivendo, mas será que isso era a mesma coisa?

Ela sabia que era sortuda por ter vizinhos como os Peterson. Eram donos da fazenda ao lado da pousada, forneciam produtos para a cozinha e as árvores de Natal que usava na decoração. O que começou como uma relação comercial se transformou em uma grande amizade.

Lynda tinha comentado uma vez o quanto teria adorado ter uma filha, e Hattie se sentira tentada a dizer: "Me adote, estou disponível".

— Hattie? — O tom de Lynda era gentil. — Você está bem, querida?

— Sim. Com certeza. Ótima.

— Porque, se precisar de ajuda, estamos aqui. Noah pode ir aí se tiver alguma coisa precisando de conserto.

Noah.

Hattie ficou tensa, o coração batendo um pouco mais forte.

— Não precisa. Está tudo bem.

Noah era o filho dos Peterson e trabalhava na fazenda com o pai.

Tinha sido um bom amigo até algumas semanas antes, quando Hattie estragou tudo. Foi na noite da festa de Halloween que os Peterson organizavam todo ano na fazenda para a vizinhança. As crianças se fantasiavam, havia caça aos fantasmas, atividades aterrorizantes e guloseimas cheias de açúcar.

E Noah.

Ela fechou os olhos. Tinha prometido a si mesma que não pensaria mais no assunto. Foi só um beijo, só isso. Hattie estava tendo um dia *muito* ruim, sentindo-se perdida, sozinha, com medo do futuro, e ele estava bem ali, com os ombros largos, uma presença firme, gentil e, sim, admitia: sexy. Ela era viúva — como odiava a palavra — e Noah era solteiro, então não havia nada de errado... só que agora se sentia envergonhada, constrangida e sem a menor ideia do que dizer quando o visse de novo.

A pior parte era a culpa. Ela amara Brent. Ainda amava. Sempre amaria. Mas beijara Noah, e aquele único beijo, devastador, de tirar o fôlego, tinha sido a melhor coisa que lhe acontecera nos últimos dois anos — e a mais confusa.

— Não precisa pedir para Noah vir. Não tem nada para consertar, Lynda.

Só a própria Hattie. Com certeza havia algo de errado com ela. Por que tinha beijado Noah? Podia culpar o escuro, os sons de fantasmas que as crianças faziam na floresta ou o copo de "poção das bruxas" que era bem mais forte do que o esperado e com certeza capaz de derrubar da vassoura até a bruxa mais resistente. Mas, no fim das contas, a culpa era dela.

— Você ligou por algum motivo em especial?

— Sim. Noah está querendo saber se você já decidiu a árvore de Natal deste ano, pois vai querer reservar a melhor para você.

O fato de ele mesmo não ter ligado mostrava que lamentava o ocorrido tanto quanto ela.

— Preciso pensar um pouco, Lynda, mas mando um e-mail para Noah em breve.

— E-mail? — A mulher pareceu um pouco surpresa. — Você pode falar para ele pessoalmente, querida.

Sim, poderia, mas isso significaria ter que olhá-lo nos olhos e ela não estava pronta para isso. Tinha quase certeza de que ele também não estava. Não sabia muito sobre o histórico amoroso dele. Depois de se formar, Noah morou em Boston e trabalhou em uma empresa de marketing digital. Ao vê-lo tão à vontade trabalhando ao ar livre, era difícil imaginá-lo em um escritório com uma fachada de vidro, na frente de uma tela. Mas aparentemente era o que ele fazia, até que o pai sofreu um acidente com um dos tratores e por pouco não perdeu a vida. Noah voltou para casa e desde então trabalhava na fazenda com os pais, usando o tempo livre para reformar um dos celeiros e transformá-lo em sua casa.

— Ele e eu somos muito ocupados, e claro que eu poderia ligar, mas acho que o e-mail pode ser mais fácil.

E também menos constrangedor para os dois.

Lynda fez uma pausa.

— O que for melhor para você, claro. Quando decidir, é só avisar. E você e Delphi deviam vir no primeiro fim de semana de dezembro, como fizeram no ano passado. Vamos ter passeios de trenó e caminhadas na neve. Vocês duas podem me ajudar a fazer algumas guirlandas e enfeites, e depois podem ir para a floresta com Noah escolher uma árvore especial para a sala de vocês. Adoraria a visita, e seria divertido para Delphi. Lembra quando ela chamava Noah de "o homem das árvores de Natal"?

— Lembro. Ela ainda se refere a ele assim.

Talvez pudesse dar um jeito de deixar Delphi e Noah escolherem a árvore juntos enquanto ajudava Lynda na cozinha.

— A Pousada Maple Sugar fica sempre linda no Natal. Sei que é uma época muito movimentada, então me prometa que vai pedir ajuda se precisar de qualquer coisa.

— Prometo. — Hattie ficou emocionada pela gentileza de Lynda. — Obrigada.

— Sei que tem sido difícil. A vida deu uma rasteira em você, sem dúvida, mas há algum conforto em saber que está vivendo seu sonho.

Não, pensou Hattie, *não estou vivendo meu sonho*. Estava vivendo o sonho de Brent, e não era a mesma coisa. Mas jamais poderia dizer isso a alguém. A pousada fora tudo para o marido, e todas as economias deles tinham sido investidas para torná-la o que era. No começo, ela até tinha algumas ideias próprias, mas Brent achou que não dariam certo, então seguiram com o plano dele. Hattie era a guardiã dos sonhos *dele*, e era muita pressão.

E se estragasse tudo? Amava os hóspedes, gostava de tornar a estadia deles especial, mas gerenciar a equipe estava acabando com ela.

Talvez por isso tivesse beijado Noah. Por um breve instante, talvez tivesse desejado se livrar do peso da vida e se sentir jovem, leve, perdida no momento, em vez de cheia de responsabilidades e ansiedade pelo futuro.

Ela tinha 28 anos, e na maior parte do tempo se sentia centenária.

Depois de garantir a Lynda, mais uma vez, que não precisava de ajuda, encerrou a ligação e sentiu os braços de Delphi se enroscarem em suas pernas.

— Mamãe, você está triste?

Hattie se recompôs.

— Não estou triste. Esta não é minha cara de triste. É minha cara pensativa.

— Você está pensando no Natal? Eu penso muito no Natal.

— Sim, eu estava pensando no Natal.

E não em Noah, nem na pressão sedutora da boca dele, nem naquele instante fugaz em que sentiu que, talvez, só talvez, a vida pudesse voltar a ser boa um dia se aguentasse firme.

— Mal posso esperar.

— A gente pode ir buscar uma árvore amanhã?

Delphi lhe lançou um olhar esperançoso, e Hattie acariciou o cabelo da filha, sentindo os cachinhos macios fazerem cócegas em sua palma.

— Ainda não, querida. Temos que esperar até a primeira semana de dezembro, senão a árvore vai estar... — Ela hesitou. "Morte" não era sua palavra favorita no momento. — Cansada quando chegar o dia de Natal.

E não era só a árvore que estaria cansada.

Como diriam as irmãs Bishop: é a vida.

Hattie precisava de um milagre, mas como milagres eram raros, ela se contentaria com um chef que não tivesse problemas em controlar a raiva, uma camareira que não tivesse um mau humor eterno e hóspedes simpáticos.

2

Erica

Ela ia mesmo adiante com aquilo? Quebrava todas as suas regras. Era tudo o que ela evitava.

Talvez fazer 40 anos tivesse causado algum curto-circuito no seu cérebro.

Deitada de bruços na cama, Erica tinha a sensação de que estava prestes a pular de um precipício. A tela do laptop exibia a imagem de uma pousada digna de revista, cercada de neve e banhada por um brilho natalino. As luzes cintilando pelas janelas. As avaliações descreviam o lugar como *mágico* e *romântico*. Erica não acreditava em mágica e não era romântica. Fitou a tela e sentiu o coração bater mais forte. Dúvidas começaram a surgir em sua mente, implicando com sua determinação. Uma vez que tomasse a decisão, seria definitivo. Não teria como voltar atrás. Nada de mudar de ideia.

Murmurando para si mesma, levantou-se e foi até a janela do quarto de hotel. Do lado de fora, a cidade estava viva e movimentada. Pessoas andavam rápido, de cabeça baixa, enroladas em casacos para se protegerem do frio cortante. Na praça lá embaixo, parecia que estavam montando algum tipo de feira.

Erica encostou a testa no vidro.

O que havia de errado com ela? Era uma pessoa decidida, e tinha tomado essa decisão como sempre fazia: avaliando os prós e os contras. Não havia motivo para estar estressada. E, no entanto, ali estava, estressada.

Por impulso, pegou o celular.

Se ia adiante com a ideia, queria as amigas junto.

Sentindo-se trêmula e hesitante, tentou ligar para Claudia primeiro, mas foi direto para a caixa postal, o que a deixou um pouco preocupada. O relacionamento de dez anos de Claudia tinha implodido seis meses antes, e ela vinha passando por um momento difícil. Erica ligava com frequência para ver como a amiga estava e, em geral, logo era atendida.

Mas naquele dia foi diferente.

Tentou de novo, e dessa vez pensou em deixar uma mensagem, mas desistiu. O que diria? "Oi, é a Erica, preciso que me impeça de fazer uma coisa da qual vou me arrepender." Claudia já tinha os próprios problemas.

Então ligou para Anna.

A amiga atendeu quase imediatamente.

— Erica! Não achei que fosse ter notícias suas hoje. Achei que estivesse viajando. — Houve um barulho de fundo. — Como é fazer 40 anos? É diferente? Ainda não sei se devo temer a data ou não. Vou precisar de terapia? Mal posso esperar para a gente se encontrar e comemorar juntas.

Erica esperou até Anna fazer uma pausa para respirar.

— Fazer 40 anos não é diferente de fazer 39. — O que não era bem verdade, mas não queria se alongar no assunto. — Obrigada pela mensagem de aniversário. Aliás, você canta muito mal. Me lembrou a faculdade, quando eu precisava colocar fones de ouvido toda vez que você entrava no chuveiro.

— Pete com certeza concordaria com você, mas eu *amo* cantar, então ninguém vai me fazer parar. E aí, o que aconteceu? Me conta.

— Por que teria acontecido alguma coisa?

— Porque você não costuma me ligar na hora do café da manhã — disse Anna. — Você costuma estar em reunião.

— Estou em Berlim. Aqui já é hora do almoço.

— Berlim? Que inveja. Vai visitar os mercados de Natal?

Erica olhou de novo para a janela, imaginando se era isso que estavam montando na praça.

— Claro que não vou visitar mercados de Natal. É comigo que você está falando, lembra? Estou trabalhando. É uma conferência. E, além disso, ainda é novembro.

— Os mercados de Natal costumam abrir em novembro. Você podia dar uma escapadinha.

Como duas pessoas tão diferentes podiam ser tão amigas?

— Eu até poderia, mas por que faria isso?

— Pra se divertir? Pra entrar no clima natalino? Está familiarizada com uma dessas coisas? Não? É, eu já imaginava. Deixa pra lá. Claudia e eu já desistimos há muito tempo de tentar fazer você entrar no clima festivo. Então se você não está ligando para me deixar com inveja de biscoitos de gengibre e do artesanato, o que houve?

— Estou ligando porque encontrei o lugar perfeito.

Erica se sentou na cama de novo e encarou a tela do laptop. Não era mentira. Era *mesmo* o lugar perfeito.

— Lugar perfeito para quê? — A voz de Anna ficou abafada de repente. — Espera um pouco...

Ela fez uma careta quando um estrondo soou nos fones de ouvido.

— Que barulho foi esse? Alguém invadiu a sua casa?

— Meus filhos contam? — Anna parecia distraída, como se a ligação fosse só uma das dez coisas que fazia ao mesmo tempo. — Se contam, então, sim... um segundo, Erica, você ligou bem na hora do caos.

E havia algum momento na casa de Anna que não fosse a hora do caos? Erica tinha a impressão de que, sempre que ligava, a amiga estava enrolada com alguma coisa: ajudando no dever de casa, supervisionando o ensaio de música, lavando o uniforme de algum esporte, preparando o jantar, montando lancheira. Sua amiga era quase um serviço de quarto ambulante.

Erica ouviu risadas ao fundo e depois a voz de Anna, um pouco distante.

— Ficou ótimo. Muito engraçado, Meg. Amei. Mas só porque você é uma artista talentosa não quer dizer que pode deixar a tigela em cima da lava-louças! Eu sei que seu pai faz isso. Não quer dizer que você possa. Agora vai brincar, estou conversando com a Erica.

As conversas com ela eram sempre assim — barulhentas e entrecortadas, com uma trilha sonora de atividades e interrupções familiares. Uma parte sua achava frustrante — como é que Anna aguentava? —, mas outra era grata por momentos como aquele, porque a faziam se sentir melhor com suas escolhas de vida. Não que se questionasse com frequência, mas às vezes acontecia. Estar na casa da amiga era como ser envolvida por um calor acolhedor, envolta por aqueles fios entrelaçados de amor familiar. E isso a deixava inquieta. Fazia com que questionasse decisões que não queria questionar. Fazia com que se perguntasse se não teria feito as escolhas erradas.

Mas ela sabia que não. Todo mundo achava que ter uma família era a melhor coisa do mundo. Mas será que era mesmo? Ela ia gostar de ter o que Anna tinha?

Não, não ia. Sim, às vezes invejava a família calorosa e estável da amiga, mas em outras — como naquele momento —, era grata pela vida independente de solteira, sem interrupções, em que sua única e verdadeira responsabilidade era ela mesma.

Erica sentiu uma onda prazerosa de expectativa ao pensar na tarde e na noite que teria pela frente. Depois da ligação, terminaria o trabalho e então iria ao spa do hotel para uma massagem antes de jantar sozinha na mesa com a melhor vista do restaurante.

Não precisava cozinhar a própria refeição — alguém faria isso por ela. Não precisava lavar roupa — o hotel cuidaria disso e ainda devolveria tudo passado. Não precisava se preocupar em encher a lava-louças. E quanto a estar sozinha — bem, estar sozinha não a incomodava. Estivera sozinha a maior parte da vida. Sabia que algumas pessoas sentiam pena dela, e isso a fazia sorrir, porque os outros não tinham ideia de como estar sozinha podia ser bom.

No caso dela, era uma decisão, não uma desgraça. Naquele momento, ouvindo a amiga tentar se desvencilhar das exigências domésticas, parecia a melhor decisão de sua vida.

A prioridade número um de Erica era ela mesma e não tinha a menor intenção de se sentir mal por isso.

— Você ainda está aí? — Anna estava ofegante. — Desculpa.

— É um momento ruim? — perguntou, em um tom leve. — Quer que eu ligue mais tarde?

— Não! Faz séculos que a gente não conversa. Quero muito colocar o papo em dia. Mas a Meg acabou de fazer uma charge genial... vou mandar. Ah, espera aí... Meg, não esquece o projeto de arte!

Erica suspirou. Era provável que chegasse a ter tempo de revisar sua apresentação enquanto esperava. Ou até de escrever um romance. E por que Anna estava lembrando Meg de não esquecer o projeto?

Ela não sabia nada sobre criar filhos, mas sabia que incentivar a dependência não ajudava ninguém. Sua mãe nunca a lembrara de nada. Se Erica esquecesse algo, esperava-se que ela lidasse com as consequências, e, se fossem duras, que servisse de lição para não esquecer da próxima vez.

O pai de Erica as abandonara quando ela nasceu, aparentemente depois de vê-la pela primeira vez. Ela tentava não levar para o lado pessoal. Sua mãe ficara com um coração partido, um bebê e muito estresse e ansiedade. Embora não tivesse nenhuma lembrança dele, Erica testemunhara ao longo dos anos as consequências daquela atitude. Viu a mãe passar por dificuldades, e compreendeu e admirou sua determinação de nunca mais confiar em ninguém.

Também compreendia que a experiência afetara a criação que recebera. A mãe insistia que Erica fizesse tudo sozinha, desde o dever de casa até amarrar os cadarços. Se caísse, tinha que dar um jeito de se levantar. Ela se recusava a pegá-la no colo. Se Erica tirasse uma nota ruim, a resposta era que deveria estudar mais. Se tivesse um problema, cabia a ela achar uma solução. A mãe nunca resolvia nada em seu lugar.

Para Erica, parecia uma ótima criação. Afinal, ela tinha se saído bem, não tinha? Graças a uma excelente ética de trabalho, era independente. Não precisava limpar a bagunça de ninguém nem dividir o controle de sua TV e sistema de som sofisticado. Não havia brigas sobre roupa suja ou dever de casa. Não precisava se colocar em último lugar, como tantas mulheres com filhos faziam. Não esperava que fizessem as coisas por ela. E não precisava de um homem para se sentir completa. Vira a mãe trabalhar até o esgotamento para compensar a ausência do pai. Ela cumprira o papel dos dois, provando a Erica que homens eram como doce: bons moderadamente, mas não essenciais para a sobrevivência.

Pensar em como sua vida estava no rumo certo a fazia se perguntar por que, então, estava prestes a fazer algo que parecia tão errado.

— Anna?

— Ainda estou aqui! Não desliga. — A voz de Anna mal era audível por cima do som de água correndo e várias conversas. — Não dá isso para o cachorro ou a nossa próxima viagem vai ser para o veterinário! Espera um pouco. Vou me trancar no escritório do Pete.

Erica refletiu sobre o fato de que a única maneira de a amiga ter uma conversa sem interrupções era se trancar no escritório do marido.

Anna não era nada parecida com a mãe de Erica. Ela era daquelas mães que você encontra em livros. Se os filhos caíam, ela não só os ajudava a se levantar, como também os abraçava, dizia palavras gentis e lhes oferecia biscoitos. Se precisavam de ajuda, Anna oferecia de bom grado. Considerava seu dever amparar e proteger a família. Erica não duvidava de que a amiga se jogaria na frente de um carro para salvar os filhos. Era um universo acolhedor e seguro, mas bem diferente do que ela conhecia.

— Cadê o Pete?

— Não está no escritório, felizmente. Ele voltou ao trabalho presencial três vezes por semana. Sinto falta de tê-lo por perto, para ser sincera. — O barulho foi diminuindo até que uma porta se fechou com força, e Anna suspirou. — Paz. Até que enfim. Não quer trocar de vida comigo?

Erica tentou não estremecer.

— Nós duas sabemos que você ama a sua vida. Então... como vão as coisas com você?

— Uau, por onde começo? — Anna parecia sem fôlego. — Muita coisa tem acontecido. Pete foi promovido, o que é ótimo, mas agora está trabalhando mais. A Meg ganhou um prêmio de arte e, escuta essa: começou a tricotar. Diz que ajuda a relaxar. Pode esperar um suéter novo no Natal. Já avisei que tolero renas, mas me recuso a usar um Papai Noel gigante e sorridente. Daniel está bem, embora ande meio calado. Tenho certeza de que tem algo acontecendo, mas até agora não consegui convencê-lo a falar sobre o assunto. Se tem algo errado com Meg, ela bota tudo pra fora, mas meninos são diferentes. Eu o incentivo a expressar os sentimentos, não quero que vire um daqueles homens que não falam o que estão sentindo...

Anna continuou tagarelando por mais cinco minutos, até que Erica a interrompeu:

— E *você*? O que está acontecendo na sua vida?

— Eu acabei de contar.

— Não. Até agora, só ouvi sobre as crianças e Pete. Nada sobre você.

— Essa é a minha vida. As crianças e Pete. E a casa, claro. E o cachorro. Não esquece o cachorro. Eu sei, eu sei, você acha que sou chata, mas eu adoro.

As duas riram, e Erica se perguntou se, caso tivesse conhecido alguém como Pete no primeiro dia da faculdade, sua vida teria sido diferente.

— Você não é chata. E vocês dois ainda são muito fofos juntos, mesmo depois de tantos anos.

Anna em si não era nada chata, mas Erica tinha que admitir que, às vezes, a vida dela parecia mesmo monótona. Tentou imaginar um dia sem viagens internacionais, a agitação do trabalho, a adrenalina de fechar um contrato ou ser chamada para gerenciar uma crise quando todo mundo estava perdido.

— Bom, obrigada, mas chega de falar de mim, quero saber de você. Quero ouvir mais sobre seu aniversário. E o que está fazendo em Berlim?

— Vou dar uma palestra em uma conferência sobre gestão de crises hoje à tarde. — Erica olhou para a pilha de papéis em cima da mesa, perto da janela.

Anna soltou um gemido de inveja.

— Nem devia ter perguntado. Você com certeza está em um hotel cinco estrelas com serviço de quarto e um spa incrível.

Erica pensou na massagem que a esperava.

— O spa é ótimo.

— Me conta tudo, mas começa pelo seu aniversário. Por favor, me diga que passou a noite com um homem maravilhoso.

Erica sorriu.

— Passei a noite com Jack.

— Jack gostosão, o advogado? — Ela arfou e depois riu. — Me conte mais! E quero saber cada detalhe.

— Não tem nada para contar. Jack e eu em geral ficamos juntos quando estamos na mesma cidade para algum evento. Você sabe disso. Não é nada sério, e é assim que a gente prefere.

— Erica, você tem 40 anos. Ficar é coisa de quem tem 20 e poucos. Vocês já estão dormindo juntos há pelo menos dois anos. Já está na hora do Jack gostosão deixar uma escova de dentes na sua casa.

Era um comentário tão típico de Anna que Erica revirou os olhos.

— Não sei quem ficaria mais horrorizado com essa ideia, ele ou eu. E poderia parar de chamar ele de Jack gostosão?

— Por quê? Eu vi a foto dele. Claudia e eu pesquisamos sobre ele na internet. Eu deixaria ele me defender qualquer dia. Então você está dizendo que Jack não dormiu na sua casa?

— Ficou até umas três da manhã e depois pegou um táxi para casa.

Erica não confessou que ele tinha sugerido passar a noite, e que ela quase dissera que sim. O hábito e a disciplina inabalável a impediram de concordar, mas o impulso mexeu com ela.

Fazer 40 anos com certeza estava afetando seu cérebro. Ela e Jack tinham um combinado, e dormir juntos e tomar café da manhã relaxados no dia seguinte era um nível de intimidade que nenhum dos dois queria. Eles se conheceram quando Erica precisou de orientação jurídica para um cliente, e se deram bem o suficiente para começarem a se ver de vez em quando. Um jantar aqui. Um evento ali. Nada de rotina nem perspectiva de compromisso.

— Você devia convidar ele para passar a noite. Ou para viajarem em algum fim de semana.

— Anna, chega.

— O quê? Eu gosto do Jack. Ele é perfeito para você.

— Você nunca nem conheceu o Jack.

— Mas sinto como se já conhecesse. E adoro que vocês tenham um relacionamento.

— A gente não tem um relacionamento. Nós somos ocupados demais para qualquer coisa do tipo, e é por isso que, se Jack precisa de companhia para um evento de trabalho, ele me chama. Se quero ver uma peça com alguém, eu o convido. Jack é inteligente, então às vezes comento sobre um problema de trabalho com ele. É isso.

— Você esqueceu da parte do sexo.

— Sim, a gente faz sexo. E é ótimo. Feliz agora?

— Muito. E, você também, pelo visto.

Anna ainda tinha a mesma risadinha maliciosa de quando tinha 18 anos, e Erica não conseguiu deixar de sorrir. No fundo, Anna era a mesma pessoa de sempre. Talvez todas fossem. A idade não mudava isso.

— Calma. O Jack e eu não temos nada sério.

— Não faz isso. Você está partindo meu coração. Você tem 40 anos, Erica.

— Pode parar de repetir isso em todas as frases?

— Desculpa, é que eu quero um final feliz para você.

— Este é o meu final feliz. É assim que eu quero que minha vida seja.

Anna suspirou.

— Vai ficar quanto tempo em Berlim?

— Duas noites.

Erica olhou para o laptop e sentiu uma pontada de culpa. Devia estar trabalhando. Por outro lado, conseguiria fazer aquela apresentação até dormindo. Havia montado uma boa equipe e começado a delegar mais tarefas, o que lhe dava a chance de escolher como gastar o próprio tempo.

— Eu podia dar uma palestra sobre gerenciamento de crises — disse a amiga. — Minha vida é uma crise constante, se bem que nunca do tipo empolgante. Ontem o freezer quebrou e anteontem o carro pifou. Mas enfim, você não quer ouvir sobre isso. Você disse que tinha encontrado o lugar perfeito. Pra quê?

Erica manteve o tom casual.

— Pro nosso encontro do clube do livro em dezembro.

— Ah. — O tom de Anna mudou.

— O que foi? A gente conversou sobre isso. Reservamos a data.

— Provisoriamente. Mas isso foi no verão, quando Claudia estava um caco e não conseguimos marcar na semana de sempre. Ninguém mais tocou no assunto, então achei que todas tinham concordado que não ia ser possível.

— Por que não seria? Os ingredientes básicos são os mesmos. Nós somos o Clube do Livro do Hotel. Este é o momento em que lembro a você que eu queria chamar de Clube do Livro dos Hotéis de Luxo só para não deixar dúvidas sobre onde eu queria me hospedar. Mas a questão é que só precisamos de um hotel, um livro e nós três. Só isso.

— O problema não é o clube do livro. É a época. É estranho viajar tão perto do Natal. É uma época para estar com a família. Comprar a árvore, embrulhar presentes, decorar a casa. A gente tem uma rotina. Tradições. Desculpa, eu sei que você não faz essas coisas. Estou sendo insensível?

— Por que estaria? Você sabe que eu não sou sentimental com as festas de fim de ano.

— Eu sei, mas a data que você reservou é justamente quando a gente escolhe a árvore de Natal. Fazemos isso todo ano desde que as crianças nasceram. É a tradição favorita delas. Eu odiaria decepcioná-las.

Erica tentou compreender, mas falhou. Para ela, o Natal era só mais um dia da semana. Quando era mais nova, a mãe a incentivou a sair do ninho e viver sua própria vida o quanto antes. Nunca, nem uma vez, sugeriu que escolhessem uma árvore de Natal juntas.

— Vocês acabaram de passar o Dia de Ação de Graças juntos.

— O Natal é diferente.

— Compre a árvore no começo de dezembro. Assim você vai ter o prazer de pisar em agulhas secas por mais tempo. Seus filhos não podem ser a sua vida, Anna. Isso coloca muita pressão neles e em você. Eles já cresceram.

— Ha! Pois nem parece. Você tem alguma ideia de como adolescentes podem ser complicados?

Não, é claro que não tinha. Nunca cogitara ter filhos, e não se arrependia disso. Sua carreira era empolgante e sempre envolvente. Estaria disposta a sacrificar tudo aquilo para ficar em casa discutindo sobre como arrumar os pratos na lava-louças e quem ia alimentar o cachorro? Nem pensar.

— É só uma semana, Anna. Uma semana. Você vai voltar antes do Natal, então vai ter tempo de sobra para pendurar mil guirlandas pela casa ou seja lá o que você vai fazer. Tempo com as amigas e tempo com a família. O melhor dos dois mundos.

— Preciso pensar — disse Anna. — É minha época favorita do ano e quero entrar no clima natalino. Sem ofensa, mas o Natal faz você se tremer toda.

— Prometo que não vou fazer isso.

Erica não sabia muito bem o que era necessário para "entrar no clima natalino", mas estava disposta a pesquisar e providenciar o que fosse preciso para agradar a amiga. Sem dúvida daria para reservar esse tipo de coisa como adicionais no hotel, não?

— E se você quer *clima natalino*, vai amar o lugar que encontrei. É idílico. Pitoresco. — O coração bateu um pouco mais rápido. — Até o Papai Noel ficaria babando.

— Não acredito. Você sempre escolhe hotéis boutique sofisticados que me fazem querer redecorar a casa. Pitoresco não é a sua praia.

— Desta vez é, mas felizmente sem abrir mão do luxo. É perfeito para agradar todo mundo.

— Hum. — Anna ainda precisava ser convencida. — E o livro? Já escolhemos o que vamos ler? Hoje em dia eu durmo em pé, então estou lendo bem devagar. Você falou com a Claudia sobre fazer o encontro do clube do livro em dezembro?

— Tentei. Ela não está atendendo. Vou ligar de novo mais tarde. Ela parecia bem pra baixo quando conversamos há uns dias, então quero ver como as coisas estão. Depois de tudo o que aconteceu este ano, uma semana viajando pode ser o que ela precisa.

— É verdade. Está na hora de ajudar ela a se levantar e sacudir a poeira — disse Anna. — Mas, por mais que eu ame a Claudia, *não* quero ter que sofrer com outra biografia de um chef ou político como leitura do clube.

Escolher um livro que agradasse às três era sempre um desafio. Anna adorava histórias românticas, Erica gostava de thrillers e histórias de crimes reais, enquanto Claudia preferia não ficção.

— Eu ia sugerir o novo livro da Catherine Swift. O título é *O último amante*.

— O quê?! — Anna perdeu o ar com a risada. — Agora estou oficialmente preocupada. Primeiro você me diz que encontrou um lugar com clima natalino para a gente se hospedar, e agora vem dizer que está lendo romance? É isso que chegar aos 40 anos faz com uma pessoa?

— Não é um romance.

— Ela é autora de romance. Eu li todos os livros que ela já escreveu, a maioria mais de uma vez. E você disse que o título é *O último amante*. Isso é romântico. O último amante que ela ama.

— Não é romântico. Ele é o último amante porque é assassinado por ela.

— Ah! — O choque de Anna reverberou pelo telefone. — Tem certeza de que é a autora certa? Catherine Swift?

— Acho que ela assinou esse com L.C. Swift ou algo assim. Mas é um thriller. As resenhas estão ótimas e o filme já está em produção.

— Não sabia que ela tinha mudado de gênero literário — disse a amiga. — Você acabou de partir meu coração. O último livro dela foi brilhante. Me fez chorar. Aquele *final*... Esse é assustador? Você sabe que eu não gosto de terror.

— Ainda não li, mas prometo que a gente pode deixar as luzes acesas se você ficar com medo. Já encomendei um exemplar para cada uma. Chegam amanhã.

— A capa tem sangue? Eu odeio livros com sangue na capa.

— Nada de sangue. Só uma aliança de casamento e uma faca que parece muito afiada. — Ela quase sentia o calafrio de Anna. — Posso embrulhar o seu com papel de floco de neve, se preferir. Você não está nem um pouco curiosa? É Catherine Swift, sua autora favorita.

— Não sei... Mas confesso que fico aliviada em saber que você não mudou de personalidade da noite para o dia. Já estava começando a me preocupar. Agora me conta mais sobre esse lugar que você achou para a gente ficar.

Erica sentiu algo relaxar dentro dela.

— Eu mandei o link para você. Olha seu e-mail.

Houve uma pausa e o som de teclas sendo apertadas.

— Olha... agora tenho certeza de que você bateu a cabeça — declarou Anna. — Isso aqui... uau. Parece um conto de fadas.

Contos de fadas costumam ter finais sombrios, pensou Erica, e sentiu outra pontada de dúvida.

— Então você aprova?

— Sim, mas... — falou Anna, fazendo outra pausa. — Isso não parece coisa sua.

— Como assim?

— Você é uma pessoa mais urbana — disse Anna. — Neste lugar só vai ter passeio na neve e noites aconchegantes na frente da lareira tomando chocolate quente. Sou eu quem gosta de ar puro e fazer trilha. Você gosta de luzes brilhantes, coquetéis e lojas de grife.

— É verdade, mas isso eu faço o tempo todo. A viagem é um jeito de escapar.

Escapar? A quem ela estava querendo enganar?

— Mas você não costuma querer escapar. Nada deixa você mais frustrada do que estar isolada. Se lembra daquele verão em que fomos para aquele hotel em Catskills? Você foi embora um dia antes.

Ela tinha se esquecido de como a amiga a conhecia bem.

— Foi por causa de uma crise.

— Ah, tá. Se me lembro bem, a "crise" era que o sinal de celular era ruim, e é por isso que só fazemos viagens para a cidade desde então. Esse lugar que você encontrou parece incrível, mas não tem muito a sua cara. O que está acontecendo?

Por um momento, considerou contar a verdade. Contar tudo. Inclusive o motivo por trás da escolha daquele lugar. Mas, se fizesse isso, Anna começaria a fazer um monte de perguntas incômodas que Erica ainda não estava pronta para responder.

Ela queria avançar com mais cautela. Anna se jogaria de cabeça feito um filhote de cachorro desgovernado, causando o caos, e Erica poderia perder o controle sobre o que aconteceria a seguir. E não queria perder o controle. Independentemente do que acontecesse — ou não —, queria que fosse decisão sua.

— Não tem nada *acontecendo*. Mas eu sabia que o único jeito de deixar você tentada a sair do ninho perto do Natal era encontrar o refúgio natalino perfeito, com todos os enfeites festivos. Em vez do Clube do Livro do Hotel Sem Sinal de Celular, é o Clube do Livro do Hotel Natalino. Você vai ou não?

— A gente se conhece há vinte anos, Erica. Eu sei quando você está escondendo alguma coisa.

— Vinte anos? Lá vem você de novo me lembrar da idade. Daqui a pouco a gente vai mudar o nome para o Clube do Livro do Hotel das Aposentadas.

O telefone apitou com outra chamada, e ela olhou para a tela. Jack.

O coração deu um pulo. Por essa Erica não esperava. Por que ele estava ligando? Sabia que ela estaria viajando naquela semana.

Lembrou-se da noite de seu aniversário, o jantar longo e tranquilo em um restaurante com uma vista de Manhattan de tirar o fôlego. A comida tinha sido memorável, o vinho delicioso, mas o melhor de tudo foi a companhia. Jack a fez rir e a fez se sentir maravilhosa. Como se fazer 40 anos fosse o começo de uma nova e empolgante fase da vida. Depois do jantar, eles foram para o apartamento dela...

Erica franziu a testa, lembrando-se. O sexo tinha sido diferente. Mais lento, mais intenso, mais... íntimo?

Ficou encarando o celular. Se Jack precisasse de companhia para algum evento, teria comentado enquanto estavam juntos. Ou talvez fosse algo de última hora, mas nesse caso poderia deixar uma mensagem.

Deixou a chamada cair na caixa postal e voltou a se concentrar em Anna, que ainda questionava a escolha de Erica.

— Como você encontrou essa pousada, afinal?

Ela conseguia imaginar a reação da amiga se dissesse a verdade.

Um detetive particular.

— Estava lendo uma matéria sobre estadias aconchegantes no inverno.

E agora começava a se arrepender de ter sugerido o destino. Poderia ter ido sozinha em algum fim de semana atrás das respostas para as perguntas que não saíam da sua cabeça. Não precisava envolver as amigas.

— Posso procurar outro lugar, se preferir — comentou Erica.

— Nem pense nisso! Esse lugar parece perfeito — respondeu Anna. — Especial. E nós duas sabemos que Claudia vai aprovar porque tem um restaurante premiado e isso é a única coisa que importa para ela.

— Pois é.

No fundo, será que estava esperando que a amiga preferisse um lugar na cidade? Ou decidisse que não queria ir, de jeito nenhum? Que de alguma forma fosse impedir Erica de cometer o que podia acabar sendo um grande erro?

Mas, longe de dissuadi-la, Anna pareceu conquistada pelo lugar.

— Eles têm três quartos vagos. Acabei de conferir. Será que conseguem reservar para a gente enquanto eu converso com a minha família? Quero ver se eles aceitam a ideia e não quero perder os quartos nesse meio-tempo.

Erica tentou imaginar como seria precisar da permissão de três pessoas antes de fazer qualquer coisa. Um pesadelo. Ao que parecia, completar 40 anos não a tinha mudado tanto assim.

— Posso ligar, mas é daqui a algumas semanas, então não dá para garantir que vão segurar a reserva.

— Seus poderes de persuasão são lendários. Vinte e quatro horas — garantiu Anna. — É tudo de que eu preciso. E, de qualquer forma, a gente não pode confirmar nada até você falar com a Claudia.

— Está bem, vou ligar para eles.

Erica se sentia como Pandora prestes a abrir a caixa.

Se perdessem os quartos, seria o fim. Estaria resolvido.

Mas, se ainda estivessem disponíveis, então aquilo ia acontecer — e em poucas semanas ela estaria fazendo check-in na Pousada Maple Sugar.

O que podia acabar sendo a pior ideia de sua vida.

3

Claudia

A milhares de quilômetros dali, na Califórnia, Claudia desferia socos em um saco de pancadas.

Seus pensamentos acompanhavam o ritmo dos golpes.

Eu. Te. Odeio. John.

Girou o corpo e socou de novo.

Me. Odeio. Por. Confiar. Em. Você.

— Relaxe os ombros.

Michelle, sua treinadora, a observava com a testa franzida.

— Atenção à postura.

Claudia parou de dar socos. O cabelo estava grudado na testa e no pescoço, e o coração martelava dentro do peito.

— Beba água — aconselhou Michelle. — E faça uma pausa.

Claudia tirou as luvas, enfiou a mão na bolsa para pegar a garrafa e viu que tinha duas chamadas perdidas no celular.

Erica.

Tomou um longo gole e depois largou a garrafa de volta na bolsa. O que teria sido dela sem Erica nos últimos meses? A maioria das pessoas conhecia Erica como uma mulher de negócios bem-sucedida, com reputação de ser uma boa oradora e ter um foco inabalável. Não conheciam Erica, a amiga. Não sabiam de sua gentileza e lealdade. Ela ligava o tempo todo para saber como Claudia estava. No fim de semana em que John arrumou as malas e foi embora, deixando-a em estado de choque, Erica cancelou todos os compromissos e pegou um voo para a Califórnia para vê-la. Claudia estava um caco, mas a amiga insistiu em ficar ao seu lado. Em momentos de crise, não existia ninguém melhor que Erica. Ela a obrigou a tomar banho e se vestir, fez sopa — um gesto carinhoso, que Claudia retribuiu engolindo a refeição (um verdadeiro feito, já que Erica era péssima cozinheira). Ajudou a empacotar o restante das coisas de John e mandou tudo para ele, garantindo que não tivesse nenhum motivo para voltar. Claudia ainda se lembrava das palavras da amiga: "Você não deveria deixar ratos entrarem no seu apartamento, faz mal para a saúde". Erica também mandou trocar a fechadura, por via das dúvidas. E, o mais importante: desligou o celular e simplesmente ouviu Claudia. Ficou horas ouvindo-a chorar, desabafar, tentar entender como um relacionamento de dez anos podia acabar assim, sem nenhum aviso. Não olhou o relógio, não mandou ela se recompor, não demonstrou pressa de ir embora. Só esteve *presente*.

E, mesmo depois de voltar para casa e para sua agenda lotada, Erica continuou telefonando. "Se precisar de mim, liga. Se for urgente, pode avisar meu assistente que ele me tira de qualquer reunião."

Claudia não precisou ligar para o assistente — só de imaginar, já ficava constrangida —, mas, nos seus piores momentos, o simples fato de a amiga se mostrar disponível era reconfortante. Saber disso bastava. Anna também lhe deu apoio, mas tinha uma família para cuidar, e ela não queria incomodar. Erica não tinha parentes de sangue. As amigas eram sua família.

E, no geral, Claudia estava bem. Até a semana anterior, quando perdeu o emprego. O que só provava que, quando você acha que a vida não pode piorar, ela piora.

Feliz Natal, Claudia.

Michelle ergueu a sobrancelha.

— Quer conversar ou quer treinar?

— Quero treinar. — Claudia colocou as luvas de novo. — Até porque não vou ter dinheiro para continuar pagando você depois de hoje. Socar coisas é a melhor terapia.

Michelle lançou um olhar solidário.

— Você é minha cliente favorita. Faço um desconto.

— De jeito nenhum. Você tem um negócio para sustentar.

— Podemos dizer que é meu presente de Natal para você.

Claudia conseguiu esboçar um sorriso.

— A gente não vai chamar de nada, porque eu não vou deixar você trabalhar de graça.

O que ela queria de Natal?

Queria que a vida parasse de jogar tijolos nela. Queria acordar animada com o dia que teria pela frente. Era pedir demais?

Perder o emprego foi o fim horrível para um ano horrível. Um ano de rejeições. Um ano de perder tudo o que lhe era familiar. Um ano de pessoas dizendo que ela não era boa o suficiente.

E Claudia sabia que isso acontecia com milhões de pessoas todos os dias. Relacionamentos acabam. Pessoas ficavam desempregadas, ainda mais em tempos como aqueles, com tantas empresas sofrendo com o custo de vida e fechando as portas. Mas isso não a fazia se sentir melhor.

As pessoas lhe diziam que ela ia dar a volta por cima, e talvez, aos 20 e poucos anos, até pudesse ser o caso... será? Não tinha certeza. Mas agora estava a poucos meses de completar 40 anos, e se sentia mais para baixo do que para cima.

Quarenta.

Aos 40 anos, você já devia estar estabelecida. Era para estar com a vida feita. Erica tinha uma carreira incrível. Anna tinha a família perfeita. Cada uma fez suas escolhas e se saiu bem.

O que Claudia tinha? Nada. Não tinha nada construído depois de vinte anos de trabalho, tirando habilidades excelentes com facas e uma dor de cabeça quase eterna por trabalhar em um restaurante de grande porte e exclusivo. Ah, e tinha cabelo curto porque John dissera uma vez que preferia mulheres de cabelo curto. Na época em que ele falou isso, Claudia tinha cabelo comprido.

Depois de agradecer a Michelle pelo último treino, pegou a bolsa e seguiu para o vestiário, com o humor péssimo. Mais um fim. Mais uma mudança que não era escolha dela.

Chega! Precisava se recompor. E nem era como se amasse tanto assim o emprego. O chef executivo era um tirano. A tensão no ambiente era tão palpável que daria para cortá-la com uma faca bem afiada. Toda a equipe da cozinha vivia paralisada de medo, e Claudia não era exceção. Se fazer picadinho do chefe não fosse crime, com certeza teria considerado. Ela se impunha, mas isso não tornava a situação menos desagradável. E, embora não fosse de forma alguma o emprego dos sonhos, teria sido bom sair por vontade própria. Aquele tinha sido o ano dos términos, e todos impostos a ela.

O vestiário estava vazio. Claudia tirou a roupa, tomou banho e vestiu roupas limpas. Depois empurrou as portas giratórias da academia e foi banhada pelo sol californiano.

Tinha o dia todo pela frente, vazio e sem compromissos.

Resistiu à vontade de retornar a ligação de Erica naquele instante e desabafar. Já tinha feito muito isso. Estava na hora de se reerguer. Mas como?

A falta de rotina era perturbadora. Em geral, vivia ocupada demais para pensar sobre a própria vida, mas agora tinha todo o tempo do mundo e estava pensando até demais.

Nos últimos dias, pensara até ficar esgotada.

Não sabia o que queria nem o que seria do seu futuro. Mas já não deveria saber, a essa altura?

Claudia costumava amar cozinhar. A empolgação de trabalhar com os melhores ingredientes, a criatividade de preparar algo delicioso. Cozinhar a relaxava. O chiado do alho sendo refogado no azeite, o perfume das ervas frescas, a satisfação de ouvir um cliente dizer que aquela tinha sido a melhor refeição da sua vida.

Mas trabalhar em uma ambiente estressante havia matado seu amor pela profissão, e isso era tão doloroso e chocante quanto o fim do seu relacionamento. Cozinhar era tudo para ela. Ou costumava ser. Agora, não sentia nenhum entusiasmo ao pensar em experimentar ingredientes e sabores. Não tinha ânimo para fazer nada mais elaborado que ovos mexidos e torrada. Sentia-se cansada e entorpecida.

E agora?

Caminhou cinco quarteirões até o pequeno apartamento que alugara com John e tentou não fazer cara feia ao abrir a porta.

Os dois tinham escolhido o lugar juntos, e estar ali fazia Claudia pensar nele, mesmo que isso fosse a última coisa que queria.

Consumida por emoções que iam da raiva à tristeza, preparou um café bem forte e ligou o notebook.

Com a caneca na mão, começou a procurar empregos. Talvez não amasse mais cozinhar, mas precisava pagar as contas, e era a única coisa que estava capacitada a fazer.

Um hotel renomado estava com uma vaga aberta para sous-chef, então clicou no link para ver as qualificações necessárias.

Mais de dois anos de experiência em um local cinco estrelas.

Até aí, tudo certo.

Paixão por comida.

Ela já tinha sido apaixonada por comida. Isso contava?

Você é flexível, tem disponibilidade para trabalhar fins de semana, feriados, turnos noturnos e de madrugada e consegue motivar a equipe.

Nem pensar.

Claudia fechou o notebook.

Só de pensar em voltar a trabalhar em uma cozinha movimentada, impessoal e estressante, já ficava exausta. De jeito nenhum conseguiria motivar uma equipe. Mal conseguia motivar a si mesma.

E não queria mais trabalhar aqueles horários absurdos e desumanos.

Precisava construir uma nova vida para si, e como conseguiria fazer isso se estivesse sempre trabalhando? Quando ia ter tempo para uma vida social?

Dois anos antes, tinha largado tudo para ir com John para a Califórnia depois que ele recebeu uma grande promoção. E, desde o dia em que John abandonou a vida que construíram juntos, ela se sentia muito sozinha. Não conhecia ninguém ali. Não tivera tempo de conhecer. Sua vida girava em torno do trabalho e dele.

Se ainda morasse na Costa Leste, tudo seria diferente. Seria mais fácil ver as amigas. Sentia falta delas. Quando morava em Boston, às vezes encontrava Erica quando ela estava na cidade a trabalho, ou passava um fim de semana na casa de Anna. Em Los Angeles, andara tão ocupada com o trabalho que nunca tinha tempo para fazer novas amizades.

Mas agora não estava mais trabalhando.

Pegou o celular e hesitou. Precisava retornar a ligação de Erica. Precisava contar que, além de ter perdido John, também tinha perdido o emprego, mas não conseguia se forçar a dar o telefonema. Erica já tinha feito tanto por ela. Não precisava ouvir mais desgraças vindas de Claudia.

Ela afundou na cadeira. Claudia sentia inveja de Erica e se odiava por isso. Ela tinha feito a vida dar certo. Anna também.

Claudia tinha fracassado nas duas coisas mais importantes: seu relacionamento e seu emprego. Sua vida inteira parecia um filme de tragédia, sem final feliz à vista.

Olhou os e-mails e encontrou um de Erica. O assunto era "Clube do Livro Natalino".

Tinha esquecido que haviam conversado sobre fazer o encontro do clube do livro no Natal, o que dizia muito sobre seu estado atual, já que tinha sido por sua causa que cancelaram a reunião habitual no verão.

Clicou no link que Erica tinha enviado, esperando o site de algum hotel luxuoso em Manhattan no qual não teria dinheiro para se hospedar, mas, em vez de um hotel exclusivo, deu de cara com uma pousada aconchegante em Vermont, do tipo que se vê em propagandas natalinas. O telhado inclinado e a floresta ao redor estavam cobertos de neve. Luminárias brilhavam dos dois lados da porta da frente.

Sentiu uma pontada no peito.

Quando tinha sido a última vez que viu neve? Quando se mudou para a Califórnia, adorava o sol, mas nos últimos tempos começava a sentir saudade das lindas cores do outono e dos invernos gelados que viveu na infância em New Hampshire.

Foi rolando a página e leu o texto:

> Em um canto pitoresco de Vermont, cercada por montanhas imponentes e rios sinuosos, está a histórica Pousada Maple Sugar. Construída no século XVIII como uma hospedaria, ficou abandonada por anos e foi restaurada por Hattie e Brent Coleman, que a transformaram com carinho em um hotel boutique. Infelizmente, Brent faleceu de forma repentina um ano após a inauguração oficial, deixando para Hattie a missão de continuar o trabalho sozinha.

— Ah... que horror.

Claudia parou de ler por um momento, pensando em Hattie Coleman. Mais uma pessoa que a vida tentou esmagar. Vivendo seu sonho ao lado do amor da vida... e então, *bam*. Fim.

Segundo o texto, Hattie tinha se mudado de Londres para Vermont com Brent, que era americano, com o objetivo de viverem seu sonho juntos. Como alguém que também havia se mudado para o outro canto do país por causa de um homem, Claudia ficou mexida, pensando no que a mulher devia estar sentindo agora. Será que ela sentia saudades de casa? Será que se arrependia da mudança? Teria comprado uma passagem de volta para a Inglaterra?

Sentiu uma pontada de compaixão e ampliou a foto de Hattie com o marido, Brent. Estavam sorrindo. Pareciam tão felizes. E tinham uma filha pequena, de cachinhos e sorriso largo. Agora sem pai. Por que a vida tinha que ser tão cruel?

Com um nó na garganta, fechou a foto e voltou ao site.

> "Trabalhamos com muito amor", contou Hattie ao servir uma sopa perfeita de maçã com pastinaca, finalizada com um fio de creme e chips crocantes de pastinaca. Com lareiras acesas, camas com dossel e vistas espetaculares, é o destino ideal para uma escapada romântica de inverno, longe de tudo.

Claudia salivava só de imaginar as lascas crocantes de pastinaca, quem sabe até algumas lascas de parmesão curado. Franziu a testa. Romântico? Longe de tudo? Não parecia o tipo de lugar que Erica escolheria.

Pegou o celular, mas, em vez de ligar para Erica, telefonou para Anna.

— Sou eu. Recebi um e-mail meio estranho da Erica. Será que ela está bem? Estou preocupada, parece que ela bateu a cabeça.

— Falei a mesma coisa assim que ela mencionou Catherine Swift.

— Essa foi a escolha de livro dela? Nem cheguei nessa parte do e-mail. Estava falando da Pousada Maple Sugar.

— Ah, sim. Nome fofo, né?

Claudia ouviu barulhos de panelas ao fundo. Conseguia imaginar Anna ocupada, cercada pelo calor da cozinha espaçosa. Cozinhando para a família.

Sentiu outra pontada de inveja. Era triste pensar que ser chef profissional tinha sugado toda a alegria que sentia em cozinhar.

— Desde quando Erica gosta de coisas fofas?

— Eu disse a mesma coisa.

Claudia se levantou e se serviu de mais café.

— E aí?

— E aí nada. Erica disse que o lugar parecia legal. Mas tinha algo esquisito na conversa. Você acha que tem alguma coisa acontecendo que ela não quer contar?

— Não sei.

Claudia se sentou à mesa e pensou no período que passaram juntas. Sentiu uma pontada de culpa, depois de vergonha. Será que nem sequer tinha perguntado como andava a vida de Erica?

— Você acha que aconteceu alguma coisa? — perguntou Claudia.

— Não tenho certeza, mas não é o comportamento normal dela. De qualquer forma, o lugar parece mesmo uma gracinha. Se a gente for, Erica pode buscar você no aeroporto e vocês duas passam a noite aqui. Pete e as crianças iam adorar ver vocês. Aí, de manhã, a gente pega o carro e vai.

— "Se a gente for"? Você está dizendo que talvez não consiga ir?

— Preciso conversar com a minha família. Pode ser que eles não queiram que eu vá. Natal é uma época mais família pra gente.

Claro que era. O Natal na casa da Anna parecia uma cena de filme. Uma comemoração perfeitamente coordenada. A vida dela era uma alegre bengalinha listrada, enquanto a de Claudia lembrava neve cinzenta e derretida.

Sentiu a tristeza cair sobre si. No último Natal, ela e John tinham decorado o apartamento juntos. Encheram as meias de presentes e assistiram a filmes antigos. Claudia preparou uma perdiz assada com molho de amoras frescas maravilhosa.

Naquele ano, seria só ela, sozinha no apartamento que os dois haviam dividido.

Tentou se concentrar na amiga.

— O que Pete acha?

— Vou conversar com todo mundo hoje à noite. Se ficarem muito chateados, talvez eu tenha que repensar. Não quero estragar o Natal deles. E você? Se for mesmo acontecer, você vem mesmo?

Claudia fez as contas de cabeça. Um quarto na Pousada Maple Sugar em dezembro não ia sair barato. E ainda tinha a passagem. Consumiria o que restava das economias.

Ainda assim... o lugar parecia mágico. E, depois dos péssimos meses que teve, ela merecia um mimo.

A ideia de passar uma semana com as amigas era tentadora demais para recusar.

Ia ter tempo de sobra para se preocupar com dinheiro quando voltasse da viagem.

E talvez sair do apartamento ajudasse a arejar as ideias e decidir o que fazer em seguida.

— Se você for, eu vou. Mas me recuso a ler Catherine Swift. Eu já detesto romance nas melhores circunstâncias, e com certeza não estamos nas melhores circunstâncias.

— Não é romance. Erica disse que é um thriller. Ela encomendou um exemplar para cada uma de nós, deve chegar amanhã. O título é *O último amante.*

Claudia digitou o nome da autora na busca do navegador.

— Vamos ver. Sim, o último livro dela é um thriller. — Deu uma olhada na descrição. — Ah, ele é o último amante porque ela mata o sujeito. Aí me interessou. É sobre uma mulher se vingando de um homem.

— Parece horrível — disse Anna. — Acho que vou levar Jane Austen para compensar.

— Eu achei ótimo. Consigo pensar em alguns homens que adoraria matar, começando pelo John.

— Ele tem falado com você? — perguntou a amiga, em um tom gentil.

— Não. Mas considerando que seis meses atrás eu disse para ele nunca me procurar de novo, talvez não seja grande surpresa. E não me arrependo. Não quero saber dele. Como as pessoas conseguem ser amigas dos ex? Não entendo. Ah, obrigada por aquela maquiagem linda, aliás. Levantou meu astral.

— De nada. Como está?

— Ah, tem sido uma montanha-russa. — Ela e Anna sempre eram sinceras uma com a outra. — Primeiro, fiquei triste, como você sabe. Agora, estou mais é com raiva. Prefiro a raiva. Assim, eu faço as coisas acontecerem. Estou com raiva dele por me trair e não ter coragem de me dizer que as coisas não estavam indo bem. É desrespeitoso, covarde. Estou com raiva de mim mesma por acreditar que o que a gente tinha não ia acabar. Estou com raiva por não ter percebido que havia algo errado. Queria ter estado mais preparada.

— E alguém consegue se preparar para algo assim?

— Não sei. Mas ele me forçou a mudar, e eu preferia que tivesse sido escolha minha. Pra começo de conversa, teria sido mais cuidadosa com o dinheiro. Você tem ideia de como a vida fica mais cara quando você precisa bancar tudo sozinha? — Ela respirou fundo. Não havia razão para esconder a notícia de Anna. — Perdi o emprego. O movimento no restaurante estava caindo. Precisaram cortar custos. Eu era um custo.

— Ai, Claudia... sinto muito. Erica sabe?

— Ainda não. Ela não tem feito outra coisa além de ouvir minhas lamentações, então achei que merecia uma folga.

— Erica não vai concordar com essa lógica, mas você sabe que pode falar comigo sempre que quiser. Precisa de dinheiro? — Anna não hesitou. — Pete e eu podemos emprestar.

Claudia sentiu um nó na garganta. Amigas eram tudo, concluiu.

— Estou bem por enquanto, mas obrigada por oferecer. Meu maior problema é me sentir um fracasso. — Era difícil admitir isso. — A sua vida e a da Erica são um sucesso... e eu, o que conquistei? Desculpa, esquece. Eu ando insuportável.

— Não, você está magoada, preocupada e lidando com muita coisa. — A gentileza de Anna era um bálsamo. — Entendo que o sucesso de Erica na carreira possa parecer intimidador, ainda mais quando a gente está meio para baixo e se sentindo sem rumo na vida. Mas não sei por que você acha que eu sou um sucesso. O que foi que eu conquistei?

Ela não conseguia acreditar que a amiga estava perguntando aquilo.

— Hã... um casamento maravilhoso e dois filhos emocionalmente saudáveis.

Claudia nem sequer tinha conseguido acertar na parte do casamento. Sentiu um aperto no peito. Tinha acreditado que ela e John ficariam juntos para sempre, e ainda estava tentando aceitar um futuro que era bem diferente daquele que havia planejado.

— Eu vou contar para Erica sobre o emprego em algum momento, lógico, mas não quero que ela tenha que me dar tanto apoio de novo. Preciso resolver isso sozinha. E não fica achando que tem que dizer algo sábio. Só quero ouvir você concordar que minha vida é péssima e que tudo bem eu me sentir mal.

— Sua vida é péssima — repetiu Anna —, e tudo bem você se sentir mal.

— Obrigada. — Claudia fungou e sorriu ao mesmo tempo. — Sempre posso contar com você para dizer a coisa certa. Você é uma boa amiga. Por favor, venha para a nossa reunião natalina do clube do livro, Anna. Sua presença é muito reconfortante e tranquilizadora. E eu sinto sua falta, mesmo você tendo uma vida tão perfeita que me dá vontade de odiar você por isso.

— Minha vida não é perfeita. Para de achar que a vida de todo mundo é perfeita.

— Para de tentar fazer eu me sentir melhor. Sua vida é perfeita, e eu fico feliz por você. Fala com Pete e as crianças e depois avisa a gente.

4

Anna

— O jantar está pronto! — gritou Anna da cozinha, tirando uma bandeja de pão de alho do forno.

Por mais ocupados que todos estivessem, ela fazia questão de que a família fizesse as refeições à mesa sempre que possível. Era um momento de conexão. Uma hora em que, por um curto espaço de tempo, todos estavam no mesmo lugar. E o lugar onde todos se reuniam era a cozinha.

Era seu cômodo favorito da casa. Ela amava os armários de madeira feitos sob medida e as portas grandes, do chão ao teto, que se abriam para o jardim e os campos do lado de fora. Amava o jeito como o ambiente lhe dava luz no verão e calor no inverno, como se sempre soubesse do que Anna precisava. Acima de tudo, amava a mesa grande que ela e Pete tinham colocado bem ao lado das portas, com vista para o jardim. Era de madeira reaproveitada, e ela valorizava cada marca e ranhura. Aquela mesa tinha estado com eles por diferentes fases da vida. Havia testemunhado os dias intensos em que Anna e Pete eram um casal jovem que transava sobre a mesa, então pais de gêmeos com papinha espalhada pela superfície, pais de crianças pequenas que a riscavam de giz de cera, pais de adolescentes mal-humorados na hora das refeições, e agora a mesa testemunhava conversas animadas entre dois adultos e dois quase adultos.

Do lado de fora da janela, a noite estava escura e invernal, e alguns flocos de neve caíam do céu nublado. Anna acendeu todas as luzes, e o brilho dourado e acolhedor fez o ambiente parecer ainda mais convidativo. Ela sempre se sentia grata pela casa e pela família, mas naquela noite, depois da conversa com Claudia, essa gratidão era ainda mais intensa. Pobre Claudia. Sua vida tinha sido virada do avesso, e, naquele momento, as coisas eram incertas, enquanto a vida de Anna tinha uma previsibilidade que ela própria achava reconfortante.

Claudia tinha dito que a vida dela era perfeita, e embora Anna não quisesse concordar em voz alta e esfregar isso na cara da amiga, ainda mais quando estava tão fragilizada, no fundo ela tinha razão. Sua vida era bem perfeita. Não agradaria todo mundo, claro, mas era perfeita para *ela*, e, como era Anna a pessoa a vivê-la, estava mais do que satisfeita.

Ela olhou para a mesa, conferindo tudo. Só faltava a família.

Como sempre, Daniel foi o primeiro a aparecer, principalmente porque vivia com fome. Depois veio o marido, Pete, pois apreciava aquele momento do dia tanto quanto ela. Meg foi a última, porque, independentemente da hora, estava sempre falando com alguma amiga no telefone e precisava ser arrancada da ligação.

Anna sentiu um calor de contentamento ao ver seus gêmeos, *seus bebês*, se sentarem à mesa.

O cheiro de alho e ervas impregnou o ar enquanto ela servia macarrão nas tigelas pintadas à mão que haviam comprado em uma viagem em família para a Itália.

Todos se acomodaram em seus lugares habituais: Meg de frente para o jardim, Daniel de frente para Meg, Anna e Pete sentados um de cada lado, nas pontas. Anna serviu uma porção maior para o filho, na esperança de que assim ele não atacasse a geladeira mais tarde.

— Dá para acreditar que já é quase dezembro? Tem previsão de neve para esta semana.

Seu comentário não recebeu resposta.

Meg estava olhando as redes sociais com o celular escondido debaixo da mesa, apesar de celulares serem proibidos durante as refeições. Daniel cantarolava para si mesmo e marcava o ritmo batucando o garfo na borda da tigela.

Era óbvio que ele mal podia esperar para voltar para o quarto, onde passava a maior parte do tempo compondo músicas para sua "banda". Desde bebê, música o acalmava e agora era sua paixão. Anna tinha ouvido Mozart durante a gravidez, então se sentia pelo menos parcialmente responsável pelo talento musical do filho. Ele queria ser compositor, além de intérprete, e ela precisava se controlar para não tentar influenciá-lo a buscar uma carreira mais segura. Talvez, se tivesse passado a gestação inteira assistindo a séries dramáticas sobre médicos, Daniel quisesse ser médico.

— Você podia compor uma música de Natal para mim.

Embora, com certeza, a ideia de escrever uma música para a mãe fosse tão constrangedora quanto receber um abraço de despedida dela na porta da escola.

O filho não respondeu, e Anna percebeu que ele estava usando os minúsculos fones sem fio que tinham lhe dado de presente de aniversário e não havia ouvido uma palavra.

— Daniel!

Ele levou um susto e olhou para cima.

— O quê? — Com uma cara culpada, tirou os fones. — Desculpa. Vou ensaiar com o Ted e o Alex mais tarde, então não queria errar a música. A gente vai tocar na apresentação da escola na quinta.

— Eu sei.

Anna sempre se impressionava com o fato de que aqueles bebês minúsculos trazidos por ela e Pete do hospital agora fossem seres humanos funcionais. Ainda não estava pronta para pensar neles como adultos. Adultos recolhem a roupa suja do chão e costumam sair da cama antes do meio-dia.

— Comprei nossos ingressos. Estou animada.

Daniel pareceu alarmado.

— Você vai?

— Claro. E o seu pai também. Somos seus pais. A gente sempre vai a suas apresentações, peças, jogos... o que for.

Esse era o papel dela, não? Estar ali na plateia, torcendo pelos filhos. Os pais dela fizeram isso, e Anna sempre tentou replicar aquele clima de família feliz. Quando teve seus próprios filhos, trouxe muitas das tradições favoritas para a nova família.

— Eu sei. E agradeço. Mas... — Daniel forçou um sorriso, meio em pânico. — Vai ser ótimo. Legal.

Havia alguma coisa estranha. Com adolescentes, ela já tinha aprendido: o que eles *não* diziam era tão importante quanto o que diziam.

— Pensei que a gente podia sair para comer pizza depois.

Uma coisa que sempre fazia o rosto do filho se iluminar era pizza. Mas hoje não, pelo visto.

— Fala a verdade, Daniel.

Meg guardou o celular, farejando conflito como um tubarão é capaz de sentir uma gota de sangue na água.

— Cala a boca. — Duas manchas vermelhas surgiram nas bochechas de Daniel enquanto ele fuzilava a irmã gêmea com o olhar.

— Daniel, o cão fiel.

— Não me chama assim!

— Por que? É o que você é. Abana o rabinho e agrada os outros, igual a Lola. Se você não falar o que pensa, as pessoas vão passar por cima de você.

Lola, a springer spaniel de 8 anos da família, ouviu o nome e foi correndo até Meg, na esperança de ganhar um pouco de atenção.

Meg acariciou as orelhas macias do animal.

— Ele devia contar a verdade para a nossa mãe, não devia? — cantarolou. — Daniel está com uma garota, mas não precisa se preocupar... ele ainda ama você.

O rubor agora dominava o rosto inteiro do irmão.

— Às vezes, eu te odeio.

Anna suspirou. Pensando bem, talvez sua vida não fosse *totalmente* perfeita. Briguinhas entre irmãos eram normais, ela sabia disso, mas podiam ser desgastantes mesmo assim.

Como mãe, ela tinha que ser de motorista a mediadora.

— Daniel não precisa me contar nada que não queira — interveio em tom gentil, tentando se manter neutra. — É importante respeitar a privacidade das pessoas, Meg.

A garota estreitou os olhos.

— Só estou falando pelo bem maior. Daniel preferia que vocês não fossem, mas não quer magoar vocês. Quando quer impressionar alguém, ninguém quer os pais sentados na primeira fila. Só um comentário.

Às vezes Anna queria que a filha esperta e espirituosa parasse de *só comentar* as coisas. Mas também ficou se perguntando o que estava acontecendo com Daniel, que, ao contrário da irmã, nunca tinha dado trabalho. Ela se preocupava muito mais com ele do que com Meg, que tinha nascido um furacão. Quem quer que fosse essa menina de quem falavam, Anna torcia para que fosse uma boa pessoa.

Ela fez uma pausa, escolhendo bem as palavras.

— A gente adoraria estar lá para apoiar você, mas é claro que, se preferir que a gente não vá, não tem problema.

Uma expressão de alívio se espalhou pelo rosto de Daniel.

— Sério? Você não se importa, mãe?

Anna sentiu um baque. Não era o que esperava ouvir.

— Claro que não me importo — mentiu. A frequência com que se pegava mentindo para os próprios filhos para ser uma boa mãe ainda a surpreendia. — A gente adora ouvir você tocar, mas se preferir que a gente não vá, nós entendemos. — Outra mentira. Ela *não* entendia. — A gente vai ter muitas outras oportunidades.

Mas será que teriam mesmo? Os gêmeos iam para a faculdade no ano seguinte. Iam sair do ninho.

Era algo em que ela evitava pensar.

— Espero que dê tudo certo, querido.

Esperava que a menina que Daniel queria impressionar não partisse seu coração.

Quando se tem filhos, todo mundo avisa sobre a falta de sono e o cansaço físico que vêm com a maternidade. Ninguém fala sobre o esgotamento emocional. Foi um choque descobrir que tudo o que os filhos sentiam, Anna também sentia. Que a dor deles era sua dor. As dificuldades deles, suas dificuldades. Que, muito depois de ter que amamentar de madrugada, ainda sofreria de insônia pela ansiedade em relação ao futuro deles. Ao contrário de Meg, que enfrentara as tempestades das amizades femininas complicadas, Daniel sempre manteve o mesmo grupo pequeno de amigos fiéis desde o jardim de infância. E, até pouco tempo, estava tão focado na música que nem pensava em meninas, mas isso parecia estar mudando.

Pete se inclinou para pegar o sal.

— Sua mãe e eu vamos aproveitar e jantar fora — disse ele. — Um encontro. Vai ser uma mudança agradável. Depois você conta pra gente como foi. E pode ligar se precisar de carona.

Daniel abriu um sorriso grato para o pai. Meg voltou para o celular. Anna sentiu como se algo importante estivesse escorregando por entre os dedos.

Ela não queria sair para jantar. Não queria um encontro. Queria ver Daniel tocando na apresentação.

Pete não se importava? Era provável que não. Ele não parecia sentir a passagem do tempo como ela sentia, talvez porque sua vida não fosse mudar tão drasticamente quanto a dela. A família e os filhos eram o seu mundo, enquanto, para o marido, eram apenas uma parte. Pete ainda ia trabalhar em Manhattan três vezes por semana e, nos outros dois dias, trabalhava de casa, trancado no escritório.

Anna revirou a comida no prato.

Sabia que estava sendo ridícula. Em algum momento, os filhos iriam sair de casa. Era o curso natural das coisas. Sempre soube que esse dia chegaria, mas até então era uma preocupação distante. Agora, estava quase ali. Quase desejava não ter tido gêmeos. Se houvesse um intervalo entre os dois, poderia deixá-los irem um de cada vez e se acostumar aos poucos com uma vida sem filhos em vez de perder os dois ao mesmo tempo.

Anna temia o dia em que os deixaria na faculdade, não importava qual fosse. Tinha prometido a si mesma que não choraria, mas sabia que seria difícil. E mais difícil ainda seria voltar para casa depois.

A casa ia parecer vazia. A vida ia parecer vazia. Ia sentir tanta saudade deles. Das conversas, da bagunça, até das briguinhas.

De repente, sentiu inveja de Erica, que não estava prestes a passar por uma grande mudança. Sim, a amiga tinha feito 40 anos, mas sua rotina seguiria igual. Continuaria no mesmo trabalho, aproveitando o mesmo estilo de vida glamouroso e empolgante. A de Anna ia mudar por completo, e ela não tinha escolha.

Amava sua vida. Queria congelar o tempo. Queria se agarrar à vida que conhecia.

Claudia estava certa. Ela tinha a vida perfeita. O que Claudia não tinha se dado conta era de que Anna estava prestes a perdê-la.

O pânico a engoliu.

— Mãe? — Daniel parecia preocupado, mais do que um pouco culpado. — Está tudo bem?

Não, não estava. Mas a primeira regra da maternidade era manter a calma, parecer firme e sempre no controle. Ela forçou um largo sorriso.

— Tudo bem. Só estava pensando em onde eu e seu pai podemos jantar. Vai ser especial.

Anna precisava parar de pensar e se preocupar com o dia em que os filhos iriam embora, senão estragaria o tempo que ainda restava. Não queria cometer o erro clássico de arruinar o hoje por causa do amanhã. Era melhor aproveitar o tempo que ainda tinha antes de saírem de casa.

Erica diria para ela focar no lado positivo. O fato de os filhos estarem prestes a ir para a faculdade como jovens adultos independentes queria dizer que Anna tinha feito um bom trabalho. Deveria se parabenizar por ter chegado até ali.

O relacionamento com os filhos ia mudar à medida que eles crescessem, isso era inevitável. Havia pouco tempo, tinha lido um livro sobre como ser uma boa mãe de adolescentes. Segundo a obra, sua função era dar aos filhos o que eles precisavam, não o que ela precisava. E, no momento, parecia que Daniel precisava que ela *não* fosse à apresentação.

Não importava que a sensação fosse como se tivesse levado uma facada no peito; Anna tinha que aceitar.

Endireitou-se na cadeira.

Talvez não pudesse ir à apresentação, mas ainda havia outras atividades que podiam curtir em família, e estavam na época do ano ideal para isso.

— E aí, quem está animado para o Natal? Sei que em geral a gente escolhe a árvore no segundo fim de semana de dezembro, mas o que acham de fazermos isso um pouco antes? — Ela ignorou o olhar de surpresa de Pete. — Pode ser dez horas no sábado? Posso assar nossos biscoitos de canela favoritos para a gente comer enquanto decora a árvore. Podemos jogar algo. Faço um jantar especial à noite. Vai ser divertido.

Meg abafou um bocejo.

— Vou dormir na casa da Dana na sexta. É aniversário dela. Eu avisei.

— Eu sei. Pizza e filme. Anotei no calendário.

O calendário com fotos tinha sido o presente de Natal que Anna dera a si mesma no ano anterior. Cada mês trazia uma nova foto da família dos arquivos dela. Meg, aos 10 anos, brincando de trenó na neve. Daniel com seu violão. Uma viagem para a praia em que todos se apertaram para caber na foto e sorriram para a câmera. Memórias preciosas empilhadas, como tijolos de uma casa. Era assim que se construía uma família, não era?

— Mas você vai estar de volta no sábado de manhã, então posso fazer panquecas para o café e depois a gente vai escolher a árvore. Sempre escolhemos juntos. É a tradição da família.

— A mãe da Dana vai levar a gente para patinar no gelo no sábado de manhã — disse Meg. Ao notar a expressão da mãe, suspirou e acrescentou: — Mas eu posso não ir.

— Eu tenho ensaio da banda na escola de manhã — disse Daniel. — Mas a gente pode ir em outro fim de semana.

— Não dá. Tenho compromisso todo fim de semana até o Natal — completou Meg. — Minha vida está uma loucura.

Todo fim de semana?

Anna sentiu um aperto no peito.

— Até no fim de semana de sempre?

— Sim. E eu avisei. — Meg ficou na defensiva, o que era um sinal claro de que havia se esquecido de avisar. — É a festa da Maya na sexta e não posso faltar porque já disse que ia na festa da Dana, então tenho que ir na da Maya também. Não pode parecer que tenho uma favorita.

Será que suas amizades de adolescência eram tão complicadas quanto as da filha?

— Mas quando você tinha pensado que a gente poderia escolher a árvore?

Meg se remexeu.

— Eu tinha pensado que talvez você e o papai podiam ir buscar a árvore este ano. Tipo, não é como se *escolher* fosse tão importante. O que importa é ter a árvore.

Não fosse tão importante?

Ao se lembrar de como Meg costumava fazer uma contagem regressiva até o dia de buscar a árvore, Anna sentiu uma vontade inexplicável de chorar. O entusiasmo da filha era contagiante. "Quando a gente vai para floresta? Pode ser agora?" Ela vinha dizendo a si mesma que ainda havia tempo antes de os filhos saírem de casa, mas não havia, não é mesmo? Aquela conversa fazia parecer que eles já estavam com um pé fora de casa.

Queria que fosse possível se agarrar ao tempo e impedir que passasse.

Será que aqueles Natais em família que tanto amava já eram coisa do passado? Será que aquela parte da vida deles tinha acabado para sempre?

— Você não quer ir escolher a árvore?

— Quer dizer... óbvio que eu adoraria, se a vida não estivesse tão corrida — disse a filha com uma voz animada. — Mas vamos ser honestos. É você quem escolhe de qualquer jeito. O papai fala que uma é *alta demais, pega uma menor*, e você responde que quer uma grande. Se eu e o Daniel escolhemos uma, você sempre acha torta ou rala, você sabe o que quer e vai lá e pega. É a mesma coisa todo ano. Melhor cortar a etapa desnecessária. A gente nem precisa participar.

Mas não era essa a questão? Participar? Discutir sobre a árvore fazia parte da tradição, mas pelo visto ela era a única que via desse jeito.

Anna se imaginou indo buscar a árvore sozinha na feira. Sem a opinião de ninguém. Sem sorrisos, sem expectativa, porque tudo, do cheiro de pinheiro às agulhas pontudas, era parte de criar um clima natalino. Assim, seria só mais um item da lista de compras. Cenouras, batatas, saco de maçãs... árvore. Nada de especial.

— É algo que sempre fizemos juntos. Não quero que vocês percam.

— Não precisa se preocupar com isso. — Meg deu um aceno despreocupado. — A gente vai amar qualquer uma que você escolher.

Anna procurou qualquer traço de arrependimento no rosto da filha e não encontrou nem um pingo.

Parecia que era a única se agarrando a algo que o resto da família já tinha deixado para trás.

E foi naquele instante que tomou a decisão que vinha adiando.

— Certo. Seu pai e eu vamos comprar a árvore. Tem que ser neste fim de semana porque vou viajar no meio de dezembro com a Claudia e a Erica. — Só de falar sentiu que algo estava errado. Esperou, meio esperançosa, por olhares escandalizados e um coro de "O quê? Não vai, mãe!".

Afinal, seria a semana em que eles sempre faziam as compras de Natal, embrulhavam os presentes, decoravam a casa.

Ninguém disse nada, então ela tentou de novo:

— Vou ficar fora a semana toda. Sete dias. Mas não entrem em pânico.

Ninguém parecia em pânico, embora Pete tivesse lhe lançado um olhar interrogativo. Apesar de ter mencionado que remarcariam a reunião do clube do livro quando a viagem do verão foi cancelada, pelo visto ele tinha esquecido que o período próximo ao Natal tinha sido sugerido como a possível nova data. Ou talvez tivesse achado que a esposa não iria viajar naquela época do ano.

Os filhos nem piscaram, e por um breve instante Anna se perguntou o que aconteceria se não voltasse para o Natal. Se não preparasse toda a comida, nem pendurasse luzinhas, nem enfeitasse a casa com guirlandas e arranjos, nem ajudasse ninguém a colocar as meias na lareira para o Papai Noel. Será que se dariam ao trabalho de fazer isso sozinhos ou tratariam o dia como qualquer outro da semana?

Ela cerrou os dentes.

— Vocês estão me ouvindo? Eu vou passar uma semana fora.

Meg se serviu de mais pão de alho.

— Parece ótimo, mãe. Acho muito legal pessoas da sua idade ainda terem amigas.

Pessoas da sua idade?

— Amizade não é só para gente jovem, Meg.

Inclusive, quanto mais os anos passavam, mais necessárias eram as amizades. Pelo menos no caso dela.

— Eu sei. É o que sempre digo para Dana e a Maya. Não vale a pena se estressar com besteira, porque a nossa amizade vai durar e a gente vai continuar se apoiando quando estiver cheia de ruga e desdentada. Embora eu pretenda não ter rugas, por isso pedi protetor solar de fator bem alto para o Papai Noel. Divirta-se, mãe. E manda um beijo para Erica. Que sorte passar uma semana com ela. Erica é muito legal.

Então a amiga era legal, ao que parecia, enquanto Anna era só a mãe chata, cuja mera presença em uma apresentação da escola era motivo de vergonha.

Sentiu a mágoa crescer sob as costelas.

— O que a Erica fez para merecer o título de "muito legal"?

Meg deu de ombros.

— Ela é a chefe, não é? Voa de primeira classe pelo mundo, e as pessoas pagam uma fortuna pelos conselhos dela. Dá palestras para milhares de pessoas. Tem um vídeo dela com sessenta mil visualizações no YouTube. Ela focou a vida na carreira e não se desculpa por isso.

Anna achava que o estilo de vida da Erica beirava a insalubridade, mas talvez fosse porque sabia muito mais sobre a amiga do que os filhos.

Sabia que um dos motivos pelos quais ela se concentrou tanto na carreira era porque sua mãe, desiludida e tendo que dar conta de tudo sozinha depois que o pai de Erica sumiu do mapa logo após seu nascimento, tinha incutido na filha a ideia de que nunca, *jamais*, deveria depender de ninguém para nada. Sabia que, embora Erica não admitisse, a infância dela a deixou tão focada — Anna hesitava em usar a expressão *ferrada* — na importância da independência que ela não conseguia nem levar adiante um relacionamento amoroso. Erica nunca contava com ninguém, nunca pedia ajuda, embora estivesse sempre disposta a ajudar os outros. Se uma amiga estivesse mal, ela aparecia para prestar apoio.

Anna olhou para Pete e sentiu uma onda de amor. Se tropeçasse e caísse, tinha certeza de que ele estaria lá para ajudá-la a se reerguer e sabia que o marido sentia o mesmo. Algumas pessoas talvez a achassem ingênua, mas ela sabia que não era. Confiava nele de olhos fechados.

Essa confiança existia desde o dia em que o conheceu. Estava trabalhando na biblioteca da faculdade quando viu aquele garoto lindo, com cílios longos, tão envolvido com um livro que nem reparou nas garotas em volta lançando olhares desejosos. Ela tinha acabado de ler o mesmo livro, então lhe entregou o volume seguinte da série, e Pete a convidou para dividirem uma garrafa de vinho e conversarem sobre a história.

Vinte e dois anos e dois filhos depois, os dois ainda tomavam vinho juntos, rindo e conversando sobre livros. Durante toda a faculdade foram "Anna e Pete" e continuavam a ser Anna e Pete.

Erica, que sempre tinha pulado de parceiro em parceiro mesmo na época da faculdade, nunca entendeu como os dois podiam viver tão satisfeitos juntos. Mas Anna achava que isso se devia ao fato de a amiga nunca estar disposta a confiar em alguém. Ela nunca teve um relacionamento íntimo de verdade.

Erica nunca se colocou em uma posição em que um homem pudesse ir embora e arruinar sua vida, como o pai dela tinha feito.

Anna pensava nisso às vezes. Pensava no pai de Erica e se perguntava que tipo de homem abandona a esposa e um bebê recém-nascido. Tentava imaginar Pete fazendo o mesmo, mas era impossível, porque o marido jamais deixaria os filhos, assim como jamais a deixaria.

Ao longo dos anos, Anna teve esperança de que Erica conhecesse alguém e se apaixonasse — Claudia culpava o vício de Anna em romances —, mas isso nunca aconteceu. E agora Erica tinha 40 anos.

Quarenta.

Elas eram melhores amigas havia mais de duas décadas, desde que dividiram um quarto na faculdade.

Anna pensou na ligação de Claudia mais cedo. Depois que terminaram a conversa, deu outra olhada no site da Pousada Maple Sugar e não conseguiu encontrar um único motivo pelo qual Erica teria escolhido o lugar. Tinha uma forte suspeita de que Claudia estava certa. Havia algo errado com Erica, mas também sabia, após anos de amizade, que ela só contaria quando estivesse pronta. E não antes.

Meg terminou o prato de macarrão e largou o garfo.

— E Erica também usa roupas incríveis e está sempre em forma. Não dá nem pra saber que ela tem 40 anos. Não parece tão velha assim.

Pete fez uma careta.

— Ah, a crueldade da juventude. Quarenta não é velho. Os 40 são os novos 20.

Meg olhou para ele como se precisasse de sua indulgência.

— Tá bom, pai. Se você diz.

Tenho quase a mesma idade da Erica, pensou Anna. Será que as pessoas imaginavam que ela tinha quase 40 anos? Provavelmente.

Ela não era magra, e seu andar não transbordava confiança como o de Erica. De repente, ficou consciente de que a calça jeans estava apertada na barriga. Talvez a saída dos filhos de casa fosse o empurrão que ela precisava para cuidar melhor de si. Ficar em forma.

— A Erica se hospeda muito em hotéis, então sempre usa a academia e a piscina.

Anna ignorou a vozinha interior dizendo-lhe que fazer exercício era uma escolha, que não era preciso um hotel cinco estrelas nem ser membro de uma academia cara para se manter em forma. Claudia era a prova disso: corria quase todas as manhãs e se exercitava várias vezes por semana. Não havia dúvida de que, entre as três, Anna era o bicho-preguiça.

— Exato — disse Meg. — Erica se coloca em primeiro lugar e não se sente mal por isso. Aquela reportagem sobre ela semana passada... qual era mesmo a manchete? — Meg bateu o dedo na mesa e depois sorriu. — "'Que teto de vidro?'" Era isso. Falando como ela não deixou nada atrapalhar a ambição. Mostrei para todo mundo na escola. Falei "Essa é minha madrinha" e todo mundo ficou tipo "Nossa, mentira". Aí a professora perguntou se eu podia pedir para ela dar uma palestra na escola. Eu disse que até podia, mas que Erica estaria em Tóquio, Londres ou algum lugar glamouroso. Ela é uma inspiração incrível para mulheres.

Anna largou o garfo.

Tinha passado os últimos dezoito anos tentando ser a melhor mãe possível, e agora descobria que, se tivesse voltado ao mercado de trabalho e se concentrado na carreira, talvez tivesse ganhado mais respeito.

E, se tivesse feito isso, teria algo no futuro que não estivesse prestes a mudar.

— Eu trabalhava na mesma empresa que a Erica. Na verdade, fui promovida antes dela.

Assim que as palavras saíram da sua boca, sentiu vergonha. O que estava fazendo? Tentando provar que também merecia o título de "legal"? Será que estava mesmo tão insegura em relação a si mesma e ao seu lugar no mundo? Desde quando o valor de alguém se media pelo cargo e salário?

— Você foi promovida antes dela? — Daniel arregalou os olhos, como se nem conseguisse imaginar a mãe ocupando o mesmo espaço que Erica. — Por que parou de trabalhar?

— Você sabe por quê. — Meg revirou os olhos para o irmão. — Porque teve a gente.

Daniel pareceu incomodado.

— Mas você podia ter continuado trabalhando.

Anna ficava impressionada com como o mundo parecia simples para os filhos. Eles viam tudo em preto e branco, sem tons de cinza. Talvez essa fosse uma das vantagens de chegar aos 40 anos: via a vida com mais nuance.

— Eu podia ter continuado trabalhando. — Ela sorriu. — Mas gostei de ser mãe. Nossa família sempre foi minha prioridade, e não me arrependo disso. — Não se arrependia, mas nos últimos tempos se perguntava como sua vida teria sido se tivesse tomado outras decisões. — Um dia vocês também vão ter que tomar essas decisões.

— Não sei se vou ter filhos, do jeito que o planeta anda — disse Meg. — A geração de vocês acabou com tudo. Valeu, mãe.

Anna piscou, surpresa. Agora estava sendo responsabilizada pelo aquecimento global.

— Mas, enfim, você ainda pode voltar a trabalhar. Nunca é tarde. Como o papai diz, 40 anos nem é tão velho assim. — Meg pegou mais um pedaço de pão de alho. — A mãe da Priya acabou de voltar a trabalhar em um consultório médico.

Anna tentou se imaginar trabalhando em um consultório médico.

Sem chance. Estava fora do mercado havia tempo demais. Não tinha habilidades. Teria que se requalificar — e nem sabia em quê. Não conseguia pensar em nada que quisesse fazer. Sua vida parecia se estender à frente, vazia e sem propósito. Imaginou-se andando de cômodo em cômodo, arrumando coisas que já estavam arrumadas.

Sempre soube que esse dia chegaria, então por que não estava mais preparada?

Depois que os filhos limparam a mesa e ajudaram a colocar a louça na máquina — Anna podia ser mãe em tempo integral, mas não era capacho —, lançou um olhar para Pete.

— Parece que você e eu vamos comprar a árvore sozinhos no sábado.

— Uhum. Posso escolher uma na volta do trabalho na sexta, se quiser. Passo em frente a uma loja que vende.

A resposta dele destravou toda a tristeza que ela vinha guardando dentro de si.

— Claro. Por que não anota na lista do mercado da semana? Talvez a gente já compre uma decorada, assim nem precisa se dar ao trabalho com essa parte também. — Viu a expressão surpresa do marido e suspirou. — Desculpa. Esquece.

— Eu só estava tentando ajudar — disse ele com calma. — Mas não foi uma boa sugestão. O que foi? O que eu não estou entendendo?

— Pelo visto, nada! — Sentia-se frustrada por Pete não entender sem que ela precisasse explicar. — Sou a única pessoa na família que valoriza as tradições? Você não se importa nem um pouco que os nossos filhos não queiram a gente na apresentação deles e nem queiram comprar a árvore de Natal juntos? Uma árvore de Natal não é uma tarefa. Não é algo para riscar da lista de afazeres como roupa para lavar.

Ele hesitou.

— Anna...

— Não vem com essa de "Anna".

Ele passou os dedos na ponta do nariz, como sempre fazia quando tentava encontrar as palavras certas.

— Não é que eles não queiram ir buscar a árvore com a gente. É que tinham outros planos. A gente podia ir outro dia.

— Eles não pareceram se importar. E você viu que nem ligaram de eu estar indo viajar? Mas a questão não é essa. A árvore sempre foi prioridade de todo mundo. Assim que chegava novembro, eles ficavam implorando para a gente ir buscar uma, lembra? Eles não perdiam por nada.

— Eu me lembro. E me lembro do ano em que cedemos e pegamos a árvore no fim de novembro.

Os dois sorriram, porque era uma lembrança feliz.

— Ela estava quase careca na véspera de Natal.

Pete assentiu.

— Não dá para esperar que eles queiram fazer as mesmas coisas de quando eram pequenos. E olhe por outro lado: é ótimo que eles tenham amigos.

— Eu sei, mas é Natal. É uma época em que muitas famílias têm tradições que repetem todo ano. É por isso que se chamam tradições. Não sei por que isso precisa mudar. Você não fica nem um pouco triste de pensar que a gente não vai mais fazer isso juntos?

— Eu não tinha pensado nisso, mas você pensou. — Ele foi compreensivo. — Sei o quanto você sempre amou o Natal. Mas olha só: por que a gente não vai juntos pegar a árvore e depois almoça naquele restaurante novo no centro? Podemos transformar o dia em algo especial. Um dia da Anna e do Pete.

Ela sentiu uma onda de nostalgia.

Depois que os gêmeos nasceram, eles às vezes aceitavam quando a mãe de Pete se oferecia para ficar de babá das crianças e aproveitavam o que chamavam de "dia da Anna e do Pete". Era quando podiam estar juntos e focar um no outro, e não nos gêmeos.

Aqueles dias eram preciosos. Iam ao cinema à tarde e devoravam um balde de pipoca. Se hospedavam em um hotel e transavam. Uma vez, se hospedaram e só dormiram. Mas, na maioria das vezes, conversavam e se dedicavam um ao outro.

Parecia que fazia tanto tempo.

— Não é a mesma coisa. Sou só eu, não é? Sou a única que se importa. Não faria diferença para você se a gente pegasse qualquer árvore de Natal na beira da estrada. Você está fazendo isso para me agradar.

— Eu gosto de ter uma árvore de Natal. Não é importante para mim como a gente arruma essa árvore, mas é importante para você. E, se é importante para você, também é para mim. — O tom dele era firme enquanto a observava. — Mas isso não é por causa da árvore, é?

Anna sentiu um nó na garganta. Pete a conhecia tão bem.

— É por tudo estar mudando. Por eles estarem prestes a sair de casa. Eu tenho medo desse dia há tempos, mas até agora consegui enterrar esses pensamentos e me convencer de que ainda não era a hora. Mas hoje à noite percebi que já está acontecendo. — Sentiu a emoção crescer. — Talvez nossos filhos ainda não tenham ido embora oficialmente, mas em certos aspectos parece que já foram.

— Eles estão crescendo. Encontrando o próprio rumo.

— Eu sei. Mas até agora sempre estivemos ao lado deles, e deixar os dois irem embora assim é... — Engoliu em seco. — É difícil. Eu sei que para você o impacto é menor. Você sai para trabalhar de manhã e tem sua rotina, e aposto que nem pensa na gente. Você tem outra coisa em que se concentrar, mas os filhos... nossa família... minha vida gira em torno disso.

— Eu sei. Você criou um lar maravilhoso, e é graças a você que temos dois filhos felizes e funcionais, confiantes o bastante para saírem por aí e viverem a vida como querem. Nosso papel agora é apoiá-los.

— Eu quero que continuem perto da gente.

— Eu sei. Mas talvez seja hora de você fazer algumas mudanças também. Pode ser empolgante. Um novo começo.

A ideia não parecia empolgante para Anna. Parecia quase assustadora.

— Eu não quero um novo começo. E, mesmo se quisesse, o que eu poderia fazer? Não tenho qualificação para nada, não sou como a Erica, a mais legal de todas, que cobra zilhões só para dar uma opinião. — Sentiu uma pontada de insegurança. — Quando trabalhávamos na mesma empresa, eu tinha uma carreira promissora.

Anna ainda se lembrava da adrenalina que o antigo emprego proporcionava.

— Até eu engravidar você — disse Pete baixinho, e ela corou, sentindo-se culpada.

— Você não fez isso sozinho, né? Nós dois participamos.

Os dois foram um pouco apressados, estavam empolgados. Jovens e impulsivos demais para pensarem em coisas sensatas e adultas como métodos contraceptivos.

— Você se arrepende?

— De ter tido nossos filhos? — Ela ficou chocada por Pete sequer fazer a pergunta. — Eles são a melhor coisa que já me aconteceu. Você sabe disso.

— Eu sei. Mas talvez se tivéssemos tido filhos mais tarde, você já estivesse com a carreira mais estável... se tivesse continuado trabalhando, mesmo que meio período, talvez fosse mais fácil voltar.

— Eu não queria trabalhar meio período. Queria estar com os gêmeos.

Sabia que algumas mulheres voltavam a trabalhar porque não podiam se dar ao luxo de ficar em casa, e outras porque preferiam assim. Mas ela tinha escolhido ficar. Era o que queria. A escolha foi sua. Na cabeça dela, não tinha sacrificado nada ao estar em casa, tinha ganhado tudo.

Anna não achava cuidar dos filhos entediante ou repetitivo; achava fascinante. Os primeiros passos de Meg, o dia em que Daniel conseguiu ler uma página inteira — eram momentos que sabia que ia guardar com carinho para sempre. E sabia que era sortuda por ter tido essa opção. Pete tinha ajudado a tornar isso possível, e ela não se esquecia do impacto que isso teve sobre ele. Sim, algumas vezes "ir trabalhar" parecia a opção mais fácil quando comparada às noites em claro com dois bebês, mas Pete carregava o fardo financeiro da família sozinho, e isso não era pouco. Com cinco anos de casados, ele perdeu o emprego e ela viu no rosto dele a tensão enquanto passava noites em claro procurando um novo trabalho.

— Vem aqui. — Pete estendeu a mão, e Anna se aproximou sem hesitar, acomodando-se no colo dele como fazia na adolescência.

— Estou pesada.

Ao se lembrar do comentário de Meg sobre Erica, fez menção de se levantar, mas o marido a puxou de volta.

— Você não está pesada. — Ele a envolveu com os braços. — Eu sei que você não se arrepende de ter tido nossos filhos. Eles são quase perfeitos, não que eu vá admitir isso para eles, é claro. E por que não seriam, com o meu DNA... ai! — Pete fez uma careta quando ela deu uma cotovelada nas costelas dele.

— Eles herdaram todos os seus piores traços.

— Eu não tenho traços ruins. — Ele a puxou ainda mais para perto. — O que eu posso fazer para facilitar isso?

— Eu não sei. — Anna hesitou, tentando encontrar as palavras. — Lembra quando você perdeu o emprego? Por um tempo, você se sentiu sem propósito, como se não soubesse mais qual era o seu papel. É assim que eu me sinto. As crianças não precisam mais de mim como antes, então é como se eu estivesse perdendo o meu emprego.

Ele afastou o cabelo dela do rosto, o toque delicado.

— Você não está perdendo seu emprego, Anna. Eles sempre vão precisar de você.

— Mas de um jeito diferente. Esse trabalho, ser mãe, preencheu a minha vida, e agora está chegando ao fim e eu não sei como lidar com isso. É tudo o que eu sei fazer. É nisso que sou boa. É o que eu amo. E logo, logo, eles não vão mais precisar de mim. E então? Quando você perdeu seu emprego, pôde se candidatar a outro porque tinha qualificações. A menos que alguém queira que eu crie os filhos deles, minhas habilidades não servem para nada.

— Isso não é verdade. — Pete a abraçou mais apertado. — Eles não são a única coisa da sua vida, Anna. Você tem outras coisas boas.

Ele estava tentando lembrá-la de que tinham um belo lar, amigos, uma boa família. E Anna era muito grata por tudo isso, mas não mudava aquele sentimento de perda.

— As crianças são a coisa mais importante.

Houve uma pausa, e então Pete a soltou e a cutucou para que se levantasse.

— Certo. Bem, acho que você pode encarar isso como um fim... ou como um começo.

Ela pegou a taça de vinho da mesa.

— Isso soa como uma daquelas frases irritantes que postam nas redes sociais. Hora de parar de falar, Pete.

— Eu estou tentando ajudar. — Ele se levantou e foi até a cafeteira, enquanto a esposa o olhava com frustração.

— A menos que você consiga voltar no tempo, não há muito que possa fazer para consertar isso.

Anna nunca conseguiu entender como o marido era capaz de tomar café tão forte à noite sem passar a madrugada acordado.

Pete apertou um botão e preparou um *espresso*.

— Então o que você está dizendo? Que quer ter outro bebê?

Anna engasgou e largou a taça.

— Você está falando sério?

— Estou. Por que a surpresa? Você ama bebês, e está dizendo que os filhos são a única coisa importante na sua vida. Então estou entendendo que talvez a gente devesse ter outro.

Ele tomou um gole do café e a observou do outro lado da cozinha.

Anna ficou desconcertada. E ela não tinha dito que os filhos eram a *única* coisa importante... tinha? Não, com certeza não. Será que os pais sentiam pelos filhos o mesmo que as mães? Será que o vínculo era diferente? Era algo que ela e as amigas tinham discutido no último encontro do clube do livro, embora Claudia e Erica não tivessem filhos, então a conversa foi curta. E considerando que o pai de Erica tinha ido embora cerca de oito minutos depois de seu nascimento, a opinião da amiga era, no mínimo, parcial.

— Outro bebê? Pete, isso é ridículo.

Ela terminou o vinho.

— Por que é ridículo?

— A gente sempre concordou que dois era um bom número, e por acaso vieram dois de uma vez.

— E daí? A gente tem o direito de mudar de ideia se for isso que você quiser.

Isso nem tinha lhe passado pela cabeça. Tentou se imaginar grávida de novo. Ter outro bebê. As noites em claro. O caos. *A alegria, o amor.*

— Eu vou fazer 40 anos daqui a alguns meses. E você também.

— Um monte de gente tem filho aos 40. E o que a gente não tem em juventude, compensa com experiência. A gente era jovem quando teve os gêmeos. Aprendemos muita coisa. — Pete deu de ombros. — Vai ver agora até sejamos bons pais. Podemos considerar os gêmeos nosso treino.

Ela sabia que deveria rir, mas não conseguia ver graça nenhuma.

Mesmo que fosse possível, será que ela queria isso?

— As crianças iam surtar. Seria a prova de que ainda fazemos sexo.

Ele esboçou um sorriso.

— Seria educativo para elas.

Anna conseguia imaginar Meg dizendo: "Argh, mãe, não acredito! Melhor não me buscar na escola pelos próximos nove meses".

— Não é só pelas crianças. Eu não posso ficar tendo um bebê atrás do outro para resolver o problema. Sempre vai existir o "último bebê".

— Eu sei, mas até lá você já vai estar velha demais para se importar. — Pete tomou o espresso e pousou a xícara com cuidado. — Quer saber o que eu acho?

— Não sei. Será que eu quero? Sua última sugestão beirou a insanidade.

Sentindo-se abalada e inquieta, ela atravessou a cozinha e terminou de encher a tigela de água de Lola. Tinha a sensação de que Pete não estava entendendo direito, ou talvez não estivesse tentando entender, e isso a fez se sentir sozinha. Uma onda de pânico se espalhou dentro dela. Anna *nunca* se sentia sozinha no casamento. Desde quando Pete não entendia? Eles conversavam sobre tudo.

— Eu acho que a gente devia buscar a árvore juntos nesse fim de semana — disse ele —, e aí você devia viajar com as suas amigas e se divertir. Você sempre adora a semana que passam juntas. Volta cheia de energia. Você sentiu falta no verão.

— Eu sei, mas o verão é diferente.

— Não precisa ser. O que é mais convidativo do que se aconchegar em uma pousada com neve do lado de fora e conversar sobre livros?

— Você se importa se eu for?

— Se eu me importo? Claro que não. Você tem sorte, Anna. Livros são seu hobby desde sempre, e o clube do livro é importante para você desde a faculdade. Vá, aproveite. Tome chocolate quente. Discuta sobre o enredo, os personagens e decisões inexplicáveis. Esquece as crianças. O Natal vai continuar aqui quando você voltar. Não vai sumir.

Ele tinha razão, claro. Livros eram seu maior interesse. Era movida pela leitura. Algumas pessoas se exercitam — e Anna até tentava se exercitar quando conseguia ter motivação —, outras meditavam, mas tudo o que ela precisava fazer para relaxar era abrir um livro e ser transportada para outro mundo. E seria divertido passar um tempo com as amigas. Além disso, estava preocupada com Claudia e queria estar ao lado dela.

Pensando nisso, pegou o telefone e ligou para Erica antes que pudesse mudar de ideia.

A amiga atendeu na hora.

— Eu vou — disse Anna. — Pode reservar.

— As crianças tentaram impedir a viagem?

Ela sentiu um aperto no peito.

— Não.

— Ótimo. Você merece um tempo só para você, Anna. Leve roupa de frio e as raquetes de neve. Você vai se divertir como nunca e prometo que vou lhe dar mais clima natalino do que você é capaz de aguentar.

— Isso é impossível. Eu aguento muito. Você já reservou os quartos?

— Ainda não. Estou atolada de trabalho. Por que as empresas cortam gastos e não pensam nas consequências? Enfim, agora que você confirmou, vou ligar amanhã cedo, porque você sabe como sou chata com detalhes. Claudia me mandou e-mail dizendo que topa, então vou reservar três quartos na Pousada Maple Sugar. Chocolate quente. Biscoitos. Vai ser como aquelas madrugadas na faculdade em que a gente se juntava para provar os doces que ela tinha assado. Você leu o que eu mandei sobre o lugar?

— Li. Parece idílico. — Anna se perguntou como seria acordar todo dia com aquela vista. Sentiu uma pontada de inveja. — E apesar de ser horrível ela ter perdido o marido, pelo menos Hattie Coleman conseguiu continuar o sonho do casal. Aposto que isso traz algum conforto para ela.

5
Hattie

— O travesseiro é muito duro. Não gosto de travesseiro duro. — A mulher lançou um olhar fulminante para Hattie. — Não preguei o olho a noite toda.

— Sinto muito, sra. Green. — O pedido de desculpas era sincero, assim como sua compaixão. Se alguém entendia os efeitos de uma noite maldormida, era ela. Mas, no momento, mesmo que fosse se deitar em uma nuvem fofa, duvidava que conseguiria desligar o cérebro. — Vou pedir para a equipe da limpeza trazer travesseiros novos para a senhora.

— Não quero os da primeira noite. Eram macios demais.

Duros demais, macios demais... parecia que estava tentando agradar à Cachinhos Dourados, pensou Hattie. Ainda assim, garantir que os hóspedes tivessem uma estadia perfeita era a parte do trabalho de que mais gostava. Queria proporcionar momentos que ficariam para sempre na memória, pois eram esses que importavam. Momentos felizes sustentavam a gente quando a vida ficava difícil.

— Vou pedir para Chloe trazer algumas opções para a senhora escolher — afirmou. — É importante para nós que a senhora fique confortável. Vamos priorizar isso, prometo. Enquanto isso, se quiser seguir para o salão de café da manhã, vou garantir que a equipe reserve sua mesa favorita, com vista para o rio e as montanhas. Temos ovos Benedict no cardápio hoje. Especialidade do chef. Recomendo.

O telefone tocou, e Hattie esperou a sra. Green sair em direção ao salão para atender.

— Pousada Maple Sugar, como posso ajudar?

— Gostaria de reservar três quartos para meados de dezembro. Minhas amigas e eu nos reunimos todo ano em um hotel diferente para o nosso clube do livro, então três quartos próximos seria ótimo, se possível.

A voz da mulher era firme e profissional, e Hattie sentiu uma pontada de inveja. O que não daria para passar uma semana com amigas, falando sobre livros? Antes de conhecer Brent, tinha trabalhado por pouco tempo em uma livraria. Amava ler, mas atualmente os únicos livros que lia eram os infantis com Delphi. Só naquela semana, já tinha lido sobre dinossauros, tubarões e uma morsa que odiava as próprias presas.

Vivia ocupada demais para abrir os romances amontoados em sua mesinha de cabeceira. Sem contar que, desde a morte de Brent, sua concentração estava em frangalhos.

Ela consultou o computador.

— Ora, que sorte. Temos três quartos disponíveis para as suas datas, então já posso reservá-los. Meu nome é Hattie, aliás. Deveria ter dito isso no início.

Não houve resposta, o que a fez franzir a testa.

— Alô? Ainda está aí?

A mulher pigarreou.

— Sim.

— Ah, ainda bem. Por um momento achei que a ligação tinha caído.

— Você é a Hattie.

— Isso mesmo. — Havia algo de estranho na conversa. — E tenho três quartos, se quiser confirmá-los.

Houve uma pausa.

— Qual é a política de cancelamento?

Ela ficou confusa. A mulher nem tinha feito a reserva e já estava pensando em cancelar?

— Sempre tentamos remarcar. Se conseguirmos reservar os quartos para outros hóspedes, cobramos apenas uma pequena taxa administrativa. — Estava tudo escrito no site. Essa conversa estava meio esquisita ou era só o cansaço falando? — Gostaria de seguir com a reserva?

Outra longa pausa.

— Sim. Vamos lá.

Hattie bloqueou as datas no sistema. Talvez a mulher estivesse estressada com o Natal. A época fazia as pessoas se comportarem de um jeito estranho.

— É para um clube do livro, não é? Nesse caso, vão precisar de um lugar para sentar e conversar. Os quartos são ótimos, mas a área de estar é um pouco apertada para três pessoas. Quer que eu reserve a biblioteca? É o lugar perfeito.

— Vocês têm uma biblioteca?

— Sim. É pequena, mas tem sofás confortáveis, uma lareira e é bem aconchegante. Eu mesma adoro ler, e meu falecido marido transformou um dos quartos da pousada em uma biblioteca, para eu ter onde guardar todos os meus livros.

No começo, tinha grandes planos para o cômodo. "Vamos organizar clubes do livro aos fins de semana", dissera a Brent. "Tipo um fim de semana em um spa, só que com livros." Imaginava pequenos grupos de mulheres, já que clubes do livro quase sempre eram só de mulheres, chegando de várias partes do país, prontas para serem acolhidas com cama, café da manhã e histórias. Achara a ideia brilhante, mas Brent não tinha se empolgado muito. Não achava que fosse comercialmente forte. E talvez ele estivesse certo. Ela não entendia de negócios. Só porque parecia a viagem dos sonhos para ela não queria dizer que outras pessoas veriam da mesma forma.

— A maioria dos hóspedes prefere ficar em uma das duas salas de estar ou aproveitar as atividades de inverno lá fora, então não será problema reservar esse espaço para vocês, se me avisar em quais noites gostaria de usá-lo. Pode conversar com suas amigas e me dizer no check-in.

— Obrigada... Hattie.

Com certeza havia algo estranho naquela conversa.

— De nada.

Ela anotou os dados das hóspedes Erica Chapman, Anna Walker e Claudia Price.

A pousada estaria cheia durante todo o mês de dezembro. O que era ótimo, desde que ninguém da equipe pedisse demissão. Se alguém saísse, seria um grande problema.

Ao encerrar a ligação, ouviu a risada contagiante de Delphi vindo do escritório e, junto dela, uma voz masculina profunda.

Noah Peterson. Ali. Em pessoa. Não dava mais para evitar.

Seu estômago se revirou.

Claro que sabia que esse momento ia chegar, mas não estava preparada para que fosse naquele dia. Pelo menos tinha lavado o cabelo. Não que sua aparência importasse, mas ainda assim... era mais fácil lidar com situações constrangedoras quando se está com uma boa aparência.

E a situação com certeza seria constrangedora.

Hattie bem que aceitaria outro copo daquela bebida das bruxas que tinha tomado no Halloween para ajudá-la a encarar os próximos minutos.

Lançou um olhar rápido pela recepção vazia da pousada e entrou na sala dos fundos.

Fingiria que nada tinha acontecido. Torcia para que ele fizesse o mesmo.

Noah estava agachado ao lado de sua filha, os dois espiando dentro de um cesto. Rufus se aproximou para investigar, mas Delphi o afastou com delicadeza.

— Senta, Rufus. Você vai assustá-la. — Delphi estendeu o braço até o cesto. — Ele vai morder?

— Não.

Por um instante, Hattie apenas observou os dois, homem e menina, com a cabeça próxima uma da outra, cabelo escuro e cabelo claro. Sentiu uma pontada no peito, porque Brent tinha sido um ótimo pai, mas Delphi jamais se lembraria disso. Não se lembraria da primeira vez que ele a puxou em um trenó ou do primeiro boneco de neve que construíram juntos. Nunca teria aquele relacionamento próximo como o que Hattie tivera com o próprio pai. Ela fazia questão de falar sobre Brent o tempo todo, e espalhava fotos por toda parte, mas não era a mesma coisa. Às vezes pensava em todos os momentos perdidos, em todos os momentos divertidos que jamais passariam juntos, nas memórias que jamais seriam criadas, mas isso partia seu coração, então tentava ter a disciplina de não se entregar a tais pensamentos. Qual o sentido? Precisava viver no presente. Precisava seguir em frente. Esse era o exemplo que seu pai tinha dado, e era o mesmo que queria dar à filha. Levante-se. Continue andando. Pense nas coisas como são, não como poderiam ter sido.

Precisava continuar, inclusive nos momentos difíceis.

E por falar em momentos difíceis...

— Oi, Noah. — Hattie fez o possível para soar natural. — Não sabia que você estava aqui.

— Vim deixar frutas e legumes na cozinha. — Ele se levantou. De calça jeans e suéter de lã grossa, exalava aquela vitalidade saudável de quem vive ao ar livre. — Você estava ocupada com os hóspedes. Aliás, tem estado bem ocupada. Minha mãe vive reclamando que nunca mais vê você.

O sorriso descontraído a deixou sem jeito. Aquele sorriso tinha sido sua perdição. Será que Noah sabia que ela estava evitando encontrá-lo? Sim, devia saber, mas ele também a andava evitando.

Mesmo assim, agora Noah estava ali, o que devia ser sua maneira de insinuar que os dois deviam desenvolver uma conveniente amnésia e seguir em frente.

— Vejo que a Delphi está cuidando bem de você. O que tem no cesto?

— Pantera teve filhotes — disse Delphi, com a cabeça quase dentro do cesto. — Este aqui vai para a sra. Michaels, da livraria. Parece a Pantera, só que tem uma manchinha na orelha. Noah tem mais gatinhos em casa. A gente pode ficar com um?

Hattie queria tanto dizer sim. O desejo intenso de fazer qualquer coisa para ver a filha feliz e compensar a falta de um pai era difícil de controlar. Mas ela ia se controlar. Mal estava dando conta da pousada, de um cachorro e de uma criança, e o período mais movimentado do ano estava prestes a começar. Sabia que não podia acrescentar mais responsabilidade ou caos à rotina. Poderia inventar uma desculpa ou dizer a verdade. Preferia que a filha sempre ouvisse a verdade.

— A gente não pode ter um gatinho, querida.

Delphi franziu o nariz.

— Por que não? Eu quero *muito* um.

— Eu sei, mas na vida a gente às vezes quer coisas que não pode ter. E sei que parece difícil. — Hattie pensou em todas as coisas que ela mesma queria muito. — Mas, no momento, já temos muita coisa com que lidar. Um animal é uma grande responsabilidade. Eles não precisam só de amor e atenção. Eles exigem tempo e cuidado.

— Mas a gente já cuida do Rufus.

— Justamente. A gente cuida do Rufus. E acho que você já está crescida o suficiente para assumir mais responsabilidade por ele. Talvez seja uma boa hora para conversarmos sobre isso.

A menina se endireitou

— Eu podia dar comida para ele. E lavar o potinho.

— Você faria isso? Porque seria uma grande ajuda.

Rufus abanou o rabo, acertando o chão, e Delphi olhou para Noah. Seu cabelo era um emaranhado de ouro pálido emoldurando o rosto, e seus olhos estavam sérios.

— A gente não pode ter um gatinho agora porque eu estou ocupada demais para cuidar dele.

Ela sentiu uma onda quase esmagadora de amor pela filha.

Noah assentiu, solene.

— Isso é muito responsável da sua parte. Você pode visitar os gatinhos lá na fazenda e ajudar a Pantera a cuidar deles quando quiser.

Hattie ficou grata pelo gesto.

— Que oferta gentil.

— Posso ir hoje?

Delphi já era esperta o bastante para entender que adultos nem sempre cumpriam o que prometiam, e Noah sorriu.

— Se sua mãe deixar, por mim tudo bem. E, aproveitando a visita, vocês já podem escolher as árvores de Natal. Assim, vocês serão as primeiras.

— Hoje? — A garotinha quase explodiu de empolgação. — A gente pode cortar uma?

— Não vamos cortar hoje. Eu deixo para fazer isso perto da entrega. Assim as árvores ficam frescas.

Delphi fitou a mãe.

— A gente pode ir? Por favor?

Se dissesse não para isso também, estragaria o dia da filha, e ela não merecia ter o dia arruinado só porque a mãe andara se sentindo sozinha e sexualmente frustrada e descontara tudo aquilo em Noah.

Noah a observava, com uma expressão indecifrável.

— Você que sabe — disse ele, com firmeza. — Se preferir não ir, tudo bem.

Será que Noah estava dizendo que preferia que ela não fosse? Ou que não fazia diferença? Será que ele pensava naqueles momentos intensos e imprudentes no celeiro ou tinha tentado esquecer? Talvez, para Noah, aquele beijo tivesse sido a parte mais assustadora do Halloween.

Hattie conteve uma risada histérica. Talvez fosse por isso que ele não aparecia fazia um tempo. Ela tinha assustado o sujeito. Fora tão desesperada que o deixara com medo.

Mas Noah nunca lhe pareceu o tipo de homem que se assusta fácil.

Era impossível decifrar o que ele pensava só pela linguagem corporal.

Mas, qualquer que fossem os pensamentos dele, era preciso deixar claro que nada tinha mudado. Ele era seu vizinho e, antes daquele momento de loucura, um bom amigo. Hattie não queria perder isso.

Depois do acidente de Brent, fora grata pela presença constante e tranquila de Noah. Ele a visitava com frequência, lembrando-a de que ela não estava sozinha, que tinha amigos e vizinhos que se importavam e cuidavam dela. Muito depois de outras pessoas pararem de perguntar como ela estava, Noah ainda prestava atenção. Muitas vezes trazia presentes da cozinha da mãe.

"Minha mãe fez comida demais, será que você pode nos ajudar e comer um pouco?"

"Ela testou uma receita nova de torta e adoraria ouvir sua opinião."

Hattie passou a esperar por essas visitas com prazer. Ao contrário dos outros, ele não pisava em ovos perto dela. Parecia entender que ela podia rir em um momento e chorar no seguinte.

Desde o Halloween, sentia falta dele. Isso era errado? Não fazia ideia do que era certo ou errado. A vida tinha mudado a ordem natural das coisas, e Hattie sentia como se não soubesse mais quais eram as regras, ou se ainda *existiam* regras. Não se importava com o que os outros pensavam; não era esse o problema. O problema era que Hattie não sabia nem o que ela mesma pensava.

Mas passar um tempo com Noah seria uma maneira de tranquilizá-lo, mostrar que ela não pretendia agarrá-lo a cada oportunidade e que ele não precisava ficar nervoso. Além disso, uma tarde na fazenda deixaria sua filha muito feliz e, se havia uma chance de deixar a filha muito feliz, ela ia aproveitar.

— Seria ótimo. Obrigada. Até estava querendo mandar um e-mail sobre as árvores, mas tem sido muito corrido aqui. Muita coisa acontecendo.

O olhar dele encontrou o dela.

— Eu entendo.

Se isso fosse verdade, era realmente constrangedor.

Hattie ficou irritada ao sentir as bochechas corando.

— A gente vai depois do almoço. Vou pedir a Chloe para ficar na recepção, e ela me liga se tiver qualquer problema.

— Minha mãe estava querendo que vocês ficassem para o jantar. Ela não vê vocês desde o Halloween.

Halloween. Bastou essa palavra para as lembranças voltarem com força total.

Ela se lembrou do ar gélido, do celeiro escuro, das sombras envolvendo a intimidade daquele momento. Eles estavam falando sobre árvores de Natal ou talvez sobre a colheita de abóboras, Hattie nem sabia direito, mas se lembrava bem da hora em que cravou os dedos na camisa dele e o puxou para perto. Puxou com tanta força que Noah precisou se apoiar para os dois não perderem o equilíbrio, e por um instante, sem fôlego, ela pensou *o que eu estou fazendo?*, e então o beijou. Na verdade, Hattie não apenas o beijou, ela devorou seus lábios. Estava faminta, tomada pelo calor do momento. Sentia vergonha de se lembrar, embora Noah a tivesse acompanhado bem, a boca urgente contra a dela, as mãos apertando sua cintura enquanto os dois se aproximavam ainda mais. Tudo fora um borrão vertiginoso de prazer erótico e culpa. Culpa por não saber se estava pronta para beijar outro homem; prazer porque... bem, essa parte era óbvia. Noah Peterson com certeza tinha certas habilidades que ela desconhecia até então.

Mas agora Hattie as conhecia muito bem.

Seu olhar pousou sobre o dele e, por um momento, ficaram ali, conectados pela lembrança daquela intimidade furtiva.

Era o momento de dizer algo engraçado e despreocupado, que indicasse que estava tudo bem, que ele não precisava se preocupar se acabassem a sós em uma noite escura.

Mas sua mente ficou vazia.

Noah a encarou por mais um segundo e então voltou sua atenção para Delphi.

— Pode cuidar da gatinha para mim, querida? Sua mãe e eu precisamos conversar sobre algumas coisas.

Hattie sentiu uma onda de pavor. Ele queria falar sobre o que aconteceu? Era a última coisa que *ela* queria.

Mantendo a mão sobre a cesta em um gesto protetor, Delphi olhou para cima.

— Eu sei. Árvores de Natal. Vocês têm que conversar sobre as árvores de Natal. Porque você é o homem das árvores de Natal.

— Isso mesmo. — O sorriso dele enrugou os olhos e ergueu os cantos da boca. — Eu sou o homem das árvores de Natal.

Apertando de leve o ombro da menina, ele caminhou até Hattie.

Ela o encarou, meio perdida.

— Você quer falar sobre árvores de Natal?

— Sobre o seu pedido. Seria bom saber do que precisa antes de vocês irem lá hoje à tarde.

— Ah. — Hattie se forçou a relaxar. — Sim. Anotei em algum lugar. Está na minha mesa. — Pegou o caderno, arrancou a página e a estendeu para ele. — Aqui.

— Obrigado. — Ele deu uma olhada rápida e enfiou o papel no bolso.

— É igual à do ano passado, só que este ano quero colocar uma árvore na biblioteca também.

— Tudo bem. Tamanho?

Tamanho? *Mais de um metro e oitenta*, pensou, porque ela tinha precisado ficar na ponta dos pés para beijá-lo.

Estava tão atrapalhada com o rumo dos próprios pensamentos que seu cérebro parou de funcionar.

— Não sei.

— Me mostre o espaço e eu escolho uma adequada.

Noah saiu pela porta em direção à recepção, e Hattie olhou para a filha.

— Não saia daí. Você está no comando. Basicamente gerenciando tudo.

— Não vou sair.

Delphi cruzou as pernas e ficou firme, assumindo suas novas responsabilidades com seriedade.

Hattie seguiu Noah até a recepção. Tudo estava calmo, o que era raro, então atravessou o corredor até o cômodo que ela e Brent tinham transformado em biblioteca.

— Aquela menina tem 5 anos e cabeça de 25. Juro que um dia vou acordar e descobrir que ela já foi para faculdade.

— Ela está crescendo rápido.

— Está mesmo. Um pouco rápido demais. Eu não consigo acompanhar.

Graças a Deus por Delphi, que sempre era um assunto seguro sobre o qual conversar.

Hattie abriu a porta e sentiu parte do estresse se esvair. Os livros tinham esse efeito sobre ela, e o cômodo estava cheio deles. As estantes de nogueira iam até o teto. Uma lareira crepitava no canto. Dois sofás fundos e confortáveis estavam voltados um para o outro, a mesa baixa entre eles, repleta de livros. O que Hattie não daria para se acomodar em um daqueles sofás e passar o resto do dia lendo?

— Eu adoro este cômodo.

Noah estendeu a mão para uma estante e pegou um livro. O suéter destacava os ombros largos dele, e um arrepio percorreu a espinha de Hattie, se instalando em algum lugar dentro dela.

— Eu também.

Foi difícil soar natural, e ela não sabia se havia conseguido.

— Tenho oito livros na minha mesa de cabeceira agora, e com a quantidade de trabalho na fazenda não acho que esse número vá diminuir tão cedo. Não que eu não goste de ler, mas, desde que meu pai machucou o ombro, não sobra muito tempo para fazer outra coisa além de trabalhar e dormir. Imagino que você saiba como é isso. — Ele devolveu o livro à estante e se virou. — Então é melhor a gente resolver logo isso para você voltar para Delphi e para o trabalho na pousada.

A boca dela ficou seca.

— Resolver isso?

— A gente devia conversar. Descobrir o que você quer.

Se Hattie soubesse, não estaria nesse dilema. Sabia que precisava seguir em frente um dia, fosse lá o que isso significasse, mas como saber quando esse dia chegaria?

— A gente não precisa conversar.

Houve um lampejo de surpresa nos olhos de Noah, seguido por compreensão.

— A árvore — disse ele, devagar. — A gente devia conversar sobre como você quer que ela seja.

A árvore. Claro que Noah estava falando da árvore.

E agora ela queria morrer.

Ignorando delicadamente o constrangimento dela, ele pegou o celular no bolso e começou a tirar algumas fotos.

— Acho melhor colocar a árvore perto da janela, assim ela não seca com o calor da lareira. — Ele olhou do chão ao teto e fez algumas anotações no celular. — Você não quer que ela domine o ambiente nem que seja larga demais. Tem alguma preferência? Pensou em alguma coisa?

Hattie não tinha pensamentos, só sentimentos. Todos eles confusos.

— Não. Só quero que tenha cheiro de árvore de Natal.

O olhar de Noah se demorou no rosto dela.

— Certo. — Ele desviou. — Nesse caso, eu sugeriria o abeto. As agulhas duram mais tempo, tem uma cor bonita, formato ótimo. E dura mais que o pinheiro.

— Ótimo.

O clima não estava só estranho, estava insuportável. Os dois evitando falar sobre o que tinha acontecido, fingindo que nada tinha acontecido. O que só tornava a situação mais tensa.

Talvez ela devesse dizer alguma coisa. Por outro lado, por que mencionar algo que Noah estava tentando ignorar? Se quisesse tocar no assunto, já poderia ter feito isso.

— Bem, não vamos prender você aqui. Sei como essa época é corrida. Temporada das árvores de Natal!

Noah guardou o celular no bolso.

— Você parece cansada. — O tom dele era direto, mas gentil. — Anda trabalhando demais?

— Provavelmente. Este lugar exige muito de mim e é bem estressante.

Hattie estava tentando manter tudo como Brent gostaria, mas a pressão a fazia perder o sono. Passava as noites em claro se perguntando o que marido teria feito, mas como os dois tinham opiniões diferentes sobre a melhor maneira de administrar a pousada, não era uma pergunta fácil de responder.

Ele assentiu.

— E a equipe?

— Até hoje de manhã, ainda estavam todos aqui. Então sou grata por isso, considerando como sou uma péssima gestora de pessoas.

Ele franziu as sobrancelhas.

— Você não é péssima nisso, Hattie.

— Sou, sim. — Ela pensou em Stephanie, depois no chef Tucker. — Brent contratou a maioria e escolheu a dedo. Ele era ótimo em lidar com pessoas. Sabia quando ser firme e quando incentivar. Mas eu não sou o Brent. Não sou muito... de confrontar. Patético, eu sei.

— Não é patético. As pessoas têm estilos de liderança diferentes, e bons gestores sabem adaptar sua abordagem a cada perfil. Tenho certeza de que você é uma gerente muito competente. — Noah fez uma pausa. — Talvez seja hora de parar de tentar fazer as coisas do jeito que Brent faria e começar a fazer do seu jeito. É o seu negócio, Hattie.

Mas não era o negócio dela, era? Ainda pensava na pousada como sendo dos dois; a única diferença é que Brent não estava mais ali para dividir o sonho com ela. Hattie estava levando adiante os sonhos dele.

Por um breve momento, ficou tentada a contar a Noah como se sentia, mas não conseguiu forçar as palavras a atravessarem a barreira que havia construído dentro de si. Teria sentido como se estivesse traindo o marido, ainda mais considerando a relação confusa que ela tinha com o vizinho.

— Vou ficar bem.

Ele hesitou.

— Sei que você está tentando manter tudo como era antes, mas precisa encontrar um jeito que funcione para você. Precisa construir uma vida que funcione para você.

Noah estava falando da pousada ou de algo mais pessoal?

E será que Hattie ia passar a vida inteira procurando significados ocultos em tudo o que ele dissesse?

Por mais que tentasse fingir o contrário, o beijo tinha mudado tudo. Ela estava pensando em coisas que não deveria. Querendo coisas que não deveria querer. E, se achava mesmo que podiam seguir em frente como se nada tivesse acontecido, estava se enganando.

Há coisas que não podem ser esquecidas, coisas que não podem ser desfeitas.

— Eu gosto de manter as coisas como eram. Brent tinha ótimas ideias. — Suas palavras quebraram a intimidade quase dolorosa que se formara.

— Claro. — Ele endireitou os ombros e esboçou um leve sorriso. — Desculpe se passei dos limites.

Hattie teve que se conter para não estender a mão e tranquilizá-lo de que ele não tinha passado dos limites, dizer que ela é que estava desnorteada. Mas isso só deixaria a situação ainda mais confusa.

Gostaria de poder voltar no tempo, para uma época em que estar na companhia dele não era constrangedor. Mas isso significaria desfazer o beijo, e Hattie não sabia se queria abrir mão daquele momento memorável, mesmo que tivesse mexido com ela.

— É melhor a gente ver como a Delphi está. Por mais que eu confie nas boas intenções da minha filha, não confio que ela não esteja entupindo o Rufus de doces.

— A gente se vê mais tarde, então. Me manda uma mensagem quando estiver a caminho que eu encontro vocês direto em casa. Agasalhem-se bem. Está muito frio lá fora.

— Pode deixar.

E, desta vez, ela prometeu a si mesma, nada de momentos íntimos no celeiro, nada de olhares demorados, nada de beijos de tirar o fôlego. Só uma tarde com árvores de Natal e sua filha.

Sem problema.

6

Erica

A viagem de Nova York até a casa de Anna, em Connecticut, levou quase duas horas por causa do trânsito intenso, obras na estrada e uma nevasca inesperada.

— Mal posso esperar, você não faz ideia. — Claudia tirou o cachecol do pescoço e dobrou no colo. — A Pousada Maple Sugar parece encantadora. Como você encontrou esse lugar?

Erica gostaria de ter preparado uma resposta melhor para a pergunta.

— Pesquisa aleatória na internet.

Não tinha sido nada aleatória, mas não era o momento de contar isso. Talvez mais tarde naquela noite, com uma taça de vinho e as três juntas, ela criasse coragem. Imaginava-se dizendo em tom natural: "Ah, tem uma coisa que preciso contar para vocês..."

— Não paro de olhar as fotos no site — disse Claudia —, e os cardápios são uma inspiração. Vai ser tão incrível comer uma comida que não precisei cozinhar. Mal posso esperar para estar lá, na frente daquela lareira. Considerando o quanto você trabalha, aposto que está se sentindo assim também.

Erica manteve os olhos na estrada e as mãos firmes no volante.

Ela não estava se sentindo assim. Estava meio enjoada e arrependida de ter reservado a Pousada Maple Sugar. Podia ter escolhido um bom hotel boutique em Boston e continuado vivendo a vida que tinha construído para si mesma, em vez de sair procurando respostas para perguntas que talvez fosse melhor nem fazer.

— Erica? Está tudo bem? Você ouviu alguma coisa do que eu acabei de dizer?

— Tudo. E estou bem. — A mentira saiu com facilidade. — Estou cansada, só isso.

— Não me surpreende. Você chegou a passar uma noite na sua própria cama este ano? Sempre que a gente se fala, você está em um hotel em algum lugar. Parece glamouroso, mas deve ser meio solitário também, não?

— Não acho solitário.

Havia algo na impessoalidade de um quarto de hotel que a acalmava. Ela mantinha o ambiente do mesmo jeito que mantinha o resto da vida: sem bagunça. E, sim, um terapeuta provavelmente diria que Erica tinha questões com apego, mas, se fosse verdade, ela não se importava. Não tinha nada de que não pudesse abrir mão com facilidade, e acreditava que esse era o segredo para uma vida feliz.

Claudia parecia discordar.

— Com o tanto que você tem trabalhado, aposto que está precisando de férias. Você precisa relaxar.

— Hum.

Erica estava precisando de férias, mas sabia que não conseguiria relaxar na semana seguinte. Estava insegura com os próximos dias. Gostava da própria vida, então por que estava fazendo algo que podia bagunçar tudo?

— Estou aliviada de ter saído do apartamento um pouco. Tudo lá me lembra John, e isso não faz bem. Olha a neve. — Claudia observava os flocos que dançavam diante delas, girando ao redor dos carros. — É como se o clima estivesse nos dando boas-vindas à viagem de inverno.

Erica sorriu.

— Acho que isso tem mais a ver com um sistema de baixa pressão atmosférica do que com alguma intervenção cósmica para melhorar sua experiência natalina.

— Ah, sei lá. Só sei que você vai construir um boneco de neve comigo.

— Nunca construí um boneco de neve e não acho que levo jeito para isso. Pede para Anna. Aposto que ela faz os melhores bonecos da Costa Leste.

— O quê? — Claudia se endireitou. — Você está brincando.

— Não estou brincando. É o tipo de coisa que Anna faria superbem.

— Eu quis dizer que você só pode estar brincando quando diz que nunca fez um boneco de neve.

— Que motivo eu teria para fazer um boneco de neve?

— Ora, por diversão? Você nunca fez um quando era criança?

— Não.

Quando pensava nos Natais da infância, não pensava em diversão; pensava em momentos difíceis. A mãe sempre ficava para baixo naquela época. Ela verificava a caixa do correio sem parar e, quando nada chegava, parecia perder o ânimo. "Não me importo comigo", murmurava enquanto abraçava Erica bem apertado, "mas me importo com você. Você merece ter um pai presente." Erica nunca conheceu o pai, não sabia nada sobre ele além do fato de que fora embora logo depois que ela nasceu. Não sentia falta nem entendia por que aquilo afetava tanto a mãe. Elas não estavam bem só as duas?

A mãe costumava trabalhar no Natal. No começo, Erica achava que era porque ganhava mais por estar trabalhando em um feriado e precisavam do dinheiro, mas depois, já mais velha e compreendendo melhor as nuances da vida, começou a desconfiar que era uma desculpa para se manter ocupada. Sua mãe tratava o feriado como uma prova de resistência "é só um dia, Erica, só um dia" e Erica cresceu sabendo que o Natal não era feito de bengalinhas listradas e pisca-piscas, mas algo a ser suportado com os dentes cerrados e determinação. Nos dias em que a mãe trabalhava, uma vizinha idosa tomava conta de Erica.

A mãe vinha buscá-la no fim do dia e as duas se acomodavam juntas para ler livros emprestados da biblioteca. Evitavam livros com famílias reunidas em volta da árvore de Natal — "Isso é fantasia" — e escolhiam obras com dragões e unicórnios, em que a heroína enfrentava o mal. Nas histórias que sua mãe escolhia, a heroína sempre se salvava sozinha.

— Eu me ofereço para te dar aulas de como fazer um boneco de neve. — Claudia não imaginava o que Erica estava pensando. — Mal posso esperar. Sinto falta da neve. Sinto falta das estações. Você faz ideia de como é empolgante poder usar um cachecol?

Ela ficou grata pela mudança de assunto.

— Você ama o sol da Califórnia.

— Eu sei, mas sinto falta de chutar folhas no outono e me agasalhar no inverno. Sinto falta de aquecer as mãos em canecas de sopa bem quente. E, por falar em sopa, estou morrendo de fome — disse a amiga. — Espero que Anna tenha preparado algo para o jantar.

Erica reduziu a velocidade quando o carro da frente parou.

— E quando foi que Anna não fez o jantar?

— Nada na vida é certo. A gente acha que conhece uma pessoa e, de repente, *pá*, ela faz algo surpreendente. E não de um jeito bom.

Erica pensou na mãe.

"Seu pai não era o homem que eu achava que era."

Algo se remexeu dentro dela. Tinha a cabeça cheia de perguntas, mas agora a prioridade era Claudia, que vinha passando por um ano difícil.

— Anna não vai fazer nada surpreendente, e com certeza não vai pedir comida em um restaurante. Posso afirmar que Anna preparar o jantar é uma das poucas certezas da vida.

Mas era evidente o quanto a amiga estava se sentindo fragilizada, e o coração de Erica doía por ela.

É isso que acontece quando se permite depender de alguém, pensou. Sentia-se grata à mãe por ter lhe ensinado a contar só consigo mesma.

Devia perguntar sobre John? Não. Se John tivesse ligado, Claudia teria contado.

Ela escolheu um assunto mais seguro.

— E como anda o trabalho? Conte uma das suas histórias engraçadas da cozinha.

— Ah, o trabalho. — Claudia encarou a estrada. — Não tenho mais trabalho. Fui demitida. Duvido que isso conte como uma história engraçada da cozinha.

— O quê? — Erica olhou para a amiga, chocada. — Quando isso aconteceu? Por que não me contou?

— Porque você já fez muito por mim. Não precisava ouvir mais chororô meu.

A amiga afundou no banco e começou a mexer na ponta do cachecol.

— Claudia, você é minha melhor amiga. — Era uma pena estarem no carro. Era difícil dar toda a atenção que a amiga merecia em meio ao trânsito pesado e à neve caindo. — Não existe isso de "muito". Você devia ter me ligado.

— Estou em negação. Fico torcendo para acordar um belo dia e descobrir que tudo não passou de um pesadelo. Até agora, isso não aconteceu. Sinto como se minha autoestima tivesse sido atropelada por um caminhão.

— O que autoestima tem a ver com isso? Ser demitida não é algo pessoal.

— Talvez não seja, mas quando acontece com você, *parece* pessoal.

Erica se esforçou para se colocar no lugar da amiga.

— Entendo. Agora você está com raiva. Triste. Magoada. Mas é importante não desperdiçar sua energia com emoções. Encare como um problema a ser resolvido. O melhor é traçar um plano. — E planos eram sua especialidade. Mesmo com trânsito e neve, isso era algo prático que ela podia fazer. — Podemos conversar sobre seus objetivos e o que você quer para o futuro.

— Eu não sei o que eu quero.

— Podemos começar analisando suas habilidades.

— Que habilidades?

Erica estava determinada a não deixar Claudia se afundar.

— Agora não é hora de se colocar para baixo. Eu já provei sua comida. Você é uma chef excepcional.

— Deve ser por isso que disseram que não precisavam mais dos meus serviços.

Foi por isso, pensou Erica com raiva, *que fundei minha própria empresa, para ter controle sobre o meu futuro*. E também porque não tinha paciência para picuinha de escritório. Só queria fazer seu trabalho, e bem-feito. Do seu jeito.

— Para onde você mandou currículo?

— Para lugar nenhum. Não tentei nenhuma vaga ainda.

— Você foi demitida ontem?

Claudia hesitou.

— Faz três semanas.

— Três... — Erica arfou de surpresa. — Então por que você ainda não mandou currículo?

— Porque eu não sei se quero continuar trabalhando em cozinhas. Estou com quase 40 anos.

— O que a sua idade tem a ver com isso?

— Fazer 40 anos parece um marco. Perder o emprego também. Sinto como se fosse um sinal.

— Um sinal?

— Um sinal de que talvez eu não sirva para ser chef. — Claudia se virou para olhar para ela. — Entende o que eu quero dizer?

— Não.

Erica não acreditava em sinais. Não acreditava em destino. Acreditava em decidir o que se quer fazer e correr atrás, mas entendia as pessoas bem o suficiente para saber que precisava lidar com aquilo de um jeito que fizesse sentido para Claudia.

— Se você não quer ser chef, então o que quer fazer?

— Eu não sei.

Erica pensou nas vezes em que observou a amiga preparando comida. Era como ver uma artista trabalhando.

— Mas você ama comida. Sempre amou.

— Sim, mas eu não amo trabalhar em cozinhas. Amo cozinhar, mas odeio cozinhas. E infelizmente, se quero ser paga, as duas coisas vêm juntas.

— Você está se sentindo assim porque não teve controle sobre o que aconteceu. — Erica parou em uma fila de carros. — Já pensou em abrir seu próprio restaurante? Ser a chefe?

Claudia recostou a cabeça no banco e riu.

— Eu te amo, sabia?

Erica enrijeceu.

— Você bebeu no avião?

— Não, eu não bebi no avião.

— Tem certeza? Normalmente você só me diz que me ama depois da terceira taça.

— É porque eu sei que você fica sem graça com demonstrações de afeto, mas hoje estou valorizando o que tenho. Minhas amigas. Você e a Anna. O mundo é assustador, mas bem menos ao seu lado. Você é sempre tão positiva e corajosa, e agora eu não sou nenhuma das duas coisas.

A voz de Claudia vacilou, e Erica se sentiu uma impostora.

Ela não era corajosa. Longe disso. Tinha o péssimo hábito de evitar tudo que fosse difícil e de jamais se colocar em situações que ameaçassem sua vida cuidadosamente controlada e independente. Descobrira isso sobre si mesma havia pouco tempo, quando teve dificuldade em aceitar a ideia dessa viagem. Mas ali estava Erica, levando isso a cabo. Então talvez fosse mais corajosa do que imaginava.

Ela se concentrou na amiga.

— Estou falando sério, Claudia. Você podia abrir seu negócio. Já provei sua comida. Eu investiria em você. Eu ajudaria.

— Mesmo que eu conseguisse o dinheiro, o que não conseguiria, não sei se quero passar o resto da vida cozinhando. Eu não sei o que quero fazer.

— Então ainda bem que estamos indo passar essa semana fora. — O trânsito voltou a andar e Erica pegou a saída para a casa de Anna. — Operação Novo Futuro.

— Sinceramente? Prefiro falar de livros e esquecer meus problemas.

Sem tirar os olhos da estrada, Erica estendeu o braço e apertou a perna de Claudia.

— Vai ficar tudo bem, prometo. É só uma fase ruim, mas você vai superar. E por falar em livros, você terminou de ler?

— Eu li duas vezes. — Claudia puxou o livro de dentro da bolsa. — Adorei, especialmente o jeito como ela fez a morte parecer um acidente. Brilhante. Não gostei de algumas das escolhas que aconteceram no meio da história, mas no geral achei ótimo. Estou ansiosa para conversar mais a fundo. Anna leu?

— Não sei. Ela estava resmungando que é um romance policial, mas também ficou curiosa por ser da Catherine Swift. — Ela olhou para o exemplar que Claudia segurava. — Parece que você deixou cair na banheira ou algo assim. O que aconteceu?

— Eu deixei cair na banheira. Banho com um bom livro é o mais perto que chego de um encontro romântico hoje em dia.

O trânsito estava fluindo de novo, e logo chegaram ao bairro de Anna por uma rua larga e arborizada. Todas as casas estavam decoradas para o Natal, e pelas janelas dava para espiar árvores iluminadas e lareiras enfeitadas com ramos verdes.

Claudia afundou ainda mais no banco.

— É mágico. Me lembra minha infância, quando meu pai pendurava pisca-piscas por toda a casa. — Ela soltou um longo suspiro e então sorriu. — Tá bom, agora estou começando a entrar no clima natalino. E você?

Erica ficou satisfeita em ver a amiga mais animada. Queria que ela continuasse assim. Mas as palavras "mágico" e "natalino" não saíam da sua boca, por mais que tentasse.

— É ótimo. — Foi o melhor que conseguiu, e felizmente pareceu suficiente para Claudia.

— Este lugar é a cara da Anna, né? Ela vive num paraíso.

— Consigo entender por que as pessoas gostam, mas Manhattan é mais o meu estilo. — Erica parou na frente da garagem de Anna. — É um lugar ótimo para visitar, mas eu ficaria maluca se tivesse que pegar o carro toda vez que quisesse sair de casa. Quero poder andar e pegar o metrô quando necessário.

— Ela pode ir a pé até o vilarejo daqui, e também até a orla.

— Mas ela consegue chegar na Saks ou na Bloomingdale's? No Met? Carnegie Hall?

Claudia sorriu.

— Vocês têm prioridades diferentes. Anna quer boas escolas e áreas verdes.

— Eu sei.

Erica desligou o motor e ficou sentada por um momento, refletindo sobre o estilo de vida à sua frente.

Anna morava em uma casa recém-construída, no estilo colonial de pedra e madeira, cercada por um acre de jardins delimitados por árvores. Todas as janelas estavam iluminadas, e não era difícil entender por que Claudia tinha descrito o lugar como um paraíso.

— Não é a casa em si, não é? — Ela encarava a guirlanda festiva pendurada na porta. — É Anna. Tudo nela traz aconchego. Ela poderia se mudar para um celeiro e ainda assim deixaria o espaço acolhedor. Lembra do que ela fez com o nosso quarto na faculdade?

— Como esquecer?

O quarto delas fora um espaço frio e sem graça até Anna transformá-lo. Ela acrescentara livros, um tapete estiloso e mantas fofas. Havia sempre um pote cheio de flores frescas no parapeito da janela.

— Eu levava meia hora só para tirar todas as almofadas da minha cama antes de dormir.

Mas tinha sido reconfortante, de maneira inusitada. A casa onde crescera tinha tudo de que precisava, mas jamais poderia ser descrita como "aconchegante". Sua mãe se preocupava mais com o que era prático e em garantir que Erica estivesse alimentada e vestida. Almofadas eram consideradas um luxo inútil. O objetivo, Anna diria, era justamente serem um luxo.

Enquanto ainda estavam no carro, a porta se abriu e a amiga surgiu na soleira com Lola, a cachorra da família, logo atrás. O cabelo escuro estava preso em um coque bagunçado e Anna usava um vestido curto com botas até o joelho.

— Ela está ótima — murmurou Claudia. — Parece uma propaganda de comida natural, ar puro e atividade física. Me dá até vontade de me mudar para Connecticut e adotar um spaniel. E você?

— Nem se me pagassem.

Erica abriu a porta e pegou as malas enquanto Anna descia os degraus correndo para abraçar Claudia.

— Não acredito que vocês estão aqui! Já faz seis meses. — Anna girou a amiga no ar, emanando calor como uma lareira no inverno. — Nunca mais vamos passar tanto tempo sem nos ver.

— Nem parece que faz tanto tempo porque você não muda. Você nunca muda. — Claudia a abraçava de volta.

— Estou mais velha. Ganhei quatro fios brancos desde ontem. Estou pensando em arrancar. — Anna se virou para Erica. — Como foi a viagem?

— Tranquila. Ah...

Sentiu os braços da amiga ao seu redor e foi engolfada por seu abraço caloroso. Hesitou por um instante e então retribuiu o gesto, sentindo o leve perfume floral que era tão típico de Anna. Seu cheiro lembrava um jardim de verão, e por um momento Erica se sentiu reconfortada. Não importava o que acontecesse nos próximos dias, seria bom ter suas amigas por perto.

— Estou morta de fome. O que você fez para a gente?

— O prato favorito da Claudia. Tajine de cordeiro com damascos e especiarias de um livro de receitas que Pete me deu no ano passado. Uma delícia. Perfeito para esse frio. E de sobremesa tem um bolo bem recheado de chocolate. — Anna era uma excelente anfitriã, e só ficava feliz quando tinha alguém para mimar. — Entrem. Pete ainda não voltou do trabalho, o que significa que temos tempo para colocar o papo em dia com uma taça de vinho.

Elas a seguiram para dentro da casa, e Erica parou de repente ao ver a enorme árvore de Natal no hall de entrada. Quando o assunto era Natal, Anna nunca fazia nada pela metade.

— Essa está maior que as dos outros anos. Não tem como o Papai Noel passar batido pela sua casa.

— A ideia é essa. Eu e Pete escolhemos a árvore sozinhos este ano, e ele me deixou fazer do meu jeito, então não teve discussão sobre ser grande demais.

Erica inclinou a cabeça para trás.

— Como vocês colocaram a estrela lá no alto?

— Os três ingredientes foram Pete, uma escada e uma enxurrada de palavrões. Por que vocês não sobem com as malas e me encontram na cozinha? Claudia, você fica com o quarto de hóspedes. Erica, você vai ficar no quarto da Meg.

Erica franziu a testa.

— E o que Meg achou disso?

— Ela arrumou o quarto para você, o que é o mais próximo de um milagre de Natal que tivemos por aqui em muito tempo, então me parece que ela está animada em receber sua impressionante madrinha no espaço que normalmente ocupa. Ouvi dizer que você é uma inspiração.

Claudia deu uma risadinha.

— Inspiração pra quê?

— Também amo vocês.

Ignorando as duas, Erica subiu as escadas em direção ao quarto de Meg. Parou na porta, lembrando-se de quando Anna estava grávida e ela mesma tinha ajudado a pintar o quarto de um tom amarelo ensolarado, com nuvens no teto.

"Queremos que você seja madrinha", dissera Anna, "assim seremos uma família, ligadas para sempre."

Erica recusara no início, intimidada pela responsabilidade e insegura de que seria capaz de dar conta da daquilo. Mas Anna não tinha recuado.

Você só precisa estar presente na vida dela.

Só? Para Anna, cuja família jamais a decepcionara ou abandonara, a ideia parecia simples. Erica não era Anna. Tinha certeza de que representaria o fim de uma linda amizade. Ela não era boa com bebês. Nem se interessava por bebês e duvidava que conseguisse fingir o contrário de forma convincente. Ia fracassar.

E então os gêmeos nasceram, e Erica se apaixonou. Ninguém ficou mais surpresa do que ela mesma. Até hoje se lembrava da primeira vez em que segurou Meg nos braços, com poucas horas de vida, o rostinho todo enrugado e uma penugem escura na cabeça. A bebê nem era bonita — não que fosse dizer isso em voz alta —, mas isso não a impediu de se apaixonar perdidamente. Foi um amor sem reservas. Daqueles por quem se jogaria na frente de um ônibus para salvar.

— Erica! — Um gritinho atrás dela, e então Meg veio correndo e a abraçou com força.

Ela conseguiu não ser derrubada. Algo dentro de si se desmanchou.

— Oi, a gente se conhece? Eu estava procurando a Meg, mas ela é metade do seu tamanho.

Meg se afastou e sorriu.

— Crianças crescem, Erica, desde que sejam alimentadas. Eu arrumei meu quarto para você.

— Foi o que me disseram. Não parece justo você ter que sair do seu próprio quarto. Eu vou ficar bem no sofá.

— Você não pode dormir no sofá. Você está acostumada com hotéis cinco estrelas. E você ainda não viu meu quarto desde que meu pai redecorou. — A jovem empurrou a porta e virou-se para observar a reação de Erica. — O que acha?

Erica parou na porta. Depois do quarto amarelo com nuvens, Pete e Anna tinham transformado o espaço de Meg em um refúgio de conto de fadas, com direito a paredes cor-de-rosa e uma cama com dossel. Agora era um recanto de sofisticação adolescente. As paredes estavam cobertas de pôsteres de filmes vintage; em um canto havia um pufe gigantesco de pelo sintético, perfeito para se esparramar, e a cama estava cheia de almofadas e mantas quentinhas.

Não é de se estranhar que adolescentes tenham dificuldade para sair da cama de manhã, pensou Erica. Se ela dormisse ali, também não ia querer se levantar.

Será que Meg sabia o quanto era sortuda por ter Anna e Pete como pais?

— É um quarto incrível. — Em um suporte no canto havia uma vitrola antiga e, ao lado, uma pilha de discos. — Que legal.

— É minha coleção de vinil. Estou montando há um ano. — Meg seguiu o olhar dela. — É bem mais divertido do que ter tudo no celular.

— Com certeza é. — Erica pegou um esboço em cima da escrivaninha de Meg. — Foi você que fez?

— Fui, mas é só um rascunho. — respondeu ela, em tom indiferente, o rosto vermelho.

Ela sabia identificar insegurança.

— Está incrível. Você tem talento de verdade.

— Sério? Obrigada. Estou montando meu portfólio. Amo arte e design gráfico. Acho que talvez queira trabalhar com publicidade ou marketing. Olha só. — Meg pegou um controle remoto em cima da cama, apertou um botão e luzes cintilaram no teto. — Ficam ótimas quando estou fazendo conteúdo para as redes sociais.

Erica se sentiu velha.

Claudia apareceu na porta com Daniel e, depois de mais abraços e cumprimentos, todos desceram para a cozinha.

Anna estava à vontade cortando, fritando, colhendo ervas frescas dos vasos em cima da bancada. Jazz natalino tocava baixinho ao fundo, e quatro taças de haste longa brilhavam no centro da grande mesa.

— Erica, pega o champanhe na geladeira. — Anna deslizou a caçarola de volta ao forno. — Pete acabou de ligar dizendo que está a caminho, o que nos dá uma hora para conversamos tudo que não queremos que ele ouça.

— Desde quando você guarda segredos do Pete? — Erica abriu a geladeira de Anna e ficou espantada com a variedade de comida. — Como você encontra alguma coisa aqui?

— Que tipo de pergunta é essa? É uma geladeira.

— A minha não é assim.

— Porque você nunca cozinha. — Anna a empurrou de lado e pegou uma garrafa de champanhe escondida atrás de uma pilha de legumes frescos. — Eu estava guardando para o Natal, mas ter vocês aqui é melhor do que o Natal. Senta. Deixa que eu faço.

— Você tem tanto serviço de quarto que ficou mal-acostumada — disse Claudia para Erica. — Esse é seu problema.

— E qual é o problema com serviço de quarto? — Ela pegou a garrafa de Anna e estourou a rolha. — O som de uma comemoração.

A amiga pegou um prato de canapés frescos.

— Sempre fico nervosa quando vou cozinhar para você. — Ela ofereceu os canapés para Claudia, que examinou as opções e escolheu um.

— Não sei por quê. Você cozinha muito bem. E, aliás, não tem nada que um chef goste mais do que ter outra pessoa preparando a comida. — Ela deu uma mordida no canapé e fechou os olhos. — Delicioso.

Anna parecia aliviada.

— Você acha mesmo? Obrigada. É uma receita nova. Se vocês fossem ficar duas noites por aqui, faria meu suflê de queijo amanhã.

— Você dominou a receita?

— Sim, graças às dicas que você me deu.

Erica tomou um gole do champanhe. Gelado e delicioso, caía bem. Ela começou a relaxar, enquanto a conversa fluía na cozinha e o calor da casa de Anna a aquecia por dentro.

Lola se aproximou, sentou-se em cima dos pés dela e a olhou com pura adoração.

— Não se engane. Ela só quer a sua comida. Pode afastar ela — disse Anna, mas Erica se abaixou para acariciar as orelhas macias de Lola.

— Eu sempre quis um cachorro quando era pequena.

— A gente sabe. A gente conhece você, lembra? — Anna pegou sua taça. — E nós também sabemos que você nunca vai ter um cachorro porque não quer a responsabilidade.

E, claro, estavam certas. Ela nunca teria um cachorro. E, sim, as amigas a conheciam bem. Todos aqueles detalhes que se acumulavam e viravam parte do que compunha a amizade. Era como ter a chave de uma porta secreta que ninguém mais tinha. Erica passava tanto tempo com a porta do seu verdadeiro eu trancada que estar com as amigas era um choque. Com elas, a porta estava aberta. Elas enxergavam tudo lá dentro.

Alisou o pelo sedoso de Lola.

— Vocês têm razão. Nunca vou ter um cachorro. Seria irresponsável. Eu nunca paro em casa.

— Se você tivesse um cachorro, talvez sentisse vontade de passar mais tempo em casa.

— Um cachorro é um grande passo — afirmou Claudia. — Ela devia começar com uma planta. Talvez uma artificial.

— Uma planta não ama você incondicionalmente.

— Mas também não dá trabalho.

Erica decidiu que era hora de mudar de assunto.

— Eu não quero um cachorro nem uma planta, artificial ou não. Estou feliz com a minha vida, obrigada.

Mas, se isso fosse verdade, por que estava prestes a tomar uma decisão que podia complicar tudo?

— Sorte a sua. — Claudia terminou a taça de champanhe. — Minha vida é um desastre. Talvez eu devesse adotar oito cachorros.

Erica afastou os pensamentos sobre seus próprios problemas. Afinal, tudo o que estava acontecendo com ela era escolha própria, enquanto Claudia havia perdido o relacionamento e o emprego. Não podia ajudar com a parte do relacionamento, pois não tinha nenhuma experiência nessa área, mas podia ajudar com a parte do trabalho.

— Durante a viagem, vamos sentar e pensar em ideias do que você pode fazer a seguir.

— Não é óbvio? — Anna completou a taça de Claudia. — Ela precisa encontrar um emprego em uma cozinha que a deixe empolgada.

— Oi. Estou bem aqui. Não precisam falar de mim como se eu não estivesse presente. — Claudia levantou a mão para impedir que Anna servisse mais champanhe. — E eu odeio cozinhas. Odeio a política de cozinha. Desisti de cozinhar. Estava explicando para Erica no carro, que simplesmente não gosto mais. A gente precisa pensar em outra coisa, embora eu não tenha ideia do quê. Estou velha demais para me requalificar.

Erica trocou um olhar com Anna e balançou a cabeça discretamente. Sabia que o momento para discutir o assunto não era aquele, quando Claudia estava cansada.

— Ela tem 26 anos, contei para vocês? — Claudia pegou a taça. — A garota com quem John está agora. Vinte e seis. Catorze anos mais nova que eu. Nenhuma ruga, nenhum fio branco. Barriga tão chapada e dura quanto uma tábua. Ela está mais perto dos 20 do que dos 40.

— Mas ela não vai ter 26 anos para sempre — declarou Anna —, enquanto você vai continuar sendo incrível. Você é inteligente, gentil, especial, e, se John não enxerga isso, quem sai perdendo é ele.

Erica ergueu a taça.

— Concordo. E aposto que ela não cozinha como você.

— Pela magreza dela, acho que nem come.

Anna franziu a testa.

— Vocês se conhecem?

— Não exatamente. Ela é apresentadora de TV. Animada de um jeito irritante e com a carreira em ascensão, enquanto tudo em mim está em queda: carreira, seios... Sou tipo um suflê que foi tirado do forno uma hora antes do tempo.

— Por favor, me diga que você não fica assistindo ao programa dela.

Claudia hesitou.

— Só às vezes. Quando quero me torturar.

— Você precisa parar com isso — disse Erica. — Não é saudável.

— Eu sei. Chocolate também não é, mas me faz sentir melhor com a vida. Não tenho a autodisciplina de vocês. Sabem o que eu invejo? A autoconfiança. Eu não teria coragem de tirar a roupa na frente de uma pessoa de 26 anos, mas o John não se incomoda. Por que os homens ficam mais atraentes com a idade e as mulheres se tornam invisíveis?

— É uma das muitas injustiças do universo — falou Anna.

Mas Erica balançou a cabeça.

— Não se permita ser invisível. Eu não teria problema nenhum em tirar a roupa na frente de um homem de 26 anos se o achasse atraente.

— Mas isso é porque você nunca come chocolate e parece uns dez anos mais jovem do que de fato é — retrucou Claudia, desanimada. — Invejo você por ser casada com Pete, Anna. Ele é um cara incrível. Além disso, você tem sexo garantido sempre que quer para o resto da vida. Eu provavelmente nunca mais vou fazer sexo.

— Isso é ridículo — disse Anna, e Erica meneou a cabeça em concordância.

— Muito ridículo. Posso fazer sexo quando eu quiser. Ter 40 anos não muda isso.

— Sim, porque você só precisa ligar para o Jack gostosão — disse Claudia. — Eu não tenho um Pete na minha vida nem um Jack, gostosão ou não.

Erica ergueu as sobrancelhas.

— Jack e eu não temos nada sério.

— Aham.

Claudia trocou um olhar com Anna, e Erica suspirou e largou a taça.

— Que cara foi essa?

— Não foi nada. E, de qualquer maneira, eu não quero sexo casual. Quero sexo em um relacionamento. O tipo de sexo que faz você pegar no sono e acordar junto com a pessoa. O tipo de sexo que faz você se sentir próxima da pessoa, quando você sabe que vai vê-la de novo.

Erica ainda pensava naquele olhar entre suas amigas. As duas achavam que o relacionamento com Jack não era casual, mas isso era absurdo. Os dois passavam semanas sem se verem.

Estava prestes a apontar isso quando ouviu o som da porta da frente se abrindo.

Lola latiu e saiu correndo da cozinha, e um momento depois voltou com Pete.

— Que ótimo. Nossa cozinha está cheia das nossas pessoas favoritas.

Ele as cumprimentou calorosamente, lamentou em voz baixa as últimas dificuldades de Claudia e então puxou Anna para perto e a beijou na boca.

Eles estão juntos há 22 anos, Erica pensou, desviando o olhar, *e ele ainda beija Anna como se não conseguisse resistir; como se ver a esposa fosse a melhor parte do dia.*

Ela imaginou os dois dali a dez anos, depois vinte, depois trinta. Envelheceriam juntos, unidos pelo amor e pela vida que construíram.

— Vocês podiam brigar, sei lá? — Claudia tomou um gole de vinho. — Toda essa harmonia conjugal dá até enjoo para quem não teve a mesma sorte.

Anna se afastou, as bochechas coradas.

— Ainda bem que você não chegou cinco minutos antes — disse, espanando os flocos de neve dos ombros de Pete. — A gente estava falando sobre sexo.

— Maldito trânsito. — Sorrindo, Pete se serviu do resto do champanhe. — Sexo é um dos meus assuntos favoritos.

Infelizmente, foi nesse exato momento que Meg escolheu entrar na cozinha.

— Ai, pai, que nojo. Por favor. Você é velho demais para pensar em sexo. É nojento.

Pete agarrou Anna e a beijou no pescoço.

— Eu te amo. Já falei isso hoje? Eu te amo.

— Preciso sair de casa logo. Não dá para esperar até o ano que vem. Isso configura maus-tratos a adolescentes. — Meg deu meia-volta e lançou um olhar suplicante para Erica. — Como você aguenta? Me manda uma mensagem quando eles pararem. — Ela saiu correndo da sala e Pete soltou Anna, rindo.

— Sempre funciona.

Anna também ria, e deu um empurrãozinho nele.

— Você precisa parar de provocá-la, Pete.

— Quando quero um momento a sós com a Anna, só preciso beijá-la. — Pete tirou o casaco e o pendurou no encosto da cadeira mais próxima. — As crianças saem da sala em um piscar de olhos. É minha única e melhor dica de paternidade.

— No ano que vem, eles vão para faculdade — disse a amiga —, e a gente só vai ter tempo a sós.

— Que romântico. — Claudia afundou na cadeira, sem nem tentar disfarçar a inveja. — Vocês devem estar contando os dias. Encontro atrás de encontro.

Erica viu Pete lançar um olhar breve para Anna, que de repente ficou ocupada arrumando a mesa.

O que aquele olhar significava?

Quando ela o apresentou às amigas, Pete era um adolescente tímido e magricela com o cabelo bagunçado e uma paixão por ficção científica, jogos de computador e palavras cruzadas. Mas havia uma gentileza e um calor nele, além de senso de humor. Os dois estavam sempre rindo.

Ele se transformou em um homem com uma confiança discreta, que era um bom ouvinte e apoiava a família. Também era, refletiu Erica, muito atraente. A magreza deu lugar a ombros largos e alta estatura. Os pés de galinha nos cantos dos olhos azuis eram prova de que o bom humor permanecia intacto.

Ela tinha certeza disso, porque, sempre que os visitava, ouvia Pete e Anna dando risadas de alguma coisa.

Erica sentiu uma pontada de inveja, o que a irritou. Não estava acostumada a sentir inveja. Não *gostava* de sentir inveja.

Tinha 40 anos e estava contente com as escolhas que havia feito na vida.

Não estava?

7

Hattie

— Vocês estão lotados de agora até janeiro? — Lynda colocou uma caneca de chá na frente de Hattie. — Isso é uma conquista e tanto. Mas também é muita pressão.

Elas estavam sentadas na cozinha acolhedora da casa de fazenda dos Peterson e, graças a uma generosa fatia do bolo de maçã com gengibre de Lynda e ao calor do fogão à lenha, Hattie estava achando cada vez mais difícil manter os olhos abertos. Os pensamentos estavam embotados, o corpo, pesado como chumbo. Mal conseguia formular uma frase. Ainda assim, era bom estar na companhia de Lynda, que sempre fazia com que ela se sentisse como se estivesse se saindo bem e não apenas segurando as pontas por um fio.

— Não sei se é uma conquista. Mas é um alívio, com certeza. — Ela reprimiu um bocejo e tentou não arrastar as palavras. — Se não tivermos problemas com a equipe, a pousada deve ficar bem pelos próximos meses.

— Tenho certeza de que a pousada vai ficar bem. É com você que eu estou preocupada.

— Comigo? — Hattie tomou um gole do chá para tentar acordar. Estava chegando ao ponto em que teria que esbofetear o próprio rosto ou sair nua no ar gelado. — Por que está preocupada comigo?

— Porque você tem 28 anos e está se matando de tanto trabalhar — disse Lynda. — Está prestes a dormir na minha cozinha.

— Sua cozinha é confortável. E eu não dormi bem esta noite. Delphi está com tosse, e ontem teve um pesadelo, então eu acabei dando o braço a torcer e deixei que dormisse na minha cama. — Era horrível fazer isso? Quando estava grávida, tinha lido todos os livros de criação de filhos que conseguira encontrar, mas depois que Delphi nasceu não tinha mais tempo livre. Estava improvisando. — Ela se mexe muito e dorme atravessada. Cada vez que eu pegava no sono, ela rolava e me acordava. E ainda dorme com os braços abertos, parecendo uma estrela-do-mar, e me dá tapas na cara.

— Acredite se quiser, eu me lembro bem dessa fase.

— É mesmo?

Por mais que tentasse, Hattie não conseguia imaginar Noah de outro jeito que não como um adulto perigosamente atraente.

— Pensando bem, esquece o chá. — Lynda tirou com delicadeza a caneca de suas mãos e apontou para o sofá no canto do cômodo. — Feche os olhos por cinco minutinhos.

— Ah, não posso. Não me sentiria bem.

Mas isso não significava que ela não estivesse tentada. Já tinha chegado ao ponto em que mataria por uma hora de descanso ininterrupto.

— Aposto que vai se sentir muito bem, sim. — Lynda a guiou para fora da cadeira e na direção do sofá.

— Acho melhor eu voltar. Ainda preciso decorar a biblioteca. Só falta ela. Já devia ter feito isso, mas acabei deixando para última hora. Tem um grupo de amigas chegando... são um clube do livro... — Sentiu-se um pouco tonta. — Algo que me fez pensar que talvez devêssemos organizar algo assim aqui na região. O seu clube do livro se reúne na casa dos participantes às quartas, não é isso? Vocês podiam usar nossa biblioteca. Desculpa, por que comecei a falar do seu clube do livro? Esqueci o que eu estava dizendo... — Ela parou, de repente, sem se lembrar.

— Você estava dizendo que precisa decorar a biblioteca para receber as hóspedes, e eu estou dizendo que você vai fazer um trabalho bem melhor se não estiver caindo de sono. — Lynda afofou algumas almofadas no sofá. — Quando eu era uma mãe jovem, a parte mais difícil era aceitar ajuda, mas as coisas melhoraram quando passei a fazer isso. Descanse cinco minutinhos, querida.

Hattie sentiu uma onda de amor e gratidão. Fazia tanto tempo que ninguém a mimava, e ela apreciou a novidade de ser cuidada em vez de cuidar. Às vezes, fazer tudo sozinha era difícil. Significava estar em um estado de alerta constante, sem jamais poder desligar a cabeça por completo.

E não havia dúvida de que seria maravilhoso fechar os olhos, mesmo que só por cinco minutos. Mas, ainda assim, não conseguia esquecer completamente suas responsabilidades.

— Delphi...

— Eu fico de olho nela. Estou aqui na cozinha, só mexendo nas panelas, e a menina está feliz da vida aqui, então aproveite uns minutinhos de descanso enquanto pode. Não me surpreenderia se ela também dormisse onde está.

Hattie olhou para a filha.

Delphi estava sentada de pernas cruzadas sobre uma grande almofada, com dois dos filhotes da Pantera no colo e seu dinossauro de pelúcia favorito ao lado no chão. Parecia tranquila, e Hattie sabia que qualquer sugestão de que estava na hora de ir embora seria recebida com protestos.

Pela janela, podia ver a neve caindo lá fora, borrando os contornos das montanhas ao fundo.

Será que faria algum mal se ela apenas fechasse os olhos por um instante?

— Ela está bem. — Lynda pegou a manta pendurada no encosto do sofá. — Faz tempo que não cuido de uma criança de 5 anos, mas acho que ainda dou conta. Vai ser um bom treino para quando eu virar avó.

— Você vai ser avó?

— Um dia, espero. Agora deite e descanse.

Será que Noah sabia que estava sendo incumbido de produzir um neto?

Ela estava cansada demais para desvendar o significado daquelas palavras, e de algum modo Hattie se viu tirando os sapatos e se acomodando no sofá. Sua cabeça afundou nas almofadas macias e ela adormeceu na hora. Nem sentiu Lynda cobri-la com a manta.

Acordou ao ouvir algumas vozes e continuou deitada, desorientada.

Ainda meio adormecida, sua mente insistia em querer se desligar de novo.

— Entre administrar a pousada e ser mãe, e fazendo as duas coisas tão bem, não sobra nada para ela mesma. A garota está exausta e isso não é bom para ninguém. Alguma coisa precisa ser feita.

— Ela não é uma garota. — Uma voz era mais grave. Mais áspera. Noah. — Ela é uma mulher.

— Que bom que você notou. Já estava começando a achar que não tinha olhos.

— Não se intrometa, Lynda. — Agora era Roy falando. — Deixa isso para lá. Não é da sua conta.

— Pois agora é. — Lynda conseguiu elevar o tom sem levantar a voz. — Ela é praticamente da família, e todo mundo sabe que ela precisa de pessoas que contem como família, já que não tem uma de sangue. Mas Hattie tem a gente. E nem venha me dizer para deixar para lá, Roy Peterson, porque eu me recuso.

— Talvez ela não goste da sua intromissão.

— Ou talvez ela goste e fique grata. Só porque alguém não pede ajuda não quer dizer que não queira ou não precise. Ainda mais as mulheres, tão acostumadas a dar conta de tudo sozinhas que às vezes nem percebem que há outro jeito de fazer as coisas. Vamos mostrar que há, sim. Ótimo, então está decidido. Você vai levar ela para sair, Noah. Quinta-feira é um bom dia para mim.

— Perdão?

— Eu vou ter que ficar de babá, é claro. Quinta é um bom dia para mim. Terça tenho ensaio do coral e quarta é o encontro do clube do livro. Os fins de semana são os dias mais ocupados de Hattie na pousada, então quinta é o melhor dia para todo mundo.

— Mais alguma coisa? — O tom de Noah era um misto de chocado e divertido. — Quer escolher o restaurante também? Me dar um roteiro?

— Você pode escolher o restaurante, desde que seja chique. Nada de lanchonete, e nenhum lugar muito barulhento. Tem que dar para conversar. Leve Hattie para um lugar onde ela precise se arrumar um pouco e possa comer algo que não tenha que cozinhar para si mesma e para a filha. E, quanto ao roteiro, tenho certeza de que você consegue formular uma frase se pensar bem. Mas, se quiser uma dica, minha sugestão é que dê a ela uma noite em que não precise ser a dona de uma pousada nem mãe.

Lynda estava tentando juntar ela e Noah.

Era humilhante.

Hattie estava desperta, mas manteve os olhos bem fechados, porque não era o momento de deixar os outros perceberem que tinha ouvido a conversa. Por trás das pálpebras cerradas, ela queimava de vergonha.

Se já se sentia constrangida perto de Noah antes, agora seria muito pior. Ainda mais porque ele não parecia empolgado com a sugestão da mãe.

— Mãe...

— Nada de me chamar de *mãe* nesse tom.

— Sou um homem adulto. — O tom dele era até paciente, dadas as circunstâncias — Não preciso que minha mãe organize um encontro para mim. Sou capaz de cuidar da minha vida, obrigado.

— Bem, me perdoe, mas não tenho tanta certeza. Só posso me basear nas provas que tive até agora e que mostram que você é mais devagar do que o seu pai.

— Eu agi no ritmo certo para mim — protestou Roy, e Hattie percebeu que Noah estava se servindo de uma fatia de bolo.

— E eu estou fazendo o mesmo.

— Quando decidiu voltar para casa, ficamos muito felizes, é claro. Mas não gosto de ver você sacrificando sua vida social por causa deste lugar. E eu sou sua mãe. Não é crime querer vê-lo feliz.

— Eu estou feliz. — Houve uma pausa. — Já passou pela sua cabeça que talvez ela não queira sair comigo?

— Você é um homem adulto, como faz questão de lembrar, então deve ser grandinho o bastante para lidar com uma rejeição, se for o caso.

Agora seria um bom momento para acordar, antes que a conversa piore, pensou Hattie.

Felizmente para ela, Delphi começou a se mexer, e Lynda logo mudou de assunto.

— A pequena acordou. Quem diria que a Pantera daria um excelente travesseiro? Pronto, querida, vem dar um abraço bem apertado na Lynda. O que acha de tomar um milk-shake de chocolate?

Hattie abriu os olhos a tempo de ver Delphi envolver os braços ao redor do pescoço de Lynda e encostar a cabeça em seu ombro enquanto era levada para a mesa da cozinha.

— Noah, segura ela um instantinho enquanto preparo o milk-shake. Preciso das duas mãos.

Passou Delphi para ele, que a acomodou em seu braço.

A menina estendeu o dinossauro de pelúcia para Noah.

— O nome dele é Grandão.

— Um bom nome.

— Ele é um diplodoco. Tem um pescoço muito comprido. Viu só?

Noah deu toda a sua atenção a Grandão.

— Estou vendo, sim.

— Eu durmo com ele.

— Deve ser confortável. Ele não acorda você?

Hattie, que já acordara mais de uma vez com o Grandão enfiado debaixo das costas, achou que ela é quem devia estar respondendo àquela pergunta.

E, por falar em acordar, decidiu que era hora de se declarar desperta.

Sentou-se, tonta depois do sono pesado.

— Apaguei. Me desculpa.

— Não foi nada — disse Lynda, limpando as mãos no avental. — Você precisava dormir.

— É culpa da decoração das árvores de Natal. — Hattie calçou as botas de novo. Não olharia para Noah. Não se atrevia. — E, por falar em árvores de Natal, Delphi e eu precisamos ir. A árvore da biblioteca não vai se decorar sozinha.

— Mais um motivo para comer alguma coisa antes. Vai dar energia para vocês duas. — Lynda colocou um milk-shake e um biscoito na mesa. — É só um lanchinho. Fiz um para você também.

Ela tinha feito um milk-shake para Hattie?

— Meu pai fazia um excelente milk-shake. — Às vezes, as lembranças machucavam. Às vezes, confortavam. Esta confortava. — Para mim, tem gosto de infância. Ele exagerava no chocolate.

— Parece que seu pai tinha grande talento para ser pai.

— Ele era excelente.

Hattie se sentou e observou enquanto Noah acomodava Delphi na cadeira ao lado da dela. Delphi tomou o milk-shake, segurando o copo com as duas mãos. Quando o pousou, tinha um bigodinho de chocolate ao redor da boca e um enorme sorriso no rosto.

— Ah, olha só essa pequena, toda lambuzada de chocolate. — Lynda fez um carinho em Delphi, que balançava as pernas sentada na cadeira. — Então, Hattie, eu estava pensando que na quinta-feira posso ir até sua casa para cuidar dela. Vai ser uma boa desculpa para eu ler, e vai ser uma chance para você sair e ter um tempinho só seu. Você tem trabalhado demais. Precisa de uma pausa.

Hattie ficou imóvel. Não esperava que Lynda fosse ser tão direta.

— Eu realmente não...

— Noah vai levar você para jantar. Ele também tem trabalhado muito, e eu estou preocupada com o meu filho. Seria um grande favor para mim.

Noah franziu a testa.

— Não pre...

— Não precisa me agradecer. Você passa o dia inteiro cuidando da fazenda para a gente e merece uma noite de folga. Vocês, jovens, deviam sair e se divertir. Roy e eu vamos nos virar muito bem, não vamos, querido?

Roy tinha a expressão de quem sabia quando estava encurralado.

— Acho que consigo sobreviver, se me esforçar.

Hattie pigarreou.

— Eu estou bem, de verdade. Não preciso de uma noite de folga.

Lynda apertou o ombro dela com carinho.

— Quando foi a última vez que você se arrumou e saiu?

— Bem, eu...

— Exatamente, você nem consegue lembrar. Você é jovem, Hattie. Devia estar saindo e passando um tempo entre adultos. Não concorda, Roy?

Roy examinou o biscoito na mão.

— Acho que a decisão é de Hattie, não? Talvez ela não queira sair para jantar.

— Ora, é claro que quer. A menina precisa comer, não é? E não vai querer comer sozinha. Então está resolvido. — Lynda começou a recolher os copos e a colocá-los na lava-louças. — Está um frio de lascar lá fora e começou a nevar de novo, então vocês não vão voltar andando. Noah vai te dar uma carona.

Hattie olhou pela janela e viu que estava mesmo nevando. Flocos grandes giravam do lado de fora, e ela nem tinha percebido. Teria que carregar Delphi no colo, o que não era ruim em distâncias curtas, mas depois de um tempo os braços e as costas doíam. E não queria piorar a tosse da filha.

Noah pegou as chaves e, dessa vez, não discutiu com a mãe.

— Boa ideia. Vamos fazer vocês duas chegarem em casa sãs e salvas.

Hattie agradeceu a Roy, deu um abraço em Lynda e então ajudou Delphi a colocar o casaco, o gorro e o cachecol.

Assim que abriram a porta da cozinha, o ar gelado os atingiu com força.

Noah levantou a gola do casaco e olhou para ela, mas Hattie já havia enfrentado muitos invernos em New England para não saber como se vestir em dias frios.

Eles cruzaram a neve fofa até o carro. O ar frio atravessava a roupa, e tudo o que ela queria era voltar para a cozinha quentinha.

— Você não precisava levar a gente. Delphi e eu poderíamos voltar a pé. A gente não precisava ser resgatada.

Ele abriu a porta do carro para ela.

— Talvez vocês não precisassem de resgate, mas eu, sim. Se a gente ficasse mais tempo naquela cozinha, minha mãe ia planejar não só a próxima semana, mas o resto da minha vida. — Noah acomodou Delphi no banco de trás e afivelou o cinto da menina com cuidado. — Está confortável, querida?

Delphi assentiu, e Noah piscou para ela e esperou Hattie entrar no carro para se sentar no banco do motorista.

Ali, naquele espaço confinado, ela ficou ainda mais consciente do tamanho e da presença dele. Tentou se convencer de que era a gentileza com sua filha que estava despertando aquele desejo intenso, quase doloroso.

Hattie se perguntou se ele estava incomodado com a ideia de levá-las para casa.

— Seus pais são tão gentis.

— Eles amam você. É como se fosse filha deles.

— E isso faz de você o quê... meu irmão?

Ela o viu sorrir.

— De jeito nenhum. E você não iria querer que eu fosse seu irmão. Eu sou insuportável. Filho único, não sei dividir. Se tiver um último pedaço de biscoito no prato, ele vai ser meu. Você não ia ter tratamento especial. Eu passaria por cima de você.

Hattie não acreditou. Já tinha visto várias provas da generosidade dele.

— Também sou filha única. — E muitas vezes tinha desejado ter alguém com quem dividir os altos e baixos da vida.

— Viu só? Consegue imaginar a cena na cozinha? Nós dois brigando pelo último pedaço de bolo? Ia ser feio. — Ele ligou o motor e seguiu pela estrada de terra em direção à pista. — Então, sobre o jantar. Que horas eu busco você na quinta?

Ela o olhou de relance.

— Você não vai mesmo me levar para jantar, vai?

— Se você conhece minha mãe tão bem quanto eu acho que conhece, então também sabe que vai ser mais fácil ir ao jantar do que discutir com ela.

O coração dela acelerou.

— Você sempre faz tudo o que sua mãe manda?

— Quase nunca — respondeu Noah. — Só quando parece uma boa ideia. Você tem trabalhado demais. Eu também. Nós dois precisamos comer.

— Não sei... — Ela fingiu pensar. — Você vai brigar comigo pelo meu jantar?

— Depende.

— Do quê?

— Se você pedir alguma coisa que pareça melhor do que o meu prato. Se eu preferir a sua comida, talvez eu brigue. Que tal sete e vinte e cinco?

— Sete e vinte e cinco? Isso é bem específico.

— Minha mãe sugeriu sete e meia. Não é bom fazer tudo do jeito que ela quer.

Seria fácil dizer sim. Hattie queria dizer sim. Estar com ele fazia tudo parecer mais leve, mesmo que os fardos da vida continuassem os mesmos.

Tentou pensar nas implicações. *Consequências*, pensou. *Tudo tem consequências.*

— Não sei se é uma boa ideia.

— Que tal a gente descobrir? É só um jantar, Hattie. — Ele estacionou na frente da pousada e se virou para encará-la. — Só um jantar. Se você odiar meus modos à mesa e decidir que nunca mais quer comer comigo, não vou guardar rancor.

Noah estava sorrindo, e ela também.

— Como pode ter certeza? Vai que você resolve se vingar me dando só as árvores de Natal mais magrelas e feiosas de agora em diante.

— Eu só cultivo árvores magníficas.

— Você pode me dar uma com o tronco torto, para todos os enfeites escorregarem.

Ele parou e pensou.

— É possível, mas vai ter que arriscar. E você me parece do tipo que gosta de correr riscos.

Os dois sabiam que ela estava longe de ser assim, mas a conversa a fez perceber o quanto queria passar uma noite com Noah, só os dois.

Ele fazia tudo parecer fácil, e Hattie estava disposta a aceitar isso, mesmo sabendo que não era simples. Mas a vida raramente era fácil, certo? Era feita de decisões boas e ruins, de reviravoltas, de altos e baixos, momentos de dor intensa e, às vezes, momentos de alegria e prazer profundos.

E, quando esses bons momentos surgiam, era preciso agarrá-los.

— Está bem — concordou ela. — Quinta. Sete e vinte e cinco.

E torceu para que aquela fosse uma boa decisão.

8

Claudia

— Você podia fazer uma segunda graduação e virar professora — sugeriu Anna. — Sempre achei que seria uma carreira gratificante.

— Não quero fazer uma segunda graduação e virar professora. — Claudia estava no banco de trás do carro, olhando pela janela enquanto deixavam a casa e o bairro de Anna para trás. Tentava não pensar no olhar que Anna e Pete tinham trocado ao se beijarem na despedida. — E, de qualquer forma, já estou velha demais para repensar minha vida toda e começar de novo.

Ou talvez ela ainda não estivesse pronta para repensar tudo. Ainda estava tentando aceitar a ideia de que não queria mais cozinhar. Nunca tinha sentido isso na vida. Era como perder uma parte de si mesma. Ao se lembrar de como a comida costumava empolgá-la, sentia-se desolada.

— Nunca é tarde demais para repensar a vida. — Erica estava dirigindo, mas isso não a impedia de participar da conversa. — E não vem com drama enquanto estou dirigindo.

Anna lançou um olhar para ela.

— Está tudo bem com você? Parece meio tensa esta manhã. Não dormiu bem?

— Dormi bem, obrigada.

— Foi por causa da ligação de trabalho que você atendeu no café da manhã? Você costuma ter uma regra de "nada de ligações do trabalho" quando a gente viaja.

— Foi uma exceção, mas não, não é por isso. E não estou tensa, estou concentrada.

Claudia se mexeu tentando encontrar uma posição confortável, mas era impossível. Parecia que estavam de volta à época da faculdade. A única diferença era que estavam no carro esportivo elegante de Erica, e não no Ford Mustang velho de Anna, doado pelos pais da amiga e mantido por Pete.

Ainda assim, Claudia estava espremida no banco de trás, como sempre, com as pernas quase encostando no queixo — pelo menos era assim que se sentia.

Ao lado dela estavam as malas que não couberam no porta-malas e uma pilha de presentes. Os de Anna tinham sido embrulhados à mão, amarrados com barbante e decorados com raminhos do jardim. Os de Erica vinham embrulhados da loja, em papel brilhante caro dobrado com perfeição geométrica e enfeitado com laços elaborados. Ao olhar para os embrulhos sofisticados de Erica, Claudia se perguntou se não tinha gastado pouco. Mas logo afastou o pensamento. A amizade delas nunca foi afetada pelo dinheiro, e nunca seria. Ela mesma tinha feito os presentes, o que, disse a si mesma, os tornava inestimáveis.

Reorganizou os pacotes para ter um pouco mais de espaço.

— Tenho uma pergunta. Já que você não tem problemas financeiros, Erica, por que não comprou um carro maior?

— Porque não preciso de um carro maior.

Claudia tentou achar uma posição que não cortasse a circulação das pernas.

— Vai por mim. Daqui de trás, você precisa.

— Por quê? Em geral sou só eu no carro. Às vezes, uma outra pessoa. — Erica lançou um sorriso malicioso pelo retrovisor, e Claudia riu.

Era bom estar de novo com as amigas. Só a presença delas já fazia com que se sentisse melhor. Mais confiante. Mais feliz. Mais leve.

Mas também era verdade que sentia certa inveja das duas. Como poderia não sentir? Lá estava Erica, com aquelas roupas lindas, tão confiante e segura de si, tão satisfeita com a própria vida. Estável financeiramente e fazendo o que amava.

E lá estava Anna, com seu cabelo escuro lustroso e sua bondade. Usava a vida como se fosse um vestido favorito, que lhe caía bem e a fazia se sentir confiante. E por que não se sentiria? Tinha tudo o que sempre quis: Pete, os gêmeos e uma casa linda. A casa de Anna era como um membro da família, acolhendo todos e guardando as lembranças. Representava segurança, em todos os sentidos. Um lugar onde todos podiam se reunir.

Claudia ficava feliz pelas amigas, mas isso não impedia que desejasse estar tão bem resolvida quanto elas. Um ano antes, também estava. Não fazia ideia de que tudo o que tinha construído estava prestes a desmoronar.

Tinha passado dez anos com John, e mesmo assim, quando ele foi embora para morar com outra pessoa, ela foi pega de surpresa. Como era possível conviver com alguém por tanto tempo e ainda assim ser surpreendida? O que havia de errado com Claudia? Era algo em que pensava o tempo inteiro. Aquilo a atormentava nas madrugadas em que devia estar dormindo.

Tinha perdido tudo e agora estava recomeçando aos 40 anos.

As amigas conversavam e trocavam provocações brincalhonas no banco da frente, e Claudia apenas ouvia, confortada pelo deboche familiar.

Nem tudo havia mudado. Por mais que tivesse perdido muita coisa, ainda tinha as amigas. Elas eram a cola que mantinha sua vida unida. O amortecedor que suavizava os baques.

Claudia olhou pela janela, refletindo sobre as suas opções.

— E se você passou a vida adulta inteira se preparando para ser algo, jogar isso fora não seria um desperdício?

Erica olhou pelo espelho retrovisor.

— Imagino que a pergunta seja sobre você, e não geral?

— Sim. Passei anos me preparando para ser chef. Parece errado simplesmente largar isso.

Erica deu de ombros.

— Depende do motivo. Se está fazendo isso só porque ficou chateada por ter sido demitida, então sim, é um desperdício. Você estaria se punindo à toa. Mas se for mesmo uma questão de não gostar mais de cozinhar, e não só sobre o último emprego, então é claro que deve largar. A vida é curta demais para ficar insistindo em algo que não traz mais alegria.

— Mesmo que eu tenha trabalhado com isso a vida toda?

— Claro. Você não precisa continuar fazendo algo que detesta. E quem disse que a gente tem que fazer a mesma coisa para sempre? As pessoas mudam de carreira o tempo todo.

Ela falava como se fosse tão simples, mas Claudia sabia que não era.

— Você já se perguntou se fez todas as escolhas erradas? Tenho me perguntado muito isso nos últimos tempos.

Anna ficou em silêncio.

Quem respondeu foi Erica.

— Nunca — disse ela. — E pode parar com isso. Não vamos passar as quatro horas de viagem analisando nossa vida e decidindo que fizemos tudo errado. Qual o sentido? Estamos viajando. A ideia de tirar férias é justamente deixar os problemas para trás.

Talvez isso dependa do tamanho dos problemas, pensou Claudia. Era difícil deixar os dela para trás, porque precisava tomar decisões, e rápido. Se fosse mesmo largar a culinária, precisava achar outra coisa para fazer.

Anna se virou para Erica.

— Tem *certeza* de que está tudo bem?

— Estou ótima.

Anna a observou com atenção.

— E não tem nada que mudaria se pudesse voltar no tempo?

— Tirando talvez convencer vocês duas a fazermos nosso encontro do clube do livro no Caribe? Não. Nada. — Erica apertou o volante. — Se não vou conseguir escapar desta conversa sobre arrependimentos, então vamos deixar para quando estivermos com 90 anos. Agora ainda temos a vida pela frente. Se quer alguma coisa, corra atrás.

Claudia não fazia ideia do que queria. Gostaria que seus pensamentos fossem tão bem definidos quanto os de Erica. Anna, ao que parecia, não queria deixar o assunto de lado.

— Você não mudaria nada?

— Não. — Erica parecia impaciente. — Não penso assim. Não me faço esse tipo de pergunta. Não ajuda em nada. E se você decidir que fez a escolha errada cinco anos atrás? Não dá para voltar no tempo. É melhor aprender com o erro e seguir em frente.

— Eu me faço esse tipo de pergunta o tempo todo — admitiu Claudia, relaxando contra o banco, embalada pelo movimento do carro e pelas mudanças graduais da paisagem do lado de fora. — Principalmente às três da manhã, quando estou acordada encarando o teto.

— Pois é, aí está o problema — disse Erica, saindo da estrada principal para uma via que cortava uma área arborizada. A estrada se estendia à frente delas, sem trânsito. — Todo mundo sabe que não se deve dar ouvidos aos pensamentos que surgem às três da manhã. São intrusos, devem ser ignorados. Não dê ouvidos.

— E se os intrusos tiverem vozes muito altas?

— A vida sempre parece pior às três da manhã — disse Anna. — Acontece comigo também. Acho que fico tão ocupada o tempo todo que é só no meio da noite que tenho tempo para pensar em algo além do que preciso fazer em seguida. — Ela olhou para Erica. — Você nunca deixa a mente vagar quando está acordada nesse horário?

— Só tem um motivo para eu estar acordada de madrugada — afirmou Erica.

Anna revirou os olhos.

— E pronto, voltamos ao Jack gostosão.

— Dá pra parar de chamar ele de Jack gostosão?

— Acho que não. — Anna esticou as pernas. — Lembra como a gente ficava acordada na faculdade, conversando sobre o que ia fazer da vida?

— A gente era idealista — disse Claudia. — Sem noção da realidade.

— A gente era ambiciosa e ousada — discordou Erica. — E, se não dá para ser ambiciosa e ousada aos 20 anos, quando é que vai dar?

— Acho que o que nenhuma de nós sabia é que, por mais que se planeje, a vida simplesmente acontece — falou Anna, devagar. — É imprevisível.

Erica virou a cabeça e abriu um meio-sorriso.

— Tipo você e Pete esquecendo de usar camisinha? Porque isso foi bem previsível.

Claudia riu e Anna sorriu também.

Não fazia segredo de que a gravidez tinha sido um acidente feliz.

— Não entendo por que você fica preocupada, pensando às três da manhã — disse Claudia para Anna. — Sua vida é perfeita. Seu casamento é perfeito.

A amiga ficou em silêncio por um momento.

— Ninguém tem uma vida perfeita.

Claudia se sentiu um pouco alarmada. Se havia algo errado com a vida perfeita da Anna, então sua fé na humanidade cairia por terra. Será que Anna e Pete estavam com problemas? Não. Não podia ter nada a ver com Pete. O relacionamento deles era sólido e estável. Reconhecer isso a faz perceber que ainda não tinha perdido toda a fé na humanidade. John a tinha traído, mas ela não achava que isso significava que relacionamentos bons não existiam. Não era assim que pensava.

Pela primeira vez desde que John saíra de casa e ela perdera o emprego, Claudia sentiu algo parecido com esperança.

Era como descobrir que um ferimento sangrando era superficial e sararia com o tempo.

Ver Pete e Anna juntos na noite anterior a fizera refletir sobre seu relacionamento com John. Quando foi a última vez que John a tinha olhado do jeito que Pete olhava para Anna? E será que ela de fato sentia por John o que Anna sentia por Pete? Seus amigos estavam juntos havia quase o dobro do tempo que ela passara com John e ainda eram tão apaixonados. Como saber a diferença entre amar e estar acomodada?

Claudia afastou a pergunta dos pensamentos, achando-a desconfortável demais para encarar, mas a questão continuou lá, rondando sua cabeça. Cada relacionamento era diferente, é claro, e cada pessoa queria algo diferente.

Ela se recostou no banco, sentindo-se um pouco mais otimista.

Decidida a tentar cultivar aquele sentimento positivo, voltou sua atenção para Anna.

— Com o que você se preocupa às três da manhã?

— Tudo — respondeu Anna. — Tudo o que eu já falei e me arrependi. Tudo o que tenho que fazer. Tudo o que pode dar errado. Tudo o que está mudando e que está fora do meu controle. E não venha me dizer para fazer uma lista das minhas preocupações antes de dormir, porque já tentei e não funciona.

Erica lançou um olhar para ela.

— Por que se preocupar com tudo o que pode dar errado? Por que não esperar dar errado de verdade e aí se preocupar?

— Nunca disse que minhas preocupações eram lógicas.

— E o que Pete faz quando você não consegue dormir de preocupação?

— Em geral, ele está dormindo. Mas, às vezes, se estou mesmo muito ansiosa, eu o acordo.

— E ele não quer te matar por isso? — Erica balançou a cabeça. — Esse homem é um santo.

Claudia percebeu que Anna ainda não tinha respondido à pergunta.

— O que está mudando e está fora do seu controle?

A vida de Anna parecia tão estável e previsível a seus olhos. Era uma das coisas que mais invejava.

— Minha família. — Anna ficou em silêncio por um momento. — Ao longo dos anos, já tive alguns momentos de pânico pensando no dia em que os gêmeos sairiam de casa, mas sempre deixei para lá, porque era um futuro distante. Mas, outra noite, percebi que o futuro chegou. No ano que vem eles vão embora, e estou apavorada. — Sua voz falhou.

Erica franziu a testa.

— Está preocupada com como eles vão se virar sem você?

— Não. — Anna engoliu em seco. — Estou preocupada com como eu vou me virar sem eles.

— Mas a alternativa seria eles morarem com você pra sempre. Você não quer isso, quer?

— Não. — Ela fez uma pausa. — Ou talvez queira.

Erica esperou uma brecha no trânsito e virou à direita.

— Isso não faz sentido. O seu papel como mãe é criar seus filhos para que eles sejam adultos competentes e independentes.

— Eu sei. E eu fiz isso. Mas não quer dizer que eu vá abrir uma garrafa de champanhe e me parabenizar por ter feito um bom trabalho quando eles forem embora. Vou morrer de saudade. Quase queria que Meg e eu brigássemos mais. Talvez assim fosse mais fácil deixá-la ir. Talvez eu estivesse contando os dias. E é claro que não contei a eles como me sinto. Quando falam de faculdade e de sair de casa, eu incentivo, dou todo o apoio... o que me cansa, aliás, mas a verdade é que amo ser mãe. É tudo o que eu sempre quis, e agora isso está chegando ao fim e eu estou... — Sua voz ficou embargada. — Bom, estou com o coração partido.

O carro ficou em silêncio.

Erica encontrou o olhar de Claudia pelo espelho.

Claudia entendeu que era sua deixa para dizer algo.

— Síndrome do ninho vazio. Não é assim que chamam?

Anna pigarreou.

— Deve ser. Mas no fim das contas não importa o nome. Importa a sensação. E é horrível. E, isso porque nem aconteceu ainda! Se já me sinto tão mal só de imaginar, como vou me sentir quando acontecer de verdade? E, além da saudade que vou sentir, parece que estou prestes a perder meu emprego. O único emprego que eu já amei. — Ela lançou a Claudia um olhar de desculpas. — Desculpa. Foi muito indelicado dadas as circunstâncias.

— Não foi, não. Eu nunca amei meu trabalho. — Claudia se sentiu mal por não ter imaginado como Anna podia estar se sentindo agora que os gêmeos estavam prestes a sair de casa. — Pete sabe que se sente assim?

— Sim, mas é diferente para ele. A vida dele não vai mudar tanto, porque Pete passa muito tempo trabalhando. Tenho certeza de que vai sentir saudade, mas não vai ser tão difícil quanto para mim.

É claro que Pete sabia. Se tinha um problema, Anna conversava com o marido sobre o assunto. Os dois conversavam sobre tudo.

John quase não falava sobre seus problemas ou sentimentos. Se tinha um dia ruim no trabalho, a solução dele era correr por horas sozinho ou tomar uma bebida. Nas poucas vezes em que Claudia tentara conversar sobre o estresse do trabalho, a resposta fora: "Você vai dar um jeito".

E era verdade. Ela nunca esperara que John resolvesse seus problemas, mas houve muitas ocasiões em que teria gostado de um abraço ou algumas palavras de incentivo como as que Pete dizia a Anna sempre que estava estressada.

Claudia sentiu inveja do relacionamento da amiga. Será que Anna sabia a sorte que tinha? O quanto era raro ter um relacionamento em que o parceiro era carinhoso e presente?

— Conhecendo Pete, tenho certeza de que ele deu uma opinião. O que ele acha que você deve fazer?

Anna cutucou a própria cutícula.

— Nem me pergunte.

— Agora é óbvio que temos que perguntar e você tem que responder — interpelou Erica, buzinando quando outro motorista quase bateu em seu carro. — Conte o que Pete disse.

Anna repousou a mão no colo.

— Ele perguntou se eu queria outro bebê.

— Mentira. Isso é tão homem das cavernas.

— Eu acho que é um gesto de carinho — argumentou Claudia. — Ele sabe o quanto Anna ama ser mãe. Ele a conhece. Na verdade, achei bem romântico. — Sentiu outra pontada de inveja.

Erica estremeceu.

— Sua definição de romântico é estranha. "Toma aqui outro bebê. Deixa eu prender você com fraldas por mais uns anos."

— Você sabe que Pete não é assim — afirmou Anna. — A decisão é minha.

— Aham — disse Erica, apertando o volante. — Então vai aceitar?

— Ter outro bebê? Não, é claro que não. — Ela olhou fixamente para a frente. — Pelo menos, acho que não.

— *Acha* que não? Anna, você tem quase 40!

— Obrigada por lembrar. Mulheres podem ter filhos aos 40 anos, sabia? Mas essa não é a questão. O problema é que, não importa o número, sempre vai ter um último. Então acho que, no fundo, sei que isso é algo que vou ter que encarar em algum momento. E só eu posso fazer isso. Se eu decidir ter outro filho, tem que ser pelos motivos certos. E agora vamos mudar de assunto.

— Daqui a pouco — retorquiu Erica, diminuindo a velocidade quando o trânsito parou. — Seus filhos saírem de casa deve ter suas vantagens. Para início de conversa, você e Pete vão poder transar pela casa toda. Imagina a liberdade.

— Acho que isso só vai me lembrar de como a casa está vazia.

Ela não era a única que tinha mudado, pensou Claudia.

— É estranho lidar com uma mudança tão grande aos 40 anos. Esta deveria ser uma fase para continuar a partir das bases que construímos.

— Isso — concordou Anna, virando-se no banco para encará-la. — E eu não me sinto segura de fazer algo diferente. Mas tem tantos exemplos de pessoas que conseguem.

Erica tamborilou os dedos no volante, impaciente com o trânsito.

— O que está querendo dizer com isso? Que as decisões que tomamos quando se é jovem definem o resto da nossa vida? Isso é ridículo. Sem falar que é limitador. Tem gente que muda muito entre os 20 e os 40 anos. O próprio Jack, por exemplo. Ele só foi estudar Direito aos 30.

Claudia ficou intrigada, e não só porque Erica quase nunca mencionava Jack sem ser em um contexto sexual.

— Sério? Eu não sabia. O que ele fazia antes?

Erica encarou a estrada.

— Medicina.

— Mentira. Ele era médico? E desistiu?

— Sim e sim. Não gostava. Podia ter seguido em frente com a carreira pelo resto da vida, mas teve coragem de admitir que cometeu um erro e recomeçou.

— Isso é muito corajoso — disse Anna.

— É mesmo. Mas o que eu estou dizendo é que nunca é tarde para fazer algo diferente.

— Gosto disso — comentou Anna, recostando-se no banco. — Também gosto de saber que você e Jack conversam de vez em quando.

— Eu nunca disse que a gente não conversa.

— Mas também não contou que andam compartilhando segredos profundos.

Erica fez um som impaciente.

— Talvez devesse ser romancista. Tem um vácuo no mercado desde que a Catherine Swift passou a escrever suspense.

— Você está mudando de assunto — insistiu Anna. — Acho que tem muito mais entre você e Jack do que está nos contando.

Quando os ombros de Erica ficaram tensos, Claudia achou melhor mudar de assunto.

— Alguma chance de pararmos logo? Minhas pernas estão dormentes.

— Quer trocar de lugar? — ofereceu Anna, sempre generosa. — Posso sentar atrás um pouco.

— Não faz sentido — disse Erica. — Suas pernas são mais compridas do que as da Claudia.

— As minhas eram mais longas — murmurou Claudia —, mas evoluí com o tempo para conseguir me apertar neste carro. Darwinismo, sabe? Sobrevivência dos mais baixos.

Pararam para almoçar em um restaurante de estrada com uma árvore de Natal giratória e uma quantidade absurda de pisca-piscas.

— Não julguem um livro pela capa — falou Erica. — As avaliações dizem que a comida é excelente.

Tentando ignorar a música natalina metálica ao fundo e os funcionários com tiaras de rena, Claudia pediu um simples queijo quente.

Suas expectativas foram superadas já na primeira mordida. Ela fechou os olhos enquanto mastigava.

— Simples, mas delicioso. Queijo cheddar curado local e tomates orgânicos. Quando se tem ingredientes assim, não é preciso inventar moda. Um toque de mostarda e um pingo de bourbon e o sabor vira algo espetacular.

Ouviu risadinhas abafadas e abriu os olhos para ver as amigas sorrindo para ela do outro lado da mesa.

— O quê?

Anna olhou para Erica, que deu de ombros.

— Se ela mesma não percebe, quem somos nós pra falar?

Claudia largou o garfo.

— Só porque ainda aprecio ingredientes de qualidade, isso não quer dizer que quero ser chef.

— Claro que não. Pode, por favor, me passar o sal, Anna?

— Com prazer, Erica. — Anna passou o saleiro, e Claudia suspirou.

— Vocês duas são...

— Somos o quê? — Erica despejou uma quantidade nada saudável de sal nas batatas já salgadas. — Boas amigas? Tenho que concordar. Você é uma mulher de sorte.

Claudia desistiu.

— Ia dizer *irritantes*. — Deu mais uma mordida no sanduíche. — Isso está tão bom. Há meses não me sinto tão bem.

Erica estava toda convencida.

— É por estar na nossa ilustre e virtuosa presença.

— Talvez. Ou talvez seja por eu estar de volta à Costa Leste. Talvez eu devesse me mudar para Vermont. Seria perfeito.

Erica estremeceu.

— Pra mim, não.

Claudia fez a pergunta que não saía da cabeça.

— Se não é pra você, por que escolheu Vermont para nossa viagem?

Erica tirou a alface do hambúrguer.

— Escolhi porque é perfeito para o que a gente precisa esta semana. Uma pousada aconchegante com a chance de ficarmos bem confortáveis e quentinhas, ótima comida e uma adega muito elogiada. E porque sabia que iam amar... e eu tento ser uma boa amiga.

Ela não está dizendo a verdade, pensou Claudia, mas sabia muito bem que, quando Erica tinha algo na cabeça, sempre demorava um pouco para contar.

Anna estava digitando uma mensagem no celular.

— Está mandando mensagem pro Pete? — Claudia tentou pegar o telefone da amiga, mas Anna o afastou. — Não faz nem três horas que se viram. Para com isso.

— Esqueci de lembrar Pete que Meg tem que ir ao médico na segunda — disse Anna, apertando "enviar" e deixando o celular em cima da mesa. — É tão bom estar com vocês. A semana vai ser ótima. A gente vai dormir, descansar, fazer um boneco de neve e, à noite, resolver todos os nossos problemas, igual a quando tínhamos 20 anos.

Erica colocou algumas de suas batatas no prato de Claudia.

— Eu não tenho problemas.

Anna sorriu.

— Ótimo, assim pode se concentrar nos nossos. — Ela mordeu o hambúrguer, e Claudia a observou por um instante.

— Como você tem um cabelo sempre tão brilhante e saudável?

— É que levo uma vida sem pecados, cheia de frutas, legumes e pensamentos edificantes — ironizou Anna.

Erica estremeceu.

— Prefiro ter um cabelo sem viço.

— Estou brincando — falou Anna, pegando um guardanapo. — É uma máscara capilar chique. Me dei de presente.

— Você fez algo por você? Estou impressionada.

— Faço coisas para mim o tempo todo. — Anna olhou de uma para a outra. — O quê? Por que estão fazendo essa cara?

— Porque nunca faz coisas para você.

— *Nunca* é exagero. É verdade que, às vezes, não priorizo minhas necessidades, mas estou trabalhando nisso. A máscara foi a primeira tentativa. E, já que elogiaram meu cabelo, diria que está funcionando. — Sorriu. — Amo nossa semana do clube do livro. Vocês por acaso leram o livro?

— Claro — disse Erica, empurrando o prato, a comida pela metade. — Esse é o propósito do clube.

Anna largou o hambúrguer.

— Desde quando a gente fala só de livros? O clube serve para gente conversar sobre a vida. E não é para isso que lemos? Para entender a vida de outra pessoa?

O celular de Anna acendeu, e Claudia o pegou antes da amiga.

— Ele não esqueceu a consulta da Meg. E disse que te ama. Bom saber, porque a gente já estava começando a duvidar. Posso responder?

— Não. — Anna recuperou o telefone, e Erica pegou a bolsa.

— Se terminaram esse joguinho com o celular, é melhor a gente ir. Está prevista uma nevasca pesada e meu carro não se dá bem com a neve. Eu também não. Por que não fomos para o Caribe?

— Eu adoro neve — comentou Anna. — Ainda mais quando não tenho nada pra fazer. Não tem nada melhor do que se acomodar perto da lareira vendo a neve cair.

Erica terminou sua água.

— Consigo pensar em várias coisas melhores.

— Eu amo neve. Estava com saudade — disse Claudia, procurando dinheiro na bolsa, mas Erica a impediu com um gesto.

— Não precisa. É por minha conta.

Ela sentiu o rosto corar de vergonha.

— Eu não posso...

— Pode, sim. Não estou dando opção. Lembra aquele dia que passou a tarde no meu apartamento preparando um jantar para o meu encontro? Eu estava devendo.

— O sujeito fugiu por causa das suas habilidades culinárias. Então será que conta?

— Conta. Você me salvou de cometer um erro. — Erica pegou o cartão. — Ele ficou intimidado por uma mulher que tem sua própria empresa, gosta de transar e ainda cozinha bem. Disse: "Querida, tem alguma coisa em que você não seja boa?"

Anna riu e trocou um olhar com Claudia.

— E aí você respondeu...

— "Sim, querido, sou péssima em relacionamentos" — completou Claudia — e deu com a porta na cara dele.

Erica deu de ombros.

— O que mais eu podia fazer? Aparentemente, fiz o ego dele murchar.

— Contanto que tenha sido só o ego.

— Anna! — exclamou Claudia. — Eu tinha esquecido como você é boca suja quando a gente tira você de perto do Pete.

As duas voltaram para o carro enquanto Erica pagava.

— Não acha que ela está mais tensa que o normal?

— Erica? — Anna se encolheu ainda mais dentro de seu casaco quando o vento atravessou o estacionamento e alguns flocos de neve giraram ao redor delas. — Sim. Mas deve ser por causa do trabalho. Ela trabalha demais. Sempre demora um pouco para relaxar. Erica precisa de férias.

Claudia não achava que era isso, mas, como não tinha provas para sustentar sua teoria, apenas sorriu.

— Deve ser.

Anna abriu a porta do carro.

— Quer ir na frente um pouco?

— Não, vai você. Eu nem saberia o que fazer com as minhas pernas se tivesse mais espaço. E sei que fica enjoada fácil.

Elas seguiram para o norte, e Claudia ficou olhando pela janela, encantada com as florestas cobertas de neve e as vilas pitorescas de New England, com seu charme natalino clássico que quase as deixava bonitas demais para serem reais. Lojas e casas estavam cobertas de luzes e folhagens, e por um breve momento ela foi transportada de volta à infância, ao encantamento e à magia dessa época. Estava imersa em lembranças quando a voz de Erica a trouxe de volta ao presente.

— É aqui. Chegamos. Próxima entrada à direita, se as instruções estiverem certas.

Claudia afastou o sono e se inclinou para ver melhor.

Uma camada de neve fresca cobria as ruas e as pessoas passavam apressadas, enroladas em casacos grossos e cachecóis, carregando sacolas abarrotadas que indicavam compras de última hora.

As árvores ladeando a rua brilhavam com milhares de pisca-piscas, criando um caminho festivo.

— Diminui a velocidade — pediu Claudia, agarrando o encosto do banco de Erica. — Tem uma livraria!

— Ótimo. Posso terminar minhas compras de Natal — disse Anna, virando a cabeça para olhar quando Erica passou pela loja. — Chama-se Livraria Tempo de Leitura. Que gracinha. Amei a vitrine. E tem sofás. Vamos dar uma passada lá?

— Boa! — Claudia sentiu uma vontade súbita de entrar. Livrarias sempre a lembravam de sua mãe, e naquele momento ela precisava daquela conexão reconfortante. — Seria o começo perfeito para as nossas férias.

— Agora, não — retrucou Erica, sem diminuir a velocidade. — A gente precisa fazer isso logo.

— Fazer o quê?

Claudia trocou um olhar confuso com Anna. Erica falava como se estivessem indo ao dentista.

— A gente precisa fazer o check-in.

Olhou o celular. Não estavam atrasadas. Por que tanta pressa? Mas não havia como convencer Erica a parar.

Ela saiu da rua principal, deixando a livraria para trás, e dirigiu um pouco mais para fora da cidade, passando por uma ponte coberta sobre um rio bem cheio, e então lá estava, aninhada entre pinheiros e imediatamente reconhecível pelas fotos: a Pousada Maple Sugar.

Claudia esqueceu a livraria na hora.

A pousada tinha dois andares e meio, a varanda coberta e sacadas decoradas com luzes e folhagens natalinas. Havia neve no telhado inclinado e uma fina camada de gelo cobrindo as janelas. A porta da frente era ladeada por dois pinheiros altos com pisca-piscas. O lugar brilhava com um charme natalino clássico.

Erica parou o carro e desligou o motor, e as três ficaram em silêncio por um minuto.

— Bem... — disse Anna, os olhos fixos na pousada.

— Concordo — falou Claudia, olhando para o mesmo lugar. Uma sensação boa e calorosa se espalhou dentro dela. Nunca tinha visto um lugar tão mágico. Era como entrar em um cartão de Natal.

— Pelo visto o site e as fotos não mentiram.

— É tudo o que o Natal em Vermont deveria ser. — A voz de Anna parecia até embargada enquanto ela pousava a mão no braço de Erica. — Vai ser maravilhoso. Obrigada por escolher um lugar tão especial. Estou animada.

Erica não disse nada.

Suas mãos estavam apertando o volante. Os lábios, levemente entreabertos, como se estivesse tentando se lembrar de como respirar.

Ou ela tinha sido dominada pela mesma sensação natalina que havia arrebatado Anna e Claudia — o que, no caso de Erica, era improvável —, ou havia outra coisa acontecendo. E, a julgar pelos nós dos dedos brancos da amiga, não era coisa boa.

Claudia se inclinou para a frente e tocou o ombro dela.

— Você está bem, Erica? Não era o que esperava?

Erica não respondeu.

— Erica? — Sua mente começou a examinar as possibilidades. Até onde sabia, a amiga nunca tinha ido a Vermont.

Com certeza nunca tinha se hospedado na Pousada Maple Sugar. Será que já tinha trabalhado com eles? Não, parecia improvável.

Ela olhou para Anna, que notou o olhar e deu de ombros de leve.

— Acho que não é para estacionar aqui — disse Anna. — A gente devia dar a volta e entrar no estacionamento nos fundos. Era o que as instruções diziam.

A menção ao estacionamento pareceu chamar a atenção de Erica.

— Ah, sim. Claro. Estacionamento. — Ela pigarreou. — Boa ideia. Então todo mundo gostou?

— Sim, claro. Como não gostar? Mas você está...

— Estou doida para ver nossos quartos e conversar sobre livros.

Erica conferiu os espelhos e seguiu até o estacionamento. A estrada tinha sido limpa, mas a neve se acumulava nas laterais.

Elas encontraram uma vaga e pararam o carro. Diante dela, um homem descarregava lenha da traseira de um caminhão com um logotipo.

Claudia estreitou os olhos.

— Árvores Natalinas dos Peterson. Hum. Eu compraria uma árvore de Natal dele fácil.

— Ele deve ter uns 30 anos — conjecturou Anna, pegando a bolsa e se preparando para vestir o casaco. — Não é meio novo para você?

— Não segundo a Erica. E é mais velho que a namorada atual do John.

Claudia preferia não pensar nisso, então se permitiu apenas admirar. Às vezes era bom se distrair.

O homem vestia um casaco grosso e calçava coturnos bem gastos. O cabelo escuro descia quase até a gola e a expressão era quase carrancuda. Quando ajeitou a lenha, notou a presença das três e deu um sorriso rápido de cumprimento, que o deixou bem charmoso.

Claudia sorriu de volta.

— Esse aí com certeza carrega uma chave inglesa no bolso de trás e sabe trocar pneu.

Anna riu e Erica suspirou, deixando de lado o humor estranho.

— Ah, por favor. Eu sei trocar pneu. Qualquer hora que quiserem, é só pedir. Troco o pneu de vocês com prazer.

Anna olhou para ela.

— Sabe que não se trata de pneu, né?

— Sei, sim. Só estou dizendo que não preciso de homem nenhum para trocar meu pneu.

— Nem se for bonitinho?

— Ainda mais se for bonitinho. Não quero que ele tenha uma impressão errada de mim e ache que sou indefesa.

— A questão não é ser indefesa — retorquiu Claudia. — É ter alguém para fazer algo por você porque quer. Eu sinto falta disso. Sinto falta de ter alguém que sabe todas aquelas coisinhas sobre mim. Sinto falta de gestos atenciosos. No começo do relacionamento, John costumava me trazer uma xícara de café de manhã antes de sair para o trabalho, especialmente depois das noites em que eu tinha trabalhado até tarde no restaurante. E o café já estava frio quando eu acordava, mas eu tomava mesmo assim porque me fazia sentir mais próxima dele. Isso parece estranho?

— Café frio? Não é estranho. É nojento. — Erica notou o olhar de Anna e pigarreou. — Talvez seja um gosto adquirido.

Claudia não esperava que a amiga fosse entender. Erica valorizava a independência acima de tudo e odiava que alguém fizesse algo por ela que ela própria fosse capaz de fazer. Era como se acreditasse que qualquer gesto altruísta da parte de outra pessoa significasse uma demonstração de fraqueza de sua parte.

— Eu gostava de ser a pessoa por quem alguém fazia as coisas por vontade própria. Agora, se quero um chá, eu mesma faço.

— Se eu quero um chá, ligo para o serviço de quarto — declarou Erica, levantando a mão para impedir a reprimenda gentil de Anna. — Sim, eu sei, sou uma mulher sem coração. Já me disseram isso antes. Mas não há nada melhor nesta vida do que saber trocar o próprio pneu e fazer o próprio chá. Amor-próprio é o novo relacionamento duradouro. Não sabia?

— Mas as pessoas fazem coisas umas pelas outras porque querem, não porque a outra é incapaz. Como aquele sujeito ali. — Claudia observou enquanto o homem se afastava em direção à pousada. — Ele parece ser do tipo estável, confiável. Do tipo que não foge quando a situação fica difícil. Está carregando lenha porque se importa com alguém. Quer que a pessoa esteja aquecida e confortável.

Uma mulher apareceu na porta e o cumprimentou com algumas palavras, sorridente.

— E a julgar pela cara dos dois, acho que ele já tem dona — comentou Anna.

— Ele deve estar carregando lenha porque está sendo pago para isso. E claro que ele fugiria em uma situação difícil. É isso que os homens fazem — disse Erica, soltando o cinto de segurança. — Agora podemos parar com essa conversa e começar nossas férias?

Claudia observou o homem desaparecer pela porta dos fundos da pousada.

Não achava que ele fugiria. Achava que enfrentaria a situação e lidaria com o que viesse. Mas, no fundo, não estava interessada nele. No momento, não estava interessada em ninguém, mas era um alívio perceber que ainda conseguia admirar um homem atraente quando passava por um. Isso também parecia um avanço.

Quem quer que fosse a pessoa amada por aquele homem, era sortuda, pensou Claudia, enquanto pegava um monte de presentes. *Mas nem de longe tão sortuda quanto a dona daquela pousada.*

Claudia nunca tinha acreditado em amor à primeira vista, mas, ao olhar para as janelas cintilantes e o telhado coberto de neve da Pousada Maple Sugar, passou a acreditar.

Esqueça o homem, o que ela queria mesmo era a pousada. Se a pousada fosse sua, tinha certeza de que viveria feliz para sempre.

9

Anna

A pousada era acolhedora e aconchegante. Quando cruzou a soleira e viu a enorme árvore de Natal brilhando com luzes e enfeites, pensou: *Queria estar aqui com Pete.*

Ultimamente, ele tinha sugerido várias vezes que os dois fizessem uma viagem juntos, e ela sempre arrumava um motivo para dizer não. Era um dos poucos pontos de tensão entre os dois. Pete parecia não entender que ela precisava estar por perto por causa dos filhos. Era difícil encontrar tempo. Agora se perguntava se não deveria ter dado um jeito.

— Quero morar aqui para sempre — disse Claudia, olhando para a árvore. — Você é um gênio das férias, Erica.

— É — falou Anna, prestes a perguntar a Erica se estava gostando do lugar, quando uma jovem surgiu de uma sala nos fundos.

Era a mesma mulher que tinham visto cumprimentar o homem que trazia lenha. As bochechas dela estavam coradas e o cabelo cacheado emoldurava o rosto sorridente.

— Olá, vocês devem ser Erica, Anna e Claudia. Bem-vindas. Eu sou a Hattie.

Aquela era Hattie?

Ela parecia tão jovem. Jovem demais para ser mãe e estar administrando a pousada.

E então Anna se lembrou de que ela própria tinha mais ou menos essa idade quando teve os gêmeos.

Olhou de relance para Erica, esperando que ela conduzisse a conversa, já que havia feito a reserva, mas a amiga ficou imóvel, encarando Hattie.

Anna não fazia ideia do que poderia estar acontecendo.

Erica costumava ser franca e eficiente, mas nunca rude. E também raramente ficava calada. Em geral, a essa altura já estaria tomando as rédeas, não porque Anna e Claudia fossem menos competentes, mas porque não conseguia resistir.

Esperou mais um pouco e então deu um passo à frente, estendendo a mão.

— Oi, eu sou a Anna. Que lugar incrível. Sinto como se tivesse entrado em um filme de Natal.

Não fazia ideia do que havia de errado com Erica, mas não queria que Hattie pensasse que tinha algo a ver com a qualidade da pousada.

Hattie desviou o olhar ansioso de Erica.

— Fico feliz. A gente quer muito que a estadia de vocês seja especial, então, se precisarem de qualquer coisa, é só me avisar. Agora vou fazer o check-in e mostrar os quartos. — Ela se inclinou e digitou algo no computador. — Os três quartos ficam juntos. Coloquei Erica no quarto River.

Ela ergueu o olhar e Anna deu uma cutucada nas costelas de Erica.

A amiga pareceu despertar.

— Você não é daqui, né?

— Sou britânica. Nascida e criada em Londres, mas me mudei para cá depois que conheci meu marido. — Hattie notou que Erica estava encarando as fotos sobre a mesa. — Este é meu marido com a nossa filha, Delphi... Vocês vão conhecê-la, ela tem 5 anos e vive aparecendo onde não deve. Aqui está a chave do seu quarto.

Erica estendeu a mão para pegar a chave e, ao fazer isso, derrubou a outra foto da mesa.

— Desculpe — disse ela, pegando o porta-retratos.

Anna achou que ela ia colocar a foto de volta no lugar, mas Erica apenas a segurou, examinando-a em silêncio.

Finalmente, olhou para Hattie.

— Quem é?

Anna sentiu uma onda de constrangimento, mas Hattie continuou calorosa e afável e não pareceu nem um pouco ofendida.

— Sou eu, com meu pai.

— Seu pai? Ele está segurando você. Girando no ar.

— Isso mesmo. Ele adorava fazer isso. Essa é minha foto favorita dele. Ele faleceu há sete anos. Sinto saudade todos os dias. Eu devia ter uns 4 anos quando tiraram essa foto, mas o mais estranho é que me lembro muito bem daquele dia. É minha lembrança mais antiga.

Erica ficou encarando a foto por um bom tempo.

— Vocês eram próximos.

Anna se remexeu, desconfortável. A situação estava começando a ficar constrangedora. Por que tantas perguntas pessoais? Desde quando Erica se interessava tanto por desconhecidos? O que estava acontecendo? Talvez tivesse algo a ver com o Natal. Talvez ela estivesse pensando na família. Embora a amiga quase nunca admitisse, Anna sabia que Erica havia sido marcada pela forma como o pai tratara ela e a mãe. As ações dele definiram sua vida. Talvez fazer 40 anos tivesse mexido mais com ela do que queria admitir.

— Éramos muito próximos. — Hattie parecia um pouco confusa, mas ainda assim doce e educada. — Minha mãe morreu logo depois que eu nasci, e meu pai me criou sozinho. Tínhamos um laço muito especial. Me sinto sortuda por ter vivido isso. Anna, você vai ficar no quarto Forest. Espero que goste. Me avise quando vão querer fazer os encontros do clube do livro que eu reservo a biblioteca para vocês. A única noite em que ela não está disponível é quarta-feira.

Ela entregou a chave de Anna e também a de Claudia. Voltou o olhar de forma nervosa para Erica, que ainda segurava a fotografia.

— Se fizerem a gentileza de me acompanhar, vou mostrar os quartos e pedir para levarem as bagagens.

— A gente pode levar a bagagem, não precisa — anunciou Claudia, pegando as próprias malas e as de Erica. Deu um empurrãozinho de leve na amiga.

Ela a olhou sem entender, como se tivesse esquecido onde estava.

— Bagagem. Check-in. Férias — murmurou Claudia. — Alguma dessas palavras soa familiar?

Erica colocou a foto com cuidado de volta sobre a mesa.

Estava pálida e parecia exausta, e Anna ficou preocupada.

Será que Erica estava doente? Será que estava com algum problema de saúde?

Seria bem típico dela apoiar todo mundo durante uma crise sem jamais mencionar a própria.

— Você foi tão gentil — disse Anna, sorrindo para Hattie e tentando compensar o comportamento incomum de Erica. — A gente está mesmo precisando de umas férias, como deve ter percebido, e estamos muito animadas por estar aqui. Pode nos mostrar os quartos.

Elas seguiram a jovem escada acima e pegaram um corredor.

— Estes três quartos são os seus — disse Hattie, indicando-os com um gesto. — A biblioteca está decorada para o Natal e tem uma lareira acesa lá, então, se quiserem tomar um chá depois de desfazerem as malas, posso providenciar.

Anna lançou um olhar rápido para a expressão indecifrável de Erica e concluiu que talvez precisassem de algo mais forte do que chá.

— Obrigada, mas talvez a gente saia para dar uma volta. A cidade parece tão bonita. — Anna achava que, quanto antes ficassem sozinhas, melhor. — Imagino que esteja ocupada, então não vamos tomar mais do seu tempo.

Assim que Hattie se afastou, Anna tirou a chave dos dedos imóveis de Erica e abriu a porta.

— Vamos entrar. — Empurrou a porta e suspirou de prazer. O quarto era claro e arejado, graças a duas janelas grandes com vista para montanhas nevadas. Havia uma lareira, uma poltrona confortável para leitura e uma escrivaninha pequena sob uma das janelas. — É lindo. Um sonho. Este quarto está bom para você, Erica? Quer dar uma olhada nos outros para ver qual prefere?

Talvez Erica só estivesse achando que o lugar não era para ela. Era pitoresco e peculiar, e os gostos de Erica tendiam ao moderno e sofisticado.

Ela nem olhou ao redor. Apenas se sentou com força na cama.

Anna olhou para Claudia, que fechou a porta com firmeza, para que ficassem a sós.

— Certo, conte o que está acontecendo. E não venha dizer que não é nada.

— Tem alguma coisa a ver com a fotografia, não é? — Anna sentou-se ao lado dela e passou o braço por seus ombros. — Conta para a gente.

— Ou é esse lugar? Você tem agido de forma estranha a viagem inteira. Parece tensa. — Claudia se sentou do outro lado dela, protetora. — Se for tudo fofo e natalino demais, a gente vai embora. Procuramos outro lugar.

Erica fez um som que ficou entre uma risada e um soluço.

— Vocês fariam isso?

— Claro que sim. — Anna ignorou a pontada de decepção. O lugar era perfeito, mas aquela semana tinha a ver com as pessoas, não os lugares. Suas amigas. Se não fosse perfeito para Erica, então elas iriam embora. — A gente te ama. Essa é a nossa semana especial. Queremos que fique feliz e se divirta. É isso? É o lugar?

— Sim. Não. Não exatamente. Não como estão pensando. — Erica passou a mão pelo rosto e só então Anna percebeu que ela estava chorando.

Erica. Chorando.

Anna chorava com frequência. Chorava durante filmes. Chorava com livros. Chorava ao olhar fotos dos gêmeos de quando eram pequenos porque os dois eram tão fofos, e aqueles dias tinham sido tão felizes, e ela nunca mais os teria de volta. Chorava quando Pete lhe dava flores porque aquilo significava que ele tinha pensado nela durante o dia, e chorava sempre que se despedia dos pais depois de uma visita porque os amava, eles estavam envelhecendo e odiava deixá-los.

Erica nunca chorava. Comia pipoca durante filmes tristes; balançava a cabeça, incrédula, quando as amigas choravam com livros comoventes.

O coração de Anna ficou partido.

— Por favor, não chora.

— A culpa é de vocês por serem tão gentis. Parem com isso. — Erica fungou. — Alguém tem um lenço?

— Anna tem — disse Claudia. — A bolsa da Anna tem tudo. Ela poderia alimentar e salvar uma vida com o que carrega ali dentro.

Obediente, a amiga pegou um lenço e o entregou a Erica.

— Obrigada. Desculpa. Era para ser uma viagem leve e divertida e estou estragando tudo.

— Não está estragando nada. — Anna apertou os ombros dela. — Seja o que for, pode contar para a gente. Nós somos sua família.

Erica abriu um sorriso choroso.

— Pete e os gêmeos são sua família.

Anna percebeu o tremor de insegurança e ficou chocada. Aquela não era a Erica de sempre.

— Sim, mas você também é. E eu nunca lhe dei motivo para duvidar disso. Nem Claudia. Nós três somos uma família desde o dia em que você entrou marchando no nosso quarto e se apossou do beliche de cima.

— É um homem? É o Jack? — Claudia franziu a testa. — Porque eu posso dar uns socos nele. Tenho praticado. Estou muito boa. Ia até gostar de uma chance na vida real.

Erica encostou o lenço nos olhos.

— Não é alguém que possam socar. Não é o Jack. — Sua respiração estava trêmula. — Eu não devia ter vindo. Foi uma estupidez. Uma decisão ruim. Eu devia ter sido honesta, aí vocês teriam me convencido a desistir.

— Então é o lugar. Ok, chega. — Claudia puxou o celular. — Vamos achar outro lugar agora mesmo. Qual é a cidade mais próxima, Anna? A gente passa a noite lá e amanhã vai para Boston. Uma semana na cidade vai ser ótimo. Podemos correr ao longo do Charles River, passar horas em cafés e fingir que somos universitárias de novo.

— Não é o lugar. Não exatamente.

Erica assoou o nariz e Anna lhe entregou outro lenço.

— Foi a fotografia que te deixou chateada. Hattie era muito próxima do pai. — Ela hesitou. — Isso te deixou triste? Ver ela com o pai?

— Sim. — Erica amassou o lenço até virar uma bolinha minúscula. — Sim, deixou.

— Ele parecia uma pessoa legal — disse Claudia, sem tirar os olhos do celular. — Um bom pai. Hattie teve sorte. Quer dizer, o marido dela morreu, então talvez nem tanta sorte assim... — Sua voz foi sumindo, e ela lançou um olhar para Anna, pedindo ajuda.

Anna queria muito dizer a coisa certa, mas não sabia qual era a coisa certa a dizer.

Não entendia bem a situação.

— Deve ser doloroso ver um pai amoroso e presente quando o seu a abandonou com poucos minutos de vida.

— É doloroso, sim.

— O pai de Hattie era uma boa pessoa. O seu não, e isso é uma droga — declarou Claudia, depois fez uma pausa. — Eu sou péssima em consolar. Estou falando um monte de besteira. Desculpa.

— Não, você não está falando besteira. É uma droga mesmo. — Erica amassou o lenço até virar uma bolinha. — Ainda mais porque o pai de Hattie e o meu pai são a mesma pessoa. O mesmo homem.

Fez-se um longo silêncio.

— O quê? Como assim? — Anna ficou perdida. — O pai de Hattie?

— Isso mesmo. O pai de Hattie. Aquele pai amoroso e presente. — Erica pegou o pacote de lenços da mão de Anna. — Ele também era meu pai. O mesmo que me abandonou quando eu tinha oito minutos de vida.

10

Erica

Erica se levantou e foi até a janela. Hattie tinha razão. A vista era incrível, mas ela não teria se importado nem se a janela desse para o estacionamento. Os sentimentos que fervilhavam dentro dela eram novos. Não estava acostumada a se sentir confusa. Não estava acostumada a admitir fraqueza, e naquele momento se sentia tanto fraca quanto vulnerável.

Ver a fotografia a derrubara. Era como se alguém tivesse acertado seu coração com um taco de beisebol. Como se tudo dentro dela estivesse sendo espremido. Não conhecia aquela sensação. Talvez fosse pânico, exceto que Erica nunca havia entrado em pânico na vida, então não podia ser isso.

Sentia como se as paredes do quarto estivessem se fechando ao seu redor.

Tinha chegado ali achando que conseguiria agir com calma, observar, descobrir o que precisava descobrir e então tomar uma decisão ponderada com base nos fatos. Não esperava ser lançada num turbilhão de emoções tão intensas que a fariam perder o fôlego.

Seus pensamentos e sentimentos sobre o pai eram todos de segunda mão, adquiridos da mãe.

"Alguns homens não sabem lidar com responsabilidade."

"Não dá pra confiar em homem quando a situação fica difícil."

Essas eram as respostas que recebia sempre que fazia perguntas sobre o pai. A mãe colocava toda a culpa nele.

"Alguns homens não nasceram para ser pais."

Mas agora tinha provas do contrário. Talvez o pai não tivesse conseguido lidar com a responsabilidade de criá-la, mas havia conseguido ser um bom pai para Hattie. Talvez alguns homens realmente sumissem quando a situação ficava difícil, mas ele tinha continuado ao lado da segunda filha. Sem abandoná-la nas circunstâncias mais difíceis. Tinha sido um ótimo pai para ela.

E o que isso significava?

Erica cruzou os braços sobre o peito.

Será que o pai tinha pensado nela? Em todos aqueles anos felizes com a segunda filha, será que pensara na primeira? Quando jogava Hattie para cima, teria sentido alguma pontada de arrependimento ou culpa por nunca ter feito o mesmo com Erica?

Ela encostou a testa quente no vidro.

Tinha 40 anos, pelo amor de Deus, e cuidava de si mesma desde que se entendia por gente. Mesmo na infância, a mãe insistia que ela resolvesse os próprios problemas. Não havia motivo para estar ali de pernas trêmulas, se sentindo vulnerável feito uma criança. Muito menos motivo para chorar. Era patético.

Sentia vergonha. Não conseguia entender como algo tão distante no passado podia causar tamanha devastação emocional no presente.

Levou um tempo até perceber o silêncio atrás de si.

Ela se virou e encontrou as duas amigas boquiabertas.

Nenhuma delas sabia o que dizer. E não as culpava. Também não sabia.

Erica deu de ombros, sem jeito.

— Essa é inédita, né? Eu, chorando?

Claudia foi a primeira a falar.

— Não estou entendendo.

Erica deu de ombros de novo.

— Eu também não. Pelo visto, sou mais emotiva do que pensava. Descoberta perturbadora.

— Não essa parte. — Claudia fez um gesto com a mão. — Quero dizer, não entendo como o pai de Hattie pode ser seu pai.

— Nem eu. Não faz sentido. — Anna parecia confusa. — Hattie é britânica. Cresceu em Londres.

— Sim, ela cresceu em Londres. Nasceu lá, e a mãe dela era britânica. Mas o pai... — Erica respirou fundo. — O pai era de Nova York.

— Como sabe disso tudo? — Claudia arregalou os olhos. — Sua mãe se recusava a falar sobre ele.

— Exato. Ela nunca falava dele, a não ser para usá-lo como exemplo de por que é uma loucura depender de outra pessoa. — Erica deveria ter confidenciado isso às amigas antes. Arrependia-se de não ter contato nada, mas se abrir nunca fora fácil, e o momento certo nunca tinha surgido. — Lembram quando fui esvaziar a casa da minha mãe depois que ela morreu?

— Claro que lembramos — respondeu Claudia. — A gente estava lá.

— Eu sei. Foi horrível, e vocês foram incríveis, as duas. — As amigas tinham insistido em lhe fazer companhia, mesmo sem ter pedido. Levaram comida e, o mais importante, levaram sua amizade. Erica tinha precisado mais da segunda. — Eu encontrei uma coisa. Escondida entre os pertences da minha mãe. Quase deixei passar.

— O que você encontrou?

Elas tinham se esquecido do quarto, da vista, das malas, do livro que tinham lido para a viagem, do propósito das férias. Estavam focadas nela, e Erica sentiu uma pontada de culpa, porque era para ser uma semana leve, e agora aquilo era tudo, menos leve. Tinha estragado as férias especiais das amigas. Deveria ter avisado, para que elas pudessem escolher. Podiam ter dito: "Nem pensar que vamos desperdiçar nossa semana do clube do livro cavando o seu passado. É uma ocasião para relaxar. Escolha outro hotel".

Mas, mesmo enquanto pensava nisso, descartou a ideia. Se tivesse contado, elas teriam insistido em vir. Esse era o tipo de amigas que eram.

— Encontrei um cartão — disse. — Um cartão de aniversário. Para mim.

— Do seu pai? — Claudia olhou para Anna e depois de volta para Erica. — E você não contou para a gente? Por quê?

— Tudo bem — disse Anna, tocando o braço dela, mas Claudia afastou a mão.

— Não, não está tudo bem. Isso é muito importante. Somos suas melhores amigas. Por que não contou uma coisa dessas?

— Eu não sei. — Erica se fizera a mesma pergunta muitas vezes. — Fiquei em choque. Estava processando.

— Certo, isso pode explicar por que não contou na época, mas já se passaram dois anos e você não falou nem uma palavra?

— Eu bloqueei. Tentei esquecer. É o que eu faço. Vocês sabem que é o que eu faço. — Sentiu a emoção crescer e não soube o que fazer. Nunca se sentia assim. Não tinha experiência com isso. — Eu não queria deixar vocês chateadas.

— Não deixou a gente chateada — interveio Anna. — O que importa é o agora, não o que passou. Esse cartão... sua mãe nunca lhe deu, nunca mencionou?

— Não.

E ela já se perguntara o motivo. Imaginara mil cenários possíveis, mas nunca saberia com certeza, porque a mãe se fora, junto com todas as respostas para as perguntas que Erica nunca mais poderia fazer.

Claudia mordeu o lábio.

— O que dizia o cartão?

— Nada. Só o nome dele.

— Que nome? — Como sempre, Claudia manteve a atenção aos detalhes. — O nome de verdade ou... "Pai"?

— Eu não lembro.

Erica se lembrava muito bem. Dizia "Jeff, seu pai". Era revelador que ele sentisse a necessidade de se apresentar. Claro que, se não tivesse ido embora logo depois de ela dar o primeiro suspiro, talvez não fosse necessário.

Erica não contou que, ao encontrar o cartão, rasgou o papel em quatro pedaços. Nem que depois colou tudo de novo.

Anna não teria rasgado o cartão. Ela o teria dobrado com cuidado e guardado em uma pasta. Teria pensado com calma na melhor forma de lidar com aquilo.

Claudia provavelmente teria colocado fogo.

Anna tirou as botas e se acomodou na cama, preparando-se para uma conversa franca.

— Mas, se ele mandou um cartão, então quer dizer que estava pensando em você. Não foi embora e se esqueceu de sua existência. Talvez as coisas não tenham acontecido como sua mãe disse.

— Ou talvez tenham acontecido exatamente como ela disse, e ele se arrependeu depois. — Claudia franziu a testa. — Tinha mais algum cartão?

— Não, só aquele.

— Mas por que se dar ao trabalho de mandar um cartão de aniversário e depois nunca mandar outro? Não faz sentido. Não que eu espere que o comportamento masculino faça sentido. — Claudia começou a andar de um lado para o outro no quarto, como sempre fazia quando estava pensando. — Quer dizer, ele foi embora. Sua mãe não teve mais notícia dele. Aí ele mandou um cartão. Por quê?

Erica vinha se fazendo a mesma pergunta. Várias vezes.

— Talvez tenha se sentido culpado por um momento, e depois achou mais fácil não insistir.

— Tinha data no cartão? Sabe quando foi enviado?

— Ele mandou quando eu tinha 12 anos. Um único cartão.

— Mas por quê... — Claudia parou de andar e trocou um olhar com Anna. — Bom, seja qual for o motivo, isso é difícil. Queria que tivesse contado para gente.

— Eu também — disse Anna baixinho —, mas só porque a gente teria apoiado você e ficado do seu lado. Quer um abraço?

Era um comentário tão típico de Anna que Erica quase sorriu.

— Não preciso de abraço, mas obrigada.

Claudia ainda estava processando a informação.

— Por todos esses anos, você achou que seu pai tinha ido embora e nunca mais tinha pensado em você. Nem uma vez. Mas está claro que ele pensava.

— Pelo menos pelo tempo que levou para mandar aquele cartão.

Claudia tamborilou o dedo no rosto.

— Você ficou chateada com sua mãe por não ter lhe mostrado o cartão?

— No começo, fiquei confusa. Talvez com um pouco de raiva. Mas aí pensei no lado dela. Meu pai a abandonou no momento em que ela estava mais vulnerável. Minha mãe confiava nele de olhos fechados. Então não dá para culpá-la por se proteger quando ele reapareceu depois de tanto tempo. Imagino que tenha sido do nada.

— Acho que ela não estava protegendo só a si mesma. — Anna se levantou e encheu um copo d'água da jarra sobre a mesa. Então entregou o copo a Erica. — Sua mãe estava te protegendo. A filhinha dela. Ele magoou as duas. Abandonou vocês. Ela não podia correr o risco de ele fazer isso de novo. Pelo menos é o que eu sentiria se Pete tivesse me abandonado quando os gêmeos nasceram. Ela estava tentando ser forte por vocês duas.

Erica sentiu o coração falhar.

— Eu não tinha pensado desse jeito.

Tomou um gole de água. Teria sido isso? Tentou imaginar como a mãe se sentira ao receber aquele cartão. Tentou imaginar a decisão que ela teve que tomar sobre como reagir. Erica tinha 12 anos. Será que a mãe cogitou entregar o cartão ou só decidiu na hora que nunca mostraria aquilo?

Anna serviu água para si mesma e para Claudia.

— Mas onde entra Hattie nessa história? Sua mãe sabia da existência dela?

— Não sei. Imagino que não. Não tinha nada entre as coisas dela que sugerisse que ela teve qualquer contato com meu pai. Nada que indicasse que soubesse da vida que ele levava.

— Ainda não entendi — disse Claudia. — Você encontrou o cartão dois anos atrás. E o que fez depois? Procurou saber mais sobre ele?

— No começo, nada. Eu estava sofrendo muito pela perda da minha mãe. Decidi que, se ela não queria que eu soubesse do cartão, então eu esqueceria que tinha visto. Queria respeitar a vontade dela. Também estava com raiva, pensando em como a vida dela foi difícil no começo e culpando ele. — A cabeça começou a doer. Terminou a água e devolveu o copo para Anna. — Mas eu não consegui esquecer. Então, faz alguns meses, eu resolvi investigar mais. Contratei alguém. Queria saber se meu pai estava vivo e o que fazia da vida. Não tinha intenção de entrar em contato, nada disso. Só queria saber o que tinha acontecido com ele. Era um assunto inacabado.

— Eu não acredito que contratou um detetive particular. — Claudia estava fascinada. — Só vejo essas coisas em filme. Não sabia que as pessoas faziam isso de verdade.

Anna estava focada em Erica.

— E o que descobriu?

— Muita coisa. — Erica pensou no arquivo salvo no computador. — Ele se mudou para a Inglaterra logo após deixar minha mãe. Acho que, se é para fugir, melhor fugir para longe. Trabalhou lá por um tempo, depois de alguns anos conheceu uma mulher com quem se casou. Eles tiveram uma filha. Hattie. A esposa morreu uma semana depois do parto. Coágulo.

— Ah, isso é trágico. — Anna se sentou na beirada da cama.

— É. Ele ficou sozinho com uma recém-nascida. — E a ironia disso não lhe passara despercebida. — Imagino que, se ele fosse fugir da paternidade uma segunda vez, teria feito isso nessa ocasião, mas não fez. Criou a filha sozinho. Esses eram os fatos, mas fatos não dizem muita coisa, na verdade. Eles não me diziam se ele alguma vez pensou na outra família que tinha deixado para trás. Não me diziam se ele sentia remorso pelo que fez com a minha mãe.

— E com você — acrescentou Anna baixinho. — Ele não abandonou só sua mãe. Ele também te abandonou.

Era típico de Anna captar toda a carga emocional de uma situação.

— É verdade. Esses fatos também não diziam como ele reagiu quando a esposa morreu. Não diziam se ele foi um bom pai, embora tenha ficado para criar a filha, então isso já é um começo, e uma melhora bem significativa ao pai que foi para mim.

Claudia largou o copo vazio na mesa.

— Ainda não vamos dar nota dez para ele.

— Eu tinha mais perguntas do que respostas. E então entramos na pousada, vi aquela foto lá embaixo e as respostas estavam bem ali. — Sentiu um aperto no meio do peito. — Seja qual for o sentimento dele em relação a nós, à primeira família, ele amou a segunda. Não abandonou as duas como fez com a gente. Daquela vez, ele não fugiu de uma situação difícil. Criou a filha sozinho. Foi um bom pai.

— Talvez tenha sido mesmo. — Anna saiu da cama e foi até ela. — E isso é bom por um lado, mas deve doer também.

— Ainda estou processando.

Erica não conseguia entender o que sentia, ou talvez só não quisesse entender. Não queria sentir tanto por nada neste mundo. Preferia passar pela vida de maneira mais superficial, sem jamais mergulhar fundo.

— Espera... — disse Claudia, juntando-se às duas na janela. — Isso significa que a Hattie é sua meia-irmã. Você tem uma meia-irmã.

O aperto no peito de Erica ficou mais intenso.

— Isso mesmo.

As três absorveram o peso da informação.

— Bom... — Claudia engoliu em seco. — Ela até que parece legal. Não é, Anna? Acolhedora, carinhosa? E tem ótimo gosto para botas. E um bom olho para decoração, se a pousada servir de referência.

— Sim. — Anna levou a mão ao peito. Seus olhos estavam brilhando. — Erica, tem noção do que isso significa? Você tem família. Família de sangue. E Hattie tem uma filha, o que quer dizer que você é tia.

— Para com isso. Sabe que essa palavra me deixa nervosa.

— Eu sei. Você nunca deixou meus filhos te chamarem de tia Erica.

Ela tentou não estremecer.

— Muito peso. Muita responsabilidade.

— Ser tia também me apavora. Principalmente porque sai caro — alertou Claudia. — Falei para minha irmã parar no segundo filho, mas ela ouviu? Claro que não. Comece a economizar desde já.

— Mas *família*. — Anna frisou a palavra, e Erica suspirou.

— Só no seu mundo a palavra *família* é equivalente a um edredom de penas pronto para te proteger de qualquer coisa. Hattie e eu não somos uma família, Anna. Somos duas estranhas.

— Mas não por muito tempo. Você vai consertar isso. Quando pretende contar para ela? Quer que a gente esteja junto? Como podemos te apoiar?

Erica passou a mão pelo peito. Não se lembrava da última vez que se sentira tão estressada.

— Não estou planejando contar.

Um silêncio carregado de choque tomou conta do quarto.

— Espera... Você não pretende contar para ela? — perguntou Claudia, articulando as palavras com cuidado. — Nunca?

— Isso mesmo. — Erica voltou-se para a janela. As pernas tremiam e ela sentia um leve enjoo.

— Mas se não vai contar — disse Anna, devagar —, por que veio até aqui?

Era uma pergunta razoável, que ela vinha fazendo a si própria sem parar.

— Porque só agora, neste exato momento, tomei esta decisão. Antes de chegar aqui, eu não tinha decidido o que fazer. Estava só investigando. Li sobre ela no relatório. Li que era viúva, sozinha com uma filha, e pensei que podia estar passando por dificuldades, como minha mãe. E pensei em vir até aqui e ver se talvez eu poderia... — Ela parou. Fazer o quê? Dizer sua ideia em voz alta só deixava mais evidente o quão absurda era toda a situação. — Achei que talvez ela precisasse de ajuda, mas, para ser sincera, foi uma ideia maluca. Que tipo de ajuda eu poderia dar? O que eu diria? "Oi, você não me conhece, nem deve saber que eu existo, mas queria saber se está bem." Hattie está bem. Tem uma comunidade inteira cuidando dela, incluindo o sujeito das árvores de Natal, e, mesmo que não estivesse, o que eu poderia fazer? Não entendo nada de crianças. Não entendo nada de administrar uma pousada, ainda mais uma no interior. Sou uma mulher urbana. E, sinceramente, ela talvez se sentisse ainda pior se descobrisse sobre mim. É melhor eu voltar para as sombras e continuar sendo o segredo sujo do meu pai.

Claudia franziu a testa.

— Acha que Hattie não sabe?

— Ela não sabe. Por que saberia? Foi há quarenta anos. Meu pai tinha outra vida naquela época. Ele se reinventou, e com bastante sucesso, pelo visto. — Quanto mais pensava no assunto, mais se dava conta de que tinha cometido um grande erro.

Era melhor não mexer em certas questões do passado, e essa era uma delas. — Eu não devia ter vindo. Acho que vocês têm razão de que é melhor irmos embora, mas, no momento, não tenho energia para sair daqui. Vamos ficar uma noite, sair amanhã e ir para Boston, como sugeriram. A gente inventa uma desculpa e deixa Hattie ficar com o dinheiro da reserva. Eu pago a próxima hospedagem. E sinto muito por ter estragado as nossas férias.

Erica se sentia péssima com a situação, porque sabia como aquela semana era importante para as três.

— Você não estragou nada — disse Anna. — E se quiser ir embora, claro que vamos.

Ela sentiu uma onda de amor pelas amigas.

— Obrigada. Vocês devem achar que foi uma péssima decisão vir até aqui.

— Não. — Anna balançou a cabeça. — Acho que vir até aqui foi a coisa certa a fazer, sem sombra de dúvida. E é a sua cara querer ver como Hattie está, mesmo sem conhecê-la e apesar de tudo isso ser um assunto doloroso. É muito carinhoso da sua parte.

Erica suspeitava que ir embora sem contar a Hattie quem ela era talvez fosse ainda mais carinhoso.

— Eu fico me perguntando por que sua mãe guardou aquele cartão? Se não pretendia mostrar, o que de fato não pretendia, por que guardar? — questionou Claudia.

— Também me perguntei isso. Não sei a resposta.

Anna observava a amiga.

— Se a gente ficar esta noite, pelo menos você ganha um tempo para refletir e ter certeza da decisão.

— Eu já tenho certeza. — Quanto mais pensava, mais confiante ficava de que estava fazendo a coisa certa. — Para Hattie, eu não existo. E é melhor que continue assim.

— Ela não se lembra da mãe, perdeu o pai há anos, depois o marido... — comentou Anna, com a voz suave. — Talvez ela fique feliz em descobrir que tem família.

— Acho que não, mas é porque somos diferentes. Você vê a família como uma força maravilhosa e positiva. — Erica andou até a lareira e ficou encarando as chamas. — Nem sempre é tão simples assim.

— Você é a família dela — afirmou Claudia, racional. — Contar ou não contar não muda isso.

— Mas muda as consequências. Chega. — Erica se virou para encará-las. — Eu não vou contar. Essa é a minha decisão.

— Como preferir.

Ela ficou grata por não terem discutido.

— E agora eu preciso aliviar o estresse. Não tem academia aqui, e ainda é cedo demais para uma taça de vinho. Alguma sugestão?

— Tem trilhas e bosques ao redor da pousada — replicou Claudia, olhando pela janela. — A gente tem pelo menos uma hora antes de escurecer. Vamos caminhar?

— A gente podia ir até aquela livraria. Livros sempre aliviam o estresse — sugeriu Anna, e Erica assentiu.

Qualquer coisa para sair dali e clarear as ideias. Não gostava daquela versão de si mesma. Insegura, abalada, indecisa. Precisava de uma dose de normalidade, e visitar uma livraria com as amigas parecia algo bem normal. Era uma tradição sempre que se reuniam para o clube do livro. Elas sempre encontravam a livraria independente mais próxima e passavam horas felizes vasculhando prateleiras e fazendo compras.

— A livraria parece uma boa distração. Vamos.

Ela examinou o quarto pela primeira vez. Viu o tamanho da cama, os cobertores de pele, o sofá de veludo, a pilha de livros cuidadosamente escolhidos na mesinha de cabeceira e a pequena árvore de Natal cintilando em um canto do quarto.

Era elegante e acolhedor, e sentiu um leve arrependimento por estar prestes a fazer o check-out no dia seguinte. O sentimento a surpreendeu. Já tinha ficado em mais quartos de hotel do que a maioria das pessoas, e em geral não sentia vontade de se aninhar no espaço e se mudar de vez. Mas era assim que aquele quarto a fazia se sentir.

Era aconchegante. Elas poderiam ter relaxado ali. Poderiam ter se divertido.

Quem teria escolhido a decoração? Teria sido Hattie — ela ainda não estava pronta para pensar nela como *minha irmã* — ou o marido?

Que tipo de pessoa era Hattie? Era estranho pensar que havia alguém no mundo com quem tinha laços de sangue, mas de quem nada sabia. Tudo o que sabia era que ela se mudara para os Estados Unidos com o marido e que tinham uma filha. Fatos. Conhecia os fatos, mas fatos não são o que define uma pessoa. Não sabia o que a fazia rir. Não sabia se ela era do tipo que gostava da cidade ou do campo — imaginava que do campo, ou não estaria morando ali. Não sabia se amava chocolate ou se sabia preparar um bom coquetel. Não sabia o que Hattie queria da vida.

E nunca saberia, lembrou a si mesma, porque não era da sua conta. A vida de Hattie, fosse como fosse, seguiria sem sua intervenção ou interferência.

Tudo o que sabia sobre Hattie era que ela amava seu pai, que os dois tinham sido próximos, e isso era algo que ela e Erica com certeza não tinham em comum.

11

Claudia

Claudia observou Anna jogar a bolsa no ombro e abotoar o casaco.

— Vamos sair, então — disse a amiga. — Agora mesmo. Nem vamos tirar os casacos.

Ainda bem que tinham Anna, que era mestre em lidar com situações delicadas.

Erica olhou para a bagagem.

— Não querem desfazer as malas e se acomodar antes?

Claudia empurrou a mala para o lado.

— Não faz sentido desfazer as malas se a gente vai embora amanhã.

Tinha se apaixonado pelo lugar e a ideia de ir embora era desanimadora, mas, depois de tudo o que Erica tinha feito por ela, não havia a menor chance de dizer isso em voz alta.

— Mal posso esperar para explorar a cidade — disse Anna, calçando as botas. — Parecia tão linda quando passamos de carro.

Erica pareceu culpada.

— Melhor do que Boston.

— Boston vai ser uma ótima viagem também. Eu adoro Boston. Estou animada com Boston. A gente vai ter o melhor dos dois mundos.

Claudia se perguntou se Anna estava exagerando um pouco; todas sabiam que ela só gostava de Boston para viagens bem curtas, mas Erica pareceu grata.

— Sei que é um grande sacrifício. — Sua voz saiu embargada. — Vi a cara de vocês quando parei o carro na frente da pousada. Foi amor à primeira vista. E eu estou obrigando vocês a ir embora.

— Você não está obrigando ninguém — afirmou Anna. — Nós é que estamos sugerindo.

— Certo. — Erica esboçou um sorriso fraco e pegou a bolsa e as chaves do carro. — Vamos lá. E vamos torcer para não darmos de cara com Hattie na saída.

Claudia também estava torcendo por isso. O último encontro tinha sido, no mínimo, constrangedor.

Saíram feito três ladras, aliviadas por não verem sinal da mulher ao deixarem a pousada.

Claudia olhou para trás e experimentou uma sensação inexplicável de perda. O lugar parecia atraí-la, de um jeito que nenhum outro tinha feito antes.

Mas amizades às vezes exigiam sacrifícios, e esse era um sacrifício que estava disposta a fazer por Erica. O que ela teria feito no lugar da amiga? Era impossível saber. Sua família era um tédio de tão normal. Ligava para os pais toda semana, e eles se reuniam em todos os feriados importantes, se estivessem no mesmo país. Depois que Claudia saiu de casa, os pais, aproveitando a nova fase do "ninho vazio", disseram que pretendiam viajar, e era exatamente o que faziam desde então. Organizavam duas grandes viagens por ano e passavam o restante do tempo planejando as próximas.

Estava nevando de novo, então, em vez de caminharem, elas atravessaram a neve que se acumulava cada vez mais até o carro de Erica e pegaram a estrada até a cidade.

Conseguiram achar uma vaga na rua, em frente a uma loja de presentes com vitrines festivas e luzes encantadoras. Ao lado havia um café, com as vitrines embaçadas de tanto calor e conversa no interior, e, mais adiante, a livraria. Guirlandas estavam penduradas nas portas e folhagens enroladas nos postes, transformando o local em um borrão de verde e vermelho natalino contra o pano de fundo da neve suave que continuava a cair.

O lugar estava cheio. Alguns pareciam ser moradores da região, mas Claudia deduziu que a maioria eram turistas, que posavam para selfies em frente às vitrines decoradas com flocos de neve e luzinhas de fada.

— Este lugar é muito charmoso — disse Anna, pegando o celular para tirar algumas fotos. — Vamos tirar uma das três juntas, para registrar a visita.

Será que era uma boa ideia? Será que Erica iria querer se lembrar daquele momento quando fossem embora ou preferia apagar tudo da memória?

Erica recuou.

— Você sabe que eu odeio fotos.

— Só uma. De recordação para mim. — Anna entrelaçou o braço no de Erica e a puxou para perto enquanto levantava o celular para tirar a foto. — Prometo não postar em lugar nenhum. Nem usar filtro que a deixe com cara de coelhinha. Sorria.

Erica escancarou os dentes.

— Como foi que acabei com amigas tão sentimentais?

— Porque tem bom gosto. E também porque não é fácil largar a gente, já que nós gostamos de você. — Anna guardou o celular de volta no bolso, mas manteve o braço enlaçado no de Erica. — Agora a pergunta é: devo parar naquela lojinha com pisca-piscas e guirlandas que vende biscoito de gengibre ou é melhor ir direto para a livraria? Que dilema.

— Em condições normais, os biscoitos de gengibre me deixariam tentada — comentou Claudia —, mas antes de sairmos eu dei uma olhadinha no cardápio do jantar... interesse profissional, sabem como é... e agora estou guardando espaço na barriga.

Achara o cardápio um pouco exagerado, mas conhecia o chef Tucker de nome e queria provar sua comida.

— Que tal cidra quente? — Anna arfou e apontou mais adiante na rua. — Tem um passeio de trenó! Vamos passear de trenó?

— Você tem 6 anos? Não vamos andar de trenó. Olha o tamanho da fila de crianças. Seria maldade tirar a vez de alguém.

Elas seguiram pela rua, e Anna parou em frente à vitrine de uma boutique.

— Este suéter é maravilhoso. Um leve brilho e esse tom de azul é tão bonito...

— Você não precisa de mais um suéter. — Claudia puxou o braço dela. — Já tem suéteres demais.

— Não existe isso de ter suéteres demais.

— Combinamos de ir à livraria.

— Está bem. — Anna se permitiu ser arrastada. — Mas se alguém comprar esse suéter enquanto a gente estiver lá, vou matar você.

Erica as guiou até a livraria e empurrou a porta.

Um sino na porta tocou, e elas entraram no ambiente quentinho cheirando a cravo e canela.

Claudia desenrolou o cachecol do pescoço, pensando que não havia nada melhor do que os aromas do inverno. Se um dia tivesse seu próprio restaurante — sonhar não custa nada, não é? —, ela daria atenção ao ambiente. O restaurante em que trabalhava na Califórnia era moderno e envidraçado. Claudia às vezes se sentia como se estivesse trabalhando em um consultório odontológico. Para ela, em um restaurante, o importante não era só a comida, mas a experiência como um todo, o que incluía a atmosfera e as pessoas.

— Bem-vindas. — A mulher atrás do balcão sorriu para elas. Usava um suéter de rena e brincos reluzentes em forma de árvore de Natal. — Vocês escolheram o lugar certo para se aquecer. Temos uma seleção enorme de livros e servimos o melhor chocolate quente da cidade. Com chantilly e canela, sem custo extra.

— Eu aceito. — Claudia enfiou o cachecol na bolsa. — Que lugar fofo.

— Obrigada. A loja é da minha avó, mas ela sofreu uma queda recentemente, então não tem vindo tanto quanto gostaria. — A mulher empilhou marcadores de página novos no balcão. — Esta livraria era o sonho dela e ela ainda ama esse lugar como no dia em que abriu, anos atrás.

— Dá para entender por quê. — Anna desabotoou o casaco e olhou em volta. — Preciso comprar presentes para os gêmeos e para Pete. Parece que posso ter sorte aqui.

— Espero que sim, mas, se não encontrar nada aqui, com certeza vai achar em outra loja da rua. Vocês vieram na melhor semana possível. É a nossa Feira de Natal. A partir de amanhã vai ter barraquinhas pela rua principal, e também um concurso da melhor vitrine. Confiram a da Gaynor's Gifts, logo à direita. Ela tem bom gosto. As joias dela fazem sucesso entre as adolescentes. Agora vou deixar explorarem em paz. Cada sala tem um tema. Crime, romance, biografias, história, poesia, literatura... Fiquem à vontade. Eu sou a Judie. Se precisarem de ajuda, é só chamar.

Anna agradeceu e foi direto para a seção de romances.

Claudia ficou por perto de Erica, que encarava a estante mais próxima da porta.

— Você está bem?

— Não sei direito. — Erica baixou a voz. — Não consigo parar de pensar nela. Ela mora aqui. Esta é a vida dela. Será que ela vem a essa livraria? Acha que ela usa joias da Gaynor's Gifts?

Claudia presumiu que a "ela" da frase fosse Hattie.

— Aposto que sim. É uma cidade pequena. Daquelas em que todo mundo se conhece. O que é bom e ruim ao mesmo tempo. — Claudia olhou por cima do ombro, mas a mulher atrás do balcão estava concentrada nas duas crianças que esperavam pacientemente para comprar a pilha de livros que carregavam.

— Alison e Tara, o que vocês têm aí?

— A vovó deu dinheiro pra gente escolher livros. Mas a gente só pode ler no dia de Natal. — A mais alta das duas meninas pegou os livros da irmã e os colocou no balcão.

— É o presente perfeito. Querem que eu embrulhe? Assim não ficam tentadas.

As duas meninas olharam para uma mulher, que devia ser a mãe.

— Obrigada, Judie. Seria ótimo. — Ela colocou mais dois livros na pilha, depois duas velas aromáticas, um jogo de tabuleiro e um colar de prata. — Todo ano prometo a mim mesma que vou fazer as compras de Natal em setembro, mas nunca acontece. Então estou resolvendo tudo de uma vez agora. Como está sua avó? Já se recuperou da queda?

— Os hematomas estão sumindo, mas ela ainda está meio entrevada, andando devagar. — Judie contabilizou os itens no caixa, passou o cartão da mulher e o devolveu.

— Cair assim abala a confiança da gente. E esse tempo não ajuda. Está tudo escorregadio lá fora com esse gelo.

— A gente está de motorista dela no momento, o que minha avó detesta. Ah, obrigada pelo ensopado, aliás. Foi muito bem-vindo. Vai ao clube do livro na quarta?

— Com certeza. Lynda ligou. — A mulher colocou as compras na sacola. — Vamos nos reunir na pousada. Você ficou sabendo?

— Fiquei. Encontrei Lynda na aula de ioga na segunda e ela me contou. — Judie deu um adesivo de presente para cada criança. — Vai ser perfeito, ainda mais porque o livro da vez é natalino. Ouvi dizer que foi ideia de Hattie. É para levar alguma coisa? Comida? Bebida?

— Hattie falou para não levar nada, mesmo com Lynda insistindo que não queríamos dar mais trabalho. Não sei como ela dá conta de tudo. Cuida da pousada e de Delphi sozinha... Ela deve estar exausta.

— Mas está parecendo bem melhor do que há dois anos — disse Judie. — Eu fiquei preocupada com ela.

— Todas nós ficamos. Foi devastador. E sem família por perto para dar apoio. Não sei o que seria de mim sem a minha, mesmo que às vezes eu deseje que todos se mudem para Califórnia e me deixem em paz. Vou levar dois daqueles marcadores bonitinhos. Na verdade, três. Ótimo presentinho para enfiar na meia de Natal. Obrigada, Judie.

Sem família por perto para dar apoio.

Claudia se encolheu por dentro e olhou para Erica. Ela encarava os livros na estante sem de fato enxergá-los.

— Talvez seja melhor a gente ir... — sugeriu Claudia.

— Não. — Erica balançou a cabeça. — Quero escutar.

A amiga fechou os olhos. Tinha a sensação de que continuar escutando era uma péssima ideia.

— Lynda está de olho nela. Adora a garota. E Noah também está sempre por perto, claro.

— Ele é um bom homem. — Houve uma pausa. — Às vezes eu me pergunto...

— Eu também me pergunto. Mas Lynda me pediu para me perguntar em silêncio, então é isso que estou fazendo.

Quem era Lynda? E Noah? E sobre o que aquelas duas mulheres estavam se perguntando?

Claramente se conheciam bem. Faziam parte da mesma comunidade.

Claudia tinha crescido em uma cidade pequena, mas sabia que Erica nunca tinha vivido essa realidade. Sua mãe preferia ficar na sua. Jamais depender de ninguém. Erica já contara que, mesmo quando quebrou o braço, sua mãe não pediu ajuda a ninguém. "A gente dá conta", dissera ela enquanto cerrava os dentes e tentava cozinhar com uma mão só.

Era uma história que Claudia nunca esqueceu, talvez porque sua experiência tivesse sido diferente. Ela cresceu em uma vizinhança onde, se alguém espirrasse, logo aparecia um vizinho oferecendo sopa e carona para levar seus filhos para a escola.

Ninguém jamais tinha oferecido um ensopado para Erica e sua mãe. Ninguém sabia que ela trabalhava em três empregos. Ninguém sabia que estavam passando por dificuldades.

A mãe de Erica tinha decidido enfrentar tudo sozinha, e Erica aprendera que resiliência era continuar em frente mesmo sentindo que era impossível dar mais um passo.

Claudia se lembrava da primeira vez que a amiga se abriu com elas na faculdade. Aquilo tinha sido um marco na amizade das três.

Sabendo o quanto era difícil para Erica pedir apoio, Claudia estendeu a mão e apertou o braço dela de leve.

— Esta livraria é uma graça. Vamos explorar?

Erica por fim se mexeu.

— Sim — disse. — Boa ideia.

Elas entraram mais fundo na loja, afastando-se da conversa. Claudia achou que não precisavam ouvir mais nada sobre Hattie. Não precisavam ouvir que a mulher estava exausta. O que Erica poderia fazer, afinal? Se a vida de Hattie estava difícil, anunciar a existência de uma meia-irmã só traria mais estresse.

Erica devia estar fazendo a coisa certa ao ir embora. Hattie não estava sozinha nem desamparada. Tinha toda uma comunidade. Tinha Lynda e Noah. Será que Noah era aquele homem lindo que entregou a lenha? Ela não precisava de mais ninguém.

— Aí estão! — Anna surgiu de repente. — Fiquei falando com vocês duas por cinco minutos até perceber que tinham sumido. Achei um livro de arte maravilhoso. Acho que Meg vai adorar. E também um livro sobre campos de batalha para Pete... Vocês estão bem?

— Sim — respondeu Claudia. — Estamos só olhando.

Anna olhou para a estante ao lado de Erica.

— Desde quando vocês se interessam por cadernos?

Cadernos?

Claudia prestou atenção na prateleira à sua frente. Cadernos. Ela nem tinha reparado no que estava olhando.

— A gente pensou em começar a escrever diários.

— Você está brincando.

— Sim, ela está — disse Erica. — Estávamos ouvindo a conversa alheia, sem a menor vergonha na cara. Quem diria que a livraria local seria o melhor lugar para conhecer a comunidade? É equivalente ao bebedouro do escritório.

Anna a observou com atenção e depois puxou sua manga.

— Vem só ver a seção de suspense. Está incrível. Tem até fita de isolamento e paredes salpicadas de sangue. Você vai amar.

Erica deixou que Anna a conduzisse até a outra sala. Claudia foi atrás.

Em circunstâncias normais, teria elogiado o talento comercial da dona da livraria. Tudo ali tinha sido pensado para atrair os clientes. Ela estava louca para explorar a seção de gastronomia, mas não queria deixar Erica sozinha.

Anna puxou a amiga para um canto, longe das outras pessoas.

— Você está abalada. Me conta o que ouviu.

— Estavam falando sobre Hattie. Parece que todo mundo a conhece.

— Cidade pequena. — Anna fez uma pausa enquanto uma mulher passava a caminho da seção de romances. — Descobriu alguma coisa interessante?

Erica hesitou.

— Descobri que a vida dela não tem sido fácil.

— Certo. Mas isso você já imaginava. Foi por isso que veio atrás dela, não foi?

Erica ficou em silêncio, e Claudia se perguntou se ela sabia por que tinha vindo atrás de Hattie.

Anna franziu a testa.

— Pode mudar de ideia e ficar, se quiser.

Claudia prendeu a respiração. Ela queria muito ficar, mas Erica balançou a cabeça.

— Não quero ficar.

— Tem certeza? — Anna a observava com atenção. — Achei que ouvir as pessoas falando dela talvez tivesse feito você mudar de ideia.

— Pelo contrário. Está claro que ela tem uma rede de apoio enorme aqui. Não há motivo para ficar.

Anna hesitou.

— Você é a família dela, Erica. Isso já é um bom motivo.

— Nós duas sabemos que família é mais do que DNA. Ela não precisa de mim, Anna.

— Talvez precise — falou Anna, baixinho. — E talvez você precise dela.

— Isso é ridículo — rebateu Erica. — Cheguei aos 40 anos sem ela na minha vida. Tenho certeza de que consigo sobreviver às próximas décadas.

— Tenho certeza de que consegue. Mas há uma diferença entre sobreviver e viver de verdade. Talvez o risco valha a pena. Talvez — disse Anna — essas décadas sejam mais ricas com ela na sua vida.

— Não preciso de mais uma complicação emocional — disse Erica. — E o seu problema é que é romântica demais.

Anna sorriu.

— Não vejo isso como um problema.

— Como é que a gente é amiga?

— Não sei, mas você segurou meu cabelo na primeira vez que bebi demais e passei mal, então estamos ligadas para sempre. Não tem como se livrar de mim. — Anna olhou para a capa do livro mais próximo e estremeceu. — Por que as pessoas leem esse tipo de coisa?

— Porque permite que elas vivenciem o lado mais sombrio do mundo sem correr riscos. E aquela foi a única vez que você bebeu demais.

— Não foi uma experiência que eu quis repetir.

— Seu currículo de garota rebelde é bem fraco. — Mas aquilo era um lembrete de como se conheciam bem, de como a amizade delas era profunda. — Eu só queria que tudo voltasse a ser como antes. Queria que minha mãe tivesse jogado aquele cartão fora. Queria nunca ter encontrado. Queria nunca ter feito nada a respeito.

Claudia devolveu o livro à prateleira.

— Será que queria mesmo?

— Sim. — Erica endireitou os ombros. — Vou embora amanhã. Tomei minha decisão e estou segura. Então por que estou com essa sensação estranha?

— Porque, mesmo que vá embora, as coisas ainda vão estar diferentes — disse Claudia. — Você escolher não fazer nada não apaga o fato de que tudo mudou. Informação muda as coisas.

— É. Pode me chamar de Pandora. — Erica encarou o contorno de giz no chão. — Isso aí era para ser o quê? Um leitor que morreu de tédio?

Anna riu.

— Tomara que não.

Outro casal entrou na seção de suspense e as três amigas seguiram para o ambiente adjacente, com as mesmas estantes altas e uma área de leitura aconchegante cheia de almofadas. Um tapete fofo abafava seus passos.

Erica olhou para os corações pendurados do teto e para as luzinhas nas estantes.

— Seção de romances? Você me trouxe para a seção de romances?

Anna deu de ombros.

— Estou apelando para o seu lado sensível. E quero comprar um livro da Catherine Swift.

— Você já tem o último lançamento. É sobre ele que vamos conversar depois, tomando um bom vinho tinto. — Ela observou Anna examinando as prateleiras. Quando eram estudantes, passavam horas em livrarias e escolhiam bem as compras porque não tinham dinheiro. Claudia sabia que Anna sempre escolheria um livro em vez de uma refeição. Sempre que ela e Erica compravam um presente para a amiga, escolhiam um livro.

— Estou querendo um dos antigos da Catherine Swift. Não a fase do assassinato, a fase de romance. Preciso de um antídoto para o clima pesado. — Ela alcançou um livro no alto da prateleira, virou-o e leu a contracapa. — Acho que já li esse.

— Você já leu todos.

— A maioria. Alguns dos primeiros eu não li. Por que ela começou a escrever livros de crimes? Isso, por si só, já é um crime. É crueldade com os leitores. Só de pensar que nunca mais vou ler um novo romance da Catherine Swift... — Anna acrescentou o livro à pilha que carregava.

— A vida não fica igual para sempre. Não é isso que você sempre diz? Pelo visto, vale para romancistas também. E, sem querer adiantar a conversa sobre o livro, eu diria que o talento dela continua firme.

— Concordo. Não consegui largar o livro. Mal posso esperar para conversar sobre a história, ainda mais a parte em que a protagonista mata o marido em vez de fazer terapia, como qualquer pessoa normal faria, mas ir do romance para o suspense? É como planejar férias na praia e acabar em um resort de esqui congelante. — Anna pegou outro livro da estante. — A seleção deles é ótima. Esta pode ser minha nova livraria favorita.

— Eles fizeram um bom trabalho — disse Erica. — E me sinto culpada por arrastar vocês para longe daqui, porque esse lugar é perfeito. Ainda mais para você, Anna. Deve ser o seu sonho de Natal, e eu estou sendo egoísta em pedir que vá embora.

— Não está pedindo. Fomos nós que sugerimos. — Anna devolveu o livro à prateleira. — Não vai ser uma viagem divertida se você passar o tempo todo preocupada. A gente precisa relaxar, e é isso que vamos fazer. Claudia já achou um hotel boutique fofo na região de Beacon Hill. Parece aconchegante. A gente ia mostrar antes de reservar porque você é a especialista em hotéis.

Era verdade. Claudia tinha encontrado o hotel durante o trajeto até a cidade e ele parecia mesmo encantador. Mas era muito diferente da atmosfera mágica da Pousada Maple Sugar.

E Erica sabia disso.

— Ainda me sinto péssima por estar estragando essa viagem especial.

— Por quê? Você faria o mesmo por nós — garantiu Anna. — Na verdade, já fez. Lembra aquela vez em que os gêmeos ficaram doentes? A gente estava no segundo dia de férias, e você me levou ao hospital e ficou comigo o tempo todo.

— Foi diferente. Seus filhos estavam doentes. Não é como se tivesse escolha.

— Não, mas você tinha. Não precisava ter ido comigo, e a sua presença fez toda a diferença. — Anna apertou o braço da amiga com carinho. — Vamos sair daqui. Voltar para o hotel, tomar um banho, relaxar, depois beber um vinho antes do jantar. Ou podemos ir embora antes do jantar, se preferir. Dirigir até Boston ainda hoje.

— Não. Vamos sair amanhã de manhã, como planejado.

Claudia aproveitou a oportunidade.

— Se não se importarem, acho que vou dar uma passadinha rápida na seção de culinária antes de irmos embora.

Ela as deixou na seção de romances, debatendo os méritos de autores que trocam de gênero literário, e mergulhou na ampla seção de gastronomia. Levou menos de cinco minutos para escolher três livros de culinária e uma caixa de cortadores de biscoito em forma de pinheiro.

Se eu morasse aqui, viria à livraria todo dia, pensou.

Voltou com relutância para junto das amigas, e Anna arqueou uma sobrancelha ao ver os livros.

— Achei que tivesse desistido de cozinhar.

— Não vou cozinhar as receitas. Vou ler.

— Ler? — Erica franziu a testa. — Tipo um romance?

— Sim, é isso mesmo — comentou Anna. — É o que ela faz quando está estressada. Você conhece a história... quando tinha 8 anos, Claudia descobriu uns livros antigos de culinária francesa da avó e leu todos de cabo a rabo.

Era verdade. Claudia se sentara de pernas cruzadas no chão do quarto da avó, lendo livros empoeirados com um dicionário de francês ao lado. A avó a encontrou ali e a convidou para ir com ela à cozinha.

"Vou lhe ensinar os cinco molhos fundadores da culinária clássica francesa."

Ao lado da avó, ela aprendeu sobre os grandes chefs franceses, Marie-Antoine Carême e Georges-Auguste Escoffier. Com a mão da avó sobre a sua, aprendeu a fazer *béchamel*, *hollandaise*, *velouté*, *espagnole* e *sauce tomat*.

Essas primeiras aulas de culinária serviram bem quando começou o treinamento formal, e ela era grata pelas receitas, mas o maior presente que recebeu foi o amor pela culinária.

E, embora Anna tivesse razão ao dizer que ler livros de culinária era uma forma de aliviar o estresse para ela, fazia seis meses que não pegava em um.

Agora, pela primeira vez, sentia vontade de fazê-lo. Talvez fosse um sinal de progresso.

— Livros de culinária me fascinam. Ensinam muito sobre a cultura local. Esses são livros da culinária de Vermont. Sei que não vamos ficar — disse rapidamente —, mas ainda quero ler.

— E os cortadores de biscoito?

— Eu coleciono cortadores como escritores colecionam cadernetas. Achei fofos, mas duvido que vá usar.

Erica olhou para Anna.

— Quer apostar que ela vai usar antes do fim das festas?

A amiga balançou a cabeça.

— Nunca aposto em certezas.

Pagaram as compras e voltaram para o carro. Já estava escuro e a rua brilhava com luzes de Natal.

— Todo mundo está se divertindo, pelo visto — comentou Claudia, enquanto caminhavam com cuidado pela neve até o carro. — Será que em janeiro o pessoal também é assim alegre ou é por causa do clima natalino? Talvez só deixem participar gente sorridente.

Voltaram para a pousada e encontraram Hattie fazendo o check-in de um casal jovem que queria informações sobre trilhas de esqui locais.

Erica manteve o olhar firme à frente e seguiu direto para as escadas.

— Vamos nos encontrar em duas horas para tomar uns coquetéis antes do jantar? — Anna a seguiu até o quarto e ela e Claudia pegaram suas bagagens. — Dá tempo de tomar um banho relaxante e todo mundo ter um tempinho só seu.

Tempo só seu para Anna significaria ligar Pete. Claudia a imaginou deitada na cama de roupão, o rosto corado depois do banho, contando tudo o que tinha acontecido, porque ela e Pete sempre conversavam sobre tudo.

Sentiu mais uma vez aquela pontada de inveja.

Acontecesse o que acontecesse, Anna sempre teria Pete.

O que Claudia tinha? Precisava dar um jeito na sua vida, mas, enquanto isso, ia aproveitar ao máximo sua única noite na Pousada Maple Sugar. Um banho relaxante parecia uma boa ideia, então ela faria o mesmo, e depois se aconchegaria em frente à lareira com seus livros de culinária e se permitiria um reconfortante momento de leitura.

12

Hattie

Hattie ficou parada diante da porta por um minuto inteiro antes de conseguir bater.

Aquilo provavelmente era um grande erro, mas só havia uma maneira de descobrir.

Houve uma pausa e então a porta se abriu.

Erica estava ali. Usava um vestido de lã vermelho e um par de botas que deixou Hattie com vontade de chorar de inveja — era bom saber que elas tinham pelo menos uma coisa em comum! O cabelo escuro caía até os ombros em um corte impecável, e os lábios tinham um tom de vermelho ousado.

O sorriso em seus lábios sumiu assim que viu Hattie. Estava claro que esperava uma das amigas.

Elas ficaram se encarando por um longo momento.

Hattie tinha preparado um discurso inteiro, mas perdeu toda a sua linha de raciocínio.

— Vim ver se está satisfeita com o quarto. — Era um começo patético, mas pelo menos não gaguejou. — Se precisar de alguma coisa...

— Está tudo certo. E o quarto é ótimo. — Erica foi educada, mas distante. — Obrigada.

Sua mão continuou na porta como se ela mal pudesse esperar para fechá-la. Estava esperando Hattie ir embora, mas Hattie sabia que, se fizesse isso, ia se arrepender para sempre.

Ficou ali parada, sem jeito, se sentindo perdida. Ficara na expectativa de que Erica fosse dizer alguma coisa, mas parecia que não. O que isso significava? O que Erica estava fazendo ali se não tinha intenção de conversar? Talvez só estivesse esperando o momento certo. Talvez tivesse preparado um discurso e Hattie tivesse estragado tudo ao aparecer na porta de seu quarto.

— Não foi bem para saber se está satisfeita com o quarto que eu vim até aqui, embora, claro, fico feliz que esteja... — Dessa vez, Hattie se atrapalhou nas palavras. — Não tem um jeito fácil de dizer isso, então vou falar logo, e espero não estar passando dos limites.

Erica apertou a porta com mais força. Seus nós dos dedos estavam brancos.

Hattie a olhou nos olhos.

— Você é Madeleine, não é?

Os lábios de Erica se entreabriram.

— Erica — sussurrou ela. — Meu nome é Erica.

— Sim. Foi isso que me confundiu. Por isso demorei um pouco para me dar conta. — Sentia-se meio tonta. Aquela era sua irmã. Sua *irmã*. Tinha passado de não ter família nenhuma para ter uma irmã. Devia ser esta a sensação de se ganhar na loteria. — O nome não importa. Fico feliz que esteja aqui agora. Durante anos esperei que esse momento chegasse, mas nunca aconteceu, e nos últimos tempos... — sua voz falhou, embargada pela emoção — ... nos últimos tempos, a vida anda muito difícil e... bem, eu não esperava um presente como este.

Erica ainda segurava a porta com força, como se fosse a única coisa impedindo-a de desabar.

— Um presente?

— Você vir me procurar depois de todos esses anos. Veio me procurar, não veio? Não pode ter sido coincidência. No momento em que a vi olhando a foto do nosso pai...

— Pare. — Erica estava pálida. — Por favor, pare.

— Eu sei que isso é estranho, mas... — Emocionada, Hattie sentiu as lágrimas embaçarem sua visão e, por impulso, deu um abraço em Erica. Queria superar logo aquele constrangimento.

Queria colocá-lo para trás o mais rápido possível. Aquela era sua *irmã*. — Não acredito que você está mesmo aqui.

Agarrou-se a ela, sentindo o toque da lã contra o queixo e aspirando seu perfume sofisticado. Seu coração parecia ter dobrado de tamanho. Sentiu as bochechas úmidas e percebeu que estava chorando. E percebeu outra coisa: Erica não se mexera nem um milímetro. Ainda segurava a porta. Não retribuíra o abraço. Estava rígida entre os braços de Hattie, sem dizer uma única palavra de conforto. Não tinha dito nada.

Envergonhada, Hattie se afastou tão de repente que Erica quase perdeu o equilíbrio.

— Desculpe. Me desculpe mesmo. Isso foi inapropriado. — Sentia como se estivesse pisando em areia movediça, sendo sugada para baixo. — Não sei o que me passou pela cabeça. Fiquei tão feliz em ver você. Não, feliz é pouco. Achei que este dia nunca fosse chegar, e isso me deixava tão triste. Você *não faz ideia* do que é saber que tem uma irmã em algum lugar, uma parente de sangue, e não ter contato. Eu estava perdendo as esperanças. Nunca acreditei em milagres de Natal, mas agora acho que acredito.

Erica finalmente falou:

— Você disse que esperou por este momento durante anos... quer dizer que você sabia sobre mim?

— Claro que sabia. O papai me contou tudo. Só não sabia que você usava o nome Erica, acho que ele também não sabia. Mas eu sempre soube que tinha uma irmã em algum lugar. E agora você está aqui. — O sorriso de Hattie vacilou. — E dá para ver pela sua expressão que não está nem um pouco feliz em me ver.

Era tão constrangedor. E, para piorar, ela tinha feito carinho em Rufus logo antes para criar coragem de bater à porta de Erica, e o abraço tinha transferido vários pelos do cachorro do suéter dela para o vestido vermelho impecável de Erica.

Não devia ter vindo e com certeza não devia ter abraçado Erica. Primeiro Noah, agora Erica. Parecia ter desenvolvido o péssimo hábito de demonstrar afeto físico sem que lhe pedissem, e precisava parar com isso. Devia fazê-la parecer carente demais. Devia ter esperado que Erica tomasse a iniciativa, mas ficou tão empolgada quando percebeu quem ela era que se comportou como Rufus correndo atrás de um graveto. Apenas agiu, sem pensar nas consequências. E agora estava encarando as consequências.

Olhando para a expressão imóvel de Erica, Hattie queria poder voltar no tempo e fazer tudo diferente.

Quando Erica fez a reserva, o nome não tinha chamado atenção. Mesmo quando ela entrou na pousada, Hattie ainda não fazia ideia de que se tratava da sua irmã. Só percebeu quando Erica pegou a foto com o pai. Ela ergueu os olhos da foto, e Hattie soube na hora, não pelo interesse que ela demonstrou na fotografia, mas pela semelhança física. Reparou na cor dos olhos dela, no tom incomum entre mel e verde, dependendo da luz. O pai de Hattie tinha os mesmos olhos. A própria Hattie tinha aqueles olhos. Foi um momento visceral, que sentiu no coração.

Ficou esperando Erica tomar a iniciativa, mas, conforme as horas foram passando e nada aconteceu, mudou de ideia. Chegou a se perguntar se tinha se enganado sobre sua identidade.

Mas agora, cara a cara com ela, sabia que não era engano.

Havia algo um pouco intimidador em Erica. Era naturalmente elegante. Não parecia alguém que em algum momento da vida tenha estado mal arrumada, e tinha uma aura de competência que Hattie invejava. Ninguém jamais tiraria vantagem de Erica. Ninguém jamais pisaria nela. Certamente nunca acordava com dúvidas, se perguntando como ia sobreviver ao dia.

Decidiu que a honestidade era o único caminho possível.

— Qual era o seu plano? Você ia falar comigo em algum momento?

Antes que Erica pudesse responder — será que ela ia responder? Ou só continuaria encarando? —, a porta do quarto ao lado e a do quarto em frente se abriram. As duas amigas de Erica saíram para o corredor. Anna e Claudia. Hattie sempre decorava os nomes dos hóspedes e os associava a características físicas. Nesse caso, Anna dos olhos castanhos, e Claudia do cabelo curto e repicado.

As duas pararam quando viram Hattie.

Anna foi a primeira a falar.

— Os quartos são lindos. A pousada inteira é linda. Eu podia ter ficado na banheira a noite toda. Como você deixa as toalhas tão fofinhas? Foi um castigo ter que me vestir. — Ela olhou do rosto de Hattie para o de Erica. — Vocês estavam conversando. Por favor, não fique achando que o fato de estarmos indo embora amanhã tem algo a ver com a pousada. Este lugar é excepcional, e vamos deixar uma avaliação maravilhosa.

— Vocês vão embora? — Hattie a encarou e depois se virou para Erica, esperando uma negativa ou alguma palavra de conforto, algo que lhe dissesse que não passava de um mal-entendido. — Por quê? Vocês acabaram de chegar.

Erica fechou os olhos por um instante.

— Sim, nós acabamos de chegar. Mas...

Ah, aquilo era horrível. Estava claro que Erica nunca teve a intenção de conversar com ela. Estava fugindo.

— Não se preocupe. — Hattie tentou reunir a pouca dignidade que lhe restava. — Deixa pra lá. Foi um erro meu.

Erica finalmente soltou a porta.

— Você não está entendendo...

— Ah, eu entendi muito bem. — Hattie cerrou as mãos ao lado do corpo. — Você veio até aqui para dar uma olhada em mim e não gostou do que viu.

Erica franziu a testa.

— Hattie...

— Se me der licença, tenho um restaurante cheio esta noite e um casal chegando tarde, então é melhor eu ir. — Ela recuou e esbarrou na parede atrás de si, atrapalhada pelo estado emocional. — Se eu puder fazer algo para deixar sua estadia mais confortável por esta única noite, é só avisar.

Voltara a ser apenas a dona da pousada, não uma irmã. Deveria ter sido fácil, visto que não tinha nenhuma experiência em ser irmã.

Sem dar a Erica tempo de responder, praticamente disparou pelo corredor. As bochechas estavam quentes de vergonha, e ela se sentia burra. Humilhada e magoada. Rejeição sempre magoava, e aquilo com certeza tinha sido uma rejeição. Mas perceber que o desejo profundo de conhecer a própria irmã não era recíproco significava uma dor bem específica. Sentia-se ferida, como se alguém tivesse usado um martelo em seus órgãos, e a intensidade do sentimento nem fazia sentido. Vivera sem uma irmã durante vinte e oito anos, então por que de repente sentia-se como se tivesse perdido algo importante? *Essencial.* Como é possível perder algo que nunca se teve? Será que estava mesmo tão carente a ponto de precisar de uma estranha em sua vida? Não, não estava. Tinha Delphi. Tinha Rufus. Tinha vizinhos e amigos maravilhosos na cidade. Conteve-se para não pensar que tinha Noah. Não estava tão segura sobre o relacionamento deles, e naquele momento não conseguia nem pensar no assunto.

Com a cabeça a mil, desceu as escadas de volta para a recepção, que tinha deixado poucos minutos antes cheia de esperança. E, por estar pensando na irmã em vez de olhar por onde andava, esbarrou no homem que acabava de sair do escritório.

— Opa. — Mãos firmes seguraram seus braços e a ajudaram a se reequilibrar.

E lá estava ele. Bem na sua frente. Noah.

— Desculpa — disse ela, sem fôlego. — Eu estava...

— Distraída, pelo visto. Aconteceu alguma coisa? — Noah manteve as mãos em seus braços. — O que houve?

— Nada. Estou sendo tola.

— Duvido. — Ele a conduziu até a biblioteca. — Me conta.

Ela tinha tarefas por fazer. Hóspedes para ver. Mas não resistiu à tentação de se permitir cinco minutinhos com Noah.

— Você tem razão, não é bobagem — confessou, decidida a não se recriminar por uma escolha que, na lógica, fazia sentido. — Fazia sentido, senão por que ela viria até aqui? Não acredito que tenha sido coincidência. Como poderia ser?

Noah fechou a porta atrás de si.

— Se essa pergunta é pra mim, vou precisar de um pouco mais de contexto.

Hattie mal ouviu, tamanha a confusão em sua cabeça. Andava de um lado para o outro, esfregando os braços com as mãos.

— Já decidiu correr um risco só porque era tão importante a outra pessoa saber como você se sente que nem pensou duas vezes, e aí abriu o coração e foi transparente sobre seus sentimentos e de repente... a pessoa vai lá e pisa neles, e você se pergunta se valeu mesmo a pena, e se devia ter feito algo diferente, mas sabe que, se tivesse a chance de voltar no tempo, faria igual, afinal, como poderia não fazer? Você precisava saber. E agora eu sei.

Ela parou para respirar e percebeu que Noah estava em silêncio.

— O que está dizendo... — falou ele, devagar — ... é que seus sentimentos não foram correspondidos?

— Isso mesmo. E dói bem aqui. — Hattie pressionou o punho contra o peito. — O que não faz o menor sentido, e eu fico repetindo para mim mesma que estava bem antes do que aconteceu hoje, então deveria continuar bem depois, mas é diferente porque era como se houvesse esperança e possibilidades antes, e agora não tem mais nada.

— E você está sofrendo.

— Estou. — Sentia o calor da lareira queimando a parte de trás das pernas. — E agora você deve achar que eu sou boba.

— Não tem nada de bobo em se apaixonar, Hattie. — A voz dele saiu rouca. — E nem sempre dá para escolher por quem a gente se apaixona. É um hóspede?

— Quem?

— O homem por quem você está apaixonada.

— Homem? Eu nunca falei que... — Ela parou quando entendeu. — Não. Não estou apaixonada. Por que pensou isso?

— Porque você falou que se abriu sobre sentimentos e foi rejeitada.

— Sim, mas não por um namorado. Não era um homem. Era uma mulher. Minha... — Hattie parou, surpresa por ele ter presumido que ela estava apaixonada. — Minha irmã. — A palavra soou estranha na sua boca.

— Irmã? — Levou um momento para Noah entender. — A irmã que seu pai abandonou quando nasceu?

— Isso mesmo. E, colocando nesses termos, talvez não seja grande surpresa ela não ter vindo correndo para me abraçar. Erica. Esse é o nome dela, aliás.

— Você me disse que era Madeleine.

Os dois tinham conversado bastante sobre o assunto nos meses antes daquele beijo, antes de a relação dos dois ficar esquisita e travada.

Ela sentia falta disso. Sentia falta dos dias em que se sentia à vontade com ele, dizendo o que queria, fazendo o que queria. Em que não precisava policiar cada palavra ou gesto por medo de ser mal interpretada.

Forçou-se a se concentrar.

— Foi o que meu pai me disse, mas ela se apresentou como Erica, por isso o nome não me chamou atenção quando ela fez a reserva. Não estava esperando que ela aparecesse aqui, mas no momento em que entrou pela porta, eu senti... é difícil de explicar... eu sabia. Eu a reconheci, mesmo sem nunca a ter visto antes.

— Traços físicos parecidos?

— Sim. E o jeito como ela ficou olhando a foto na minha mesa. Eu soube. Esperei que ela dissesse algo, mas não disse. E fiquei remoendo tudo, esperando, e depois acabei me perguntando se talvez ela estivesse esperando eu falar alguma coisa, então decidi ir em frente.

Ele assentiu.

— De modo geral, se algo precisa ser dito, é melhor que seja de uma vez.

— Foi o que pensei. Mas estraguei tudo. Feio.

— Não imagino o que possa ter dito de ruim.

— Não foi o que eu disse, foi o que eu fiz. Eu dei um abraço nela. — Ao se lembrar, sentiu vergonha. — Não consegui me conter. Quando abriu a porta, fiquei tão feliz por ela ter vindo... tão feliz por ter família...

— Você deu um abraço nela.

— Isso.

Percebeu um sorriso se formando no canto da boca dele e não fazia ideia do motivo, já que não havia nada de engraçado na situação.

— Você ficou feliz em vê-la — afirmou Noah. — Não vejo nada de errado nisso.

— É porque você não estava lá. Foi como abraçar um gato. Não a Pantera, porque ela é bizarramente carinhosa, mas você sabe... às vezes eles ficam rígidos e tudo o que querem é que você solte logo para poderem voltar a fazer o que estavam fazendo. — E agora que pensava nisso, Erica lembrava mesmo um gato. Nobre. Elegante. Cautelosa. Seletiva. — Eu lidei mal com a situação.

— Você está sendo severa demais consigo mesma. Não existe manual de instruções para lidar com uma situação dessas.

— Verdade. Mas ela não ter feito contato nos últimos 28 anos da minha vida já deveria me dizer alguma coisa.

— Calma. — Ele segurou seus braços de novo, o toque firme e reconfortante. — Respira.

— Desculpa. — Ela respirou fundo. — Estou um pouco abalada.

— Percebi.

Ela deveria se afastar, mas não queria. Sentia a atração, forte o suficiente para distraí-la. Não adiantava fingir que não sentia nada. Sentia bastante coisa. Mas, no momento, tinha preocupações suficientes.

— Ela deve guardar rancor de mim. — Voltou a se concentrar em Erica. — E eu nem a culpo. Deve ter olhado para aquela foto do papai me jogando pro alto e ficado com vontade de me socar.

— Duvido que ela tenha sentido vontade de socar você.

— É, tem razão. Ela é elegante. Não parece do tipo que dá socos nas pessoas.

— E ela está hospedada na pousada — acrescentou ele —, o que significa que veio com a intenção de fazer contato. Concordo que não pode ser coincidência.

— Talvez não, mas ela não agiu como alguém que estava querendo falar comigo.

— Ou talvez tivesse um plano de como abordar o assunto e é do tipo que gosta de seguir o plano.

— Pode ser, mas ela está ficando sem tempo. Elas vão embora amanhã de manhã. — E isso doía. — Reservaram a semana toda, mas ela não gostou do que viu. Não sei quais eram as expectativas dela, mas eu não correspondi.

— Ou então é outra coisa.

Estar tão perto dele estava dificultando o raciocínio, então Hattie deu um passo para trás.

— Que outra coisa?

Ele deu de ombros.

— Talvez ela esteja com medo.

— Ela não parece ser medrosa.

— Mas pensa bem, Hattie. Isso é importante pra você. Imagino que também seja pra ela.

— Talvez. — O relógio antigo atrás dela indicou as horas e ela virou a cabeça, sentindo um lampejo de pânico. — Já é tão tarde? Eu não deveria estar aqui à toa. Preciso buscar a Delphi com Chloe para ela poder voltar ao trabalho. Ela já deve estar se perguntando onde estou.

A porta se abriu, mas não era Chloe. Era Erica.

Anna e Claudia estavam ao seu lado.

Para dar apoio moral? O fato de acharem que Erica precisava de apoio moral sugeria que ela não estava tão tranquila com a situação quanto tinha aparentado. Talvez Noah tivesse razão.

Anna, a dos olhos castanhos, apertou o braço de Erica em um gesto de encorajamento, e Erica respirou fundo antes de entrar na sala.

Hattie não disse nada. Depois do último encontro, era melhor ficar em silêncio.

Sentiu o braço de Noah roçar o dela e percebeu que ele devia estar esperando o momento certo para sair de fininho.

Ela lançou a ele um pequeno sorriso.

— Você deve ter um monte de coisa para fazer.

— Não estou com pressa.

Ele continuou onde estava, e Hattie sentiu uma onda de gratidão por ele estar ao seu lado em um momento tão difícil. Tinha sorte de ter Noah, e sorte de sua falta de controle momentânea no celeiro não ter estragado tudo entre os dois.

O olhar de Erica se demorou nele, mas isso não foi grande surpresa. Mulheres de todas as idades olhavam para Noah. Hattie via isso sempre que a cidade se reunia para alguma comemoração.

Ele era o queridinho de todas, das adolescentes às avós, passando por todo mundo no meio. Talvez fosse por ele ser alto e forte, com um olhar amigável e um sorriso à altura, ou talvez fosse pela calma que transmitia, de um homem que não se abalava mesmo quando os ventos da vida sopravam com força.

Hattie ficou grata por aquela calma naquele momento.

— Sou Noah. — Ele se apresentou. — Amigo da Hattie.

— Erica. — Ela apresentou as amigas e depois voltou a atenção para as estantes de livros. — Este espaço é maravilhoso. — O olhar percorreu os livros, a lareira acesa, a árvore de Natal brilhante. — Este é o lugar que você mencionou para o nosso clube do livro?

— É.

Hattie continuou rígida, e Erica parecia desconfortável.

— Desculpe pelo que aconteceu mais cedo.

— Não precisa se desculpar. — Se pensasse em si mesma como uma anfitriã, e não como uma parente, isso a ajudaria a manter a distância necessária. — É importante para mim que suas férias de Natal sejam perfeitas. Se a Pousada Maple Sugar não for o lugar certo para vocês, então é claro que devem procurar outro. Posso fazer algumas ligações, se quiserem. Há outras pousadas charmosas na região. Uma delas tem um ótimo restaurante. Talvez consigam quartos lá.

Ninguém poderia dizer que ela guardava rancor. Ou talvez até guardasse. Às vezes ainda amaldiçoava Brent por tê-la deixado sozinha para lidar com Stephanie e o chef Tucker. Mas escondia isso muito bem.

Sua oferta de ajuda foi recebida com silêncio, e Hattie viu a outra mulher — a do cabelo curto e repicado, Claudia — cutucar Erica nas costelas com força.

— Não há nada de errado com a pousada — disse Erica. — É perfeita.

O que significava que o problema era ela, Hattie. Ótimo.

Endireitou-se.

— Foi um erro bater à sua porta.

— Não foi um erro. — Erica lançou um olhar para Anna, como se aquela conversa fosse algo que tivessem ensaiado. — Você me pegou de surpresa, e eu não sou boa com surpresas. Além disso, a situação toda é complicada. — Ela pigarreou. — Emocionalmente complicada. E eu também não sou boa com isso.

Aquela leve vulnerabilidade amoleceu algo dentro de Hattie. Ela esqueceu sua decisão anterior de não dizer mais nada.

— Se não vão embora hoje à noite, gostariam de se sentar e conversar um pouco? Aceitam uma taça de vinho? Posso pedir ao chef para preparar aqueles petiscos deliciosos dele.

Sem dúvida ele faria de má vontade, mas Hattie aguentaria a cara feia dele.

Erica assentiu, com um aceno hesitante.

— Eu gostaria, sim.

Hattie sentiu um calor se espalhar por seu corpo. Elas iam conversar. Era um começo.

— Ótimo. Só preciso ver como minha filha está e aí...

A porta se escancarou de novo, e dessa vez era Chloe, segurando a mão de Delphi e com uma expressão de pânico.

— Desculpa entrar assim, Hattie, mas você precisa vir agora. É uma emergência.

O que poderia ser dessa vez? O universo com certeza a odiava.

Delphi correu até ela e Hattie a pegou no colo. Não importava que a filha estivesse ficando alta e pesada. Se queria colo, ela ia dar colo.

— Uma emergência? — Apertou a filha nos braços. — É algum hóspede?

— Não. Muito pior. O chef Tucker jogou uma panela na sous-chef e ela foi embora. A Stephanie se meteu, teve uma briga feia com o chef e ele também foi embora. Pegou a caminhonete dele e foi visto pela última vez indo em direção à cidade. O que é um problema enorme, porque o restaurante está lotado esta noite e agora não temos ninguém para comandar a cozinha. O restante da equipe está em pânico. Por sorte, os hóspedes ainda não perceberam nada, mas Stephanie está dando um ataque...

Como se seguindo a deixa, a mulher surgiu na porta.

— É isso! Espero que ele tenha ido embora de vez, mas, se não tiver, você precisa demitir aquele homem. E eu quero um pedido de desculpas. Ele pode até ser um gênio criativo, mas eu não aceito ser tratada do jeito que fui tratada esta noite. E na frente da equipe, ainda por cima!

Delphi tapou os ouvidos com as mãos e se encolheu ainda mais nos braços da mãe.

— Muito alto...

Hattie concordava. Segurou a filha com firmeza, acariciando as costas da menina.

— Entendo que esteja chateada, Stephanie, e vamos resolver isso. Mas todo mundo precisa manter a calma.

— *Manter a calma*? Você conseguiria manter a calma se um homem a chamasse de recalcada, frígida e...?

Por sorte, o choro de Delphi abafou o fim da frase. E para complicar ainda mais a situação, Rufus, ouvindo os gritos, entrou correndo na sala, latindo, para ver quem precisava proteger.

Ao ver que Delphi estava segura nos braços de Hattie, ele parou de latir e apenas rosnou.

Stephanie deu um passo para trás.

— E esse cachorro é um risco sanitário.

Delphi enterrou o rosto no pescoço da mãe.

— Muito alto...

Hattie apertou os braços em volta dela, protetora.

— Por favor, abaixe a voz, Stephanie.

— Quem é que manda aqui? Você ou a menina? Ou é o cachorro? Tem dias em que eu me pergunto. Este lugar está indo de mal a pior, faz sentido a expressão "matar cachorro a grito".

A cabeça de Hattie latejava. Naquele momento, a prioridade era a filha, porque, enquanto não acalmasse Delphi, não conseguiria ter uma conversa racional, e não dava para acalmar a menina com Stephanie gritando daquele jeito.

Estava prestes a sugerir que Stephanie fosse esperar em seu escritório quando Anna deu um passo à frente. Ela segurava uma decoração natalina.

— Delphi? Encontrei isso aqui no chão. Deve ter caído da árvore. Você sabe onde estava pendurado?

Com cautela, Delphi ergueu o rostinho úmido do ombro da mãe.

Ela olhou para Anna e pareceu gostar do que viu, porque afrouxou o aperto do pescoço de Hattie.

— Não. — A respiração saía em soluços. — N-não sei.

— Eu adoro enfeitar árvores. — O sorriso de Anna era bondoso. — É a minha atividade favorita. Aposto que você também adora, acertei?

Delphi fungou.

— Sim.

— Que ótimo. Pode me ajudar a decidir onde pendurar isso? — Anna balançou a estrela brilhante entre os dedos. — Ou quer que eu mesma escolha?

Delphi hesitou e depois escorregou dos braços de Hattie.

— Eu mostro.

Rufus foi para o lado dela, e Anna se abaixou para acariciá-lo.

— Ele é lindo. Eu me chamo Anna — apresentou-se à garotinha. — E lembro que, quando minha filhinha tinha a sua idade, ela sabia *exatamente* o que queria ganhar do Papai Noel. Aposto que você também sabe.

Hattie decidiu, naquele instante, que amava Anna.

Delphi pegou a decoração das mãos de Anna.

— Eu sei, mas é segredo.

— Um segredo? — O sorriso da mulher era cativante. — Mas você escreveu para ele, não foi?

— A tia Lynda me ajudou. A mamãe não pode saber.

Noah ergueu as sobrancelhas, então também não devia saber.

O que dava a Hattie um novo problema. Se não sabia o que Delphi queria de Natal, como iria providenciar?

Stephanie soltou um muxoxo de impaciência.

— Não acredito que estamos falando do Papai Noel enquanto este lugar está indo por água abaixo. Você entendeu que, neste momento, tudo o que você tem na nossa *cozinha premiada* é um bando de funcionários juniores?

Ao ouvir a palavra "funcionários", a atenção de Hattie foi de Delphi para Stephanie.

— Em primeiro lugar: a Helen está bem?

A mulher arregalou os olhos.

— Estou dizendo que você está no meio de uma crise e você pergunta se a sous-chef está bem?

— Chloe disse que o chef Tucker jogou uma panela nela.

— Ah... é, ele jogou. — Stephanie franziu a testa. — Ela estava chorando, e ele perdeu a paciência. Não estou defendendo alguém jogar um objeto pesado em um colega, mas concordo com o chef que Helen é sensível demais para trabalhar em uma cozinha agitada.

Hattie tentou de novo, com mais firmeza:

— Ela se machucou?

— Não sei, e agora isso não é o mais importante. Está na hora de deixar tudo às claras. Fiz o que pude para lhe dar apoio depois que Brent morreu — disse, fixando o olhar cortante na anfitriã —, mas até eu tenho meus limites, e agora cheguei ao meu. Fico triste por você, Hattie, de verdade. Deve ter sido difícil, tenho certeza. Mas talvez seja hora de admitir que não serve para isso. Você tentou ocupar o lugar de Brent, mas não chega aos pés dele. Você nunca vai ser Brent. E, sinceramente, Brent se reviraria no túmulo se visse como está administrando este lugar.

Hattie sentiu o sangue sumir do rosto. As pernas ficaram trêmulas. Sentia-se estranha, distante.

Seu primeiro pensamento foi proteger a filha, mas por sorte Anna tinha distraído Delphi, e as duas tentavam achar um lugar atrás da árvore para o enfeite.

O que a deixava sem desculpa para não encarar Stephanie.

Sentiu vontade de fugir, mas e depois? Não havia mais ninguém para lidar com o problema. Só ela.

E Stephanie tinha razão sobre uma coisa: ela não era Brent. E vinha tentando ser. Tentava manter vivo o sonho dele para a pousada. E era esse o problema, entendia agora. Tinha tentado fazer tudo do jeito que ele teria feito, e com isso acabou ignorando os próprios instintos. Fez o que era certo para ele, não o que era certo para ela. E foi assim que acabaram ali.

E aquela não era uma boa situação.

Sentiu a mão de Noah em suas costas, quente e protetora.

Ouviu-o inspirar fundo e soube que, se não falasse logo, ele falaria. E que tipo de exemplo estaria dando para Delphi? Que a mãe dela precisava que os outros falassem por ela? Que não conseguia se defender quando alguém se dirigia a ela de forma tão desrespeitosa?

— Stephanie, precisamos conversar em particular. Vamos para o meu escritório.

— Se quiser falar comigo, posso tentar arranjar um tempo amanhã. Estou indo embora agora.

— Indo embora? Stephanie, estamos no meio de uma crise.

— Uma crise criada por você. Uma crise que não é problema meu. Não tem nada no meu contrato dizendo que preciso doar meu tempo pessoal para uma causa perdida.

— E seus colegas? As pessoas com quem você trabalha? — A boca de Hattie estava tão seca que mal conseguia formar as palavras. A raiva a deixava trêmula. — Somos uma equipe. Você vai dar as costas e deixar a equipe na mão?

— Estou deixando os outros fazerem o trabalho deles, como eu faço o meu. Vou tirar um tempo para me acalmar e, se estiver com vontade de trabalhar, volto amanhã.

Ela se virou para a porta, e Hattie sentiu o coração acelerar. Tinha que ser agora.

— Se você for embora agora, não quero que volte amanhã. — As palavras jorraram de sua boca. Foi como pular de um penhasco em água gelada.

— Você está de brincadeira comigo? — Stephanie encarou. — Não tem como você manter este lugar funcionando sem mim.

O coração de Hattie martelava.

— A gente vai dar um jeito.

— Como? Você não faz ideia do que está fazendo. E ela — Stephanie apontou para Chloe — não vai ajudar em nada. Aliás, devo lembrar que neste momento você está sem chef e, talvez, sem sous-chef também? Se perder a camareira-chefe, é melhor fechar as portas de uma vez.

A sous-chef. Hattie ainda precisava ver como Helen estava, mas tinha que resolver aquilo antes.

Sentiu um nó de pânico se formando em seu estômago.

— É verdade que eu vinha tentando administrar tudo do jeito que Brent fazia, mas isso acaba agora.

Stephanie relaxou um pouco.

— Você vai vender a pousada. Decisão sensata.

— Não vou vender, mas também não vou mais administrar o lugar seguindo o plano de Brent. A partir de agora, quem toma as decisões sou eu. E preciso de uma equipe que compartilhe minha visão para a pousada como um lugar acolhedor e convidativo. Acho que nós duas sabemos que trabalhar aqui não combina com você.

Stephanie corou.

— O que eu sei é que você não é a pessoa certa para administrar este negócio. E, sem mim, este lugar vai fechar as portas em poucos meses.

— Estou disposta a correr esse risco.

A boca de Stephanie se contraiu.

— Então está bem. Boa sorte. Você vai precisar.

Ela se virou e saiu, batendo a porta com força.

Hattie sentia como se sua cabeça fosse explodir.

O pânico no estômago ficou mais intenso. Sentiu uma pressão no peito.

O que ela tinha feito? Tinha quartos reservados até janeiro. Pessoas que tinham se presenteado com uma estadia natalina na pousada. Esperavam um brilho festivo, quartos confortáveis e uma comida inesquecível. E ela acabara de perder dois dos colaboradores mais importantes.

Stephanie tinha razão. Eles iam fechar as portas em poucos meses.

O pânico subiu da barriga para a garganta. Ela devia ter tentado acalmar Stephanie, porque agora a situação estava ainda pior.

A primeira pessoa a falar foi Erica. Ela deu um passo à frente, e Hattie viu uma expressão gentil em seus olhos.

— Não sei quem é essa, mas com certeza não estava acrescentando nada de bom à situação. Deixar essa mulher ir embora vai acabar sendo a melhor coisa que você já fez por si mesma.

— É mesmo?

Hattie tremia. Parte dela queria sair correndo atrás de Stephanie e pedir desculpas, mas Erica estava em seu caminho.

— Está tudo bem. — A voz de Erica era firme e objetiva. — Vai dar tudo certo. A gente pode ajudar.

— Vocês não podem. Ninguém pode. Ainda bem que estão indo embora. — Hattie tentou fazer piada, sem sucesso. — Acabei de perder a camareira-chefe, e parece que o restaurante vai fechar. Bem-vindos ao Natal na Pousada Maple Sugar. Promete ser memorável... pelos motivos errados.

O que ela tinha feito? Meu Deus, *o que ela tinha feito?*

Delphi apareceu de trás da árvore.

— A vida é assim — disse, em uma perfeita imitação das irmãs Bishop.

13
Erica

No meio de uma crise, Erica se sentia mais no controle do que nas últimas semanas.

A questão de seu pai, entrar em contato com a irmã, os sentimentos confusos... tudo isso a deixava desnorteada. Mas uma crise — com isso ela sabia lidar. Era uma crise que exigia pensamento claro e ação, e esse era seu ponto forte. Ela tinha a capacidade de ignorar o drama e as emoções e enxergar o que precisava ser feito. Sabia que podia ajudar Hattie.

E talvez, ao mesmo tempo, aplacar a própria consciência, porque se sentia péssima pela maneira como reagira quando Hattie bateu em sua porta. Não tinha lhe passado pela cabeça que a mulher talvez soubesse de sua existência, mas tinha sido informada sobre Madeleine.

Ela ouviu a voz da mãe em sua cabeça.

"Cada um escolheu um nome. Ele escolheu Madeleine, eu escolhi Erica. Madeleine Erica. Você virou Erica no momento em que ele saiu por aquela porta."

Ela devia um pedido de desculpas a Hattie, mas isso teria que esperar, porque, no momento, não estava gostando do que via.

Hattie tinha se controlado bem durante a discussão desagradável com Stephanie, mas agora parecia prestes a desabar. O ataque cruel da mulher tinha ferido tanto a autoestima dela que quase dava para ver a confiança se esvaindo. Os olhos estavam vidrados e a respiração, rápida e superficial.

Erica achava que ela estava a poucos segundos de um ataque de pânico.

Ela abriu a boca, prestes a falar, mas Noah foi mais rápido.

— Você lidou muito bem com a situação, Hattie. Quase bati palmas. Aposto que todo mundo aqui também. — Ele colocou a mão no ombro dela. — Está tudo bem. Vai ficar tudo bem.

Erica teria dito o mesmo, só que sem o toque no ombro.

Infelizmente, nem as palavras nem o toque pareceram acalmar Hattie.

— Não está tudo bem. — Havia um tom de histeria na voz dela, e sua respiração ainda estava acelerada. — Acabei de perder minha camareira-chefe e, pelo visto, já tinha perdido o chef, só que, ao contrário de Stephanie, ele nem teve a decência de vir aqui gritar comigo antes de pegar o carro e cair na estrada.

A mão de Noah continuava firme em seu ombro, forte e acolhedora.

— Uma camareira-chefe que inferniza a sua vida há dois anos, e um chef que se comportava feito uma criança mimada fazendo birra.

— Pode até ser, mas ele era um excelente chef. — Hattie cruzou os braços. — Brent dizia que ele era um gênio criativo.

— Ele era imprevisível e um risco à pousada. — O tom de Noah era direto. — E quanto a Stephanie, você fez o que precisava ser feito. Disse o que precisava ser dito. Não é fácil. Estou orgulhoso.

Hattie não parecia ouvi-lo. Mal parecia consciente do que acontecia ao seu redor.

— Ela tem razão. — Murmurou as palavras para si mesma. — Eu decepcionei Brent. Tentei manter tudo do jeito que ele gostaria, fazer o que ele faria, mas falhei. Perdi os dois funcionários mais importantes dele. Brent ficou tão empolgado quando contratou os dois. Disse que colocariam a pousada no mapa. E agora os dois foram embora por minha causa. E a pobre Helen, a sous-chef. — Ela procurou o celular. — Será que a frigideira a acertou? Preciso saber se ela está bem.

Noah olhou pela janela.

— O carro dela ainda está no estacionamento, então ela não foi embora.

— Ela está bem — disse Chloe —, mas ficou um belo amassado em um dos armários da cozinha.

— Não me importo com a cozinha, desde que ela esteja bem. Vou falar com ela daqui a pouco, só não sei o que dizer. Talvez ela processe a gente. — Hattie afundou no sofá. — Eu não dou conta disso. Não sou boa o suficiente. Deveria passar o negócio para alguém melhor em tomar decisões.

Erica concluiu que Noah precisava de reforços.

— Você está tomando boas decisões. Podem parecer difíceis, mas isso não quer dizer que estejam erradas. — Usou o mesmo tom calmo que usava para aconselhar clientes em crise. — Você tem uma visão de como gostaria que a pousada fosse, e é uma visão atraente. Esta é a oportunidade perfeita para transformá-la em realidade. Para moldar o negócio do jeito que quiser. E já deu um bom primeiro passo. Está indo bem.

A intervenção pareceu tirar Hattie do transe. Ela olhou para Erica como se só então se lembrasse de sua presença.

— Mas vocês vão embora amanhã — disse. — Então não devo estar indo tão bem assim, né?

Erica sentiu um misto de culpa e admiração. Era tranquilizador ver que Hattie ainda estava disposta a brigar.

— Isso não tem nada a ver com a pousada — interveio Claudia. — É coisa da Erica.

Erica a ignorou.

— Por agora, precisamos nos concentrar no que é necessário para hoje à noite. Depois nós podemos formular um plano a longo prazo.

— "Nós"?

Noah lançou a Erica um olhar gélido, que a fez suspeitar que Hattie havia lhe contado tudo no pouco tempo que os dois tiveram juntos antes da confusão com Stephanie. Ele estava desconfiado, e, considerando o que aconteceu, provavelmente tinha bons motivos.

Erica se lembrou da conversa que entreouvira na livraria. As mulheres falavam sobre Noah. Sobre o quanto ele era protetor. E agora estava vendo com os próprios olhos. Não apenas nas palavras dele, mas na maneira como não saía de perto de Hattie, como se servisse de barreira física entre ela e o resto do mundo.

Sem dúvida, Anna já estava imaginando cenários românticos.

Mas não era isso que interessava a Erica.

— Posso ajudar. Se você quiser.

Mas a atenção de Noah já estava em Hattie outra vez.

— Eu sei que agora parece assustador, mas as coisas vão melhorar. E ela... Erica... está certa — falou ele com relutância. — Pense no que precisa ser feito e faça. Resolva um problema de cada vez. Você é boa nisso, Hattie.

— Boa? — Ela deu uma risada incrédula. — Não ouviu uma palavra do que a Stephanie disse?

— Stephanie está errada. Você precisa fazer as coisas do jeito que acha que devem ser feitas e confiar nos seus instintos. Este lugar vai ser um sucesso ainda maior.

Hattie não parecia convencida.

— Espero que a gente dure tempo suficiente para descobrir. Não posso administrar uma pousada sem equipe.

Alguém precisa tomar logo uma atitude, ou com certeza não será um sucesso, pensou Erica. Cada minuto gasto remoendo o que tinha acontecido era um minuto desperdiçado.

Ela entendia que era um processo, mas o processo precisava ser acelerado.

— Você está pensando no que perdeu — disse ela. — O que precisa fazer é considerar os recursos que ainda tem à disposição e como usá-los da forma mais eficiente possível.

— Eu! Eu sou um recurso, e não vou embora — falou Chloe da porta. — Dou conta do serviço de camareira. Trabalho quantas horas for preciso. Não tem nada que a Stephanie fizesse que eu não possa fazer. Tirando, talvez, a parte de viver de mau humor. Não sou muito boa nisso. Vou render muito mais sem ela parando para me dizer o que eu fiz de errado toda hora.

Erica gostou de Chloe. Ela era jovem, mas Erica sabia que às vezes entusiasmo podia superar experiência, e aquele era um desses momentos. Na opinião dela, Hattie deveria aproveitar bem Chloe.

Ela parecia concordar.

— Obrigada, Chloe. Mas mesmo que a gente dê conta do serviço juntas, ainda tem o restaurante. Não posso manter o restaurante aberto sem um chef. E o chef Tucker é... era... icônico. As pessoas vinham de outros estados para experimentar o menu degustação dele.

— Nunca entendi isso — disse Chloe. — Ele cozinhava partes do animal que, na minha opinião, nunca deveriam ser servidas em um restaurante. Seria preciso me pagar para comer aqueles miolos mexidos nojentos... — Ela estremeceu, e Hattie finalmente sorriu.

— Agora entendi por que não está trabalhando no restaurante. "Hoje no cardápio temos aqueles miolos nojentos. Bom apetite."

— Icônico ou não, ninguém é insubstituível. — Erica voltou ao assunto com delicadeza. — Há outros chefs excelentes por aí.

Ela olhou para Claudia, que revirou os olhos e sorriu.

— A resposta é sim. Estou dentro, se Hattie quiser. Eu sou chef — acrescentou. — Posso ajudar.

Hattie olhou de uma para a outra.

— Mas vocês vão embora.

— Não hoje à noite, e você precisa de um chef hoje à noite. Aqueles cérebros não vão se preparar sozinhos.

Hattie parecia atordoada.

— Você é mesmo chef?

— Sim. E das boas. — Claudia prendeu uma mecha de cabelo atrás da orelha. — Não se deixe enganar pela minha magreza. Não reflete minha habilidade na cozinha. Tive um ano ruim.

Hattie abriu um sorriso fraco.

— Sei bem como é. Onde você trabalha?

— Passei alguns anos trabalhando na Califórnia, mas fui demitida há algumas semanas. Não se preocupe, não envenenei ninguém nem atirei facas em um funcionário. Gritar não é meu estilo, embora já tenham gritado muito comigo. Sou uma boa chef. Treinada na França. Minha avó era francesa e falo fluentemente, se for preciso. Se tivéssemos mais tempo, eu prepararia algo para provar, mas como está sem chef para o jantar de hoje, acho melhor me provar no serviço mesmo.

— Ela é brilhante — declarou Anna com entusiasmo. — A melhor.

Hattie soltou um longo suspiro. Parecia exausta.

— Só temos algumas horas até o restaurante abrir.

— Então é melhor eu não perder tempo conversando — afirmou Claudia. — Só preciso de um dólmã e acesso à cozinha. Imagino que o restante da equipe já esteja lá?

— A menos que todos tenham se demitido junto com o chef Tucker — Hattie passou os dedos pela testa, tentando se concentrar. — Nossa confeiteira, Shelley, é fantástica. Ela faz o pão, os doces do café da manhã, os bolos para o chá da tarde e as sobremesas, claro. Talvez a gente possa só servir sobremesa.

Claudia sorriu.

— Acho que conseguimos fazer melhor que isso. Onde fica a cozinha? À esquerda ou à direita?

— Têm certeza? — Hattie olhou para as três mulheres. — Vocês vieram como hóspedes. Provavelmente tinham planejado achar um canto confortável pra discutir o livro do clube de vocês.

— Isso pode esperar — disse Anna. — E nós somos hóspedes, só que do tipo prestativo.

— Nesse caso, obrigada. Eu não sou louca de recusar. — Hattie pareceu recobrar as forças. — Vou levá-la até a cozinha e conversar com a equipe. Com sorte, eles não seguiram o chef Tucker. E preciso ver como Helen está.

Ela olhou para Delphi, que já tinha se acomodado no sofá macio com um livro nas mãos.

— Quero que leia pra mim.

— Posso ler para você? Eu adoraria — pediu Anna. — Eu amo ler em voz alta, e quase nunca tenho para quem ler, porque meus filhos são maiores que você.

Delphi se encolheu no sofá.

— Quero a mamãe.

— Eu sou uma excelente leitora — insistiu Anna. — Faço vozes e mímicas. Sou famosa pelas minhas imitações de tigre.

— Gosto de dinossauros.

— Meus dinossauros também são ótimos — garantiu ela. — Posso ler um pouquinho para ver se você gosta? Pode escolher o livro. Qualquer um.

Delphi pensou um pouco, depois assentiu e estendeu o livro. Anna sentou ao lado dela, e Hattie sorriu, agradecida.

— Obrigada. Já volto.

— Enquanto isso, vou preparar o último quarto — anunciou Chloe. — Depois faço um planejamento pra amanhã. Vou conferir as reservas, ver as preferências de cada hóspede e garantir que todos os quartos estejam perfeitos. Se eu tiver algum problema, aviso. Não se preocupe.

— Como não me preocupar? Você não pode fazer o trabalho de duas pessoas — disse Hattie.

Chloe flexionou os bíceps.

— Quer apostar? Pelo menos metade do trabalho da Stephanie era mandar em mim, então se eu me gerenciar já é uma boa parte do trabalho feito.

Erica riu, e até Hattie pareceu um pouco mais esperançosa.

14

Claudia

As lembranças mais felizes de Claudia envolviam comida. Às vezes, quando não conseguia dormir por causa do estresse, deixava a mente se preencher com os cheiros e sons da cozinha. Lembrava-se de ficar em pé em uma cadeira ajudando a avó a peneirar farinha. Pensava na massa que socava com o punho. No cheiro de pão recém-saído do forno. No doce do pêssego, o suco escorrendo pelo queixo. No aroma forte de um *espresso* perfeito. Para Claudia, comida era uma forma de expressão.

Mas agora ela estava no modo profissional.

Já tinha ouvido falar do chef Tucker. Um conhecido de um conhecido tinha trabalhado com ele. Diziam que a comida era boa, mas a personalidade era tão agradável quanto torrada queimada.

Isso tinha que ser uma vantagem para ela, certo? Não que fosse perfeita, mas com certeza não era torrada queimada.

Entrou na cozinha e absorveu tudo em um olhar.

A equipe estava paralisada, em pânico, cochichando entre si. Pelo que parecia, nada estava sendo feito.

Hattie pigarreou.

— Como já devem saber, o chef Tucker foi embora. Stephanie também. Nenhum dos dois vai voltar.

Várias pessoas se entreolharam. Pelas expressões, era a primeira vez que ficavam sabendo sobre a saída abrupta de Stephanie.

Um deles se manifestou:

— Mas o chef era a coisa mais importante deste lugar.

— Não. A pessoa mais importante na Pousada Maple Sugar é o hóspede. — Hattie adentrou a cozinha. — Quando alguém faz uma reserva aqui, é porque fizemos uma promessa. Prometemos servir uma comida deliciosa, em um ambiente confortável e acolhedor. É isso que esperam ao fazer a reserva, e é isso que vão receber. Todo mundo que trabalha aqui é importante, mas ninguém é mais importante que o outro. Somos uma equipe. O chef Tucker pode ter ido embora, mas vocês continuam aqui, e sei que todos vão fazer um trabalho excelente. Agora quero apresentar a Claudia. Ela é uma chef renomada da Califórnia, e temos a sorte de contar com ela esta noite.

Chef renomada.

Em outras circunstâncias, a modéstia talvez levasse Claudia a contestar essa descrição, mas a modéstia não tinha lugar naquela cozinha.

Um dos membros mais jovens da equipe franziu a testa.

— Tipo uma chef convidada?

— Isso. Uma chef convidada. Temos sorte de tê-la conosco.

Claudia fez um aceno amigável.

— Depois a gente se apresenta melhor. Agora, a prioridade é servir uma refeição excelente para os hóspedes que temos hoje à noite. Vou me trocar e, quando voltar, conversamos sobre a estratégia.

Ela seguiu Hattie para fora da cozinha e a encontrou encostada na parede com os olhos fechados.

Claudia não sabia bem como agir. Deveria sacudi-la? Abraçá-la?

— Você está bem?

— Bem — respondeu Hattie, sem abrir os olhos. — Estou bem.

— Certo. — Talvez devesse chamar Anna. Ela sempre sabia a coisa certa a dizer. — Você fez um ótimo discurso lá dentro.

Hattie abriu os olhos.

— Sério?

— Sério. Se eu não estivesse presa na cozinha, estaria fazendo reserva para jantar. — Claudia deu um tapinha no braço dela. — Me arranja um uniforme e depois pode ir fazer o que costuma fazer para relaxar. Comer bolo. Tomar um banho. O que for. Vai dar tudo certo.

Hattie engoliu em seco.

— Tem certeza?

— Tenho. — Claudia sorriu. — Sou uma chef renomada, não sabia?

— Então preciso falar com Helen.

Hattie saiu apressada, e Claudia voltou à cozinha poucos minutos depois.

— Vamos começar do começo: em que pé está o cardápio?

Alguém lhe entregou o menu, e ela percebeu na hora que o chef Tucker havia feito tudo o mais elaborado possível, provavelmente para parecer indispensável. Ou talvez para alimentar o próprio ego. Ela conhecia o tipo. Já tinha trabalhado com esse tipo. Cheio de firula e frescura.

E, por mais talentoso que fosse, sabia que aquele menu não ia funcionar naquela noite.

— Oito pratos?

— Sim. O chef só oferecia o menu degustação completo. Mas tem alguns problemas. — Após uma conversa com Hattie, a sous-chef, Helen, tinha voltado aparentemente bem e decidida a continuar. — Estamos sem parmesão, a entrega veio em quantidade errada, e o chef mandou tudo de volta.

— Tudo?

— Tudo.

Ótimo.

— Então, nada de parmesão. — Claudia concluiu que era melhor receber todas as más notícias de uma vez. — E mais o quê?

— Ele fez o mesmo com os cogumelos. É um ingrediente fundamental para o menu degustação.

— Hoje à noite não vamos servir o menu degustação. — Ela precisava fazer alguns cortes no cardápio e improvisar. E precisava fazer logo. Não podia fazer mudanças drásticas, mas podia simplificar. Analisou o cardápio. — Vamos oferecer três opções de entrada: duas sopas, uma delas vegetariana, e o patê com brioche grelhado e *chutney* de ameixa com maçã doce. O foco tem que ser ingredientes frescos e da estação. — Estava pensando em voz alta. — O prato de carne de veado com especiarias que já está no menu? Vamos manter. E o frango empanado no leitelho também.

Helen ia anotando.

— Nós costumamos servir com batatas crocantes no parmesão. Mas não tem parmesão.

— Hoje vamos servir com purê. Podemos trocar o parmesão por queijo cheddar curado local. Vai ficar uma delícia. Está nevando lá fora. As pessoas passaram o dia no frio do inverno. Elas vão querer uma comida quentinha e reconfortante, e é isso que vamos servir. Como estão os doces? — Sorriu para a confeiteira. — Shelley, né?

— Sim. Antes de falarmos da sobremesa, tenho uma torta de figo com queijo de cabra. Pode ser servida como entrada ou prato principal.

— Ótimo. Vamos incluir no cardápio.

— De sobremesa temos torta de framboesa, sorvete de bordo com nozes feito com nosso próprio xarope de bordo — disse a mulher com eficiência e entusiasmo —, mousse de chocolate e compota quente de maçã com *crumble* de canela e chantilly da nossa fazenda local.

Claudia distribuiu as tarefas entre os membros da equipe, verificou se todos estavam felizes com a divisão e sabiam o que fazer, e então se virou e viu Erica parada na porta, observando.

— O que foi?

— Nada. — Erica se recostou no batente da porta. — Só estou assistindo a alguém que odeia cozinhar se apaixonar pela cozinha outra vez. É interessante e um pouco comovente. Estou usando toda a minha força de vontade para não falar "Eu avisei".

— Eu ainda não cozinhei nada. E não estou apaixonada. — Mas era verdade que estava sentindo uma animação que não sentia havia muito tempo. Devia ser só a adrenalina. Quem não se empolga em ajudar alguém que precisa? Se o chef Tucker aparecesse naquele instante, ela mandaria que enfiasse os miolos lá onde o sol não bate. — No momento, só estou resolvendo um problema. Só isso.

— Aham, como quiser.

— Se vai ficar aí se achando, dá para fazer isso em outro lugar que não na minha cozinha? Se está à toa, pode digitar o novo menu.

Erica se endireitou.

— Posso fazer isso. Você já tem um?

— Vou ter em cinco segundos. — Claudia pegou o menu degustação que lhe deram e riscou quase todos os pratos. Anotou, ajustou e mudou o layout. — Precisamos mudar a fonte. Algo fácil de ler e simpática. Essa caligrafia toda rebuscada intimida. Comida não deveria dar medo. Cadê a Hattie? Da última vez que a vi, ela parecia em estado de choque.

— Ela está bem. Está conversando com um casal de Ohio que está comemorando quarenta anos juntos. Cuidando de tudo de que eles precisam. Ela é boa nisso. Eu teria enfiado um guia turístico e um mapa na mão deles e mandado se virarem.

Claudia entregou o menu à amiga.

— É por isso que você não trabalha com hotelaria.

— Deve ser. Mas Hattie tem um dom. Pelo jeito que fala com os hóspedes, ninguém diria que está lidando com uma crise. — Erica examinou o cardápio. — Nada de miolos? Que pena. Chloe vai ficar arrasada. Deixa comigo. Eu cuido disso.

Claudia percebeu que, com a saída dramática de Stephanie, não tinha pensado na situação de Erica.

— Como você está?

— Eu? Ainda aqui, se é o que quer saber. E você me conhece, fico à vontade lidando com crises. Melhor do que falar de sentimentos. — Erica apontou para a cozinha. — Vai lá criar seus pratos. Depois a gente conversa.

Erica desapareceu, e Claudia ficou preocupada com a amiga por um instante, mas logo voltou a se concentrar em sua tarefa.

A equipe de quatro pessoas trabalhava em silêncio, de cabeça baixa. Quando Claudia falava com alguém, a pessoa erguia a cabeça com um olhar receoso.

Estão esperando levar bronca por alguma coisa, pensou. Já tinha passado por isso, embora nunca tivesse deixado o chef ver quando estava nervosa ou chateada.

— Chef?

Demorou um momento para ela perceber que estavam falando com ela.

— Sim?

— Acha mesmo que a gente dá conta sem o chef Tucker?

— Eu sei que damos.

— Se a gente se sair bem hoje à noite, vai ser um milagre.

Claudia pegou uma frigideira.

— Então ainda bem que é Natal. É a época perfeita para milagres. Agora, mãos à obra. Essas cenouras não vão se descascar sozinhas.

15

Anna

Uma das lembranças favoritas de Anna era ler para os gêmeos quando eles eram bem pequenos. Às vezes, conseguia deixar os dois envolvidos na história ao mesmo tempo, e os três se aninhavam na cama, revezando-se para virar as páginas do livro. Na maioria das vezes, ela ficava com um deles e Pete com o outro. De vez em quando, ao longo dos anos, ela se lembrava com saudade da época, e pensou nas lembranças naquele momento, enquanto estava no sofá com Delphi, cercada por estantes altas e aquecida pela lareira.

As pessoas tendem a se lembrar só das partes boas quando pensam no passado, mas é claro que sua família também teve dias difíceis. Cuidar de crianças pequenas era um processo massacrante, que exauria até as pessoas mais resistentes. Houve um inverno memorável em que os gêmeos não paravam de ficar doentes, trocando germes entre si até Anna se perguntar se algum dia ficariam bem de novo.

Ainda assim, esses dias detinham uma simplicidade da qual ela sentia falta. Não se preocupava com a influência dos amigos, nem passava noites em claro esperando os gêmeos chegarem em casa sãos e salvos, nem se preocupava com um dos seus bebês ao volante. Durante dezoito anos, eles estiveram sob o seu teto e seus cuidados. Foram seu foco, *sua vida*.

Ao seu lado, Delphi adormecera apoiada nas almofadas, e Anna fechou o livro que estavam lendo juntas, desejando conseguir parar de se sentir assim. Ela tinha muito a agradecer, e o fato de seus filhos estarem saudáveis e serem capazes de sair de casa e levar uma vida independente era uma dessas coisas. No fundo, sabia que sua angústia não era sobre eles. Sim, ela sempre se preocuparia com os gêmeos, porque isso era ser mãe, mas não era essa preocupação que a impedia de dormir à noite. Era a preocupação consigo mesma.

Ela queria pensar no futuro e se sentir empolgada, motivada. Não queria sentir aquela tristeza arrastada. Não queria ficar contando os dias até os filhos irem embora.

A gente podia ter outro filho.

Mas será que queria isso? Algo na conversa que tivera com Pete na cozinha não soara certo. Anna sabia que o marido não entendia de verdade como ela se sentia, e talvez não fosse realista esperar tal compreensão dele. Ainda assim, teria sido bom conversar direito sobre o assunto.

Ela havia tentado ligar para ele mais cedo, mas Pete não atendeu, o que não era incomum. Em geral, quando um deles viajava, tinham longas conversas pelo telefone.

Pegou o celular e mandou uma mensagem rápida:

Tudo certo com as crianças?

A porta da biblioteca se abriu e Anna ergueu os olhos quando Hattie entrou na sala.

Anna deixou os próprios problemas de lado.

— Como estão as coisas?

— Até agora, tudo bem, eu acho. Só queria ver como você e Delphi estavam. O casal de Ohio tem restrições alimentares. Não comem glúten. Preciso avisar a Claudia.

Hattie parecia alguém com coisa demais na cabeça. E na vida.

— Claudia já deve ter uma alternativa. E não precisa se preocupar com Delphi — disse, olhando para a menina adormecida. — Lemos dois livros, inventamos uma história com Grandão, o dinossauro, como personagem principal, depois ela me contou tudo o que quer ganhar de Natal... e então apagou. Eu devia ter acordado ela? Sei que está meio tarde para um cochilo, mas ela parecia precisar.

— Ela ainda está se recuperando de uma tosse que não a deixou descansar direito — disse Hattie. — Pode deixar ela dormir.

Anna reparou nas olheiras de Harriet.

— Imagino que essa tosse também não tenha deixado você descansar. Eu me lembro bem dessa época. E você está cuidando de tudo sozinha. Não deve ser fácil.

— Estou bem.

Anna pegou a manta macia no encosto do sofá e cobriu Delphi.

— Também já falei essas palavras enquanto gritava por dentro.

Hattie sorriu de leve.

— Bem, com certeza eu preferiria não ter toda essa pressão extra.

— Sente-se aqui um pouco. — Anna deu um tapinha no sofá ao lado, mas Hattie balançou a cabeça.

— É uma ideia tentadora, mas, se eu me sentar, talvez nunca mais consiga me levantar. E tem muita coisa por fazer. Preciso ver se Erica está bem.

— Tem algum motivo pelo qual ela não estaria?

Hattie olhou por cima do ombro quando ouviu um hóspede passar.

— Vai à livraria antes de fechar, Mike? Cuidado, está escorregadio lá fora por causa do gelo. Pode ligar se precisar de alguma coisa. — Ela voltou a atenção para Anna. — Erica está usando o computador no meu escritório para digitar o novo menu, e depois vai redigir uma descrição da vaga para podermos anunciar o cargo de chef.

— Ela não vai precisar de ajuda para nenhuma dessas tarefas — informou Anna, quase sorrindo ao pensar na amiga precisando de ajuda.

— Ela tem sido incrível — disse Hattie. — Todas vocês.

Anna ficou em dúvida se deveria dizer algo sobre a situação entre Hattie e Erica, mas decidiu que uma pequena interferência gentil era justificável nesse caso.

— Sei que Erica não lidou bem com a situação mais cedo. Imagino que você tenha ficado magoada.

— Não importa. Eu entendo.

— Duvido que entenda — replicou Anna, e então conferiu para ver se Delphi ainda dormia. — Não sou de fazer fofoca, mas talvez seja melhor você saber algumas coisas sobre Erica. A primeira é que ela não é fácil de conhecer, por isso estou dando o curso intensivo agora. A segunda é que, quando passa a conhecê-la, descobre que ela é a pessoa mais gentil e generosa que vai ter na sua vida. Não é muito de contato físico. — Anna viu a dúvida no rosto de Hattie e continuou: — Se quer um abraço e alguém dizendo "coitadinha" com uns tapinhas no ombro, é melhor não procurar Erica. Mas, se quiser alguém que se importa de verdade com quem ama e que vai oferecer toda a ajuda prática a seu alcance, ela é a pessoa certa.

Hattie hesitou, depois se sentou ao lado de Anna no sofá.

— Vocês três são amigas há muito tempo? Se conheceram em um clube do livro?

Anna sorriu.

— Não, nós nos conhecemos na faculdade. O clube do livro aconteceu por acaso. Foi nosso jeito de escapar das leituras pesadas dos estudos. Todas estávamos estressadas com as provas, e eu fiquei viciada em romances como forma de relaxar.

A expressão de Hattie se iluminou.

— Fiz a mesma coisa na faculdade. Romances eram meu refúgio.

— Erica adorava suspense e livros sobre crimes, e Claudia sempre preferiu biografias e livros de culinária... cada uma achava as preferências de leitura das outras horríveis. Erica tirava sarro dos meus romances e eu implicava com os livros sobre crime dela, até que percebemos que nunca tínhamos lido os autores favoritos umas das outras. Aí resolvemos tentar. Uma noite, depois de uma garrafa de vinho, trocamos os gêneros. Cada uma escolheu uma das suas obras favoritas, e as outras leram. Depois conversamos sobre os livros. — Ela se recostou no sofá, lembrando. — Aqueles debates eram tão divertidos. A gente analisava tudo. Por que a heroína agiu daquele jeito, por que romances eram ignorados e depreciados enquanto thrillers ganhavam prêmios, por que a violência era celebrada enquanto histórias sobre relacionamentos, talvez o aspecto mais importante da vida, eram vistas como bobagens.

— Espero que a pergunta não seja pra mim — disse Hattie —, porque minha única resposta é: esnobismo.

— Foi essa a conclusão a que chegamos. — Anna se endireitou. — Enfim, começou aí. Quando nos formamos, usamos o clube do livro como desculpa para nos encontrarmos. Uma vez por ano, reservamos um hotel por uma semana. Às vezes perto da praia, mas em geral em alguma cidade grande, porque a Erica adora. É uma semana para relaxar, fazer turismo, conversar e falar sobre livros.

— Sempre em algum hotel?

— Isso. A ideia era ser uma semana sem obrigações, só para relaxarmos juntas. Ninguém precisava cozinhar. A gente podia pedir serviço de quarto. Era só aproveitar. E o mais curioso é que a gente pode passar meses sem se encontrar, mas, quando nos reunimos, parece que nos vimos no dia anterior. Acho que amizade é assim. É por isso que espero por esta semana todo ano. — Ela precisava daquele tempo com Erica e Claudia. Suas amigas eram melhores que terapia. E com certeza mais baratas.

— Mas este ano o encontro de verão não aconteceu?

— Claudia teve uns problemas pessoais no meio do ano, então concordamos em adiar para a época do Natal. Achamos que seria um clima aconchegante e festivo. E está sendo. —

Anna olhou da lareira para a árvore. — Me senti meio culpada de sair de casa nesta época do ano. É uma época especial para a família. As famílias deveriam se reunir no Natal, não é? — Só depois que as palavras saíram da sua boca percebeu como aquilo podia soar insensível, mas felizmente Hattie pareceu não se abalar.

— É uma época mágica. Quantos filhos você tem?

— Dois. Gêmeos. Um menino e uma menina.

— Que legal. — Ela olhou para Delphi. — Família é a melhor coisa que existe.

— É. — E para Hattie, Delphi era família. Não Erica. Anna sentiu uma pontada de tristeza, mas sabia que não tinha o direito de interferir. — O que fez com este lugar é fantástico. Não tem como me sentir mais no clima de Natal nem se o próprio Papai Noel aparecesse por aqui. Aliás, fico com a mesma sensação que tinha quando ia visitá-lo na infância.

— Que bom. — Hattie estendeu as mãos para a lareira. — Mas não foi por isso que decidiram vir para cá, foi?

— Não. — Anna tentou se ajeitar sem acordar Delphi. — Foi Erica quem escolheu a pousada.

— E ela escolheu por minha causa.

— Parece que sim. Mas eu não sabia.

Hattie franziu a testa.

— Por que agora? Por que esperar vinte e oito anos para entrar em contato?

— Vinte e oito anos? — O choque fez Anna responder sem pensar. — Ela só soube de você recentemente... — Ela parou de falar, sentindo-se desleal de repente.

Hattie a encarou, surpresa.

— Ela não sabia sobre mim? Isso é verdade?

— Por que não seria?

— Porque eu soube da existência da Erica, embora não soubesse o nome dela, a minha vida inteira. Meu pai sempre foi honesto sobre o passado dele.

Foi a vez de Anna encará-la com surpresa. Quão honesto? Não era uma história muito bonita. Será que ele se pintava como algum tipo de herói ferido?

Ela se arrependeu de ter tocado no assunto. E se acabasse revelando algo que Erica preferia manter em segredo?

Era estranho, pensou Anna, imaginar que Hattie e Erica eram parentes. Estranho pensar em todos os anos que levaram vidas paralelas, sem se cruzarem. Mas agora tinham se cruzado, e isso traria consequências.

Tentou falar com tato:

— Acho que você e Erica precisam conversar.

— Vamos conversar mais tarde, embora eu não tenha ideia de qual vai ser o desfecho. Se ela só descobriu sobre mim há pouco tempo, então faz sentido ainda estar se acostumando com a ideia. Obrigada por me contar. — Hattie se levantou. — Espero que ainda tenham a chance de discutir livros, seja aqui ou em outro lugar. Tenho inveja de vocês.

Anna torcia para que fosse ali. Não conseguia imaginar um lugar mais perfeito onde passar uma semana. Se Erica quisesse ir embora, então claro que iriam, mas isso não a impedia de desejar que ficassem.

— Dá para ver que você ama livros. — Ela olhou para as estantes, abarrotadas de tudo, de clássicos com capa de couro a guias de viagem e livros de bolso. Tinha algo para todos os gostos, inclusive um título que ela mesma já tinha comprado de presente de Natal para Pete. — Você não participa de um clube do livro? Este seria o lugar perfeito para fazer reuniões. Ou talvez a livraria.

— A cidade tem um clube do livro, mas a livraria não tem espaço suficiente para todo mundo. Convidei o grupo para usar a biblioteca no encontro de quarta-feira. Espero que dê certo e que a gente consiga transformar o evento em um encontro regular.

— Você não faz parte do grupo?

— Não. Em especial porque não tenho tempo para ler o livro antes dos encontros, e isso me faz sentir um fracasso em mais uma coisa. É mais pressão.

— E você já tem pressão de sobra.

— Tem sido um período difícil. Preciso ver se Erica e Claudia têm tudo de que precisam... — Hattie parou na porta. — Se Delphi acordar...

— A gente vai atrás de você.

— Você deve ter um milhão de coisas melhores para fazer do que cuidar da minha filha.

— Na verdade, não — disse Anna. — Estar aqui, aconchegada na sua biblioteca com uma árvore de Natal, lareira acesa, um montão de livros e Delphi... é disso que eu gosto.

— Bem, então vou terminar o que preciso fazer e volto para ficar com ela. — Hattie hesitou. — Você e Erica deviam jantar no restaurante hoje à noite. Devem estar com fome depois da viagem.

— Pode comer com a gente? — Anna torcia para que Erica não a matasse por fazer o convite. — Sem pressão, claro. Não quero que fique desconfortável.

— Obrigada, mas preciso colocar a Delphi para dormir. Felizmente, nossos aposentos particulares ficam bem perto do corredor principal, então estou sempre por perto se alguém precisar de mim, mas tento fazer desse momento algo só nosso.

Anna se recordou de fazer o mesmo. Ainda se lembrava dos dias em que estava tão exausta que mal podia esperar para os filhos dormirem, e dos dias em que os gêmeos estavam tão carinhosos e encantadores, querendo se aconchegar nela depois do banho, que ela se deitava com eles e ficava ali observando os filhos, o coração tão cheio de amor que mal cabia no peito.

— Às vezes isso é maravilhoso, e às vezes é exaustivo — comentou Anna —, e a melhor parte da noite é a taça de vinho que se dá de presente depois.

Hattie riu.

— É bem por aí. Ah, aliás, você disse que Delphi contou o que queria de presente de Natal. Pode me dar uma luz?

Anna pensou no que a garotinha tinha dito.

— Difícil, porque ela me fez prometer guardar segredo. Mas não é algo que se compra em loja, então não se preocupe.

— Estou preocupada! Se ela escrever para o Papai Noel pedindo, não vai chegar, né?

Anna pensou no que tinha visto mais cedo.

— Nunca se sabe. Pode ser que sim.

— Não tinha a ver com o pai dela, tinha?

— Não — respondeu Anna baixinho. — Não tinha.

— Ela era tão pequena quando ele morreu que não se lembra bem dele. Não sei se isso é bom ou ruim. — Hattie forçou um sorriso. — Enfim, obrigada. Foi bom conversar com você, Anna.

— Também gostei da conversa.

Mudanças são bem difíceis, pensou Anna. Mas, no fim, todo mundo tinha que encontrar um jeito de lidar com elas.

E isso a incluía.

16

Hattie

Hattie foi às pressas até a recepção, maldizendo a si mesma por não ter insistido mais com Brent para que ouvisse sua opinião quando ele contratou Stephanie e o chef Tucker. Não que ele fosse autoritário por mal, mas acabava se impondo pelo puro entusiasmo. As convicções dele faziam com que ela duvidasse das próprias. E, depois da morte do marido, Hattie ficou tão afundada no luto, tão determinada a manter as coisas como ele queria, que ignorou os próprios instintos e continuou seguindo o plano dele.

Transformou as ideias dele em um altar, manteve tudo igual, congelou o tempo, porque lhe parecera uma maneira de manter uma parte dele viva. Brent contratara Stephanie, portanto a presença dela era um elo com Brent. Mas agora ela via que viver assim a tinha impedido de seguir em frente.

Quando se perde alguém que se ama, a tendência é se lembrar só das partes boas. Ou pelo menos foi o que aconteceu com Hattie. Ela se lembrava do sorriso de Brent, do entusiasmo dele, do jeito como dizia "sim" para tudo mesmo quando não tinha tempo para nada. Do modo como envolvia uma pessoa com a convicção de que qualquer coisa que acontecesse seria a melhor coisa do mundo.

Mas também havia partes ruins. Ela se sentia culpada só de pensar nisso, mas era verdade, e estava na hora de ser honesta consigo mesma. Toda aquela confiança e convicção dele também o tornavam teimoso. Quando Hattie sugeriu que uma pousada no campo como a deles talvez não precisasse de um chef famoso com estrelas suficientes para formar uma galáxia, e que talvez fosse melhor contratar um excelente profissional que quisesse construir sua reputação, ele descartou a ideia. Falava o tempo todo sobre resenhas, e quando o hotel foi inaugurado, lia-as compulsivamente. Estava determinado a atrair pessoas de outros continentes para comer no restaurante deles, e insistia na ideia mesmo quando ela apontava que, se isso acontecesse, não haveria lugar no restaurante para alimentar os próprios hóspedes, então como aquilo funcionaria?

Ele nomeara Stephanie como camareira-chefe porque ela havia trabalhado em um hotel cinco estrelas em Boston frequentado por executivos e astros do esporte. Brent ficara impressionado com o currículo dela, e quando Hattie comentou que oferecer uma experiência especial e memorável a pessoas comuns talvez exigisse outras habilidades, ele mais uma vez passou por cima dela.

E agora lá estavam eles, sem chef premiado e sem camareira-chefe.

Ela tinha duas opções. Poderia se encolher em posição fetal e desistir — o que estava fora de cogitação, porque alguém precisava cuidar dos hóspedes — ou poderia jogar fora o manual de Brent, abandonar o sonho dele e administrar as coisas do jeito que achava melhor.

E Hattie sabia qual escolha ia fazer.

Todas as ideias e os impulsos que ficaram guardados dentro dela começaram a voltar à superfície.

O episódio com Stephanie a abalou e a tirou da inércia. Pela primeira vez desde a morte de Brent, tomara uma decisão que era só sua. Tinha experimentado uma força que nem sabia que tinha. E era um passo à frente. Se podia dar aquele passo, podia dar outros. Precisava continuar em movimento.

— Hattie? — Um casal jovem que havia feito check-in no dia anterior voltava de um passeio pela cidade carregando várias sacolas de presentes. Flocos de neve salpicavam seus casacos e eles pareciam saídos de um filme de Natal. O mais importante: estavam felizes, e, para Hattie, essa era a resenha mais valiosa que o hotel poderia receber.

Ela parou para conversar com eles. Por mais que sua cabeça fervilhasse com revelações, os hóspedes sempre vinham em primeiro lugar.

— Parece que se saíram bem nas compras de Natal.

— Foi maravilhoso. Comprei presentes para todo mundo, inclusive para a mãe do Ray, e acredite, é um grande desafio, porque ela é difícil de agradar. — A mulher apontou para uma das sacolas, que continha o precioso item. — Obrigada pela dica.

— De nada.

— Fizemos uma reserva para às sete e quinze — continuou a mulher —, mas será que podemos adiar para as oito? Queremos embrulhar os presentes, dar uns telefonemas e aproveitar o quarto. Sendo honesta, está difícil sair porque estamos adorando a pousada. Não é sempre que você faz uma viagem e não quer sair do quarto, mas é assim que tem sido pra gente. Será que o chef vai se incomodar? Ontem ele pareceu bem aborrecido quando chegamos cinco minutos atrasados.

Hattie se perguntou em que momento o estado emocional do chef passou a ter mais importância que os desejos dos hóspedes.

O homem deu um sorriso nervoso.

— Não queremos que ele tenha um chilique e vá embora.

Um pouco tarde para isso, pensou Hattie.

— Não vai ser problema algum — disse ela. — Vou avisar à cozinha.

Isso se ainda houvesse sobrado alguém na cozinha. Era possível que, na última hora, todos tivessem se demitido junto com o chef Tucker e deixado Hattie em um banho-maria de angústia — ou fritando, ou flambando, dependendo se preferia sua crise ao ponto ou malpassada —, embora ela torcesse para que Claudia os tivesse convencido a ficar.

Hattie queria que Claudia ficasse.

— Se houver algo que eu ou minha equipe — *o que restou dela* — possamos fazer para tornar sua estadia mais confortável, por favor, nos avise.

O casal subiu as escadas, e Hattie os observou por um momento antes de seguir para seu escritório.

Erica estava pegando algumas páginas na impressora e olhou para cima quando Hattie entrou.

— Digitei o cardápio e mudei a diagramação como Claudia pediu. Dê uma olhada e me diga o que acha.

Ela entregou os papéis, e Hattie pegou o cardápio tentando não se distrair com o fato de que aquela era Erica, e que toda aquela situação era bem estranha. Não sabia como deveria se comportar, mas isso valia para tanta coisa na vida, como estava descobrindo.

Ela passou os olhos pela página.

— Você chamou de Sabores do Solstício?

— Não é mais um menu degustação, então achei que poderia ser bom apresentar como algo diferente. Com confiança. Não como algo feito de qualquer jeito. Está nevando lá fora. As pessoas gostam de comida reconfortante quando está frio, ainda mais no período de Natal. Pensei que o cardápio de amanhã poderia se chamar Festim Festivo. E talvez, mais para o fim da semana, Natalices do Noel.

Hattie estava tão focada em sobreviver àquela noite que nem tinha pensado no restante da semana. Mas Erica tinha. Sabores do Solstício. Festim Festivo.

— Eu queria ter feito algo assim no começo... noites temáticas divertidas. Pensei em fazer uma noite suíça, com fondue e outros pratos típicos. Até cogitei oferecer um chá da tarde requintado, como nos grandes hotéis de Londres. Sanduíches delicados, bolos incríveis, talvez uma taça de champanhe... — Ela parou e balançou a cabeça. — Desculpa. Estou me empolgando e preciso manter o foco. Obrigada pelo cardápio.

— Espere aí... — Erica bateu com o dedo nos lábios. — E o que aconteceu com a ideia da noite suíça e do chá da tarde? Não deu certo?

— A gente nem tentou. Brent achou que não funcionaria. Ele queria oferecer um menu degustação gourmet com harmonização de vinhos. E fez sucesso. A ideia era boa.

— Mas isso não significa que a sua ideia fosse ruim — murmurou Erica. — Existem várias ideias boas no mundo. Ouvi muito sobre o que Brent queria, mas e você? O que a Hattie pensa?

Ninguém jamais perguntava a opinião dela. Todos presumiam que ela manteria tudo como o marido deixara. Exceto Noah, claro. Ele sempre demonstrara confiança nela e a incentivara a trilhar o próprio caminho.

Noah.

Ela não sabia o que teria feito sem o apoio dele mais cedo. Só sua presença já tornava tudo mais fácil.

E Hattie queria tanto demonstrar a coragem que ele parecia ver nela.

— Gostei do que fez com o cardápio. Acho que, quando as coisas se acalmarem, eu gostaria de explorar opções mais criativas para o restaurante.

— Ótimo. Se quiser trocar umas ideias, sou boa ouvinte.

Hattie sentiu uma leve empolgação. Estava começando a se dar conta de que podia fazer o que quisesse. Tomar qualquer decisão. Ninguém ia impedi-la nem dizer que tinha uma ideia melhor. Era ao mesmo tempo libertador e assustador. A responsabilidade pelo sucesso ou fracasso era toda dela.

Ela olhou do cardápio para Erica.

— Você estava prestes a ir embora. Por que está me ajudando?

— Você parece precisar de ajuda, então vamos começar com esse motivo e deixar o resto para depois. — Erica organizou os papéis empilhados na impressora. — Precisamos levar o cardápio para Claudia aprovar e depois imprimir. Quando terminarmos, você me diz o que mais precisa ser feito e a gente pode trocar ideias, se isso for útil. Quer que eu leve o cardápio até ela?

Hattie não fazia ideia de qual era o trabalho de Erica, mas apostava que era muito boa nele.

— Obrigada, mas eu cuido disso. É bom eu ir ver como as coisas estão.

Ela foi para a cozinha. Por melhor que Claudia fosse, a equipe devia estar abalada por ter perdido o chef Tucker e estava chateada com o conflito e preocupada com o futuro.

Preparando-se para fazer mais um discurso motivacional, empurrou as portas da cozinha e entrou.

Sentiu a energia imediatamente. Todos estavam ocupados, a comida estava sendo preparada, e os aromas eram tão deliciosos que por um instante desejou ser uma hóspede, e não a dona. E no meio de toda a atividade estava Claudia, que parecia estar em todos os lugares ao mesmo tempo, incentivando, demonstrando, elogiando e sorrindo.

Hattie sentiu uma onda repentina de otimismo. O nó de tensão em seu estômago afrouxou.

Claudia notou sua presença e atravessou a cozinha a passos largos.

— Esses são os nossos cardápios?

Hattie gostou de ouvi-la usar “nossos”. Com o chef Tucker e Stephanie, toda conversa era dominada pelo *eu*. “Eu preciso disso.” “Eu quero aquilo.”

— Sim. Erica fez um ótimo trabalho.

— Isso não é surpresa. — Claudia pegou o cardápio e passou os olhos pelo papel, procurando erros. — Está tudo certo. “Sabores do Solstício.” Adorei. Você está de acordo com todas as mudanças no cardápio?

Hattie se deu conta de que mal havia olhado o conteúdo.

— Quem manda na cozinha é você. Se acha que vai funcionar, então vai funcionar.

O olhar de Claudia foi curioso.

— Certo. Ótimo. Vai funcionar, vai por mim. — Ela devolveu o cardápio. — Erica pode imprimir para as mesas, e eu vou voltar ao trabalho.

— Não sei como agradecer. — Hattie tocou o braço dela. — Você salvou o dia.

Só aquele dia, mas já era um começo.

— Quem salvou o dia foi você. — Claudia deu um tapinha na mão de Hattie. — Você se livrou da Stephanie e confiou em uma desconhecida na sua cozinha. Grandes decisões, mas boas. Precisa confiar mais em si mesma. Você dá conta.

Será que era verdade?

Pela primeira vez desde a morte de Brent, Hattie sentiu que talvez, só talvez, ela fosse dar conta. Só precisava acreditar em si mesma e parar de ouvir aquela voz negativa dentro da própria cabeça.

17

Erica

Erica estava parada diante da porta dos aposentos particulares de Hattie.

Era raro se sentir desconfortável em situações sociais, mas se perguntava agora se isso não acontecia porque ela evitava situações que a faziam se sentir assim. Erica se mantinha dentro de sua zona de conforto. Mas não era o que todo mundo fazia, até certo ponto?

Depois de imprimir os cardápios, colocá-los nas mesas do restaurante e ver como Anna estava, cogitou voltar para seu quarto. Mas, de alguma maneira, lá estava ela, diante da porta de Hattie.

Talvez não fosse um bom momento. Anna sempre odiava ser interrompida na hora do banho das crianças, quando os gêmeos eram pequenos. Erica olhou para o relógio. Será que era hora do banho? Ela não fazia ideia. Não só estava fora da zona de conforto como também fora da sua área de especialização.

Bateu na porta e esperou.

Nenhuma resposta, nenhum som de movimento, e já estava prestes a ir embora — pelo menos ninguém poderia dizer que ela não tentou — quando a porta se abriu.

Era Hattie. Os cabelos soltos caídos sobre os ombros e um livro infantil na mão. Parecia acolhedora, maternal e mais segura de si do que mais cedo, quando enfrentou Stephanie.

— Estou atrapalhando. — Erica recuou, mas Hattie balançou a cabeça e abriu mais a porta.

— Não está atrapalhando, não. Terminei a história faz meia hora, mas ela demorou a pegar no sono. Muita emoção hoje. Pode entrar.

Sem escolha, Erica atravessou a soleira.

— Aqui é onde a dona da pousada vive. — Hattie a conduziu até a sala de estar. — Temos dois quartos, esta sala e uma cozinha pequena. É meio apertado, mas aconchegante.

Era mesmo aconchegante. O sofá estava coberto de almofadas, e havia uma manta macia de angorá dobrada sobre um dos braços. A mesa de centro era de madeira de demolição, e no meio dela havia um vaso com ramos de eucalipto. Por todo lado havia sinais de Delphi. Livros de colorir, um desenho infantil de uma casa no campo com um boneco de neve. Um par de sapatinhos espiava debaixo do sofá, e sobre a mesa estavam os restos de um copo de leite e metade de um biscoito. Em quase todas as superfícies havia fotos de Brent. Sozinho, com os cabelos ao vento em uma pista de esqui. Jogando Delphi para o alto. Sorrindo com os braços ao redor de Delphi e Hattie. Um homem aventureiro. Um homem de família. As várias facetas de Brent.

Erica ficou olhando as fotos. Durante a infância, seu pai nunca esteve presente. Sua mãe nunca falava dele. Não havia vestígios físicos. Era como se tivesse sido apagado da vida delas.

Não era o caso ali. Brent ainda fazia parte da vida de Hattie e Delphi.

Ela conteve uma emoção que nem conseguia identificar direito.

— É uma sala linda.

— Obrigada. — Hattie pegou uma pilha de roupas limpas de um dos sofás e colocou sobre a mesa. Depois juntou dois bichinhos de pelúcia e um dinossauro de plástico. — Sente-se onde conseguir. Só tome cuidado para não sentar em cima de um brinquedo ou algo gosmento.

Erica se acomodou na poltrona.

— Aposto que você estava doida para ter suas horas de descanso.

— Nem sei o que é isso. — Hattie recolheu duas pinturas e resgatou um giz de cera do chão. — Minha prioridade sempre é colocar a Delphi para dormir e passar um tempo com ela, e já fiz isso, então estou feliz.

— Pensei que talvez a gente pudesse ter aquela conversa que devia ter acontecido mais cedo.

Hattie colocou o giz de cera junto com os outros na mesa.

— Eu adoraria. Aceita alguma coisa? Uma bebida?

— Não, obrigada. — Erica manteve as mãos entrelaçadas no colo. Não fazia ideia de como começar a conversa. — Você provavelmente...

— Mamãe! — Delphi apareceu na porta. Seu pijama tinha tordos alegres dançando e ela segurava o dinossauro debaixo do braço. — Não estou conseguindo dormir.

Hattie pousou o copo na mesa e foi até a filha.

— É porque está na sala. Para dormir, precisa estar na sua cama. Vou levar você de volta.

Pegou a menina no colo e Delphi enterrou o rosto no ombro da mãe.

— Posso ficar aqui? Quero ficar perto de você. E gosto da árvore e da lareira.

Erica também gostava da árvore e da lareira. Assim como o restante da pousada, Hattie havia transformado sua casa em um refúgio. Parecia pensar que não tinha contribuído muito para a pousada, que tudo era mérito de Brent, mas Erica achava que tinha deixado sua marca em todos os cantos.

Hattie foi paciente:

— Se não for para cama, vai ficar cansada.

— Não gosto da minha cama. — Os braços de Delphi se apertaram ainda mais ao redor do pescoço da mãe. — Quero dormir na sua cama.

Pelo rubor nas bochechas de Hattie, Erica presumiu que aquilo acontecia com frequência.

Ela mesma nunca teve permissão para dormir em outro lugar que não a sua cama. Se estivesse doente ou tivesse um pesadelo, a mãe ficava sentada com ela por um tempo, mas nunca deixava Erica se aconchegar ao seu lado, e, nas poucas vezes em que Erica foi sorrateiramente para a cama da mãe durante a noite, torcendo para não ser notada, ela a pegara no colo e levara direto para o seu próprio quarto.

— Você está bem aqui — sussurrava. — Se estiver se sentindo sozinha, é só pensar em coisas reconfortantes.

Do nada, Erica pensou em Jack. No último encontro dos dois. Ele sugeriu passar a noite, e ela foi quem lembrou que não era como faziam as coisas. Não era como a relação funcionava. Jack não discutiu, apenas se vestiu, pegou o casaco de lã e saiu. Era o que Erica queria — *não era o que os dois queriam?*, pensou —, mas, no momento em que a porta do apartamento se fechou atrás dele, Erica se sentiu vazia. Como se tivesse perdido algo importante. O que era ridículo, já que dormia sozinha desde bebê. Não precisava de ninguém em sua cama para ser feliz. Pela primeira vez na vida adulta, teve que tentar pensar em coisas reconfortantes, mas os pensamentos não vieram.

Alguém bateu à porta e Hattie suspirou, colocando Delphi no sofá ao lado de Erica.

— Fique aqui enquanto vejo quem é. — Foi até a porta, e Erica ouviu alguns sussurros antes de Hattie voltar com uma expressão tensa.

— Era Chloe. Um dos hóspedes tem uma dúvida que preciso resolver. — Ajoelhou-se diante da filha. — Preciso ajudar uma pessoa. Você fica aqui com a tia Erica? Vou ser rápida.

Erica quase olhou por cima do ombro para ver quem mais estava com elas, até perceber que a tal tia Erica era ela.

Era uma ideia desconfortável.

Sempre se recusara a ser chamada de tia Erica pelos filhos da Anna, mas não tinha muito como se opor dessa vez, tinha? Tecnicamente, ela *era* a tia da Delphi.

Hattie lhe lançou um olhar contrito.

— Você se importa de dar uma olhada nela por um momento? Não devo demorar. Ela está tão cansada que deve acabar dormindo aqui mesmo. Depois eu a levo para cama. — Pegou uma manta no braço do sofá e cobriu a filha. — Feche os olhos.

Delphi fechou os olhos com força, apertando as pálpebras.

— Volto já. — Hattie pegou o celular e saiu da sala.

Delphi abriu os olhos.

— Você gosta de tubarões?

— Eu... nunca pensei nisso antes.

— Eu gosto de tubarões. Meu preferido é o tubarão-martelo. Sabe quantas noites faltam pro Papai Noel chegar?

— Não. Não contei.

— Dezesseis.

— Ah. — Erica piscou. — Obrigada.

— Se não dormir na véspera de Natal, faltam só quinze. Mas se estiver acordada, o Papai Noel pode não vir, então você tem que fingir que está dormindo.

Era para ela saber essas coisas? Sentia-se uma impostora.

Erica não tinha experiência com crianças. Ao contrário de Anna, não era do tipo que gostava de crianças só por serem crianças. Na sua opinião, eram como qualquer outro ser humano. Precisavam conquistar seu respeito e amizade. Os filhos de Anna eram diferentes, não só porque tinham se tornado pessoas interessantes, mas porque os via como uma extensão de Anna e Pete, que ela já amava.

Para trazer a conversa para um assunto mais familiar, pensou na pergunta mais segura e genérica possível:

— Já sabe o que quer ganhar de Natal, Delphi?

— Quero um trenó. Um pequeno já está bom. E também um dos filhotes da Pantera, mas ter um bicho de estimação é uma grande res... responsabilidade... — Ela tropeçou na palavra, repetindo algo que havia ouvido. — Você tem que cuidar e amar sempre, não só quando der vontade. E tem que dar comida e manter quentinho e, se ficar doente, levar no veterinário. Também tem que limpar cocô. Dá muito trabalho.

— É verdade. — Eram todos os motivos pelos quais Erica havia decidido jamais ter um bicho de estimação.

— Não pode mudar de ideia e devolver, então tem que ter certeza. E a gente já tem o Rufus. Meu pai escolheu o Rufus quando ele era um filhotinho e agora ele é da família para todo o sempre.

A menção ao pai foi tão natural que ficou óbvio que ela e Hattie falavam sobre ele com frequência.

Erica estava pensando nisso, e na diferença em relação à abordagem de sua própria mãe, quando percebeu que Delphi havia feito uma pergunta.

— Desculpa, o que você disse?

— Você quer um dos filhotes da Pantera?

— Eu?

— É. Eu não posso ter um agora. Você pode, mas tem que ter certeza, porque se não tiver certeza, não pode ter um bicho.

Erica ficou tonta.

— Entendi. — Com certeza não estava preparada para esse tipo de conversa. Preferia estar diante de um auditório cheio de CEOs. — Eu com certeza não posso ficar com um dos filhotes da Pantera, mas obrigada por pensar em mim.

— Tem outra coisa que eu quero de Natal, mas não dá pra comprar e nem dá pra embrulhar. — Delphi abaixou a voz em um sussurro conspiratório. — Eu queria que o Noah morasse aqui. Com a gente. Mas não sei se o Papai Noel consegue me dar isso. Você sabe?

— Sei o quê?

— Se o Papai Noel consegue fazer o Noah morar com a gente?

Erica não sabia nada sobre o Papai Noel, e nada sobre Noah, mas sabia reconhecer quando estava despreparada para lidar com uma situação.

— O trabalho do Papai Noel não é bem a minha especialidade. — Conseguiu imaginar Anna franzindo a testa diante dessa resposta e fez um esforço para melhorar. — Parece que você gosta muito do Noah.

— Gosto. Ele é engraçado e gentil. O Rufus gosta dele. E a mamãe sempre fica feliz quando ele está por perto, mesmo que às vezes ela derrube coisas.

— Ela derruba coisas?

— Sim. Ontem ela derrubou um copo quando o Noah entrou na sala. Semana passada ela derrubou a comida do Rufus. Mas tudo bem porque ele comeu mesmo assim. — Delphi a estudou com interesse. — E você, o que pediu pra ele?

— Pra quem?

— Pro Papai Noel. Quando escreveu sua carta. O que pediu? Se for segredo, não precisa contar.

Erica se remexeu na poltrona.

— Eu não mandei uma carta para o Papai Noel.

— Por que não?

— Bom, porque...

O que deveria responder? Se fosse ser sincera, diria que nunca havia acreditado em Papai Noel. Sua mãe era contra suavizar a realidade. Papai Noel era uma fantasia, assim como a fada do dente e o coelhinho da Páscoa. E também como, no caso da mãe dela, homens que sabiam o que era responsabilidade. Mas não tinha o direito de arruinar a fantasia de Delphi.

— Ele deve estar muito ocupado. E não consigo pensar em nada de que eu precise.

— Você tem cachorro? — perguntou Delphi.

— Não, não tenho cachorro. Nem qualquer outro animal de estimação.

Delphi franziu o nariz.

— Se prometer pro Papai Noel que vai cuidar bem dele para sempre, pode pedir um cachorro.

Se não soubesse a verdade, Erica teria achado que a criança estava conspirando com Anna.

— Eu passo muito tempo fora de casa, então não seria justo ter um animal. Tenho certeza de que o Papai Noel ia concordar.

Delphi se aninhou mais fundo no sofá, pensativa.

— Você é mesmo minha tia?

— Sim, sou mesmo sua tia.

Foi um alívio falar de outro assunto que não o Papai Noel.

— Nunca tive uma tia. — Delphi apoiou o queixo na cabeça macia do dinossauro. — O que uma tia faz?

Imaginando que "Não faço ideia" não seria uma resposta aceitável, Erica tentou pensar em algo mais apropriado.

— Bem, eu...

— Você não sabe, né? — Delphi abraçou o dinossauro. — Tudo bem. A mamãe sempre fala que tudo bem não saber uma resposta, mas aí tem que dizer que não sabe.

Erica dava o mesmo conselho aos seus executivos seniores com alguma frequência.

— É um ótimo conselho.

— Se quiser, a gente pode descobrir juntas.

— Ah... bem, me parece uma ótima ideia. — Erica olhou para os cachos dourados embaraçados e os olhos grandes da menina e sentiu algo crescer dentro dela. — O que gostaria que uma tia fizesse?

Delphi encolheu as pernas e pensou.

— Você podia ler para mim?

Erica relaxou um pouco.

— Ler parece uma excelente ideia. Divertido.

— E você podia me levar pra Disneylândia. Você gosta de montanha-russa? O meu amigo Jamie vomitou em uma montanha-russa, mas foi porque o pai dele deu sorvete antes de ele ir no brinquedo.

— Delphi! — Hattie estava entrando na sala e ouviu o comentário. — Não pode pedir a estranhos levarem você pra Disneylândia.

— Mas ela é a tia Erica.

— Você está falando demais e dormindo de menos. — Hattie pegou Delphi no colo junto com o dinossauro. — Dê boa noite pra tia Erica.

— Mas...

— Não tem "mas" em "Boa noite, tia Erica".

Delphi sorriu e acenou.

— Boa noite, tia Erica.

— Boa noite, Delphi. Durma bem.

Hattie passou menos de cinco minutos fora da sala e, quando voltou, tinha uma garrafa de vinho e duas taças na mão.

— Desculpa. Ela falou pelos cotovelos?

Erica pensou na conversa.

— Ela tinha muito a dizer. É bem confiante. Não que eu entenda muito sobre crianças, mas ela parece bem avançada.

— Delphi falou antes de aprender a andar. — Hattie colocou o vinho e as taças sobre a mesa. — E sempre teve muito a dizer... ela tem 5 anos com jeito de 15. A culpa é minha. Como somos só nós duas, eu acabo conversando com ela sobre coisas que provavelmente não deveria. Tento não me apoiar nela emocionalmente, tirando as vezes em que a deixo dormir na minha cama e finjo que estou deixando por ela... — Ela deu um sorriso irônico. — É para isso que o Rufus serve, né, Rufus?

Rufus levantou o focinho das patas e balançou o rabo sobre o tapete.

— Bem, o que está fazendo parece estar funcionando. Gostei da companhia da Delphi. — E ninguém estava mais surpresa com isso do que ela mesma.

As palavras pareceram animar Hattie.

— Você não faz ideia de como é bom ouvir isso. Me preocupo que ela tenha uma vida meio estranha, morando aqui, mas ao mesmo tempo tem muitas experiências que não teria em uma família convencional. E os hóspedes sempre se divertem com ela, então Delphi recebe mais atenção do que deveria. Mas é bem sensata.

— Sim, eu percebi. Ela me deu uma explicação longa e quase assustadoramente racional de por que não deveria ganhar de Natal um dos filhotes da Pantera. Quem é Pantera, aliás?

— Pantera é uma das gatas da fazenda — respondeu Hattie. — Ela ainda está falando dos filhotes da Pantera? Achei que já tinha superado isso.

— Pode ficar tranquila. Ela não quer limpar cocô. Você está a salvo.

Hattie riu.

— Ufa.

— Acho que, se todo mundo ponderasse a questão tanto quanto a sua filha, haveria menos animais abandonados.

— Gosto muito de tocar nessa questão da responsabilidade. Ou talvez eu só seja estraga-prazeres. Às vezes me preocupo que, sem Brent para equilibrar, eu esteja deixando Delphi muito cautelosa. — Hattie abriu o vinho. — Brent era mais impulsivo. Agia primeiro, pensava nas consequências depois. Tinha umas ideias incríveis e seguia em frente sem se preocupar com os detalhes. "A gente resolve depois" era a frase favorita dele. Mas eu prefiro resolver antes. Penso nas consequências primeiro. Brent dizia que era como viver com o freio puxado. Aceita um vinho?

— Por favor. Pensar nas consequências é parte de ser adulto, não?

Erica observou enquanto Hattie servia o vinho com cuidado nas taças. Por ser alguém mais reservada com desconhecidos, ficava surpresa com o fato de Hattie ser tão aberta com ela. Sentia como se já a conhecesse. Como se tivesse recebido um atalho para tudo que ela era. O quem. O porquê.

— Mas talvez eu não seja a melhor pessoa para falar disso. De certa forma, é o que eu faço na vida. Eu me concentro em consequências.

Hattie colocou a garrafa de lado e lhe entregou uma taça.

— Com o que você trabalha?

— Sou especialista em gestão de crises. Comecei trabalhando com relações públicas, e sempre acabava na linha de frente quando surgia uma crise. Obrigada. — Aceitou a taça oferecida por Hattie.

Sentiu que devia falar mais sobre si mesma, mas as palavras entalaram na garganta. Não era natural para ela sair contando segredos.

— Aposto que você é ótima em uma crise. — Hattie tirou as botas. — Isso explica por que ficou tão calma quando Stephanie e o chef Tucker foram embora e eu entrei em pânico.

— É fácil manter a calma quando o problema não é seu.

— Talvez. Eu sou péssima para tomar decisões. Tenho tanto medo de errar que acabo não decidindo nada. — Hattie pegou sua taça. — Odeio esse meu traço. Queria ser confiante e decidida.

— Todo mundo tem algo de que não gosta em si mesmo.

— Você também?

A conversa estava ficando desconfortável demais. Erica hesitou.

— Tenho dificuldade em expressar sentimentos, mesmo quando quero muito. É como se eles ficassem atravancados dentro de mim.

Mal podia acreditar que tinha dito aquilo em voz alta. Quase esperava que o mundo fosse desabar, mas Hattie apenas assentiu.

— Agora entendo por que ficou tão nervosa quando abracei você — disse ela. — Não era por ser *eu*, mas porque eu era uma estranha.

— Eu, sem dúvida, estava fora da minha zona de conforto.

— E eu sei como isso é difícil. Estou fora da minha zona de conforto há dois anos. Parece que nunca mais vou encontrá-la. — Fez uma careta. — Acha que estou condenada a passar o resto da vida na minha zona de desconforto?

Era difícil ser distante de alguém tão cativante.

— Algo me diz que está em um momento de virada.

— Tomara. — Hattie se encolheu no sofá, puxando as pernas para perto do corpo. — E como funciona seu trabalho? As empresas chamam você quando algo horrível acontece?

— Às vezes. Quando são espertas, me chamam antes que aconteça. Trabalho com as equipes de liderança para tentar identificar todas as possíveis áreas vulneráveis. Depois montamos um plano. Mas nem tudo pode ser previsto. O inesperado acontece.

— Com certeza. — Hattie se recostou no sofá. — A vida é cheia de bombas que a gente não vê chegando.

— E você já teve algumas dessas. — Erica tomou um gole de vinho. Tinha pensado que não queria se envolver, mas agora percebia que queria saber mais sobre Hattie. — Esses últimos anos foram difíceis. Como está lidando com tudo?

Ela deu de ombros.

— Não sei. Não me faço essa pergunta. Resolvo o problema do dia e depois passo para o próximo.

— Parece uma excelente estratégia.

— É a única, na verdade — replicou Hattie. — Aprendi que não adianta muito ter um plano, porque sempre acontece algo para atrapalhar.

— Imagino que haja muitas interrupções e imprevistos, com a pousada e tendo que criar sua filha sozinha.

— Você não faz ideia.

Erica colocou a taça sobre a mesa.

— Na verdade, faço sim. Fui criada por minha mãe sozinha, e ela trabalhava demais. — Arrependeu-se da frase assim que as palavras saíram da sua boca. — Desculpe se isso foi indelicado.

— Indelicado porque foi o papai que deixou ela criando você sozinha, né? — Hattie tirou um brinquedo pequeno preso atrás das costas. — Isso não é indelicado, é sincero.

Erica tinha criado a expectativa de que Hattie fosse diminuir as coisas, contar uma versão que não tivesse nada a ver com a realidade.

— Pelo visto, você sabia sobre mim já fazia muito mais tempo do que eu sabia sobre você.

— Parece que sim.

Hattie se inclinou e completou a taça de Erica, depois a própria.

— Obrigada. E quando foi que soube?

— Sobre você? — Hattie pousou a garrafa e se aconchegou de novo no sofá. — Sempre soube.

— Sempre?

— Sim. — Deu um gole no vinho e assentiu. — Este vinho é bom.

Erica estava mais interessada na conversa do que na bebida.

— Como assim, *sempre*?

— Papai nunca guardou segredo sobre você. Não lembro quando foi que ele me contou que tinha outra filha. A sensação é que eu sempre soube, então acho que deve ter sido quando eu era bem pequena. Disse que, quando era mais jovem, fez uma coisa horrível. Teve um relacionamento com uma mulher e, quando ela engravidou, ele entrou em pânico. Fugiu. Foi a pior coisa que fez na vida, e sentia muita vergonha. Disse que não tinha desculpa. Na época, ficou apavorado com a responsabilidade. Apavorado por não conseguir ser quem precisava ser.

— Ele deixou minha mãe apavorada também. Saiu da sala de parto e nunca mais voltou.

— Eu sei. Foi uma coisa *horrível* de se fazer — ponderou Hattie, com a taça de vinho apoiada no colo. Longe de defender o comportamento do pai, ela parecia concordar. — Horrível mesmo. Nem consigo imaginar. Se Brent tivesse feito isso comigo, eu teria ido atrás dele e o infernizado para sempre. Isso se eu me recuperasse do ataque de pânico a tempo de sair da sala de parto. E não é nenhum consolo, mas o papai sabia disso. Ele nunca esqueceu, e nunca, jamais se perdoou. Mas aprendeu com isso. Refletiu em tudo o que ele fazia.

— Em que sentido?

Hattie ajeitou a manta ao redor do corpo.

— Pra começo de conversa, ele decidiu nunca mais decepcionar ninguém. Minha mãe morreu pouco depois de eu nascer, e ele disse que sentiu aquele mesmo terror, porque a responsabilidade era esmagadora. Acho que teve um gostinho do que sua mãe deve ter sentido ao ficar sozinha com um bebê. Mas dessa vez estava decidido a agir direito, e não só porque era a única pessoa no mundo que eu tinha.

Erica pensou na foto que vira sobre a mesa de Hattie quando chegaram à pousada.

— Ele foi um bom pai pra você.

Sentiu uma pontada de algo que ela não conseguia identificar. Inveja? Luto? Como podia sentir falta de algo que nunca teve?

— Ele foi mesmo um bom pai. E não sei se isso faz você se sentir melhor ou pior, mas é a verdade — disse Hattie, com um meio-sorriso. — E talvez, de certo modo, é por sua causa. Ele aprendeu uma lição difícil.

Erica sentiu o passado tomando uma nova forma ao seu redor. Não mais um homem egoísta fugindo da responsabilidade sem jamais olhar para trás. Um erro juvenil, uma decisão terrível. Um remorso carregado pelo resto da vida.

— Acho que, se alguém aprende com um erro e muda por causa dele, isso deve ser reconhecido. Nem todo mundo aprende.

Ela pensou em um CEO específico com quem já havia trabalhado, que não conseguia controlar o próprio comportamento mesmo sabendo que estava prejudicando a reputação da empresa. Ele inventava desculpas, culpava todo mundo, menos a si mesmo. Erica acabou desistindo de trabalhar com o cliente e sentiu pena dos executivos que não tinham essa opção.

Ela admirava quem se responsabilizava pelas próprias atitudes. Pelo visto, seu pai tinha feito isso... da segunda vez.

Hattie tomou um gole de vinho.

— Papai era uma boa pessoa. Mas tomou uma decisão ruim. — Abaixou a taça. — Ele tentou consertar. Alguns anos depois de você nascer, ele procurou sua mãe, mas ela não quis saber dele. Disse para nunca mais entrar em contato com nenhuma das duas.

Uma sensação estranha tomou conta de Erica. Sua mãe nunca havia mencionado o ocorrido. Erica sempre achara que o pai nunca mais havia pensado nela.

Mas ela imaginou, por um momento, como a mãe devia ter se sentido. Tinha enfrentado aqueles primeiros dias difíceis sozinha, cuidando de um bebê e lidando com a perda do homem que amava. Vivera com a esperança de que ele voltasse, ou pelo menos entrasse em contato. E, quando isso não aconteceu, viveu com a dor. Aprendeu a lidar tanto com o lado prático quanto com o emocional. Fez tudo o que podia para fortalecer suas partes mais frágeis, inclusive o coração. Não aceitou ajuda de ninguém, não buscou ninguém.

Era a única vida que Erica conhecia, e na época parecia normal. Mas naquele instante percebia o quanto sua mãe devia ter se sentido solitária. Entre o trabalho e os cuidados com a filha, não tinha tempo de fazer amigas. E, quando o pai tentou entrar em contato, o instinto de proteger a si mesma e Erica já devia estar enraizado. Confiar nele de novo teria exigido uma coragem imensa.

Mas e se tivesse confiado? Se sua mãe tivesse aceitado a presença dele outra vez, será que seu pai teria estado presente na vida de Erica ou só teria causado mais sofrimento? Era impossível saber... e, no fim das contas, qual o sentido de ficar especulando?

Percebeu que Hattie esperava uma resposta.

Com a boca seca, tomou mais um gole de vinho.

— Depois que ele foi embora, ela ficou esperando que entrasse em contato, mas isso nunca aconteceu. A época de Natal era especialmente difícil para minha mãe. Acho que levou muito tempo para ela aceitar que ele tinha ido embora de vez. Quando caiu a ficha, ela não conseguiu perdoar. Era uma questão de sobrevivência.

— Papai entendia isso — afirmou Hattie. — Ele se punia. Achava que merecia ter sido cortado da sua vida e que devia estar melhor sem a presença dele. Depois do que aconteceu com sua mãe, ficou muito tempo sem se envolver com ninguém, e se concentrou no trabalho.

— O que ele fazia?

— Era encanador. Abriu a própria empresa, contratou umas poucas pessoas que tinham o mesmo compromisso com oferecer um serviço de excelência e se saiu muito bem. A empresa podia ter crescido mais, só que nosso pai nunca quis perder o toque pessoal.

— E aí ele conheceu sua mãe?

— Sim. E disse que a essa altura já era outra pessoa. Dez anos mais velho, para início de conversa. Mas também disse que aquele passado teve um grande impacto em quem era.

Em todos nós, pensou Erica.

— Como assim?

— Ele valorizava muito a responsabilidade. Se dizia a um cliente que ia fazer algo, fazia, mesmo que isso significasse passar metade da noite consertando um cano congelado. Tudo o que eu começava, eu era incentivada a levar até o fim, por mais difícil que fosse. Nesses últimos dois anos, quando as coisas têm sido tão pesadas, pensei muito nele. No começo, teve dias em que eu mal conseguia sair da cama, e eu o imaginava puxando as cobertas e me dizendo para levantar e fazer o que precisava ser feito. Isso é difícil de ouvir? Se quiser que eu pare, é só dizer.

— Não quero que pare.

Não era bem verdade. Parte dela queria, sim, que Hattie parasse de falar sobre aquele assunto. Mas outra parte, maior, queria ouvir mais.

Era um lado do pai ao qual ela nunca teve acesso. E era real. Até então, tudo o que sabia tinha sido a versão de sua mãe, e para sua mãe, o pai de Erica era o homem que abandonara a família no momento em que as duas mais precisavam dele, permanecendo congelado naquele momento. Uma figura em branco. Uma única atitude que bagunçara a vida dela, e a imagem que Erica tinha dele não ia além de uma foto, a única que sua mãe lhe mostrara quando ela pediu para pelo menos ver como ele era. Mas Hattie estava descrevendo uma pessoa, não um erro. O pai que, até então, fora uma figura unidimensional em sua vida começava a ganhar forma.

Ao longo dos anos, Erica sentira raiva, frustração e até bastante desprezo por aquele homem que tanto influenciara sua vida sem nunca ter feito parte dela. Mas agora seus sentimentos, antes tão claros, estavam confusos e difíceis de definir.

Hattie se levantou e colocou mais um pedaço de lenha na lareira.

— Foi minha mãe quem o convenceu a tentar entrar em contato com você de novo. — Ela observou a chama tremular. — Ela já estava grávida de mim, então isso deve ter contribuído para que ela tivesse sentimentos tão intensos sobre a questão. Minha mãe achava que ele devia isso a você, no mínimo. Acho que existia um medo de dar esse passo. Medo da rejeição. Mas fez contato mesmo assim. Você tinha 12 anos quando eu nasci.

Ele mandou um cartão. Ficou arrasado quando sua mãe disse, pela segunda vez, que não queria mais contato nenhum, mas ele não se surpreendeu. Ele entendeu, e se culpou. Mesmo assim, quis deixar a porta aberta. Sempre teve esperança de que um dia teria outra chance de construir uma relação com você. Ele queria que fosse escolha sua.

A mão de Erica tremia quando ela pousou a taça cuidadosamente sobre a mesa.

— Eu encontrei o cartão quando estava mexendo nas coisas dela, depois que ela morreu.

— Eu não sabia que você tinha perdido sua mãe.

— Faz dois anos.

Hattie se endireitou, o olhar cheio de compaixão.

— Sinto muito. Deve ser muito difícil. Quer que eu mude de assunto?

— Não. — Era difícil, mas não tanto quanto esperava. Talvez fosse por Hattie ser tão direta e honesta. — Estou interessada nos detalhes. Nunca tive tanta informação.

— Deve ter ficado com tantas perguntas na cabeça quando encontrou aquele cartão. — Hattie voltou a se sentar e pegou a taça. — É por isso que está aqui agora? Não... não pode ser. Se encontrou o cartão faz tempo, por que viria agora? Não foi coincidência, então você escolheu me procurar. Mas não pareceu feliz em me ver.

Erica encarou o fogo na lareira. Do lado de fora, a neve caía, cobrindo as árvores com outra camada de branco.

— Quando encontrei o cartão, fiquei em choque. Tinha muitas perguntas.

— Mas ninguém para respondê-las.

— Isso. E eu estava cheia de sentimentos conflitantes. — Era a primeira vez que admitia. — Parte de mim ficou magoada por minha mãe ter escondido o cartão. Mas também me senti protetora em relação a ela. Minha mãe nunca fazia nada sem pensar muito. Se ela quisesse que eu soubesse, teria me dado o cartão.

Hattie fez uma pausa antes de opinar.

— Foi uma decisão importante, considerando que afetava você também. Você não sentiu raiva dela por isso?

— Um pouco, no começo. Mas aí pensei na vida que ela teve. Ele a deixou sozinha e assustada. E, no início, quando talvez ainda estivesse disposta a perdoar, ele não entrou em contato. — Erica sentiu um aperto ao pensar em quanto aquilo tinha sido difícil para sua mãe. — Aquele pânico que ele sentiu, que o fez fugir? Ela sentiu também. Sentiu o peso da responsabilidade, mas encarou de forma corajosa e se tornou independente. Nunca mais quis se sentir vulnerável, e me criou para ser independente também. Para cuidar das coisas.

— Coitada da sua mãe. — A voz de Hattie saiu baixa. — Aquele cartão ter chegado quando você tinha 12 anos deve ter abalado muito ela. Acho que ela deve ter ficado com medo de que deixar ele entrar de novo na vida dela, ou na sua, fosse ameaçar tudo o que já tinham construído.

— Exatamente. E ela não jogou fora o cartão, o que indica que estava com sentimentos conflitantes. — Erica olhou para Hattie de relance. — E eu também estava, por isso, quando encontrei o cartão, apenas guardei junto com algumas outras coisas dela que resolvi manter. Não muitas. — Ela deu um sorriso rápido. — Não sou sentimental, como Anna pode confirmar. Mas guardar o cartão fora de vista não me impediu de pensar nele. Decidi que queria saber mais sobre meu pai, então contratei um detetive particular.

Hattie ergueu as sobrancelhas.

— As pessoas fazem isso na vida real? Achei que só acontecesse em filmes.

— Claudia disse a mesma coisa, mas, sim, acontece. Ele me contou que meu pai havia morrido, mas também me contou sobre você. E sobre Delphi. — Erica hesitou, se perguntando quanto deveria revelar. — O relatório não tinha muito além de algumas datas e locais. Fatos. Mas pesquisei sobre você, li uma matéria sobre a pousada e tudo o que tinha acontecido.

— Mas o que te fez decidir vir me procurar?

Ela mesma já se fizera essa pergunta.

Erica sentiu algo dentro de si que talvez fosse pânico.

— Não sei direito. Não conseguia parar de pensar em você. Talvez porque estivesse criando uma filha sozinha, como minha mãe.

— Ou talvez porque estivesse curiosa a meu respeito. Eu, com certeza, estava curiosa sobre você. E como não? Somos parentes. Família. — Hattie mudou de posição. — Pensei muito em você. Embora, é claro, eu não soubesse nada a seu respeito, então a imagem que tinha de você era coisa da minha cabeça.

A boca de Erica estava seca.

— O que imaginou?

— Quando eu era mais nova, imaginava você aparecendo na minha porta. Ia me amar à primeira vista, claro, e nos tornaríamos melhores amigas. — Ela abriu um sorriso meio envergonhado. — Minhas expectativas eram bem altas naquela época.

Erica sentiu uma pontada de culpa ao se lembrar da recepção nada calorosa que dera a Hattie quando surgiu à sua porta.

— Eu não costumo amar ninguém à primeira vista. Sou mais cautelosa.

— Imagino. Depois do que aconteceu, deve ser difícil confiar nas pessoas. Mas você tem amigas tão próximas... então obviamente conseguiu.

Era verdade. Ela confiava em Anna e Claudia de olhos fechados.

Hattie fez outra pausa.

— Não espero que me ame à primeira vista, mas gostaria de ter a chance de conhecê-la, e espero que, com o tempo, possamos ficar mais próximas. Acho que nosso pai teria gostado disso. Na verdade, eu gostaria. E sei que Delphi também. — Ela brincou com a haste da taça. — Quando fui ao seu quarto mais cedo, parecia que não queria ter nenhum tipo de relação comigo. E se for isso mesmo, eu entendo, é claro.

Erica não sabia mais o que queria. Manter contato com Hattie não poderia ser algo leviano, ainda mais com uma criança envolvida. Ela se lembrava da solidão da própria infância. Da sensação constante de que talvez o fato de serem só ela e a mãe fosse, de alguma forma, culpa sua. Que se tivesse feito algo diferente, sido outra pessoa, talvez seu pai não tivesse ido embora, ou talvez tivesse voltado para morar com elas. Erica não queria entrar na vida de Delphi e depois desaparecer, deixando a menina com a impressão de que tinha feito algo errado.

Até aquele momento, a interação entre elas tinha sido meio superficial. Ainda podia ir embora pela manhã e deixar tudo para trás, e Delphi a esqueceria em uma semana.

Mas era mesmo isso que queria?

Pela primeira vez na vida, não sabia. Sentia-se covarde. Desestabilizada. Mas sabia que devia um pedido de desculpas a Hattie.

— Fui rude mais cedo. Me desculpe. Não é uma justificativa, mas subestimei o quanto todo este processo mexeria com as minhas emoções. Eu não conhecia meu pai, nem você, então não esperava ser atropelada por tantos sentimentos. Foi... — Ela encarou o fundo da taça. — ... *está* sendo confuso.

— Também estou achando as coisas confusas. Você era uma figura indistinta na minha vida. Quase um lembrete constante da importância de agir com responsabilidade. — Hattie apontou para a janela, onde a neve caía espessa na escuridão. — Está nevando muito. Se continuar assim, talvez nem tenha escolha quanto a partir amanhã.

Havia uma nota de esperança em sua voz, e Erica sentiu que aquele era o momento em que deveria dizer que já não queria mais ir embora. Mas as palavras não saíram. Ela não sabia como se sentia. Ficar significava aprofundar o vínculo, e não tinha certeza se estava pronta para isso.

Hattie quebrou o silêncio.

— Me conte mais sobre você. Onde mora?

— Tenho um apartamento em Manhattan, mas quase não fico lá. Viajo muito a trabalho.

— Para onde?

— Para todo lugar. — Erica relaxou um pouco. — Costumo ir muito à Europa e ao Extremo Oriente.

— Parece glamouroso.

— Pode ser — disse ela, pensando nos quartos de hotel, spas, serviço de quarto. — Mas também pode ser solitário.

— Tem alguém especial na sua vida?

— Quer dizer romanticamente?

Será que Jack contava? Não, o relacionamento deles era prático e satisfatório, mas nada sério.

— Não — respondeu Erica.

— Você hesitou antes de responder. — Hattie se inclinou para a frente e passou a garrafa para Erica, para que ela servisse mais vinho. — Me conte mais. Não esconda nada.

— Agora está parecendo a Anna.

— Bom, você ama a Anna, então vou considerar algo positivo.

Erica se serviu de um pouco mais da bebida.

— Tem alguém com quem me encontro de vez em quando, mas é casual. É mais uma questão de conveniência. Estamos presentes um para o outro quando precisamos de um par para algum evento.

— Mas você gosta dele. Bastante.

Erica franziu a testa.

— Não sei como chegou a essa conclusão com base no que acabei de dizer.

— Você não parece ser o tipo de mulher que perde tempo com alguém de cuja companhia não gosta.

Erica deu de ombros.

— Eu valorizo minha independência.

Hattie inclinou a cabeça.

— E por que estar em um relacionamento ameaça a sua independência?

Era uma pergunta razoável, e Erica teve dificuldade de responder. Ela gostava da companhia de Jack. Ele nunca lhe pedira que desistisse de algo ou que mudasse qualquer coisa. Então por que não o tinha deixado passar a noite quando foi sugerido?

— Acho que estou acostumada a viver assim. — Mudou de assunto. — E você? Noah pareceu... atencioso.

— Ele tem sido um grande amigo.

As bochechas de Hattie coraram, e Erica soube que Anna teria feito outras perguntas na hora, mas ela não era a amiga.

Será que devia mencionar que Delphi queria que ele se mudasse para a casa delas? Não. Ela não sabia nada sobre ser tia, mas algo lhe dizia que trair a confiança da menina não seria um bom começo.

— Você estava certa sobre ser um bom vinho, aliás — disse.

Só agora, tão concentrada que estava na conversa, percebera o quanto o vinho era bom.

— É mesmo — concordou Hattie, olhando para a garrafa. — Brent contratou um sommelier para abastecer nossa adega quando inauguramos, que deixou várias instruções, inclusive sobre quando certas garrafas deveriam ser abertas. Encontrei essa na semana passada e decidi me dar de presente.

— Excelente decisão — disse Erica, tomando mais um gole. — Mas me sinto culpada de estar bebendo seu lucro. Pode colocar na minha conta.

— Imagina. No momento, não temos tanto lucro assim, mas o fato de eu não ter mais o chef Tucker e a Stephanie na folha de pagamento significa que meus custos diminuíram bastante. Eles eram o equivalente a uma trufa branca.

Erica riu.

— Você foi corajosa hoje à noite. Lidou bem com tudo.

— Acha mesmo? Acho que foi mais eu ter sido encurralada, e, se não fosse pelas suas amigas e as habilidades convenientes delas, não teríamos conseguido evitar um desastre esta noite. Mas tudo bem. — Hattie girou a taça entre os dedos. — Acho que foi corajosa por ter vindo até aqui.

Corajosa? Ela organizara a viagem sem contar a ninguém o verdadeiro motivo; entrara na pousada, olhara para aquela foto e ficara tão abalada pelo dilúvio de emoções que quase fugira.

Quase.

Tecnicamente, até agora, só tinha fugido até a livraria. Tivera tanta certeza de que queria ir embora. Mas e agora?

Algo tinha mudado durante a conversa com Hattie. Ela já não era mais uma estranha, era uma pessoa real. Antes, Erica só tinha fatos crus, um esboço grosseiro. Agora, tinha um retrato completo. E também tinha Delphi.

Ir embora tinha lhe parecido a resposta mais fácil, mas naquele instante já não parecia tão fácil assim.

Erica ainda poderia fazer o check-out pela manhã conforme planejado, passar o Natal na cidade e voltar com firmeza para sua zona de conforto. Podia retomar a vida antiga e fingir que nada tinha mudado. Talvez mandar uma mensagem para Hattie de vez em quando.

Mas será que era isso mesmo que queria?

18

Claudia

— Estou dizendo, aquele sujeito era um tirano. — Claudia regou as panquecas com mais xarope de bordo. — Do tipo que intimida as pessoas com comida. Comida nunca deveria ser intimidadora. Se eu tivesse que renomear um dos pratos dele, chamaria de "Generosa fatia de ego servida sobre uma camada de autoestima inflada demais".

Anna pegou a xícara de café.

— Não seria melhor um suflê de soberba?

— Talvez. — Claudia sorriu.

Por dentro, estava eufórica. Não se lembrava da última vez que se divertira tanto quanto na noite anterior. Tivera autonomia total na cozinha — ou o máximo de autonomia que poderia ter quando estava trabalhando com um cardápio moldado pelo ego de outra pessoa.

— Já trabalhei com gente como ele, e acredite, foi uma experiência sem a qual eu teria vivido muito bem. O cara era do tipo que acha que a comida deveria se sentir honrada por ser preparada por ele.

O tipo de chef que a tinha feito perder a vontade de trabalhar em uma cozinha.

Anna tomou um gole de café. Usava um suéter de tricô creme, e os cabelos escuros e sedosos caíam pelos ombros.

— Acha que ele vai voltar?

— Tomara que não. Aliás, você está linda. Parece até uma propaganda sobre férias de Natal. É outro suéter novo?

Anna inclinou a cabeça.

— Depende de como você define *novo*.

Será que ela algum dia já tivera um visual tão bem cuidado quanto o de Anna? Quando não estava trabalhando, Claudia era do tipo que saía do pijama direto para a roupa de ginástica. Se não fosse malhar, em geral colocava sua calça jeans mais confortável. Se alguém aparecesse de surpresa, ela se desculparia pela aparência e diria que não estava esperando encontrar ninguém. Já Anna podia abrir a porta a qualquer momento sabendo que estava ótima.

Anna sempre parecia uma adulta. Claudia, por outro lado, sentia que ainda precisava se tornar uma. Prometeu a si mesma que ia se esforçar mais.

Anna pegou frutas da cesta em cima da mesa.

— Não acha que o chef pode mudar de ideia quando se acalmar?

— Esse tipinho nunca se acalma. Hattie está melhor sem ele. E, felizmente, ela tem uma excelente chef de café da manhã. Estas panquecas de leitelho estão incríveis. Nem sempre é fácil deixá-las tão fofinhas assim. — Claudia examinou a textura. — E a maçã caramelizada com nozes é o toque perfeito.

— Talvez Hattie fique melhor sem ele a longo prazo — disse a amiga —, mas a curto prazo ela precisa de um chef principal. A não ser que a chef do café da manhã possa cobrir os jantares também?

— São habilidades diferentes. — Claudia largou o garfo. — Está dizendo que eu não fiz um bom trabalho? Para a sua informação, saí da cozinha nada menos do que oito vezes ontem para falar com clientes que queriam me parabenizar pela comida. Todo mundo ficou satisfeito, e a equipe da cozinha não saiu traumatizada. Considero uma vitória.

— Desde quando você é tão sensível? Não estou dizendo que não fez um bom trabalho. *Claro* que fez. Mas só estava cobrindo por uma noite, lembra? Hoje a gente vai embora. — Anna lançou um olhar de relance para Erica antes de cortar a panqueca. — Não se trata de uma solução permanente, e Hattie precisa de uma. — Levou uma garfada à boca. — Você tem razão. Estas panquecas estão maravilhosas. Tem canela nessa maçã?

— Tem.

A ideia de ir embora azedou o humor de Claudia. Na noite anterior, pela primeira vez em muito tempo, não pensou em John nem ficou se perguntando o que faria da vida. Estava envolvida no momento, aproveitando cada segundo. O desafio de entrar de última hora em uma situação complicada tinha sido eletrizante, e ela se sentia bem por ter ajudado Hattie.

Estava curtindo a pousada, e a noite na cozinha tinha sido o turno mais feliz que tivera como chef em muito tempo.

— Você está sorrindo — comentou Anna. — Conheceu alguém?

— O quê? Não! Por que eu estar sorrindo significaria que conheci alguém? Eu sorrio o tempo todo.

— Não desse jeito. — Anna apontou o garfo para ela. — É um sorriso bobo. Tipo "acabei de me apaixonar".

— Isso não tem nada a ver com homem. Eu me diverti ontem, só isso. E descobri que ainda amo cozinhar. — Esperou um "eu avisei" de Erica, mas a amiga estava olhando pela janela. — Não só cozinhar. Descobri que amo ser chef, se as circunstâncias forem certas. E é um alívio, porque achei que tinha perdido essa alegria para sempre. É como descobrir que ainda ama seu marido e já não quer mais se divorciar.

— Não faço ideia de como deve ser isso, já que nunca quis me divorciar do Pete, mas fico feliz por você.

Claudia também estava feliz.

— Isso muda as coisas. Eu estava imaginando um futuro sem saber o que queria fazer, mas agora sei. Ainda quero ser chef, só que não em qualquer lugar. O ambiente é importante para mim. Só não posso entrar em pânico e aceitar o primeiro emprego que aparecer. Tenho que me dar um tempo para ter certeza de que a cultura do restaurante combina comigo.

Anna estendeu a mão e apertou a dela.

— É bom ver você feliz. — Pegou o garfo de novo. — E o que Hattie vai fazer com a cozinha hoje à noite?

— Não sei. Vamos fazer uma reunião depois do café da manhã para conversar sobre como simplificar o cardápio e, talvez, se virar com a equipe que já tem.

Claudia queria se oferecer para ajudar por mais tempo, mas não tinha como fazer isso.

Lançou outro olhar furtivo para Erica. Será que ela mudaria de ideia sobre ir embora?

Hattie parecia bem legal. Ok, a situação inicial tinha sido esquisita, e a apresentação oficial também, mas já tinham superado isso. Então por que a amiga estava tão decidida a partir?

Erica não falara desde que se sentaram para o café da manhã. Também não tocara na comida. Só bebericava café e encarava a janela. Não que encarar a janela fosse uma atividade ruim. Não tinha parado de nevar durante a noite, e tinham acordado com céu azul e uma camada grossa de neve fresca. O sol brilhava, fazendo a superfície reluzir como joias. As árvores estavam cobertas, os galhos curvados sob o peso da neve recém-caída. A vista contribuía para o clima festivo da pousada.

— O que fizeram enquanto eu esquentava a barriga no fogão?

Claudia terminou as panquecas, fazendo uma anotação mental para elogiar a chef depois.

— Passei uma hora bem divertida com Delphi — disse Anna. — E me lembrei de como amo crianças pequenas. E também de como dão um cansaço na gente.

Claudia pegou sua xícara de café.

— Quantos anos ela tem mesmo?

— Cinco e três quartos, como ela mesma me disse. Lemos juntas, e ela me fez cerca de duzentas e cinquenta perguntas em trinta minutos. Também me contou várias curiosidades. Sabia que existem mais de quinhentas espécies de tubarão? E que eles existem há mais de quatrocentos milhões de anos?

— Quatrocentos milhões? Acho que vou parar de reclamar de estar prestes a fazer 40 anos. — Claudia reprimiu um bocejo. — Lembro que os seus também faziam um milhão de perguntas nessa idade. Não lembra, Erica?

Erica não respondeu, e Anna franziu a testa.

— Erica?

A amiga virou a cabeça e piscou.

— Desculpa, o que eu perdi?

— Conversa animada e panquecas — respondeu Claudia, apontando para o prato intocado diante dela. — Você devia comer.

— Não estou com fome.

— Coma, ou vai ofender a chef.

— Ontem você disse que o importante eram os hóspedes, não os sentimentos de um chef.

— Isso foi ontem. E depende do chef. A do café da manhã, por exemplo, eu gosto. Coma. E conte para a gente no que está pensando. — Claudia se inclinou e roubou um pedaço da panqueca de Erica. — Anna vai acabar arrancando de você de qualquer jeito, então é melhor contar logo. Ai! — Sentiu o pé da amiga chutar seu tornozelo e parou de falar.

— Bati na sua porta ontem à noite — disse Anna —, mas você não atendeu e não respondeu minha mensagem. Fiquei preocupada.

— Meu celular estava no silencioso. — Erica pegou uma garfada de panqueca. — Passei a noite conversando com Hattie.

— Que bom. — Ou será que não? Claudia massageou o tornozelo. — Vocês conversaram, foi?

— Sim. Também dividimos uma garrafa de vinho tinto excepcional. Encomendei uma caixa pra você e pro Pete de presente de Natal, Anna.

— Obrigada. Que gentil. — Anna se inclinou para a frente. — E aí? Conta mais.

— Foi um *pinot noir*. Pete vai adorar.

— Não estou perguntando do vinho.

Erica pousou o garfo.

— Eu sei.

Outros hóspedes começaram a chegar ao restaurante, cumprimentando-as com um sorriso enquanto seguiam até suas mesas.

Anna esperou até que todos estivessem distantes o suficiente para não ouvir.

— Não precisa falar sobre isso se não quiser.

— Ah, precisa sim — contestou Claudia. — Se a gente for embora agora de manhã, nós temos que nos planejar.

Será que era egoísmo de sua parte torcer para que não fossem embora?

A atenção de Anna continuava em Erica.

— A conversa deixou você chateada?

A outra empurrou o prato para longe.

— Foi estranha. Desestabilizadora. Hattie falou sobre ele. Bastante. Acho que foi a primeira vez que pensei em meu pai como um ser humano. Pra mim, sempre se tratou do homem que nos abandonou. Ou, como minha mãe dizia, o homem que fugiu.

Claudia se sentiu culpada por ter pensado em si mesma em um momento tão emocionalmente difícil para Erica. Se ela quisesse ir embora, então iriam.

Queria dizer a coisa certa, mas não sabia o quê. Fingir que entendia seria ofensivo. Como os pais de Anna, os dela sempre foram um tédio de tão normais, fosse lá o que isso significasse, e ela ficava grata por isso. Continuavam juntos depois de quarenta e cinco anos de casamento, ainda brigavam pelas mesmas bobagens, ainda cuidavam do jardim e completavam as frases um do outro. Ela não conseguia se imaginar na situação de Erica.

— É claro que pensava nele assim — disse Anna. — Por que não pensaria? Você não tinha nenhuma outra informação. — Ela empurrou o prato da Erica de volta para a amiga.

— Mas agora tenho. — Erica pegou o garfo e revirou a comida. — Para nós ele era o homem que fugiu, mas isso não aconteceu quando se tornou responsável por Hattie. Ele não a abandonou. Foi pai solo em circunstâncias difíceis. Fez concessões para poder priorizar a filha.

— Isso é reconfortante. Dizem que as pessoas não mudam, mas ele mudou. — Anna terminou o café. — Isso dói?

— Poderia doer, né? — Erica fez uma pausa, como se estivesse verificando mentalmente se tinha alguma ferida. — Mas não dói. Na verdade, ajuda saber que meu pai não era uma pessoa ruim. Tudo indica que, apesar de tudo, no fim das contas ele era um homem decente.

Erica então contou os detalhes da conversa. Claudia ficou se perguntando se, no lugar dela, teria ficado com raiva da mãe por barrar as tentativas de contato do pai, mas Erica era leal à mãe e não parecia zangada. Só um pouco triste.

Claudia se perguntou como teria sido a vida de Erica se o pai tivesse estado presente. Se ela tivesse crescido com o exemplo de que os homens podem até fugir, mas também podem amadurecer e assumir responsabilidades. Será que isso teria mudado algo?

— Acho algo positivo ele ter contado tudo para Hattie — comentou Anna. — Mas é curioso pensar que ela cresceu sabendo sobre você, enquanto você só descobriu sobre a existência dela recentemente. É óbvio que Hattie ficou feliz com sua vinda.

— É.

Anna olhou de relance para Claudia e voltou a encarar Erica.

— Tem certeza de que quer ir embora? — A pergunta foi feita em tom casual, mas Claudia tinha a sensação de que Anna sabia o quanto Claudia queria ficar.

— Eu não sei. — Erica largou o garfo. — Não sei o que quero fazer.

Em todos os anos de amizade, Claudia nunca tinha visto Erica ter dificuldades para tomar uma decisão.

— O que o seu instinto diz?

— Eu não sigo meu instinto quando tomo decisões. Sigo a cabeça. E minha cabeça diz que não dou conta de fazer isso. Não sei ser o que eu deveria ser.

Claudia franziu a testa.

— O que você deveria ser?

— Uma irmã. Não sei nem direito a descrição da vaga. — Houve um lampejo de pânico nos olhos dela. — E não ajuda o fato de eu gostar de Hattie.

— Isso não é bom?

— Sim, de certa forma. Mas também aumenta a pressão.

Anna pensou um pouco.

— Quer dizer que, como gosta dela, tem medo de que ela não goste de você também?

Erica se remexeu na cadeira e fez cara feia para Anna.

— Como é que você sempre nota coisas que eu mesma não vejo.

— Porque eu te conheço. — Anna hesitou. — Você sempre teve um certo medo de ser abandonada. Lá no fundo, por mais que racionalizasse, uma parte sua sempre se perguntou se, de alguma maneira, tinha sido culpada por seu pai ter ido embora. Mas sabia que não.

— De certa forma, sim. — Erica abriu um pequeno sorriso. — Ele não estava pronto pra ser pai. Se eu não tivesse surgido, talvez ele tivesse ficado. E nem vem transformar isso em uma discussão filosófica profunda sobre por que eu não sou casada com oito filhos, porque a verdade é que não tem nada a ver com ser mal resolvida com o meu pai. Eu não quero essas coisas.

— Que bom. — Claudia pegou mais frutas. — Eu não teria dinheiro para comprar presente para oito crianças.

— Eu realmente gosto da minha vida.

Anna deu de ombros.

— Ninguém está sugerindo que mude a sua vida. Só que deixe algumas pessoas entrarem, só isso.

— Algumas?

— Hattie e... Delphi. — Anna se atrapalhou, e Claudia teve a impressão de que ela quase falou "Jack gostosão". — Além disso, não há motivo para Hattie não gostar de você. A gente gosta.

— Fale por você. Eu não gosto nada dela — brincou Claudia —, mas estou ocupada demais para procurar uma nova amiga.

Erica riu, e o clima ficou mais leve.

— Acho que eu...

Anna ergueu a mão, encerrando a conversa.

— Temos companhia. Olá, Delphi, como você está hoje?

— Muito bem, obrigada. — Toda educada, Delphi se sentou na cadeira livre ao lado de Erica e lhe entregou uma folha de papel grande. — Fiz um desenho para você, tia Erica.

Tia Erica?

Sobressaltada, Claudia olhou para o rosto da amiga, depois para Anna, que observava tudo com o máximo de atenção.

Erica ficou em silêncio por um momento, então pegou a pintura e examinou.

— É para mim?

— É. É um desenho de Natal. — Delphi se ajoelhou na cadeira e apontou para o papel. — Esta é a nossa casa, esta é a minha mamãe, este é Rufus, e esta é você do lado da árvore de Natal. Este é Noah, mas ele não vai estar aqui no Natal porque mora em outro lugar e tem que ajudar o pai dele na fazenda. Sabia que tubarões não têm ossos?

— Nunca tinha pensado nisso. Que interessante. — Erica deu atenção total ao desenho. — O que eu estou segurando? É um presente?

— Isso. É um presente para mim. Não sabia de qual tamanho fazer. Se o presente de verdade que você comprou for menor do que o do desenho, não precisa se preocupar. O que importa é a intenção. — Delphi deu um tapinha tranquilizador na mão dela, e Claudia disfarçou a risada com uma tosse.

Ela tinha a suspeita de que, se alguém seria capaz de atravessar a barreira protetora que a amiga construíra ao seu redor, esse alguém seria Delphi.

— É muito especial. Sou eu mesmo? Ficou tão parecido. E estou usando minhas botas mais bonitas. — Erica se inclinou para olhar mais de perto. — Tem alguém no telhado.

— É o Papai Noel. Ele está descendo pela chaminé. É para a gente estar dormindo quando ele chegar, mas desenhar gente na cama é difícil. É só um desenho, então acho que não vai impedir o Papai Noel de verdade de vir. Mas precisa mandar sua carta logo, porque ele precisa de tempo para arrumar o que pediu. Você sabe o que quer? Porque, se souber, pode escrever sua carta agora. Eu posso ajudar.

Claudia daria tudo para ver Erica escrevendo uma carta para o Papai Noel.

— Ainda não mandou sua carta, Erica? Que vergonha.

Erica lançou um olhar para ela.

— Estive ocupada. Você já escreveu a sua?

— Escrevi em novembro. Sou do tipo que gosta de agradar, e se tem alguém que é bom agradar, é o Papai Noel. — Claudia roubou o último pedaço da panqueca do prato da Erica e sorriu com ar de superioridade. — Gosto de dar bastante tempo pro Papai Noel. Não acho bom criar prazos apertados sem necessidade. — Ela tinha a leve impressão de que Erica poderia matá-la depois, mas correria o risco.

— Papai Noel é muito ocupado — concordou Delphi —, e se o que você quiser for difícil de arrumar é bom avisar logo.

Erica parecia perdida.

— Certo. Vou levar isso em consideração.

— Você gosta de neve?

— Eu... em certas ocasiões, sim.

Claudia suspeitava que essas ocasiões envolviam observar a neve pela janela, sem precisar sair para fazer nada.

— Eu amo neve! — exclamou Delphi. — Rufus também ama. Eu tenho um trenó. Você tem um trenó?

— Não. E nunca andei de trenó.

Delphi arregalou os olhos.

— Nunca? Nem quando era pequena?

— Eu morava na cidade.

Delphi deu um tapinha de pena na mão dela.

— Eu posso ensinar. Ia ser legal andar de trenó juntas. Agora tenho que levar Rufus para passear, mas a gente pode escrever a carta quando eu voltar. — Ela deslizou para fora da cadeira, e foi nesse instante que Hattie entrou apressada no salão.

— Delphi, você não devia estar no restaurante.

Hattie segurou a mão da filha.

— Mas eu fiz um desenho pra tia Erica.

— Eu sei, mas a tia Erica é uma hóspede, e você sabe que a gente não incomoda os hóspedes.

Delphi franziu a testa.

— A tia Erica é da família.

— Sim, é verdade... — Hattie se atrapalhou e lançou um olhar de desculpas para o grupo. — Vamos deixar vocês terminarem o café da manhã.

Delphi não parecia ter a menor pressa de sair.

— Mas depois a tia Erica pode ver meus brinquedos?

— A tia Erica está ocupada demais para ver seus brinquedos, e...

— Eu adoraria ver seus brinquedos — interrompeu Erica —, se não for um problema. Aquele é Rufus ali na porta? Não entendo muito de cachorros, mas parece que ele está apertado para ir ao banheiro, então é melhor você o levar para passear, e eu vejo seus brinquedos depois.

Delphi correu até o cachorro, e os dois desapareceram.

— Depois? — Hattie pegou a fita de cabelo de Delphi que havia caído no chão. — Não vai fazer o check-out?

Claudia prendeu a respiração e viu Erica olhar em sua direção. Houve uma pausa quando seus olhares se cruzaram, e Claudia se perguntou se Erica percebia o quanto ela queria ficar. Será que estava tão na cara?

Talvez estivesse, porque Erica esboçou um leve sorriso.

— Nós reservamos os quartos para a semana inteira — disse, voltando-se para Hattie. — Temos um livro para discutir, vinhos para beber e muito assunto para colocar em dia. E Claudia parece estar se divertindo na sua cozinha, então não, não vamos embora.

— Isso é ótimo. — Hattie parecia estar contendo alguma emoção. — Fico feliz.

Claudia também estava emocionada. Já tinha visto aquela expressão. Suspeitava que os motivos de Erica para mudar de ideia sobre irem embora eram mais complexos do que uma consideração pelos seus sentimentos, mas, ainda assim, estava grata. E pretendia aproveitar a oportunidade.

— Estou me divertindo muito na cozinha. Por acaso você está procurando uma chef para cobrir esta semana? Porque talvez eu conheça alguém que possa ajudar.

— Tem certeza? — A tensão pareceu se esvair de Hattie. — É a semana do clube do livro. Suas férias com as amigas.

— Vamos ter tempo de sobra para falar de livros e, de qualquer forma, minhas amigas são um tédio.

— Obrigada — falou Anna em tom leve. — A gente também te ama.

— Ama mesmo? — Erica ergueu uma sobrancelha. — Porque eu só amo a comida dela.

— Achei que a gente tinha combinado que não ia falar isso para ela?

— Agora já era. Claudia vai ter que conviver com isso. Amor interesseiro.

— Interesseiro por comida — disse Anna.

Erica fez um gesto na direção de Claudia.

— Já estou com fome. Vai trabalhar logo.

Ela sentiu uma onda de carinho pelas amigas.

— É o que vou fazer. Tenho cardápios para planejar com Hattie e uma equipe para motivar. A gente se encontra para um almoço rápido depois. Se eu começar agora, vai dar tempo. E vocês duas, o que vão fazer?

— Vou até a cidade tentar terminar minhas compras de Natal — respondeu Anna, pegando a bolsa e se levantando. — Enquanto você estiver no fogão, estarei tomando um chocolate quente com canela. Talvez eu me dê de presente aquele suéter brilhoso que vi na vitrine.

Erica balançou a cabeça.

— Anna nunca viu um suéter que não quisesse comprar.

A amiga deu de ombros.

— É Natal. Seria uma maldade deixar o suéter lá sozinho, sentindo que ninguém se importa com ele. Sem ser amado. Vou oferecer um lar para ele. E depois que eu o apresentar para todos os meus outros suéteres, vou ver se Chloe precisa de ajuda com a arrumação e ligar para o meu Pete. — Ela franziu a testa. — Ou tentar ligar. Tem sido difícil falar com ele esta semana.

Meu Pete.

Claudia não sentiu inveja, o que era raro. Estava empolgada demais com a semana que tinha pela frente. Acima de tudo, estava aliviada por descobrir que seu amor pela culinária não tinha desaparecido. Era como se apaixonar de novo.

— Erica? O que vai fazer?

— Eu? Vou acompanhar Anna nas compras para garantir que ela compre no máximo um suéter, depois vou escrever uma carta para o Papai Noel — disse Erica —, e, como não faço ideia de como fazer isso, Delphi foi muito gentil e se ofereceu para me ajudar.

Claudia ficou tão agradecida que deu um passo à frente e a abraçou.

— Obrigada por ficar.

— Ah, uma demonstração pública de afeto. Adoro. — Mas ela retribuiu o abraço. — Você teria ido embora por minha causa, então é claro que posso ficar por você. E, de qualquer forma, você não é o único motivo. Agora vá preparar algo que vai fazer nossas papilas gustativas explodirem.

19

Anna

Anna se embrulhou ainda mais no cachecol de lã enquanto caminhava com Erica pela rua principal. A neve rangia sob seus pés, e cada respiração formava uma nuvem ao encontrar o ar gelado.

— Este lugar é tão bonito.

— É. — Erica parou diante da loja de brinquedos e ficou olhando a vitrine. — Eu devia comprar algo para Delphi. Mas o quê? Não faço ideia. Pode me ajudar?

— Com prazer.

Grata por uma desculpa para escapar do frio, Anna empurrou a porta e entrou antes que Erica pudesse mudar de ideia. Assim como Claudia, estava aliviada por ficarem o restante da semana, mas, acima de tudo, estava aliviada por ver que a amiga parecia ter formado um laço, ainda que tímido, com Hattie e Delphi. Pretendia fazer tudo a seu alcance para incentivar isso. E talvez se intrometesse um pouco, mas era para isso que serviam as amigas, não?

Passar tempo com Delphi a fazia se lembrar da época em que seus próprios filhos eram pequenos.

Agora, em pé na loja de brinquedos, olhando para o caleidoscópio de cores, ela sentiu uma forte pontada de nostalgia. No centro da loja, uma ferrovia de brinquedo circulava uma grande árvore de Natal, e o trenzinho passava ao lado de uma pilha de presentes lindamente embrulhados. Um dos cantos tinha sido transformado em uma gruta, e os funcionários estavam vestidos de duendes.

Ela observou uma jovem mãe tentando conter um bebê animado enquanto entretinha o irmão mais velho.

Seus gêmeos adoravam visitar lojas de brinquedo, ainda mais no Natal.

— O que houve? — Erica estava olhando para ela. — Você está com uma cara triste.

— Estou bem. — Anna obrigou-se a prestar atenção nos brinquedos da prateleira. — Certo. Vamos encontrar algo.

— Sim, mas o quê? — Erica fez um gesto de desespero. — O que eu compro?

— Você sempre foi ótima para escolher presentes para Meg e Daniel. Só precisamos pensar no tipo de pessoa que Delphi é. Ela adora desenhar, então você poderia comprar material de arte. — Anna pegou alguns itens que achou que Meg teria adorado na mesma idade e os entregou a Erica. — Evite qualquer coisa com glitter ou seu relacionamento com Hattie vai acabar antes de começar.

Erica encarou um canto da loja.

— Aquele kit de bateria ali é fofo.

— Não. Nada barulhento. Nada de baterias, guitarras elétricas nem trompetes.

— Essas coisas não são divertidas?

— Não para os pais. Você não quer deixar Hattie com dor de cabeça. A não ser que a criança seja um gênio musical ou a família tenha um cômodo à prova de som, esses brinquedos são só para vingança.

Erica pegou um quebra-cabeça.

— Brinquedos para vingança? As crianças pensam assim?

— Não as crianças, os pais. Um dos pais da turma da Meg deu uma bateria para o próprio filho depois que a esposa se divorciou dele ao descobrir um caso com a babá. Ela passou o mês seguinte usando protetores de ouvido. A esposa, não a babá. Este caderninho vai ser perfeito para a meia de Natal de Meg. — Anna o colocou debaixo do braço e seguiu para o fundo da loja. Parou diante de uma arara de fantasias. — Que tal uma fantasia para Delphi? Meg passou por uma fase dessas. Mas a gente não sabe o que ela já tem, então talvez seja melhor ficar com o material de arte mesmo.

— Isso não é pouco criativo?

— Não se ela gosta de arte, e parece que sim. Fico me perguntando do que mais Delphi curte.

— Tubarões — respondeu Erica. — Ela gosta de tubarões.

— Boa ideia. — Anna foi até a seção de pelúcias e pegou um tubarão-martelo de veludo cinza. — Este aqui é fofo.

— Não acredito que vou dizer isso, mas é fofo mesmo, e por acaso eu sei que o martelo é o tubarão favorito dela. Mas ela já tem um dinossauro que leva para cima e para baixo.

— Não quer dizer que ela não vá gostar de um tubarão também. — A amiga lhe entregou a pelúcia. — E você devia comprar livros. Ela adora livros.

— A gente não sabe o que ela já tem.

— Aposto que a livraria deixa trocar se a gente acabar comprando um repetido. Que tal este kit de construção? Meus filhos teriam adorado. — Anna acrescentou a caixa à pilha crescente nos braços de Erica. — Quanto quer gastar?

— Não sei. O valor certo, seja lá qual for. — Erica parecia perdida, e Anna apertou o braço dela em um gesto tranquilizador.

— Não é uma prova. Não tem como errar.

— Tem, sim. Eu nunca fui tia antes.

— Você é madrinha dos meus filhos, e eles te adoram. Não é tão diferente assim. — Anna empurrou Erica em direção ao caixa. — Só seja você mesma.

— Nós duas sabemos que isso não vai funcionar. — Erica parou de andar. — Eu não quero estragar tudo. Não *vou* estragar tudo. Se eu fizer parte da vida dela, então vou participar do jeito certo. Nada de ir embora.

Anna tentou entender de onde aquilo vinha.

— Você nunca abandona nada.

— Eu quase abandonei isso aqui — disse Erica. — E a responsabilidade é maior. Eu não vou magoar uma criança.

— O fato de você estar pensando nisso já mostra que não vai. Você refletiu bastante, e isso é importante. Agora precisa parar de pensar e começar a agir.

— E se Hattie preferisse que eu nunca tivesse aparecido?

— Hattie está feliz por você ter aparecido. Acho que ela é uma pessoa muito equilibrada e entende que todo mundo tem defeitos. Tirando eu, é claro. Eu não tenho nenhum.

— Tirando sua incapacidade de resistir a comprar um suéter novo toda semana.

— Não é toda semana, e isso não é um defeito. É o meu jeitinho.

Erica entregou as compras para a alegre "duende" atrás do balcão e adicionou mais alguns itens menores de última hora.

— Obrigada pela ajuda. Agora preciso de algumas dicas para a carta que vou escrever com Delphi. O que eu peço para o Papai Noel?

— Uma noite quente com Jack, o advogado gostosão? Duas noites, com café da manhã incluso?

— Fala mais baixo, tem criança aqui — murmurou Erica, pegando o cartão de volta da mão da duende.

— É só uma carta. Qual é a dificuldade? — Anna se apoiou no balcão. — Nunca vi você tão insegura com alguma coisa.

— Pois é, estou fora da minha zona de conforto, eu admito. — Erica pegou a sacola das mãos de outra garota vestida de duende e lhe deu um sorriso de agradecimento. — Isso é importante. Eu gostaria de manter contato. Criar algum tipo de vínculo. — Elas se dirigiram à saída da loja. — Quem sabe um dia Delphi não me visite em Manhattan e a gente vai fazer compras juntas? Não pra comprar brinquedos. Roupas. Você lembra quando Meg fez isso?

Anna achou melhor não comentar que Delphi ainda nem tinha 6 anos e que viagens para Manhattan não aconteceriam tão cedo. Era bom ver que Erica estava ao menos pensando no futuro.

— Meg adorou cada segundo. Ela ainda fala dessa viagem.

— Pois é. Talvez Delphi também vá gostar. A gente poderia visitar todos os pontos turísticos. Almoçar em um lugar chique. Acha que ela iria gostar?

— Tenho certeza de que sim.

Anna teve uma sensação estranha no estômago. Quer a amiga percebesse ou não, o futuro de Erica estava mudando. Ela havia dado um passo importante. Um passo enorme. O futuro de Claudia também começava a parecer mais promissor. As duas tinham algo a esperar com prazer.

Quando Anna pensava no futuro, previa mudanças indesejadas. Não sentia empolgação; sentia tristeza. E, pela primeira vez, sentia que Pete não a compreendia de verdade. Ela tinha tocado no assunto de novo na noite anterior, mas ele estava estranhamente calado. Tinha a impressão de que algo estava errado. Era tudo muito desconcertante.

Elas saíram para a rua, e Erica segurou a porta para ela.

— Obrigada pela ajuda. Agradeço mesmo. — Ela parou ao ver a expressão de Anna. — Está tudo bem?

— Tudo ótimo. — Ela precisava se recompor. — Fico feliz que esteja dando certo. Hattie é incrível. E é bom ver Claudia feliz.

— Sim. Nós duas sabíamos muito bem que ela ainda amava cozinhar, mas ela precisava redescobrir isso sozinha, e ainda bem que conseguiu. E Hattie agora tem uma chef temporária, então foram dois problemas resolvidos de uma vez. — Erica deu um passo para o lado para dar passagem a um casal. — Para onde agora? A livraria?

— Sim. Vamos escolher alguns livros para Delphi e depois voltamos para pousada.

Ela queria conversar com Pete e tentar reencontrar a conexão que parecia ausente na noite anterior.

As duas passaram uma hora na livraria e saíram com novas compras, além de papel de presente e fita para que Erica pudesse reproduzir o embrulho do desenho de Delphi, e então seguiram de volta para a pousada.

— Manda um beijo pro Pete. — Erica estava quase tropeçando com o peso das sacolas. — Vou embrulhar isso aqui enquanto conversa com ele.

Anna destrancou a porta do quarto.

— A gente se encontra daqui a uma hora pra almoçar.

Ela fechou a porta e tirou as botas. Depois foi até o banheiro e encarou o espelho. Deveria se sentir grata pelos gêmeos estarem prestes a sair de casa e levar uma vida com autonomia. O fato de estarem empolgados com o futuro significava que tinha feito um bom trabalho como mãe. Eles eram confiantes e independentes.

Mas, sempre que pensava em deixá-los na faculdade e depois voltar de carro sozinha para uma casa vazia, sentia náusea. Ia sentir falta de manter a geladeira cheia e de ouvir os comentários engraçados deles sobre o mundo. Ia sentir falta de ver vários pares de tênis gigantes no corredor quando Dan recebia os amigos. De quem ela iria cuidar quando eles fossem embora? Onde ia colocar todo o amor que tinha dentro de si?

Seus olhos se encheram d'água e Anna franziu a testa para o próprio reflexo. *Controle-se.*

Sentindo-se vulnerável, sentou-se na poltrona ao lado da janela e ligou para Pete.

Ele atendeu após dois toques.

— Oi. Como estão as coisas? Achei que já estaria ocupada discutindo o livro. Ou fazendo esqui cross-country.

— Vou almoçar com Claudia e Erica daqui a uma hora. Queria ouvir sua voz. — Ela olhou para as árvores do lado de fora, os galhos curvados sob o peso da neve fresca. — Como estão as crianças?

— Estão bem. Meg está lá em cima terminando um trabalho e Dan foi para casa do Alex ensaiar.

— Que bom.

— Está tudo bem?

— Está. — Ela apertou mais o telefone. — O lugar é fantástico. Tão natalino. Fico feliz que tenha me incentivado a vir. Só passamos um dia aqui e tanta coisa já aconteceu. Lembra que eu falei da minha suspeita de que havia algum motivo específico para Erica ter escolhido este lugar? — Ela contou sobre a relação de parentesco de Erica e Hattie, e ele ouviu sem interromper.

— Que revelação — disse Pete quando ela terminou a história. — E Erica não contou nada?

— Não antes de a gente chegar. E nós estávamos prestes a fazer o check-out e ir para outro lugar, porque era isso que ela queria, mas aí tudo explodiu. — Ela contou sobre Stephanie e o chef pedindo demissão.

— Parece que você está cercada de drama.

— Sim, mas de certo modo foi bom, porque obrigou Erica a se envolver. Sabe como ela é boa em crises, embora, para ser justa, Hattie também tenha se saído bem, então talvez seja de família.

— Ainda estou tentando imaginar Erica escrevendo uma carta pro Papai Noel.

Anna sorriu.

— Eu sei. Mas Delphi é muito fofa, e você sabe como as crianças são, não respeitam limites nem pisam em ovos. Elas falam o que pensam e pronto, e Erica é mais ou menos assim também.

— Então ela está feliz, e Claudia também.

— Sim. Acho que era do que ela precisava.

Houve uma pausa.

— E você? Ainda pensando nas crianças saindo de casa?

Anna atravessou o quarto e se encolheu na cama.

— Ainda. E não queria me sentir assim. — Queria tanto que ele entendesse. — Você devia ter visto a cara da Claudia quando estava trabalhando na cozinha ontem à noite. Ela estava cheia de energia, empolgada. E hoje de manhã, no café, dava para ver que estava louca para voltar pro fogão. E Erica tem um trabalho incrível e está pensando em como vai construir uma relação com Delphi e Hattie. Elas têm um futuro.

— Você pensou mais sobre aquela conversa que tivemos?

— Sobre termos outro filho? — Anna se recostou contra os travesseiros e ficou olhando pela janela. — Foi uma sugestão séria? Quer mesmo outro filho?

— Eu quero que você seja feliz, Anna. — Pete parecia cansado. — Se ter outro filho for fazê-la feliz, acho que a gente deveria pelo menos conversar sobre isso.

Será que isso a faria feliz?

— Não sei. Quando penso nas crianças saindo de casa, só quero congelar o tempo e impedir que isso aconteça. E eu sei que a vida é assim, que muda o tempo todo para todo mundo. Está mudando para Claudia, para Erica. E para Hattie também. Isso é normal, mas continua sendo difícil de lidar. Não sei como vou aguentar quando eles saírem de casa. — E as amigas pareciam lidar melhor com mudanças do que ela. Até Claudia, que tinha enfrentado seis meses difíceis, parecia empolgada e cheia de energia. Ela levou um tempinho para perceber que Pete não tinha respondido. — Você ainda está ouvindo?

— Estou, sim.

Ela sentiu uma pontada de culpa.

— Estou reclamando demais? Não quero ser chata. Eu sei que tenho sorte. E isso é metade do problema. Eu amo demais a minha vida. Não quero que ela mude.

— Eu sei.

Havia algo errado no tom dele.

— O que foi? Eu sei que está pensando alguma coisa, então fala logo.

Houve um silêncio prolongado.

— Eu sei o quanto ama ser mãe, e você é uma mãe incrível...

Ela prendeu a respiração.

— Mas?

— Mas não é muito legal saber que está tão incomodada com eles irem para a faculdade. Eu também vou sentir falta deles, claro que vou, mas você parece estar esquecendo que ainda temos um ao outro. Eu sei que a síndrome do ninho vazio existe, e entendo, mas há uma diferença entre sentir falta deles, o que é natural e saudável, e não considerar o resto da sua vida. Quando diz que não sabe como vai aguentar a ausência deles, eu fico magoado, porque é como se estivesse dizendo que nosso relacionamento não importa mais. Que eu não conto.

Anna sentiu como se todo o ar tivesse sido sugado de seus pulmões.

— Pete, isso não é verdade. Sabe que não é verdade.

— Estou dizendo como me sinto, Anna. Você está ansiosa pensando em como vai aguentar quando eles saírem de casa, mas em nenhum momento encarou isso como uma oportunidade. Você só pensa no que vai perder, e não no que vai continuar na sua vida. E o que vai continuar sou eu, por sinal. Nós. Nós somos o que sobra, mas não parece nem um pouco empolgada com isso.

Anna abriu a boca para dizer que ele estava errado, mas, quando tentou encontrar argumentos que o refutassem, deu branco. Pete tinha razão. Ela pensava, sim, no que estava perdendo, e não no que ainda teria. Não conseguia enxergar a situação como uma oportunidade. E sentiu uma onda de culpa porque só agora percebia como aquilo devia parecer para o marido. Como se ficarem só os dois fosse algo ruim. Algo que temia. E temia, sim, o dia em que os gêmeos iriam embora, mas não porque não queria estar com Pete. Ela o amava. Adorava estar com ele.

E agora o tinha magoado. Pete, que sempre estivera ao seu lado, nos altos e baixos. Pete, que sempre a ouvia e considerava seus sentimentos. Quando tinha se tornado tão descuidada com os sentimentos dele? Ela o fizera se sentir como se não fosse suficiente, e só a ideia de o ter magoado assim a deixou com um aperto no peito.

Apertou o telefone na mão, querendo muito consertar as coisas, desejando que estivessem tendo essa conversa pessoalmente.

— Pete...

— Já perdi a conta de quantas vezes este ano eu sugeri que a gente viajasse só nós dois. Até reservei aquele fim de semana no nosso aniversário de casamento, mas Meg tinha alguma coisa marcada e você quis que eu cancelasse.

A culpa aumentou, e talvez por isso ela tenha sentido necessidade de se defender.

— Ela tinha prova na segunda. Eu queria estar por perto. Não parecia o momento certo para viajar.

— Não, a verdade é que em algum momento nós deixamos de ser prioridade. Nosso relacionamento virou algo encaixado entre os compromissos com os filhos. Antes de eles nascerem, antes de fazerem parte da nossa vida, a gente gostava de estar junto. — Pete falou em voz baixa. — Se lembra da viagem a Paris depois da faculdade?

Anna não pensava naquela viagem fazia anos.

— A gente não tinha dinheiro. Nós ficamos naquele lugar com uma cama que rangia tanto que só dava para transar no chão.

— A gente não tinha dinheiro para comer nos restaurantes, então comprava baguettes e presunto e levava para o quarto.

Ela fechou os olhos e deixou a mente voltar àquele momento. Tinham tomado vinho barato e lido o guia turístico tentando calcular quanto tempo levariam a pé até a Torre Eiffel, porque até o metrô era caro demais.

— Você se esqueceu do queijo.

— Eu não me esqueci do queijo. E só íamos a lugares gratuitos. Andamos a cidade inteira...

Ela sorriu.

— Gastei um par de sapatos todinho.

— Mas a gente se divertiu. Ria o tempo todo.

Eles tinham rido muito. Como pôde esquecer aquela viagem?

— O vinho era horrível.

— Horrível mesmo, embora talvez porque a gente tenha bebido no copo que estava no banheiro. Lembro que foi ideia sua.

— Acho que foi mesmo.

Hoje, Anna não conseguia se imaginar fazendo aquela viagem, mas na época sentiu que estava vivendo a maior aventura da vida. Foi uma viagem perfeita, e o que a tornava perfeita era o fato de estar com Pete. Algo dentro dela se abriu.

— Lembra quando os gêmeos eram pequenos, e sua mãe ficava com eles pra gente poder sair para jantar? — Ele a lembrava daqueles primeiros anos juntos, em que passar um tempo a sós era raro e precioso.

— Claro que lembro.

— Você dizia que adorava porque era uma chance de se arrumar e se sentir outra coisa além de mãe.

Era verdade. Anna valorizava aqueles momentos em que os dois conseguiam um tempinho só para eles.

— A gente combinava que não podia falar das crianças. A noite tinha que ser relacionada à gente. Nós éramos a prioridade. Na primeira vez em que tentamos isso, ficamos em silêncio por meia hora porque nenhum dos dois conseguia pensar em nada para falar que não envolvesse as crianças.

— Eu me lembro. E no começo do nosso namoro a gente não parava de conversar. Você tinha opinião sobre tudo, e eu adorava ouvir. — Ela riu. — Quando os gêmeos nasceram, demoramos para lembrar como se conversa sobre qualquer coisa que não seja sono, comida ou manter as crianças vivas.

— A gente estava tão cansado.

— Nem me lembre.

Mas, de alguma maneira, haviam sobrevivido àquelas noites acordados e às infinitas demandas de filhos pequenos. Eles se revezavam nos fins de semana para deixar o outro dormir até mais tarde. Dividiam tudo. Tinham dado um jeito. Juntos.

E agora deveriam encontrar uma forma de sobreviver à próxima fase juntos também.

Nós éramos prioridade.

— Pete...

— Eu sei que as coisas estão mudando. — Ele estava falando baixo. — A vida, os relacionamentos... tudo está em constante evolução. Mas ainda me lembro da primeira vez que a vi na biblioteca. Penso naquela primeira noite que passamos juntos, quando me contou em detalhes tudo o que mudaria no livro que estava lendo. Todos os planos que tinha para o futuro, e eu estava doido para fazer parte desse futuro com você. Construímos nossa família juntos, e sempre seremos uma família, mesmo que não estejamos todos sob o mesmo teto. Isso é o bastante para mim, mas parece que não é mais o bastante para você. Eu quero ajudar, mas não sei como.

Sentiu um nó na garganta.

— Pete...

— Preciso ir, Anna. Lola está correndo em círculos esperando para ir para o quintal, e depois tenho que preparar o almoço.

— Espera... — Ela sentiu algo parecido com pânico. — Me liga depois. Eu te amo.

Houve uma pausa.

— Este é o seu momento com suas amigas. Aproveite o almoço e a discussão sobre o livro, Anna. A gente pode conversar quando você voltar.

Ela ficou esperando, até perceber que a ligação havia terminado. Pete tinha encerrado a ligação sem dizer que a amava também.

Quando foi que ele deixou de retribuir um "eu te amo"?

Andou até a janela, tentando se acalmar ao olhar para a neve cobrindo o mundo lá fora, mas só conseguia pensar em Pete.

Seu marido estava magoado, o que já era ruim. Pior ainda era o fato de que ela o magoara.

Repassou mentalmente as últimas conversas que tiveram. As coisas que dissera. Tinha pensado apenas em si mesma, em como se sentia com a partida dos gêmeos. A sensação de perda iminente a envolvera como uma névoa, obscurecendo seu futuro.

Por confiar nele de olhos fechados, por estarem juntos havia tanto tempo, será que tinha cometido o erro clássico e clichê de não dar valor a Pete? Talvez sem querer, mas sim, tinha cometido.

Nós éramos prioridade.

Eles precisavam ser a prioridade de novo. Pete tinha razão ao dizer que, em vez de pensar no que estavam perdendo, Anna deveria pensar no que estariam ganhando. Deveria pensar em tudo o que poderiam fazer juntos como casal. A culpa a atravessou como uma flecha, junto a uma clareza que lhe faltara até o momento. Estava certo ao dizer que nos últimos tempos ela vinha priorizando os filhos em detrimento do relacionamento, mesmo quando as necessidades deles já não pediam tanto envolvimento. Era o caminho mais fácil. E agora Anna se arrependia de não ter aceitado a sugestão dele de irem viajar no fim de semana, nem que fosse apenas para mostrar a Pete o quanto também era importante para ela.

Respirou fundo, tentando se acalmar.

Eles sempre superavam tudo juntos. Não havia nada que não pudessem enfrentar. Iriam resolver isso.

Ia ficar tudo bem.

Mas por que o marido não tinha dito "eu também te amo"?

Teria esquecido? Não, Pete nunca esquecia.

Pegou o telefone e ligou, mas ele não atendeu. Caiu na caixa postal.

Ela deixou um recado:

— Me desculpa por ter te magoado. Eu te amo. Me liga quando ouvir isso.

Ficou ali, segurando o telefone, até ouvir uma batida na porta e perceber que era Erica, e que estava na hora do almoço. Por um breve instante, pensou em dizer que não poderia acompanhar as amigas, mas sabia que seria ridículo.

Pete também estava preparando o almoço, e foi por isso que não atendeu. Ou talvez tivesse deixado o telefone em outro cômodo e esquecido, como às vezes fazia.

Ele ia ligar mais tarde, convenceu a si mesma. E, quando ligasse, Anna se desculparia e encontraria uma forma de consertar as coisas.

20

Hattie

Hattie encarava o vestido no espelho. Era preto, de bom caimento e... seguro? Tinha comprado quando ainda estava na faculdade e o considerava versátil para todos os tipos de ocasião. Mas seria o ideal para o jantar com Noah?

Só um jantar, ele dissera. Como se não fosse nada. E talvez, para Noah, não fosse mesmo. Mas para ela? Hattie não sabia bem o que era, mas com certeza não era "nada".

Tinha afastado esses pensamentos enquanto lidava com as consequências da saída de Stephanie e do chef Tucker, mas agora precisava encarar a situação.

Era um encontro? Se fosse, deveria se arrumar. Mas se acabasse arrumada demais e ele estivesse imaginando uma saída casual entre amigos, Hattie estaria usando a roupa errada. E ela não fazia ideia de qual seria a roupa certa. Vivia de "uniforme": saia curta com meia-calça grossa e suas botas favoritas. Queria parecer profissional, mas também simpática e acessível. No Natal do ano anterior, tinha vestido um suéter com brilho, mas foi o mais perto que chegou de se arrumar.

Revirou as roupas, rejeitando cada uma delas. Era ridículo. Tinha que haver algo que pudesse usar.

Precisava da opinião de uma amiga, mas não tinha amigas. Pensou em Erica, Anna e Claudia, e sentiu uma pontada de inveja. Elas se sentiam tão à vontade umas com as outras. Apoiavam-se. Todas estavam dispostas a ir embora se Erica assim quisesse. Tiravam sarro uma da outra daquele jeito que só quem se conhece bem consegue fazer. Sem dúvida, se alguma delas precisasse de uma segunda opinião sobre o que vestir, não hesitaria em ligar para as outras.

Hattie não tinha uma amiga para quem pudesse ligar. Recebera muito apoio da comunidade local e conhecia excelentes pessoas, mas não havia ninguém com quem pudesse falar sobre esse tipo de coisa. Brent tinha sido seu melhor amigo, e, desde o acidente dele, não tivera tempo de cultivar amizades.

Havia Lynda, mas não podia perguntar a Lynda o que vestir para um jantar — ainda não conseguia pensar na saída como um encontro — com o filho dela. E, claro, havia o próprio Noah, que vinha sendo um amigo excelente, mas isso só aumentava a pressão. Se cometesse um erro, poderia estragar uma amizade, e preferia ter algo a não ter nada.

Delphi entrou no quarto, seguida de Rufus, com o dinossauro de pelúcia debaixo do braço.

— Por que está de vestido?

— Porque vou jantar com Noah na quinta-feira e preciso escolher uma roupa.

Delphi subiu na cama e se sentou, cheia de cachos e inocência.

— Você vai ter um encontro.

— Não é um encontro. — O coração de Hattie disparou. — Quem disse que era um encontro? — Imaginou como seriam as conversas entre as duas quando Delphi chegasse à adolescência.

— Lynda. Ela disse que vai cuidar de mim para você e Noah poderem sair para um encontro. Vai se casar com ele?

— O quê? Claro que não vou me casar com ele. De onde tirou essa ideia?

— A mãe do Eddie acabou de se casar. É a segunda vez, e ela espera que seja a última porque o primeiro marido, o pai biológico do Eddie, era um fracassado. Eddie ouviu a mãe dele dizer isso. — Delphi franziu a testa. — Eu não sei no que ele fracassou. Eddie também não sabe, mas eles brincavam com jogos de tabuleiro, então pode ter sido isso.

O garotinho era da mesma turma do jardim de infância de Delphi, e falava demais.

— Acho melhor a gente não falar da família do Eddie. Não é gentil falar das pessoas quando elas não estão por perto. O que vai fazer com Lynda?

— A gente vai ler e fazer enfeites de Natal. E eu vou me comportar direitinho para você aproveitar seu encontro.

— Parece divertido. Espero que você também vá dormir em algum momento. E seria bom se parasse de chamar isso de encontro. — Hattie se virou para o espelho. — O que acha deste vestido?

— Preto demais. Precisava de mais brilho. Ou penas. Tenho umas na minha caixa de arte. A gente pode colar.

Brilho? Penas?

Era isso que acontecia quando se pedia conselho de moda a uma criança de 5 anos.

— O que acha que eu deveria vestir?

Delphi não pensou duas vezes.

— Acho que você devia usar seu vestido de princesa.

— Meu vestido de princesa? — Hattie nem sabia que tinha um, mas Delphi desceu da cama e foi até a pilha de roupas que a mãe tinha revirado.

— Este aqui. — Ela puxou um vestido com lantejoulas verde-escuras, que escorregou do cabide. — É tipo o da Cinderela.

— Imagino que não esteja falando da parte do filme em que ela está limpando a cozinha. E desde quando você lê contos de fadas?

— Nossa professora leu pra gente.

— Espero que também tenha dito para vocês estudarem bastante, conseguirem um emprego de verdade e não ficarem esperando príncipe nenhum. Na minha versão favorita da história, Cinderela abre sua própria empresa de faxina e vira uma potência global. — Hattie pegou o vestido. Tinha comprado anos antes e usado apenas uma vez, em uma noite com as amigas da faculdade. Não pensava nele fazia anos. — Estou velha demais para este vestido.

— Eu gostei — disse Delphi com convicção. — Acho que Noah vai gostar também. É um vestido feliz. O que acha, Rufus?

Rufus latiu, obediente, e abanou o rabo.

Ótimo. O vestido tinha o voto de uma menina de 5 anos e de um cachorro. Só isso já seria motivo para pendurá-lo de volta. E, de qualquer forma, era exagerado demais. Noah teria um infarto se a visse com aquilo.

— Não vai caber.

— Experimenta.

Delphi estava sendo tão insistente que Hattie tirou o vestido preto e vestiu o de lantejoulas. Na mesma hora, foi transportada de volta àquela noite do baile da faculdade. Música alta, cabelo solto, drinques à vontade. Antes da morte do pai, antes mesmo de conhecer Brent. Era jovem e vivia o momento. Outra vida.

Delphi sorriu.

— Serviu. E parece natalino.

Para sua surpresa, ainda cabia mesmo. Talvez fosse resultado do estresse e de viver ocupada demais para comer. E dava para entender por que Delphi achava festivo: só faltava um laço vermelho no cabelo e pareceria um enfeite caído da árvore de Natal.

Ela alisou o tecido sobre os quadris.

— Não posso usar isso pra jantar com Noah.

— Por quê?

Como explicar a uma criança de 5 anos as sutilezas de se vestir para uma noite que não era um encontro?

— Tem brilho demais.

— Brilho é bom. — Delphi segurou sua mão. — A gente precisa perguntar para tia Erica.

— Oi?

— Você sempre diz que, se não sabe de uma coisa, tem que descobrir. — Delphi puxou Hattie pela mão em direção à porta. — A tia Erica está na biblioteca.

— Eu sei, mas ela está com as amigas, almoçando e conversando sobre um livro. Não quero atrapalhar...

Mas estava falando sozinha, porque Delphi já tinha saído correndo, e Hattie não teve escolha senão seguir atrás dela.

Delphi bateu na porta da biblioteca, mas não esperou resposta antes de entrar. Hattie fez uma anotação mental para conversar com a filha sobre não invadir os espaços dos hóspedes.

Ouviu risos e a voz de Delphi, depois a de Erica.

Sentindo-se constrangida, entrou atrás da filha e viu Erica, Anna e Claudia sentadas ao redor da mesinha de centro, na qual havia um prato de sanduíches e uma cafeteira. Três exemplares do romance que estavam lendo estavam sobre a mesa, um deles cheio de papéis com anotações rabiscadas.

— Desculpem incomodar... — Constrangida, ela estendeu o braço para puxar Delphi, mas Erica se levantou.

— Não é incômodo algum. E que vestido incrível. Delphi contou para a gente que você tem um encontro na quinta.

Ela disse isso? Agora iam perguntar com quem e achar que era algo maior do que de fato era. E se Delphi dissesse algo a Noah por acidente? Era um jantar, só isso. As pessoas precisavam comer, não?

Hattie sentiu o rosto arder de vergonha.

— Não é bem um encontro. É mais um jantar fora. Faz tempo que não saio e eu estava tentando achar uma roupa e...

— E acho que encontrou — disse Claudia. — Esse vestido é lindo. E perfeito para o Natal.

— É só um jantar.

— Não há por que não estar bonita para um jantar. — Erica a observou de vários ângulos. — Esse vestido quer ir dançar, mas acho que se contenta com um jantar.

Hattie alisou o tecido sobre os quadris.

— Não sei se é adequado.

— Hum. — Erica estreitou os olhos. — Só uma pergunta. Você se sente bem nele?

Sim. Mais que isso, ela se sentia humana. Alguém que tinha uma vida — e que talvez até saísse para dançar de vez em quando.

Hattie se viu hesitando.

Ela adorava o vestido, então talvez devesse usá-lo. Era Natal, afinal. Talvez Noah não a achasse exagerada ou que ela estava tentando impressionar. Talvez só achasse que estava entrando no clima natalino.

— Se acham que está bom, então eu vou usar.

— Boa decisão. — Erica se sentou e pegou uma fatia de queijo. — A gente devia ajudar você a se arrumar. Nós adoramos. Aliás, Anna é ótima com penteados.

Delphi se animou.

— Posso fazer sua maquiagem?

Ela teve uma visão horrível de como ficaria se Delphi fizesse sua maquiagem.

— É muita gentileza sua oferecer, mas talvez a gente deixe isso para outro dia.

De preferência um em que não fosse ser vista em público.

— Eu cuido da maquiagem — disse Erica —, mas seria bom ter uma assistente, se você estiver livre, Delphi.

— Estou livre!

Rufus ganiu na porta e Delphi correu até ele.

— Ele precisa fazer xixi. Vou levar ele lá pra fora. Vamos, Rufy. Aguenta firme. — Ela foi embora, deixando Hattie com as outras.

— Aproveitem o almoço. — Hattie acenou na direção da mesa. — Divirtam-se. Se precisarem de alguma coisa, é só chamar.

— Não vá embora tão rápido. — Claudia deu um tapinha no espaço vazio no sofá ao seu lado. — Por favor, diga que o tal jantar é com o maravilhoso Noah.

— É, mas não é nada demais. Nem dá para chamar de encontro. Não é romântico nem nada.

Mas ele tinha ligado algumas vezes desde o episódio com Stephanie, para ver se Hattie estava bem.

— É importante o bastante para você estar preocupada pensando no que vestir.

— É porque eu nunca saio. Quer dizer, claro que vou a vários lugares — corrigiu-se, e com sorte não ficariam achando que eu tinha uma vida muito triste —, mas em geral é para a fazenda com Delphi, ou fazer compras com Delphi, ou a gente sai para comer pizza ou tomar milk-shake ou sorvete. A gente não vai a lugares chiques que exijam uma roupa mais formal.

— Mas Noah chamou você para jantar.

— Tecnicamente, foi a mãe dele que chamou.

E como elas eram tão simpáticas, pareciam interessadas e ela não podia falar sobre isso com ninguém da comunidade, contou o que tinha acontecido.

— Já gostei dessa Lynda. — Anna cortou uma fatia de queijo e colocou no prato com algumas uvas. — E Noah não me parece o tipo de homem que faz alguma coisa que não quer. Se ele concordou, é porque queria levar você para sair.

— Talvez, mas é tudo tão constrangedor. — Ela apertou as mãos no colo. — Deve ser porque estou sem prática. — E também porque tinha beijado Noah, embora não fosse compartilhar essa informação nem sob tortura. — O último homem com quem eu saí foi Brent, e isso faz muito tempo.

Anna pousou o prato.

— Você está nervosa.

— Apavorada.

— Compreensível.

— Sim — disse Claudia. — Quando a gente passa muito tempo com a mesma pessoa, a ideia de recomeçar é assustadora. Você se acostuma com alguém, a vida tem um ritmo, uma previsibilidade... Você conhece a pessoa, ela conhece você, os dois compartilham uma espécie de atalho emocional, que torna tudo mais fácil. E aí, do nada, tudo isso some. Sair com alguém novo é como chegar a um país estrangeiro sem falar a língua. — Claudia olhou para as amigas. — O quê? Só estou dizendo que entendo. É difícil. Às vezes parece mais fácil ficar em casa.

Hattie viu Erica lançar um olhar de compaixão para Claudia.

— Você perdeu alguém?

— Não como você — respondeu Claudia. — Mas meu relacionamento acabou depois de dez anos. Não consigo me imaginar saindo com outra pessoa, embora eu deva dizer que não tenho as emoções mais complicadas que você provavelmente está sentindo.

— Dez anos é muito tempo.

— É. Estou tentando não pensar sobre como desperdicei uma década. — Claudia deu de ombros, de um jeito que não era tão casual quanto queria parecer. — E não estou fingindo que minha situação é igual à sua. Perder alguém que você amava e que retribuía esse amor... isso é muito mais difícil.

— É complicado. Estar com outra pessoa parece uma traição. — Nunca tinha expressado esse pensamento para ninguém, e nem sabia por que estava expressando agora, mas era tão fácil conversar com aquelas mulheres. — É como se, ao demonstrar interesse por outro homem, eu estivesse dizendo que não me importo mais com Brent.

Claudia franziu a testa.

— Mas não é isso que você está dizendo, e tenho certeza de que Brent não ia querer que se sentisse assim. Ele ia querer que fosse feliz.

— Se alguma coisa acontecesse comigo, eu ia querer que Pete encontrasse outra pessoa — disse Anna. — Mas ela também teria que amar meus filhos, senão eu voltaria para assombrar ela.

Hattie sorriu. Falar com aquelas mulheres sobre o assunto a ajudava a se sentir melhor. Talvez a situação não fosse tão complexa assim. Ela é que estava complicando tudo ao se torturar com sua culpa. Mas era desnecessário, porque elas estavam certas sobre uma coisa: Brent ia querer que Hattie fosse feliz.

— A gente sempre espera que os sentimentos sejam simples e diretos — disse Anna —, mas nunca é assim.

— É verdade — disse Erica, pegando uma uva. — Por isso evito relacionamentos.

Hattie ficou curiosa. Sabia tão pouco sobre Erica, e queria tanto saber mais.

— Mas aí você acaba perdendo muita coisa. Não que a gente fosse o casal perfeito, mas estar com Brent era uma aventura. Mesmo com tudo o que aconteceu, eu não mudaria o passado.

Anna se recostou nas almofadas.

— Como ele era?

— Brent? Ele tinha um brilho. Quando estava em uma sala, você notava. Dava para ouvir a risada dele do outro lado do condado. Ele não tinha medo de correr riscos, parecia não precisar das seguranças que eu sempre busquei na vida. Seguia os instintos, era impulsivo, o que às vezes me deixava louca e muitas vezes me dava um medo danado, mas também era bom estar com alguém assim. Se dependesse só de mim, eu teria arriscado tão pouco que teria deixado de fazer muita coisa.

Claudia pegou uma maçã da tigela.

— Como o quê?

Hattie pensou em todas as vezes em que Brent a fizera sair de sua zona de conforto.

— Sem Brent, eu não teria a pousada. Nem Rufus. Talvez nem Delphi. Eu estava determinada a esperar pelo momento certo para ter filhos, porque queria fazer tudo do jeito ideal. — Aquela decisão fora bem difícil de tomar, provavelmente por causa da influência do pai. — Foi Brent quem me fez enxergar que o "momento certo" nunca chega. O mantra dele era sempre: "Vamos lá e a gente resolve no caminho". Estar com ele me deixava mais corajosa.

Erica pousou o prato sobre a mesa.

— Que coisa bonita de se dizer sobre alguém.

— É. Quando ele morreu, eu me esqueci de como ser corajosa. Nos últimos anos, tenho evitado correr riscos porque não tive a confiança que Brent tinha. Eu dependia dele para me dizer que ia dar tudo certo. Acho que me limitei a acreditar que ele é que ia fazer tudo dar certo. Em vez de construir a minha própria confiança, eu me apoiei na dele. E, depois da morte dele, eu disse a mim mesma que estava mantendo tudo do jeito que ele queria porque era uma forma de tê-lo por perto. — Ela fez uma pausa, de repente enxergando tudo com mais clareza. — A verdade é que eu mantive tudo como Brent queria porque eu estava com medo. Medo de fazer do meu jeito e dar tudo errado. E aí, a culpa seria só minha.

Anna se mexeu.

— E agora?

— Não me orgulho de ter precisado que o chef Tucker pedisse demissão e que Stephanie agisse com a intransigência de sempre para fazer mudanças, mas pelo menos eu fiz. — Hattie endireitou as costas. Não deveria depender de Brent para ser corajosa. Tinha que conseguir fazer isso por conta própria. — Me sinto melhor. Mais no controle. Pronta para tomar decisões e assumir a responsabilidade em vez de esperar que alguém me diga o que fazer. Sou muito grata por estarem aqui. — Tinha certeza de que não teria conseguido sem a presença delas. — Acho que tenho dificuldade para encarar as mudanças. A gente se agarra ao que é familiar, porque, mesmo que não seja ideal, parece mais seguro do que o desconhecido. Sempre escolhi a opção que parecia mais segura, mas estava me iludindo. Não existe isso de "seguro", porque a vida vive tendo reviravoltas. Isso faz sentido?

— Faz — disse Erica em voz baixa. — Faz, sim.

Falar sobre tudo aquilo era bom.

— Ser mãe aumenta a pressão. Se eu errar, isso afeta Delphi também. Não sou responsável só pela pousada ou por mim mesma. Sou responsável por uma criança. E às vezes isso pesa muito.

O sorriso de Anna era nostálgico.

— Com certeza.

— E não são só as questões práticas, tipo ter medo de tomar más decisões e ir à falência. É o lado emocional. A maneira como eu me comporto. As crianças veem tudo. E imitam. Elas observam como a gente reage às coisas. Aprendem com isso. — Pensou no quanto aprendera com o pai. — É importante para mim que a Delphi me veja sendo resiliente, mas também preciso que me veja lidando com mudanças, mesmo quando elas parecem assustadoras e difíceis. E mudanças em geral são, né?

As três mulheres ficaram em silêncio, e Hattie teve a sensação de que entendiam muito bem.

— São mesmo — confirmou Anna, a voz embargada. — Mudança pode ser muito difícil, ainda mais quando não é escolha sua. Dá vontade de congelar o tempo.

Hattie viu o olhar de Erica para Anna e teve a sensação de que o comentário não era uma simples observação sobre o comportamento humano. No entanto, Anna estava certa: às vezes a gente queria mesmo congelar o tempo. Foi o que ela fizera desde a morte de Brent.

E percebeu que tudo o que vinha fazendo em relação à pousada valia também para o resto da vida. Estava parada, como se, ao não seguir em frente, pudesse manter Brent ao lado.

— Bem, eu não conhecia Brent — retomou Erica —, mas tenho certeza de que o homem que descreveu não ia querer que se sentisse assim. Ele parece ter sido do tipo ousado, aventureiro. Ia querer que você vivesse a vida ao máximo.

— Sim, ele ia.

E era o que Hattie teria desejado para ele, se fosse o contrário. Não ia querer que o marido pausasse a própria vida. Ia querer que aproveitasse cada segundo do tempo que tivesse.

E, por fim, ela enxergou com clareza. Não era uma traição a Brent dar pequenos passos adiante, seguir em frente. A verdadeira traição seria não fazer isso. Ela devia a ele viver uma vida plena e não deixar que suas decisões fossem guiadas pela culpa ou pelo medo.

Sentiu-se mais leve por dentro.

— Foi bom conversar com vocês. Obrigada.

— Também foi bom conversar com você. Nós, do Clube do Livro do Hotel, estamos sempre disponíveis para dar conselhos e ter conversas profundas. Agora, sobre esse encontro com Noah... — Claudia pigarreou. — Perdão, quero dizer, esse *não* encontro com Noah, para onde vocês vão?

— Não sei. Ele disse que ia fazer a reserva.

— Isso é romântico.

Hattie riu. Noah era mais prático e pé no chão do que romântico.

— Provavelmente só não sabia onde. O que nos traz de volta ao vestido.

Mas ela já não tinha dúvidas quanto ao vestido. Não queria se apagar. Não queria escolher o caminho mais seguro. Queria usar algo que a deixasse feliz, e o vestido, com certeza, fazia isso.

Anna ergueu a mão.

— Esse vestido fica bem, não importa onde forem jantar. Está decidido. Nós vamos cuidar do seu cabelo e da maquiagem, e você vai aproveitar uma noite sem culpa.

— E se ele te beijar — falou Claudia —, você vai retribuir o beijo. Aposto que esse homem beija muito bem.

Dessa vez, Hattie não disse nada. Já sabia que Noah beijava muito bem, mas não era uma informação que estivesse disposta a compartilhar. Alguns sentimentos eram só seus.

Mas talvez, em vez de fugir do que aconteceu, fosse hora de encarar o fato.

21
Erica

Erica puxou o trenó até o topo da colina, seguindo Delphi, que era muito mais experiente do que ela. A jaqueta acolchoada que comprara para a viagem parecia volumosa, estranha. Não a favorecia e era muito diferente do que costumava usar, mas ao menos estava cumprindo sua função de protegê-la do frio.

Parou para recuperar o fôlego, sentindo o ar gelado encher seus pulmões. Ao redor, havia árvores e, além delas, montanhas. Abaixo, o terreno descia em uma encosta suave até os jardins da pousada, a camada branca transformando cercas e plantas em esculturas congeladas.

Erica nunca tinha andado de trenó e mal conseguia acreditar que ia fazer isso naquele momento. Quando sugeriu que Delphi escolhesse uma atividade, esperava colorir, ler ou fazer alguma coisa tranquila e reflexiva. Mas a garotinha queria sair.

— Ela adora brincar lá fora — dissera Hattie enquanto vestia a filha com várias camadas de roupa e a ajudava a calçar as botas de neve. — É uma bolinha de energia inesgotável. Depois de um dia no jardim de infância, é disso que ela precisa.

Erica tinha conseguido fingir que brincar na neve fresca, com uma temperatura capaz de congelar a pele, também era do que ela precisava.

Felizmente, Anna quis se juntar a elas, e as três seguiram pela lateral da pousada até o alto da encosta, que Hattie garantiu ser ótima — e muito segura — para descer de trenó. Anna foi primeiro, descendo a colina aos gritos enquanto Delphi aplaudia. Agora era a vez de Delphi.

Tentando agir como uma tia responsável, Erica se virou para lhe dizer para ter cuidado, mas a menina já estava no trenó, deslizando ladeira abaixo em direção a Anna. Uma sequência de catástrofes possíveis veio à mente de Erica, mas Delphi chegou ao fim do trajeto sem nenhum problema. E então chegou a vez dela.

Esperando que, da próxima vez, Delphi escolhesse colorir, Erica se sentou no trenó. Daquele ângulo, a encosta parecia mais inclinada do que antes. Por um segundo, sentiu algo parecido com medo, e depois riu de si mesma. Uma menina de 5 anos acabara de descer a mesma ladeira sem pensar duas vezes, e ali estava ela, se perguntando se era uma boa ideia. Isso a fez perceber que sua vida era organizada demais, certinha demais. Passava tempo demais dentro de escritórios envidraçados e hotéis de luxo.

Ela inspirou o ar gelado cortante e decidiu que precisava passar mais tempo ao ar livre. Talvez, em vez das academias dos hotéis, começasse a correr. Talvez aprendesse a esquiar. Jack esquiava e vivia dizendo que a concentração exigida fazia do esqui, para ele, a melhor forma de relaxamento.

Sentindo-se completamente diferente do seu eu habitual, ela se impulsionou. Conseguiu ver Anna e Delphi lá embaixo, acenando, e atrás delas a pousada, com suas janelas charmosas e varandas.

Nos primeiros segundos, o trenó avançou bem devagar e Erica pensou *está tudo bem*, e então, de repente, ganhou velocidade. Como estava indo tão rápido? Disparou colina abaixo, arfando e depois gargalhando, porque se sentia fora de controle, e ela nunca, jamais se sentia fora de controle. Será que ia conseguir parar? Delphi tinha ido tão rápido assim? Ouviu Anna gritar algo sobre usar os pés como freio, mas, antes que pudesse reagir, bateu em um desnível e terminou o percurso de costas, com o trenó em cima de si.

Ficou ali parada por um momento, sem ar.

A neve encontrou a fresta entre a jaqueta e a pele dela e começou a escorrer pelo seu pescoço em filetes gelados.

Delphi bateu palmas e dançou de alegria.

— Não é *divertido*, tia Erica?

Erica empurrou o trenó para o lado e olhou para o céu, tentando avaliar que parte do corpo tinha quebrado.

— Muito divertido.

E então começou a rir, porque tinha mesmo sido divertido, e não conseguia acreditar que estava ali deitada, coberta de neve, com uma criança de 5 anos sorrindo para ela. E, depois de começar a rir, não conseguiu mais parar. A barriga chegava a doer e mal conseguia respirar, mas ainda assim ria como não se lembrava de ter rido antes.

Delphi começou a rir também.

— Tem neve no seu cabelo. Você está engraçada, tia Erica.

— Estou? Que bom. É sempre bom não se levar tão a sério.

E Erica fazia isso o tempo todo. Tudo na sua vida era sério. Em vez de viver no momento, vivia pensando nas consequências. E esse era seu trabalho, prever que tipo de crise poderia atrapalhar os planos de longo prazo de um cliente, mas desde quando ela vivia sua vida pessoal dessa maneira também? *Desde sempre.*

Anna correu até ela, preocupada.

— Você está bem?

— Nunca estive melhor.

E percebeu, com um lampejo de clareza desconcertante, que não se divertia o suficiente na vida. Gostava de ler, adorava relaxar em um spa, curtia ir ao teatro e era viciada na adrenalina de conquistar um grande cliente, mas a única coisa que chegava aos pés da leveza vertiginosa que sentira ao descer no trenó, com os gritos empolgados de Delphi ao fundo, era o tempo que passava com Jack.

— Você tem que controlar o trenó — aconselhou Delphi, prestativa —, aí não cai. Vou de novo. — Sem esperar resposta, disparou colina acima, cheia de energia e determinação, arrastando o trenó atrás de si.

Anna balançava a cabeça.

— O que deu em você?

— Segundo Delphi, eu não controlei o trenó direito.

— Não estou falando da sua técnica, estou falando dessa gargalhada. Não acredito que está se divertindo. Não é nada a sua cara.

— Eu sei. O que só mostra que nem sempre sabemos o que é bom pra gente, porque eu não lembro da última vez que me diverti tanto. — Estendeu o braço, pedindo ajuda para se levantar. — Vem cá, onde é mesmo o hospital mais próximo?

— Você está no meio do nada. Não tem hospital. — Sorrindo, ainda surpresa, Anna a puxou para cima. — Está mesmo se divertindo? Achei que ia estar sonhando com comprar sapatos em Manhattan.

— Sapatos são legais, mas sapatos nunca me fizeram rir até minha barriga doer. — Erica tentou tirar a maior parte da neve o casaco, mas era em vão. — Estou me divertindo de verdade.

Anna a observava com um olhar estranho.

— Você parece outra pessoa.

— Não, sou a mesma, só que com mais frio do que o normal. Não estou acostumada a receber aulas de uma criança de 5 anos.

— Ela é tão fofa e engraçada. — Anna olhou para o alto da colina, onde Delphi se posicionava para outra descida. — E você está sendo ótima com ela.

— Quer dizer que Delphi está adorando minha humilhação?

— Não. Eu quis dizer que o fato de você concordar em brincar de trenó mesmo sendo a última coisa que queria fazer diz muito.

— Assim como o fato de eu estar me divertindo. Isso me diz que eu preciso fazer mais disso. — Erica bateu as botas para tirar a neve e Anna a observou com curiosidade.

— Mais esportes de inverno?

— Mais coisas que me façam rir. — Erica tirou as luvas e sacudiu a neve que havia parado ali dentro. — Preciso fazer mais coisas que me tragam alegria.

Anna olhou para ver como Delphi estava, acenou para a menina e depois se virou para Erica.

— Tipo passar mais tempo na cama com Jack gostosão?

Apesar da neve, Erica sentiu um calor se espalhar pelo corpo.

— Talvez. E talvez também fora dela.

Anna arregalou os olhos e levou a mão ao peito em um gesto exagerado de choque.

— Você está falando de... um relacionamento?

Erica aceitou a provocação.

— Gosto da companhia dele, e é por isso que relutei em vê-lo com mais frequência.

— Só entendi essa frase porque veio de você. — Anna entrelaçou o braço no dela. — Você tem medo de acabar precisando dele.

— Relacionamentos me assustam. — Erica se virou para ela e deu de ombros. — Não espero que entenda. Você faz um romance parecer fácil.

O sorriso de Anna vacilou.

— Eu entendo, sim. Há tantas coisas que podem dar errado, e, quando se ama alguém, os riscos são muito maiores. E romance... amor... nunca é fácil.

Não era a resposta que Erica esperava.

Ela encarou a amiga.

— Está tudo bem?

— Tudo. — Anna acenou mais uma vez para Delphi, que se preparava para enfrentar a subida mais uma vez. — Você achou uma joia escolhendo este lugar. A vista é incrível.

Romance... amor... nunca é fácil.

Em todos os anos desde que conhecera Anna, Erica nunca a tinha ouvido dizer algo assim.

Quando o assunto era relacionamento, Anna era o exemplo de todas elas.

Erica a observou com mais atenção e notou como ela parecia cansada. Por que não tinha reparado antes?

— Está dormindo bem?

— Eu? — Anna se virou. — Estou. E você?

Erica hesitou. Anna em geral era tão aberta...

— Muito bem. Cama confortável. — Ela sabia que havia algo errado, mas não sabia como incentivar Anna a falar sobre o assunto. Era assim que as amigas se sentiam com ela? Prometeu a si mesma que tentaria ser mais aberta. Mas, quanto a Anna, só lhe restava esperar e torcer para que ela se abrisse em algum momento. — Este lugar é lindo, mas acho que vou ter que repensar meu guarda-roupa se essas atividades ao ar livre forem se tornar frequentes. Quanto tempo demora para nossas extremidades congelarem?

— Você precisa é de um banho quente, e felizmente ainda dá tempo de tomar um antes do jantar.

Erica tirou mais neve do casaco, perto da nuca.

— Um banho quente parece ótimo. Claudia não vai jantar com a gente porque vai estar na cozinha, mas podíamos nos encontrar na biblioteca para beber algo antes do jantar. Imagino que vá querer ligar pro Pete antes.

Anna não respondeu, e, quando Erica a olhou, viu que ela estava com os olhos marejados.

— Anna? — Preocupada, segurou o braço da amiga. — Me conta o que houve.

— Comigo? — Anna procurou um lenço no bolso. — Não fui eu quem caiu do trenó em uma ladeira de criança. — Tirou a mão do bolso e os ombros desabaram. — Não tenho lenço.

Erica vasculhou o próprio bolso e puxou um pacote.

— Aqui. Pode ficar com todos.

Anna fungou e puxou um.

— Você nunca carrega lenços.

— Achei que poderia precisar, já que estou cuidando de uma criança de 5 anos. Estou seguindo o seu exemplo de estar preparada para tudo. Me conta o que está acontecendo. Você estava quieta ontem no jantar e hoje no café. E saiu para uma caminhada longa sozinha de manhã.

— Bom, você tinha que fazer ligações de trabalho, e Claudia estava na cozinha, então achei que podia aproveitar para pegar um pouco de ar fresco.

Anna assoou o nariz com força.

— Tia Erica! Anna! — A voz de Delphi cortou o ar gelado. — Olha só!

Na hora, Anna abriu um sorriso e acenou com os braços.

— Estamos olhando! — Ela enxugou as lágrimas e vibrou quando Delphi desceu a ladeira na direção delas.

Erica ficou impressionada com a capacidade da amiga de deixar os sentimentos de lado e sorrir para a criança.

— Está com saudade de casa? Pensando no Natal? — Começou pelo mais óbvio, um mero palpite, mas Anna balançou a cabeça.

— Não, de jeito nenhum. — Manteve os olhos em Delphi. — Este lugar é tão festivo, e estar com vocês duas, minhas melhores amigas... — Ela pigarreou. — Está sendo perfeito.

Agora Erica tinha certeza de que algo estava errado.

Quem dera fosse mais intuitiva. Precisava das habilidades de Anna.

— Isso tem a ver com os gêmeos estarem prestes a sair de casa? Aquela conversa com Hattie sobre mudanças deixou você chateada?

— Não. — Mas dessa vez o sorriso de Anna foi uma imitação pálida do real. Ao ver a tristeza evidente no rosto da amiga, Erica segurou seu braço.

— Anna...

— Não é nada. Foi só algo que Pete disse há alguns dias. Ah, olha ela! Sem medo nenhum. Meg era igual. Um pesadelo. — Anna bateu palmas enquanto Delphi vinha na direção delas.

Erica quis perguntar o que Pete tinha dito, mas Anna já estava correndo até Delphi, cheia de sorrisos e palavras de incentivo, e Erica a seguiu, aceitando o fato de que Anna não queria falar sobre o assunto.

Observou a amiga com Delphi, vendo o carinho e o interesse dela. Anna tinha um talento natural com crianças. Ficava tão feliz e envolvida com elas. Não era difícil entender por que estaria triste com a ideia de os filhos saírem de casa.

Ela franziu a testa. Será que Pete tinha ficado irritado por Anna ter viajado tão perto do Natal? Não. Pete era a pessoa mais tranquila do mundo e nunca havia tentado controlar o que Anna fazia. Então o que tinha acontecido?

Queria perguntar, mas naquele momento Delphi veio correndo em sua direção.

— Tia Erica! Você me viu? — Ela envolveu as pernas de Erica com os braços e a apertou.

Erica sentiu uma onda de afeição. Era impossível não corresponder ao carinho de Delphi.

— Vi. Você foi ótima.

— Eu adoro ir rápido. Que tal a gente ir de novo?

Era difícil de resistir ao olhar suplicante de Delphi.

Erica olhou de relance para Anna, que abriu um sorriso animado demais.

— Por que não? Vai escurecer logo. Vamos lá.

As duas subiram mais uma vez até o topo para a última descida, e dessa vez encontraram Hattie as esperando lá embaixo com Rufus. Ela convenceu Delphi de que era hora de voltar para dentro.

Delphi insistiu em segurar a mão de Erica, que não fazia ideia do que tinha feito para merecer uma aceitação tão completa e ficou surpresa com o quanto aquilo a fez se sentir bem.

— Tia Erica — sussurrou Anna em seu ouvido, dando um sorriso rápido antes de seguir em direção às escadas para o refúgio de seu quarto.

Erica notou os ombros caídos da amiga e a viu olhar o celular rapidamente antes de guardá-lo de novo.

— Anna, espera... — Erica queria conversar com ela, mas a amiga não parou.

— A gente se vê mais tarde para beber alguma coisa. — E então desapareceu na curva das escadas, e Erica não pôde segui-la porque Delphi puxava sua mão.

— Você gosta de chocolate quente?

Erica desviou o olhar de Anna. Nem ia fingir que não estava preocupada. Anna era a estável, a que acalmava todas quando havia uma crise. Mesmo entre as amigas, às vezes ela assumia um papel maternal. Se havia um problema, falava sobre ele. Era direta e transparente. O que só aumentava a apreensão de Erica, porque agora não conseguia decifrá-la.

— Tia Erica? — Sentiu outro puxão em sua mão, e Hattie se agachou diante da filha.

— A tia Erica está de férias com as amigas, então temos que deixar que ela tenha um tempinho só para ela.

— Eu sou amiga dela também, e gosto de brincar com ela.

Erica sentiu um aperto no peito.

— Chocolate quente é uma boa. — Anna tinha deixado claro que não estava pronta para falar sobre o que quer que fosse que a estivesse incomodando, então ela podia aproveitar e passar mais um tempinho com Delphi. — Vamos, sim. Depois vou tomar um banho bem quente e me arrumar para o jantar.

Pela primeira vez na vida, começava a entender o prazer que Anna encontrava nas interações simples com crianças pequenas.

Estar com Delphi era testemunhar uma felicidade genuína, que focava o momento presente. Fosse deslizando na neve, colorindo um desenho ou fazendo chocolate quente, conseguia transformar cada atividade em um momento de alegria.

Os adultos têm muito a aprender com as crianças, pensou Erica.

Hattie se levantou.

— Você bebe chocolate quente?

Ela não tomava chocolate quente desde a infância, mas que mal havia nisso? Estava morrendo de frio, então ao menos a ajudaria a se aquecer.

— Em dias de neve, com certeza.

Quando voltou para o quarto, já estava escuro lá fora e a neve começava a cair de novo. Erica tirou as camadas de roupas, pendurou tudo para secar e foi encher a banheira. Enquanto o vapor se espalhava peço banheiro, sentou-se na borda e acrescentou espuma.

Sempre levara uma vida independente, solteira. Quando Anna falava sobre querer ter uma família, o desejo de Erica era se concentrar na carreira. Nunca conseguiu imaginar que uma família pudesse lhe trazer a mesma satisfação que seu trabalho. Mas agora ela começava a ter dúvidas.

Tia Erica.

Aquelas palavras deveriam ter provocado inquietação, mas, estranhamente, isso não aconteceu.

Refletindo sobre o assunto, tirou o resto da roupa e entrou na água quente. O calor ajudou a descongelar os membros. Se fosse brincar na neve com mais frequência, com certeza precisaria repensar o guarda-roupa. Até então, não tinha parado para pensar no que viria depois daquela semana.

Parecia estranho que, poucos dias antes, ela pretendesse ir embora sem nem sequer se apresentar a Hattie. Estava louca para voltar à vida descomplicada em Manhattan, mas agora já não se sentia assim, embora ainda precisasse descobrir o que fazer a seguir.

Tia Erica.

Ela sorriu e acrescentou mais água quente na banheira. Não fazia ideia de como ser tia. Até agora, vinha deixando Delphi tomar a iniciativa, mas talvez devesse se esforçar mais. Devia haver livros sobre o assunto, não? Uma tia deveria ser divertida e fazer todas as coisas que uma mãe desaprovaria, ou devia ser firme e disciplinadora?

Saiu da banheira, se enrolou em uma toalha grande e encarou o celular.

A vontade de ligar para Jack era quase irresistível. Será que devia inventar algum evento para o qual precisasse de companhia? Pensar em uma desculpa qualquer?

Não. Isso era ridículo. Ela tinha 40 anos. Velha demais para esses joguinhos. Jack era direto, e ela também. Se queria ligar para Jack, devia ligar e pronto.

E dizer o quê? Que se arrependia de não ter deixado que passasse a noite da última vez que estiveram juntos?

Impaciente consigo mesma, voltou para o quarto e começou a se arrumar para o jantar.

Demorou-se arrumando o cabelo e a maquiagem, respirou fundo e pegou o telefone.

Ele atendeu quase imediatamente.

— Erica?

Ouvir a voz dele lhe deu um frio na barriga e um calor se espalhou por suas veias.

— Oi.

— Como está sua semana com as amigas? Estão pintando as unhas dos pés e fazendo banquetes à meia-noite?

A imagem a fez sorrir.

— É isso que você imagina que estamos fazendo?

— Não tenho ideia do que estão fazendo, mas estou gostando de imaginar você deitada só de roupa íntima, então não estrague meu dia me dizendo que está de jaqueta de esqui fechada até o pescoço.

Ela havia se esquecido de como gostava de conversar com ele. Eram poucas as pessoas com quem se sentia tão à vontade.

— Infelizmente, tenho más notícias, porque algumas horas atrás eu estava sim usando uma jaqueta de esqui fechada até o pescoço. Também fui andar de trenó. E não, não estou brincando.

Houve uma pausa.

— Por que eu acharia que você está brincando?

— Porque nós dois sabemos que não sou o tipo de pessoa que anda de trenó. Duvido que teria topado, mas quem estava comigo foi muito convincente, então eu andei. E me diverti.

Ela atravessou o quarto e escolheu um par de botas para a noite.

— Está surpreso?

— Que você é capaz de relaxar e aproveitar o momento? Nem um pouco. Sempre soube que você tem um lado escondido. — Ele fez uma pausa. — Me fala mais sobre essa pessoa que te convenceu a entrar em contato com sua criança interior... ele é um esquiador de quase dois metros, com ombros largos e braços musculosos? Quero uma descrição do meu rival. Eu venceria em uma briga?

Erica sentiu um arrepio. A palavra *rival* sugeria que ela e Jack tinham uma relação íntima. E ela se surpreendeu com o quanto gostou da ideia.

— Depende. — Erica calçou as botas. — Qual é sua arma?

— Um laptop e uma caneta-tinteiro. Eu sou ótimo com os dois. Também tenho memória fotográfica e palavras. Eu venço com as palavras.

Ela o imaginou no escritório, sentado atrás de uma mesa enorme, com metros de vidro atrás dele e a cidade inteira a seus pés. A camisa dele estaria impecável, o paletó cairia perfeitamente sobre os ombros. Jack estava sempre impecável. Quando entrava em uma sala, as pessoas reparavam, embora ele tivesse o dom de deixá-las à vontade. Sempre calmo e no controle. Não conseguia imaginá-lo caindo por causa de um trenó nem se sentindo ameaçado por um rival.

— A pessoa tem 5 anos. A não ser que você saiba muito sobre tubarões ou dinossauros, não vai ganhar no quesito conversa.

— Pois fique sabendo que tenho um conhecimento enciclopédico sobre dinossauros e estou confiante de que conseguiria me sair bem em uma sabatina sobre a era Jurássica. Então, sra. Chapman, qual é o seu dinossauro favorito?

— Oi?

— Seu dinossauro favorito. Todo mundo tem um.

Ela foi até a janela, sorrindo.

— Todo mundo? Bem, então me diga qual é o seu.

— Velociraptor. — Ele não hesitou. — São inteligentes, ágeis e não hesitam na hora de matar.

— Ou seja, são os advogados do mundo dos dinossauros.

Jack riu.

— Talvez. Agora é sua vez.

— Não sei. Sou nova nisso. Me ajuda. O único que conheço é o tiranossauro rex, mas ele é um carnívoro selvagem, o que é meio nojento, e nunca gostei daqueles bracinhos minúsculos.

— Nada de bracinhos. Anotado. Vou daqui direto para a academia depois dessa conversa. Espere só um segundo. — Houve uma pausa, ela ouviu vozes ao fundo e depois o clique de uma porta se fechando. — Desculpe. Tem gente que acha que estou aqui trabalhando como advogado, então preciso manter as aparências. Onde estávamos? Ah, sim, dinossauros. Acho que você ia gostar do diplodoco.

— Ele é um carnívoro selvagem?

— Não, é herbívoro. Intimidador por fora, mas gentil por dentro. Um pouco como você.

— Você me acha intimidadora?

— Está esquecendo que eu já vi você nua. Ninguém é intimidador quando está nu.

Erica não tinha esquecido. Na verdade, pensava nisso muito mais do que gostaria.

— Eu não fazia ideia de que era especialista em dinossauros.

— Se tivesse me perguntado quando eu tinha 7 anos, eu poderia responder a todas as suas perguntas. Por um tempo, quis ser paleontólogo, até perceber que a proporção entre escavação e drama pendia muito para escavação.

A conversa ainda era leve, mas os dois sabiam que estavam evitando algo bem mais sério.

— Então... — Jack quebrou o silêncio. — Imagino que me ligou por algum motivo. Qual é a data?

— A data?

— Do evento para o qual quer que eu vá. É de gala?

Erica recebia convites para tantos eventos, a maioria dos quais recusava. Seria fácil escolher uma e usá-lo como desculpa para se encontrarem.

Mas não queria inventar uma desculpa.

— Não tenho um evento específico em mente. Não foi por isso que liguei.

— Então que tal me dizer por que ligou?

A voz dele era uma carícia, e ela pressionou os dedos contra o pescoço, imaginando o toque da boca dele em sua pele.

— Da última vez que nos vimos... — Ela parou e engoliu em seco. — Fiquei pensando naquele dia.

— É?

Ela olhou pela janela, se perguntando por que estava achando a conversa tão difícil.

— Estava pensando que, da próxima vez que a gente se encontrar, você poderia deixar algumas coisas no meu apartamento. Uma escova de dentes. Qualquer coisa.

Houve silêncio, e por um instante ela se perguntou se ele tinha escutado.

— Jack? Ainda está aí? Eu disse...

— Eu ouvi o que disse, Erica.

O jeito como Jack falou seu nome fez seu coração parar por um segundo, e então ela sentiu pânico.

— Você não deve querer. É muito independente e gosta do seu espaço tanto quanto eu, e...

— Erica. — Dava para ouvir um sorriso na voz dele. — Respira.

— Ah. — Ela pressionou a mão contra o peito. Sentia o coração disparado. — Estou respirando.

— Por que acha que eu não ia querer?

Erica se sentia tão insegura quanto uma adolescente começando o primeiro namoro.

— Porque não é como a gente faz as coisas.

— Não é como a gente fez até agora, mas, se bem me lembro, fui eu quem sugeri passar a noite da última vez que estivemos juntos. — A voz dele era grave e íntima. — Se lembra daquela noite?

Ela fechou os olhos.

— Lembro.

Pensar naquilo a fez corar. Jack, a boca dele na dela enquanto tomavam banho. As mãos dele, com um toque mágico sobre seu corpo trêmulo. Tinha sido intenso demais, e ela tinha ficado dividida entre querer que ele ficasse e que fosse embora.

— Eu queria ficar — disse Jack. — Faz tempo que eu quero ficar.

Erica abriu os olhos, sentindo como se estivesse enxergando o mundo pela primeira vez.

— Quanto tempo?

— Meses.

— E você não disse nada?

— Estava tentando bancar o indiferente. Sei que você não deixa qualquer um entrar na sua vida.

As pernas dela ficaram bambas e ela se sentou na cadeira.

— Jack?

— Sim.

Erica umedeceu os lábios.

— E se eu te convidasse para entrar na minha vida?

— Você não faz ideia de quanto tempo eu esperei por esse convite. Onde você está agora? Vermont. Quanto tempo demoraria para eu chegar em Vermont? Tempo demais, droga, e tenho uma reunião daqui a uma hora e preciso ir ao tribunal amanhã de manhã. E, de qualquer forma, está com suas amigas e, se ainda não teve guerra de travesseiro, provavelmente precisa marcar uma. Não quero atrapalhar sua semana de clube do livro. Quando a gente estiver junto, quero sua atenção toda para mim.

Ela sentiu um nó no estômago.

— Tenho uma sugestão.

— Pode falar.

Erica respirou fundo. Era uma ideia maluca.

— Não precisa aceitar. — De repente se deu conta de que sabia tão pouco sobre a vida dele. — Até onde sei, você pode estar saindo com outra pessoa...

— Não tem outra pessoa, Erica. Só você. E já estou aceitando. Agora você só precisa me dizer o que foi que eu acabei de aceitar.

Só você.

Ela fechou os olhos. Talvez fosse uma ideia maluca, mas ia em frente mesmo assim.

22
Claudia

— Consegui falar com dois dos nossos fornecedores agora de manhã. Sua rede aqui é incrível — comentou Claudia, sentada em um canto da cozinha com Hattie, enquanto revisavam os planos para a semana.

— Sempre achei importante priorizar fornecedores locais quando possível. É uma forma de apoiar a comunidade e fazer parte dela. Nós precisamos uns dos outros. — Hattie tomou um gole do café. — Este cappuccino está delicioso, aliás. E a árvore de Natal de chocolate no topo é uma obra de arte. Foi você quem fez?

— Tenho talentos secretos. — Claudia abriu uma pasta e empurrou para Hattie. — Estava pensando que a gente devia destacar mais o que você já faz. Repassar essa informação para as pessoas. Por enquanto, dizemos de onde vem a comida, o que já é ótimo, mas nós podemos fazer mais.

Talvez não devesse ter dito "nós". Afinal, a pousada era de Hattie, não dela.

Ela prendeu a respiração enquanto Hattie folheava a pasta.

— Você fez um perfil detalhado de cada fornecedor. Fotografias. A história deles. É tão humano. Real. — Virou outra página. — Um mapa de como chegar à fazenda deles.

— Só dos que estão abertos a visitas e vendem direto ao público — explicou Claudia. — Não estou sugerindo que a gente incentive que eles sejam perseguidos em casa. E, claro, só com o aval deles. Seria uma parceria. Pensei que talvez, no verão, nós... você — corrigiu-se — poderia fazer noites especiais apresentando os produtos de um fornecedor específico. E talvez oferecer aulas de culinária para grupos pequenos. Só uma ideia.

— É uma ideia brilhante. — Hattie virou a página e sorriu. — Você incluiu os Peterson.

— Boa foto do Noah, não acha?

Ela viu as bochechas de Hattie corarem.

— Sim.

Claudia não se intrometeu. Não era da sua conta, e ela era a última pessoa com moral para dar conselhos sobre relacionamentos.

— Nós convidamos os fornecedores para jantarem no restaurante? Porque deveríamos.

— Incluir mais eles? — Hattie estava fazendo várias anotações. — Você tem razão. Isso tudo está maravilhoso, Claudia. Posso pedir mais um favor?

— Claro. — Claudia terminou o café. — Qualquer um.

— Escrevi uma descrição para a vaga de chef. Pode dar uma olhada?

Claudia sentiu sua empolgação murchar. Odiava pensar em outra pessoa assumindo a cozinha da Pousada Maple Sugar, o que era ridículo, já que ela estava de férias e partiria em poucos dias.

— Claro. Me mande por e-mail. Também pensei que talvez nós pudéssemos... — Ela parou quando o celular começou a tocar. — Desculpe. Achei que tinha desligado.

Ela pegou o aparelho e viu "John" na tela.

John?

Sua boca ficou seca e os dedos tremeram um pouco. Eles não se falavam desde o dia em que John saíra da vida que dividiam, seis meses antes.

— Pode atender. A gente termina a conversa depois — disse Hattie, levantando-se. — Vou te dar privacidade.

Claudia não perguntou como Hattie sabia que aquela ligação precisava de privacidade.

Ela esperou a mulher sair e então atendeu.

Não falou nada, porque não sabia o que dizer.

— Claudia? Claudy? — O uso do apelido a fez estremecer. Apelidos eram para pessoas que se importavam uma com a outra, e ele tinha deixado claro que não se importava.

— O que você quer, John? — Toda a dor e a insegurança que ela passara os últimos seis meses enterrando voltaram com força total.

— É bom ouvir sua voz.

Suas pernas tremiam e ela sentiu uma onda de saudade e imediatamente se odiou por isso. Aquele homem não a tratara com respeito.

— Se queria ouvir minha voz, podia ter me procurado a qualquer momento.

— Me desculpa. Me comportei muito mal e sei que tenho muito trabalho a fazer para conquistar seu perdão. Como você está?

Como ela estava? Bem até atender aquela ligação. E o que ele queria dizer com “perdão”? O que o fazia pensar que ela o perdoaria? E por que ele queria isso?

— O que quer, John? Por que está ligando agora, depois de seis meses de silêncio?

— Você está com raiva. Eu entendo. Não achei que a ligação seria fácil. Eu mereço tudo o que tiver para jogar na minha cara.

Se ele estivesse ali, havia muitas coisas na cozinha que Claudia teria de fato jogado nele.

— Estou ocupada. Pode ser rápido?

— Onde você está? Achei que estaria no apartamento quando eu chegasse, mas minha chave não funciona mais.

Ela apertou o celular com mais força.

— Você está no apartamento?

— Do lado de fora do nosso apartamento, no qual pelo visto não consigo mais entrar. Houve algum problema com a fechadura?

— Mudei as fechaduras — disse ela, agradecendo mentalmente a Erica, que havia cuidado disso. — A casa deixou de ser "nossa" quando você foi embora sem aviso e parou de contribuir com o aluguel. — Nos últimos seis meses, o espaço foi apenas um apartamento, nada mais. — E sobre onde estou... estou viajando com Erica e Anna. Clube do livro.

Ela não fazia ideia de por que contou aquilo, talvez apenas para provar que ainda estava vivendo sua vida. Que as atitudes dele não a haviam destruído.

— Isso não acontece no verão?

— A gente não conseguiu marcar no verão.

Você me deixou. Eu estava um caco.

— Você ainda não me disse por que ligou.

E de repente ela se perguntou. Seria por causa da Trudy? Ele estava ligando para avisar que ia se casar? Seu estômago deu um nó.

— Eu quero você de volta, Claudia.

O mundo girou. Ela devia ter entendido errado, com certeza.

— Oi?

— Eu quero que a gente volte. E sei que deve ser um choque.

Um choque?

Ela queria dar uma resposta ácida, mas sua mente ficou em branco.

— Claudia? Eu sei que está com raiva de mim. E não a culpo. Não sei o que deu em mim, mas vou passar o resto da vida tentando me redimir.

A conversa era inacreditável.

— E onde entra Trudy nesse arranjo?

— Trudy foi um erro. Mas talvez eu precisasse estar com Trudy para perceber que você era a mulher certa para mim.

Era para Claudia mandar um cartão de agradecimento para Trudy?

— Claudia? Você ficou quieta. Estou dizendo que quero que a gente fique junto de novo. Para sempre.

Para sempre.

Ele estava oferecendo sua vida antiga de volta. Claudia poderia voltar para o apartamento, arrumar outro emprego e se estabelecer de novo na Califórnia. Com John. Seu John.

Ela olhou pela janela. Só que ele não era mais o seu John, era? Os últimos dias com as amigas a tinham feito perceber que o relacionamento deles estava longe de ser perfeito. Confundira duração de relacionamento com qualidade, mas agora conseguia ver todas as falhas.

Pensou no dia em que ele bateu a porta ao sair de casa, ignorando os pedidos dela para que ao menos conversassem. Apesar dos anos juntos, ele não teve sequer esse mínimo de cortesia. Respeito, carinho, consideração — quando isso existiu naquele dia?

E também não existia agora. Achava que bastaria uma ligação e ela voltaria correndo?

— Imagino que esteja se sentindo meio abalada — disse John. — Respire fundo. Eu te amo, Claudia. Nós funcionamos bem juntos.

— Você me ama? — Ela tentou não soar muito sarcástica. — E quando foi que chegou a essa conclusão?

— Sempre te amei.

Ela sentiu um misto de raiva e incredulidade.

— Você me traiu. Você destruiu o nosso relacionamento.

E agora sabia com certeza absoluta que não o queria de volta. Não queria reconstruir sua antiga vida. Estava empolgada com a nova. Aquela que havia começado a viver, mesmo que timidamente. E John não era parte dela. Claudia não teve escolha em nada do que tinha acontecido com ela naquele ano, mas agora tinha.

Apertou o punho contra os lábios, sem saber se ria ou chorava. Pela primeira vez na vida, sentia-se poderosa.

— Claudia?

— Ellen e Tilda, do apartamento de cima, têm uma chave reserva. Vou mandar uma mensagem pedindo para entregarem a você. Pode fazer o que quiser com o apartamento, John. Pode ficar com ele. Ou não. Tanto faz. Eu não vou voltar. Vou mandar alguém empacotar minhas coisas.

— Não pode estar falando sério.

— Estou, sim.

Ele soltou um muxoxo de impaciência.

— Isso é algum tipo de vingancinha porque eu fui embora?

— Não. Isso deve ferir seu ego, mas eu nem estou pensando em você agora. Estou pensando em mim. — Claudia se levantou, sorrindo. — Não quero pegar um voo até a Califórnia só para empacotar minhas coisas. Posso pedir para outra pessoa fazer isso por mim. Mas obrigada por me dar a ideia. Você me ensinou a tirar toda emoção de um término.

— Eu errei, Claudia, admito. — John agora soava desesperado. — E queria poder explicar por que fiz o que fiz, mas... não sei. — Suspirou. — Talvez tenha sido a crise dos 40 anos. Me abalou, sabe?

— A idade não é justificativa para trair sua parceira.

— Eu me arrependo muito. E não estou achando que você vai me perdoar de um dia pro outro. Vou ter que lutar para reconquistar sua confiança.

— Nem se dê o trabalho. Sinceramente, não me importo com o que você faz nem com quem faz. Durma com quem quiser. A gente não está mais junto.

— Você encontrou outra pessoa? Está apaixonada?

Era típico de John achar que o único motivo para ela não querer mais nada com ele era porque havia encontrado outro.

— Não estou com ninguém. Não estou apaixonada.

Ou talvez estivesse, de certa forma. Pensou nos últimos dias, na diversão que teve com as amigas, na empolgação de voltar à cozinha, na animação ao trocar ideias com Hattie. Na esperança ao pensar no futuro. Estava apaixonada pela ideia de uma nova vida.

— Mas você queria se casar...

— Ainda bem que não aconteceu. Você não era o homem certo pra mim. Eu devia até agradecer por me fazer enxergar isso. Agora preciso ir, estou trabalhando. Não me ligue mais.

Claudia encerrou a ligação e bloqueou o número. Depois leu o e-mail de Hattie e saiu atrás dela.

Ela estava conversando com Chloe, mas pediu licença assim que a viu.

— Você está bem?

— Estou. De verdade. — Ela sentia como se tivesse dado um enorme passo à frente. — Preciso conversar com você sobre a descrição da vaga.

Hattie estudou seu rosto.

— Você acha que não ficou boa?

— Ficou. — Claudia respirou fundo e canalizou toda a energia e confiança recém-descobertas. — Gostaria de me candidatar.

Hattie a encarou, surpresa.

— Você?

— Eu sei que vai querer ver quem mais tem interesse em se candidatar — argumentou —, fazer entrevistas, embora eu recomende que peça aos candidatos que preparem alguma coisa, porque não adianta receita boa se o prato sai ruim. Mas eu gostaria de ser considerada.

— Espere... — Hattie passou os dedos pela testa. — Você mora na Califórnia.

— Não é minha casa. Tenho um apartamento alugado, é fácil de resolver. Estou livre para ir para onde quiser — replicou, fazendo uma pausa —, e adoraria que fosse aqui. E não quero que se sinta pressionada. É importante que, desta vez, você contrate a pessoa que acredita ser ideal para o trabalho. Alguém que consiga transformar sua visão em realidade.

— Claudia — interrompeu Hattie. — Se está me dizendo que quer o emprego, que quer ficar em caráter permanente, então a resposta é sim. — Ela deu uma risada incrédula. — Um grande sim.

— Sério? Talvez queira pensar melhor.

— Não preciso pensar. Eu adoraria que entrasse para equipe. Como pode ter dúvida disso? Pensamos de forma parecida. Queremos as mesmas coisas. Estamos empolgadas para experimentar coisas novas. Mal posso esperar para trocar mais ideias com você. — Os olhos de Hattie brilhavam. — Você aparecer aqui foi a melhor coisa que me aconteceu em muito tempo.

Claudia sentiu um nó se formar na garganta. Já fazia tempo que ela não era a melhor coisa que tinha acontecido a alguém.

— Você precisa sair mais.

— E pretendo. — Hattie sorriu. — Meu grande encontro é amanhã.

— Certo. Com direito a cabelo e maquiagem. — Claudia ajeitou o uniforme. Estava cheia de energia, como se tivessem trocado suas baterias. — Então está interessada?

— Mais do que interessada. Vou providenciar um contrato o quanto antes. E quanto à acomodação? Depois que vocês três fizerem o check-out, estaremos com a pousada cheia, mas você pode ficar no Sugar Shack, o pequeno chalé atrás da pousada. Não é chique, mas é quentinho e confortável. Brent tinha planos de reformar e alugar para ter uma fonte de renda extra, mas o chef Tucker exigiu que déssemos moradia como parte do contrato, então ele ficava lá. Você pode morar lá.

— Não quero privá-la de uma fonte de renda.

— Por enquanto está vazio. Adoraria que você usasse. Vou pedir para Chloe limpar e abastecer o local.

— Chloe já tem coisa demais para fazer. Eu mesma cuido disso ao longo da semana. Vai ser divertido. Obrigada.

Ela já estava fazendo planos para transformar o lugar em um lar.

— Eu é que deveria agradecer. — Hattie suspirou. — Você me salvou.

Claudia pensou na cozinha, com suas panelas reluzentes e bancadas impecáveis. Pensou no instante em que viu a pousada pela primeira vez, coberta de neve e enfeitada para o Natal.

De certa forma, não havia sido sincera com John. Estava apaixonada, sim, mas não por um homem. Estava apaixonada por um lugar, aquele lugar especial e maravilhoso e pelas pessoas que trabalhavam ali. Estava apaixonada pela promessa de um futuro, um futuro que a deixava empolgada.

Ela respirou fundo e sorriu para Hattie.

— Tenho certeza absoluta de que quem me salvou foi você.

23

Hattie

Noah foi buscá-la não na caminhonete da família com os dizeres "Árvores de Natal Peterson" na lateral, mas em seu próprio carro, resistente o bastante para encarar qualquer clima e qualquer desafio. *Um pouco como o próprio Noah*, pensou Hattie ao entrar no carro. Tinha certeza de que, em algum lugar atrás dela, Lynda e Delphi estavam com o rosto grudado na janela, observando os dois. Não se virou. Já estava nervosa o suficiente sem reconhecer que tinha plateia.

— Está quente para você?

Noah a olhou, as mãos enluvadas apoiadas no volante, enquanto esperava que ela colocasse o cinto de segurança. A luz do poste derramava um brilho suave sobre o interior do carro, destacando os fios grossos do cabelo dele e os ombros largos. O olhar se demorou no dela por um instante e então ele sorriu.

— Você está linda.

— Obrigada.

Ela decidiu não revelar que Erica e Anna, com a ajuda de Delphi, sua assistente, haviam passado uma hora arrumando seu cabelo e fazendo a maquiagem.

— Você também parece nervosa. É só um jantar, Hattie. Uma noite tranquila com um amigo. E não é da conta de ninguém além da nossa.

Noah estendeu a mão e apertou a sua, e ela ficou parada por um momento, sentindo a pressão tranquilizadora e pensando naquela noite no celeiro, lembrando-se do calor, do desejo, da pura urgência e da consciência de que ainda era capaz de sentir algo que não fosse tristeza ou pesar.

E percebeu que não estava nervosa por causa do que os outros poderiam pensar, mas por causa dos próprios sentimentos.

— Uma noite tranquila soa bem. É disso que preciso. — Sua voz saiu rouca, e Hattie sentiu uma expectativa maravilhosa. Será que conseguiria comer alguma coisa? Havia um nó tão grande em seu estômago que não sabia se sobraria espaço para comida. — Como está sua mãe?

Noah soltou a mão dela, ligou o motor e seguiu em direção à estrada.

— Irritantemente intrometida, mas não se preocupe com isso. Espero que ela não nos siga até o restaurante para espionar pela janela.

Ela riu da ideia.

— Eu adoro sua mãe.

— E ela adora você. — Ele parou em um cruzamento. — Mas isso não significa que ela não passe dos limites às vezes.

Hattie se lembrava de como o pai dizia que não importava a idade dos filhos, eles sempre seriam vistos como filhos.

— Imagino que ela faça isso o tempo todo. Isso de tentar arrumar encontros.

— É a primeira vez.

Noah manteve os olhos na estrada, deixando-a absorver a revelação.

Se Lynda nunca havia se intrometido antes, por que agora? Por que com ela?

Hattie olhou para a beira da estrada, concentrando-se no brilho da neve iluminada pelos faróis. Estava pensando demais, como sempre. Era um jantar com um amigo. Só isso.

E era bom deixar de lado as pressões da pousada, mesmo que por uma noite.

Era bom estar com Noah.

O interior do carro estava aconchegante, e seu casaco era grosso e quente. Por baixo daquelas camadas de lã, ela sentia o toque sensual do vestido verde contra a pele.

— Pensei em sairmos da cidade — disse —, assim nós dois podemos relaxar, e você não vai ficar preocupada se formos vistos por alguém.

— Não me importo em ser vista com você.

Hattie se virou para ele e viu um leve sorriso nos cantos da boca.

— É um alívio ouvir isso, porque, por mais discretos que sejamos, pode apostar que da próxima vez que formos à cidade alguém vai perguntar se gostamos da noite.

— Tenho certeza de que você está certo.

— Deixei para trás a vida na cidade grande há um bom tempo, mas ainda estou me acostumando com o fato de que, por aqui, as pessoas sabem tudo sobre a sua vida e o que andou fazendo nas últimas semanas. Ontem, por exemplo... — Noah ajustou a pressão das mãos ao volante. — Fui entregar algumas árvores para uma família do outro lado do vale e parei na farmácia para comprar um analgésico para o meu pai. O ombro dele dói quando faz frio. Só havia duas pessoas lá, mas, quando voltei para casa, ele já tinha recebido várias ligações, uma travessa de comida, brownies fresquinhos e várias ofertas de ajuda na fazenda.

Ela não achou difícil acreditar.

— Isso é ótimo, mas imagine se estivesse comprando algo constrangedor.

— Aí eu pegaria o carro e iria até Boston. E, se fosse vergonhoso, talvez tivesse que voar até o Alasca.

Ela se sentiu relaxar.

— Quando descobri que estava grávida, Brent e eu decidimos manter em segredo por um tempo, mas alguém me viu comprando o teste de gravidez.

— Já sei, você chegou em casa e encontrou uma roupinha de bebê na porta?

— Quase. Quando voltei à cidade, quatro pessoas me perguntaram como eu estava. E uma chegou a comentar que ter um bebê enquanto se renova uma pousada e se começa um negócio daria muito trabalho.

— Como se você não tivesse pensado nisso...

— Pois é. Às vezes é irritante, mas na maioria das vezes é reconfortante. — Ela preferia se concentrar no lado positivo. — Gosto da conexão humana. Faz com que eu me sinta parte de algo. Talvez seja mais difícil se a pessoa tem algo a esconder.

— Imagino que sim. Seria complicado ter um caso, por exemplo. Se tentasse sair pela janela de alguém para não ser visto, pode apostar que algum morador estaria ali com uma escada.

— Está falando por experiência própria?

Ele sorriu.

— Prefiro relacionamentos em que posso entrar pela porta da frente. Agora me conte como foi o resto da sua semana. Eu estava achando que você ia cancelar. Ocupada demais.

Harriet quase cancelou um milhão de vezes, não porque estivesse ocupada, mas porque estava com medo. Medo de si mesma. Medo de onde aquilo poderia dar, ou não.

Sabia instintivamente que Noah poderia mudar seu futuro.

— Não estou ocupada demais. Inclusive, esta é a primeira noite, em muito tempo, em que me sinto segura de sair sem me preocupar se alguém vai pedir demissão enquanto eu estiver fora. Obrigada pelas mensagens perguntando como eu estava. Foi gentil. — Ela não contou que havia mantido o celular por perto o tempo todo e relido aquelas mensagens várias vezes.

— Eu estava preocupado. Queria saber se estava bem. E você parece estar. — Ele pegou a estrada que levava à cidade vizinha. — Me conta as novidades.

Ela o atualizou sobre Erica e que Delphi, de alguma forma, havia quebrado o gelo entre elas. Depois falou sobre Claudia e como Chloe estava se saindo bem nos poucos dias em que teve responsabilidade total.

— Stephanie queria que eu demitisse Chloe, mas, agora que Stephanie se foi, ela está se mostrando fundamental.

— As pessoas muitas vezes são capazes de mais do que imaginam, ainda mais quando recebem responsabilidade e têm espaço para tomar iniciativa.

— Sim. — Ela se perguntou se ainda estavam falando sobre Chloe. — E você? O Natal é a época de mais movimento para vocês.

— É mesmo. Todo mundo quer uma árvore de Natal, embora este ano a loja tenha vendido bem as guirlandas e as árvores pequenas em vasos.

Eles seguiam por estradas nevadas, passando por vilarejos e casas cobertas de neve e enfeitadas com luzes.

Hattie sentiu um calor de contentamento por dentro e, por um breve momento, aquela mesma empolgação infantil que experimentava ao esperar pelo Natal. Ficou feliz por perceber que ainda era capaz de sentir aquilo, porque, por muito tempo, teve medo de que tivesse perdido essa sensação para sempre.

— Eu adorava o Natal. Era a minha época favorita do ano.

Levou um instante até ele responder:

— E agora?

— Estou animada. E Delphi está tão feliz. Logo ela vai começar a contar as horas, não mais os dias.

— Erica vai ficar, agora que vocês estão se conhecendo melhor?

Era algo que a própria Hattie vinha se perguntando.

— Duvido. Ela é uma mulher ocupada. Já deve ter planos. Tenho a impressão de que não é do tipo que liga para esse período de festas. Ela escreveu uma carta para o Papai Noel. A primeira da vida.

— Foi mesmo?

— Foi. Por causa de Delphi, que ficou chocada ao descobrir que ela nunca tinha escrito uma.

— Ela acabou de subir no meu conceito. — Noah lançou um olhar curioso para Hattie. — O que ela pediu na carta?

— Não sei. Elas não quiseram me contar. E não faço ideia do que Delphi pediu. — E isso a estava incomodando. — Se eu não sei, como é que o Papai Noel vai trazer?

— Espero que não esteja esperando uma resposta, porque aí já passou dos limites do meu conhecimento.

— Não entendo por que ela não quer me contar. Ela sempre me conta. — Hattie franziu a testa. — Só me resta torcer para que ela goste do presente que escolhi.

— E você? O que quer do Papai Noel?

A pergunta a fez sorrir.

— Acho que não estou na lista de prioridades do Papai Noel.

— Você está sempre pensando nos outros. Que tal pensar em si mesma, só desta vez?

Nos últimos anos, ela não teve esse luxo de se colocar em primeiro lugar. Mesmo antes da morte de Brent, os dois estavam tão ocupados reformando a pousada e construindo o negócio que tudo o que ela queria do Papai Noel era uma boa noite de sono.

Mas naquela noite, pela primeira vez, não precisava pensar em ninguém além de si mesma.

E fazia tanto tempo desde a última vez que teve uma noite só sua, sem a pousada, sem nem mesmo a filha, a quem amava profundamente, mas cuja presença não lhe dava muito espaço. E, embora estar ocupada fosse bom e tivesse ajudado a enfrentar os dias difíceis, ela se perguntava se aquilo também não a mantivera presa no mesmo lugar. Era tão mais fácil fazer o que precisava ser feito do que considerar uma alternativa.

— Estou pensando em mim — afirmou Hattie. — É por isso que estou aqui.

Mas por que *ele* estava ali? Ela não sabia muito sobre a vida amorosa de Noah, porém era impossível morar em uma cidade pequena e não ouvir comentários. Ouvira boatos sobre ele e uma das médicas locais, e sabia, por conversas que ouvira por acaso, que muitas mulheres se interessavam por Noah. Mas nunca o tinha visto com ninguém. Não sabia se ele já havia amado e perdido alguém, ou se nunca amara.

— Chegamos.

Noah estacionou o carro em uma vaga em frente a um restaurante cheio de charme natalino. Era cercado por pinheiros, as montanhas se erguiam atrás da construção, e a neve brilhava ao luar.

Hattie ficou sentada por um instante, apreciando a atmosfera.

— Que lugar perfeito. Parece uma cabana de madeira. Me sinto na Suíça. Como eu não conhecia este lugar?

— Você não tem saído muito. Mas, com sorte, vamos mudar isso.

Ela o encarou e sentiu um calor súbito. "Um jantar descontraído entre amigos", ele tinha dito, mas Hattie estava convencida de que Noah não olhava para os amigos como a estava olhando naquele momento. E ele fazia parecer que aquele jantar não seria o único. Como se pudesse ser o começo de alguma coisa, e não apenas uma saída.

Ela se surpreendeu com o quanto desejava que fosse esse o caso.

— Cuidado. — Noah fechou a porta do carro e estendeu a mão. — O caminho pode estar escorregadio.

Ela segurou a mão dele, pensando que o calor que irradiava de seu corpo seria suficiente para derreter qualquer gelo em segundos.

— Você já veio aqui antes?

— Algumas vezes. No verão, eles colocam mesas no deque, com vista para o rio e para as montanhas. É um lugar bonito, e a comida é excelente.

Com quem teria ido? Será que já havia ido ali com a médica, olhando para ela como estava olhando para Hattie agora?

Ela afastou o pensamento. Já eram grandinhos demais para trazer o passado para o presente. A vida era assim.

Ele abriu a porta do restaurante, e os dois entraram. Na mesma hora, Hattie foi envolvida por uma atmosfera acolhedora. Aromas deliciosos vinham da cozinha. Havia uma lareira acesa, pisca-piscas e folhagens entrelaçadas nas grossas vigas de madeira.

— É lindo. — Ela sentiu o calor da lareira e começou a desabotoar o casaco. — O único lugar onde comi no último ano, além de na minha casa e na sua, foi na pizzaria favorita da Delphi. Espero ainda lembrar como se pede algo que não venha já cortado em fatias.

Hattie viu seu reflexo em um espelho grande que cobria uma das paredes atrás das mesas e ficou parada, encarando, porque não reconheceu aquela versão glamourosa de si mesma. Era como reencontrar uma velha amiga depois de anos, tentando identificar os traços familiares.

Seus olhos pareciam maiores, graças à habilidade de Anna com a maquiagem, e seu cabelo, que em geral era difícil de domar, agora parecia estiloso, original.

Ela entregou o casaco à atendente parada ali perto e pegou Noah olhando-a de um jeito como nunca tinha visto antes. Ou talvez tivesse, uma única vez, na noite da festa de Halloween. Viu o mesmo olhar faminto nos segundos antes de beijá-lo, quando dois copos da poção das bruxas e a carência de contato humano apagaram qualquer traço de autocontrole.

Hattie esfregou as mãos nas laterais do vestido, constrangida.

— Exagerei? A culpa é da Delphi. Ia usar meu vestido preto básico, mas ela disse que era sem graça. Você já deve ter notado que crianças de 5 anos não sabem ser muito sutis. Para ganhar a aprovação dela, é preciso brilhar no escuro ou ser reluzente de alguma forma.

— Você está fazendo os dois. — A voz dele saiu rouca. — Me lembre de agradecer a Delphi quando eu a vir.

Antes que ele tivesse tempo de dizer mais, foram interrompidos por uma mulher que saiu da cozinha.

— Noah? — Ela se aproximou com passos animados e lhe deu um abraço caloroso e natural. — Que surpresa boa. Por que não avisou que vinha? Teríamos reservado a melhor mesa.

— Não queria dar trabalho. E todas as mesas aqui são ótimas, Sophie. — Ele a beijou nas duas bochechas e apresentou Hattie.

Ela gostou de como, embora conhecesse bem o lugar, o homem não quis tratamento especial. Era a cara de Noah. Discreto. Íntegro.

— Você trouxe uma convidada? Seja bem-vinda. — Sophie a observou, e Hattie notou sua curiosidade, mas era uma curiosidade simpática.

— Obrigada. O lugar é maravilhoso.

— Eu que agradeço. — Ela sorriu radiante. — Espera... você é Hattie, dona da Pousada Maple Sugar?

— Sou, sim.

— Parabéns. Aquele lugar é incrível. Meu parceiro e eu fomos lá ontem tomar café da manhã, antes de irmos à Feira de Natal. Sua nova chef é um achado. Se você não fosse amiga de Noah, eu bem que tentaria roubar ela de você. — Com uma piscadinha, ela apontou para uma mesa em um canto tranquilo perto da janela. — Vocês deveriam ficar naquela mesa. — A garçonete que estava prestes a acomodá-los começou a dizer algo, mas Sophie fez um gesto para interrompê-la. — Está tudo bem. Eu resolvo.

Eles se sentaram, e Hattie ficou se perguntando de quem era a mesa que haviam roubado.

— Cardápios. — Sophie os entregou com um floreio. — Ou vocês podem me perguntar o que eu indico, e eu diria para pedirem a bisque de frutos do mar, e depois o filé.

— Ela quer controlar tudo — comentou Noah, em tom brando. — Você não precisa concordar.

— Bisque e filé soa perfeito. — Hattie devolveu o cardápio, e Sophie sorriu, satisfeita.

— Alguma alergia?

— Nenhuma.

— Ótimo. O que posso trazer para beber?

Noah olhou para Hattie.

— Champanhe?

Havia algo em seu olhar que ela não soube decifrar, e isso a desconcertou. Estava acostumada a se sentir à vontade com Noah.

— Champanhe seria ótimo. — Sentia-se meio sem fôlego, como se estivesse tentando se equilibrar em uma corda bamba.

Sophie se afastou, e Hattie a observou por um instante.

— Ela é simpática. Você a conhece bem?

— Bastante. Somos fornecedores do restaurante há anos, e eles compram as árvores de Natal com a gente. Ela é uma ótima cliente. Herdou o lugar dos pais há alguns anos e vem fazendo mudanças aos poucos. Foi difícil no início. Eles construíram tudo do zero e não entendiam por que ela precisava mudar alguma coisa.

— Eles levaram para o lado pessoal?

— Trabalhar com a família é sempre delicado. — Ele fez uma pausa enquanto Sophie trazia duas taças de champanhe com um sorriso e depois se afastou.

Hattie observou as bolhas subirem.

— Estamos comemorando alguma ocasião?

— O momento. O Natal. Uma noite de folga. — Ele levantou a taça e sorriu. — Escolha a que preferir.

— O momento me parece uma boa opção. — Hattie tomou um gole. — Me lembro de você me contando que teve algumas discussões acaloradas com o seu pai quando começou a trabalhar com ele.

— É verdade, embora eu seja o primeiro a admitir que não lidei bem com a situação. — Ele pousou a taça. — Me arrepio só de lembrar. Meu pai provavelmente também.

— Você tinha 23 anos?

— Vinte e quatro. Depois que me formei, trabalhei em uma startup de tecnologia em Boston. Na época, eu achava que ia mudar o mundo.

— Não consigo imaginar você morando em uma cidade grande.

— Quando eu era mais novo, era tudo o que eu queria. Este lugar me parecia... — ele fez uma pausa — pequeno. Limitado. Eu passava a noite acordado sonhando em ir embora.

— Seu pai ficou decepcionado por você não querer fazer parte do negócio da família?

— Talvez um pouco, embora nunca tenha demonstrado. Ele e minha mãe sempre me incentivaram. Sabiam que eu precisava seguir meu próprio caminho. Foram sábios. — Noah passou os dedos pela haste da taça. — Acho que eles sabiam que eu acabaria voltando. Era só uma questão de tempo. Demorou alguns anos para a vida na cidade perder o encanto. Percebi que estava vindo visitar com mais frequência, para esquiar e fazer trilhas. Sentia falta das montanhas, das caminhadas. Do ar puro. Sentia falta de ter minha família por perto. Aí meu pai sofreu um acidente e pronto. Decidi voltar. Nem precisei pensar muito. Soube na hora. — Ele deu uma risada contida. — Acho que foi a desculpa que eu estava procurando. Me poupou de ter que admitir que a cidade não era para mim, afinal.

— Mas você tentou. Teve um sonho, e foi atrás dele. Isso é importante. Se há algo que a pessoa quer fazer, tem que tentar.

E se não for tudo aquilo que imaginou, pelo menos consegue descobrir. Melhor do que passar a vida se perguntando como teria sido, se teria sido feliz ou não. Mas imagino que a mudança não tenha sido fácil.

— Eu me esforcei demais. Queria provar meu valor. Quando voltei, eles tinham um computador, mas quase não usavam. Mudei isso, o que gerou alguns atritos até eu conseguir mostrar para o meu pai quanto tempo estava economizando. O que mudou tudo foi quando os convenci a comprar um drone para monitorar as plantações e o nosso pequeno rebanho leiteiro. Meu pai achou incrível. Fez toda a diferença. Acho que foi nesse momento que ele percebeu que eu podia contribuir para o negócio, e eu percebi quanto conhecimento ele tinha. Passamos a ouvir um ao outro.

A comida chegou, tigelas de bisque cremosa com pão de nozes recém-saído do forno.

— Você acha que algum dia vai voltar para Boston?

— Para morar? Não. — Ele pegou a colher. — Minha casa é aqui agora. Eu amo este lugar. Começou como uma fuga, mas hoje é onde quero estar. A demanda por produtos orgânicos cresceu, e eu gosto de estar envolvido em todo o processo. Nesta região, é literalmente da fazenda para a mesa. E você? Como está se sentindo em relação a tudo?

Hattie o encarou, e uma sensação de calor se espalhou por seu corpo.

— Apesar de tudo o que aconteceu com Stephanie, ou talvez por causa disso, fazia muito tempo que não gostava tanto do trabalho quanto durante esta última semana. Trabalhar com Claudia tem sido incrível. Já fizemos algumas mudanças. É empolgante.

— É bom ouvir você falando sobre o lugar como seu. — Noah a lançou um olhar do outro lado da mesa, e ela sentiu algo mudar na atmosfera e se perguntou se ele também sentia isso. Conhecia Noah havia anos, mas aquela noite parecia diferente.

Estava feliz por estar ali. Não se sentia culpada, nem desconfortável, nem sequer triste, e talvez esses sentimentos voltassem em algum outro momento, mas por ora estavam ausentes, e isso lhe dava esperança de que, quando caísse de novo no buraco do luto, conseguiria sair.

— A ideia de comprar a pousada foi de Brent, mas eu também me apaixonei pelo lugar. — Era hora de ser sincera consigo mesma. — A gente viu o imóvel na primavera e estava maravilhoso. Nos mudamos no verão e passamos alguns meses felizes reformando o lugar e fazendo trilhas. Foi pitoresco. Mas no nosso primeiro inverno enfrentamos aquela tempestade *nor'easter* maluca e ficamos sem eletricidade. Depois veio um ciclone bomba. Eu estava grávida de Delphi...

Ele fez uma careta.

— Eu me lembro daquele inverno. Emprestamos um gerador para vocês.

— Emprestaram, sim, e serei eternamente grata, porque sem ele acho que teríamos congelado. Sou britânica, não estou acostumada a invernos extremos, então foi um choque. Mas também me mostrou como a comunidade é unida. Tínhamos acabado de nos mudar naquele verão, e mesmo assim as pessoas nos trataram como se já fôssemos locais.

Conversaram sobre aquele inverno, e mais sobre as experiências de Noah aprendendo a trabalhar na fazenda, e Hattie contou sobre como aqueles primeiros dias tinham sido difíceis, quando Brent era mais movido por entusiasmo do que por conhecimento.

— Depois que ele morreu, eu não sabia como ia aguentar. Não sabia como dar a Delphi a atenção de que ela precisava e ainda manter tudo funcionando. Parecia coisa demais.

— E agora?

— Esta semana me deu uma ideia de como o futuro pode ser. Parte disso foi por trabalhar com Claudia. Ela tem tantas sugestões, e conversar com ela trouxe de volta à tona todas aquelas ideias que eu própria tinha no começo.

— Talvez você devesse oferecer um emprego para ela.

— Ofereci. E ela aceitou. — Ainda era difícil a acreditar. — Combinamos ontem. Temos grandes planos.

— Fico feliz. — Ele se recostou na cadeira e sorriu. — É bom ver você assim.

— Assim como?

— Cheia de energia. — Noah hesitou. — Não consigo imaginar o quão difíceis esses últimos anos foram para você.

— Foram difíceis. Sou grata por ter Delphi. E grata por ter pessoas como seus pais, e o restante da comunidade.

E por ele. Ela era grata por Noah, mas aquele não parecia o momento certo para dizer isso. Esperaria até estarem a sós, longe de outras pessoas.

Em vez disso, focou sua atenção no jantar enquanto provavam um menu delicioso. Depois da bisque, chegou um filé assado com legumes da fazenda dos Peterson, e de sobremesa dividiram um bolo de chocolate saboroso, com creme de canela e frutas vermelhas frescas.

Conversaram sobre a fazenda, sobre a pousada, sobre família e sobre como a vida quase nunca saía conforme o planejado. Quando terminou o café, Hattie já havia esquecido que em algum momento se sentira insegura ou tímida naquela noite. Ela não queria que acabasse.

Voltaram para o carro e Hattie se acomodou no banco do carona.

— Que bom que saímos hoje. Me diverti muito. Você tem sido um bom amigo, Noah. O melhor. — Por impulso, ela se inclinou para mais perto, pretendendo beijá-lo na bochecha, mas ele virou o rosto e os lábios dele tocaram os dela.

Hattie se sobressaltou e se afastou.

— Desculpa. Foi sem querer...

— Por que está pedindo desculpas? — Os lábios dele pairavam perto dos dela. — Eu que beijei você. E foi por querer.

Ela o encarou e viu algo nos olhos dele que lhe deu um frio na barriga.

— Noah...

— Aquela noite de Halloween... — Noah passou o polegar pelo maxilar dela. — Talvez agora seja um bom momento para a gente conversar.

— Você disse...? — Ela parou, repetindo as palavras dele na cabeça. *Foi por querer.* Seu coração martelava no peito. — Achei que tivesse se arrependido. Que eu tivesse deixado você com vergonha. Fui eu que te agarrei, provavelmente porque bebi a tal poção das bruxas e não comi nada.

Um sorriso surgiu nos cantos da boca dele.

— É forte mesmo. Me lembre de lhe dar uma garrafa no Natal. — Ele deslizou os dedos pelo cabelo dela. — Por que achou que eu me arrependi?

— Você nunca mais tocou no assunto. A gente vem evitando conversar.

Noah se afastou um pouco para poder olhá-la direito.

— Porque achei que era isso que você queria. Você parecia... dividida. Eu não queria fazer ou dizer nada se você não estava pronta. Não queria que se sentisse desconfortável perto de mim.

— Foi por isso que você nunca falou nada?

Ele sorriu de leve.

— Se dependesse de mim, eu teria te beijado cem vezes por dia desde aquela noite no celeiro.

A mão dele ainda estava no cabelo de Hattie, o polegar traçando uma linha sedutora pelo queixo.

O coração dela quase saiu pela boca.

— É mesmo?

— Sim, Hattie. Você não sabia? — Ele estudou o rosto dela por um longo momento. — Talvez nossa comunicação não verbal não seja tão boa quanto poderia ser.

— Isso é bem possível.

Noah fez uma pausa.

— A gente devia trabalhar nisso.

— Sim.

Ela se sentia sem fôlego e, quando ele aproximou a boca lentamente até a dela, Hattie parou de respirar.

As lembranças do último beijo ainda eram vívidas, mas dessa vez a intensidade descontrolada foi substituída por uma exploração mais lenta. Ele segurou o rosto dela com as mãos, mantendo-a firme enquanto sua boca provocava e seduzia. O calor se espalhou por seu corpo. Hattie retribuiu o beijo com a mesma voracidade. Sentiu os dedos dele abrirem os botões do seu casaco, então uma lufada de ar gelado e depois o toque hábil dos dedos de Noah em seu seio.

Seu coração batia contra a mão dele, a boca desesperada contra a dele. Tentou se aproximar mais, porém não havia muito espaço dentro do carro. Ouviu Noah praguejar baixinho e então se afastar um pouco.

— Você está tremendo... Desculpa.

Ele ajeitou seu casaco e ligou o motor.

— Não precisa se desculpar.

Hattie queria dizer que naquele momento seria um prazer rolar nua na neve com ele, mas seu cérebro não parecia capaz de formar uma frase completa.

Noah pegou um cobertor do banco de trás e o envolveu nela, depois a puxou para perto, dessa vez para aquecê-la.

— O carro vai esquentar logo.

— Não me importo. — Ela estava encostada no peito dele e poderia ficar ali para sempre. Infelizmente, não era uma opção. — É melhor a gente voltar.

— Eu sei. — Ele a soltou com relutância e se recostou no banco. Os ombros pareciam tensos, e ele soltou um longo suspiro. — Imagino que não adianta eu mencionar que existe como chegar até o meu celeiro sem passar pela casa principal?

Hattie nunca se sentiu tão dividida entre o dever e o desejo.

— Eu disse que voltaria direto depois do jantar. Não quero abusar da boa vontade da sua mãe.

— Uma pena a gente não ter pulado o jantar e ficado só com uma garrafa de vinho e um pacote de batata chips lá em casa. — A voz dele estava baixa e rouca, e ficou óbvio que a frustração dele era igual à dela.

Hattie pensou no quanto gostava da companhia dele, das conversas, do humor discreto, do quanto ele amava Delphi. Pensou em tudo o que Noah a fazia sentir quando a beijava e em como tinha adorado a noite que haviam passado juntos, e como não queria que acabasse.

Então sorriu e tocou o rosto dele com a mão.

— Uma garrafa de vinho e um pacote de batata chips parece o segundo encontro perfeito.

24
Anna

Anna fitava o fogo, perguntando-se por que não se sentia aquecida. Estava usando o suéter com brilhos que comprara no passeio com Erica, mas não se sentia nem um pouco festiva.

— Este foi o encontro de clube do livro mais estranho e surreal de todos os tempos. — Claudia se deitou no sofá da biblioteca e colocou os pés no colo de Erica.

Erica os empurrou para longe.

— Nossa amizade tem limites.

— Achei que você me amava.

— Não o bastante para ficar com seus pés no meu colo.

Claudia alongou os pés.

— Meus pés estão cansados. Fiquei em pé o dia todo.

— Exatamente. — Erica passou para o lado de Anna no outro sofá, deixando Claudia se deitar. — Certo. Ainda temos algo a dizer sobre o livro ou terminamos?

Sobre a mesinha entre os dois sofás havia uma garrafa de vinho e taças, uma tábua de queijos e os exemplares do romance.

— Eu terminei — disse Anna.

Já tinha dito tudo o que queria sobre o livro. No momento, tentava se apegar a seus ideais de amor e romance. Não queria pensar em relacionamentos que deram errado.

— Eu também — disse Claudia. — E tenho algo para contar.

Erica se inclinou e serviu mais vinho.

— Espero que seja algo profundo e transformador.

— É, sim. Anna, tudo bem? — Claudia balançou a mão na frente do rosto dela. — Você está quieta. É por causa do livro? Da próxima vez a gente lê um romance. Você pode escolher.

— Tudo bem. — Ela sentiu o olhar de Erica, esperando que dissesse o que havia de errado, mas ainda não estava pronta. Em vez disso, focou sua atenção em Claudia. — Conte a novidade.

— É grande. — Claudia esfregou as panturrilhas. Parecia cansada, mas feliz. — Primeiro: arrumei um novo emprego.

— O quê? — Anna ficou chocada. — Onde? Como assim?

— Aqui. Você está olhando para a nova chef da Pousada Maple Sugar. Comida boa garantida, feita em um ambiente saudável e sem surtos. — Claudia quase brilhava. — Me diverti muito esta semana. Trabalhar com Hattie tem sido incrível. Ela é esperta e cheia de ideias. Pensamos de forma parecida, fazemos uma boa dupla, então decidimos tornar isso permanente.

Erica estava sorrindo.

— Que *ótima* notícia. Parabéns.

— Sim. — Anna ficou contente pela amiga. — Então isso quer dizer que você não vai voltar pra Califórnia?

— Essa é minha segunda notícia. Recebi uma ligação hoje. De John.

Erica derrubou vinho na própria roupa.

— Depois de seis meses de silêncio? Você não tinha bloqueado o número dele?

— Não estava pronta para cortá-lo da minha vida e fico feliz por não ter feito isso. Foi uma boa ligação.

Anna entregou um guardanapo para Erica limpar a saia. Assim como a amiga, estava preocupada com Claudia, mas decidiu não julgar. Todos os relacionamentos eram complicados; ela sabia disso. E ela precisava de um encerramento.

— Deve ter sido difícil falar com ele depois de tanto tempo e de tudo o que aconteceu.

Erica não teve o mesmo tato:

— Você não devia ter atendido. — Ela pressionou o guardanapo contra a saia do vestido e observou a mancha vermelha se formar. — Estraguei meu vestido preferido. Por que contou isso quando eu estava com a taça na mão?

— Pelo menos seu vestido é preto. E eu estou feliz por ter atendido.

Erica emitiu um som entre um grunhido e um rosnado.

— O que ele queria depois de tanto tempo?

— Voltar.

— Ah, Claudia... — Anna mordeu o lábio para não expressar o horror diante da ideia.

— Nada de "Ah, Claudia". Não vou voltar com ele.

— Ótimo. — Erica pegou outro guardanapo. — Mas por que não disse isso logo, em vez de criar todo esse suspense? E por que uma taça de vinho não parece muita coisa quando você está bebendo, mas vira um lago inteiro quando derrama?

— *Shhh*. — Anna pôs a mão no braço de Erica para que Claudia pudesse continuar a história. — O que aconteceu?

— Eu sei que vocês acham que eu não devia ter falado com ele, mas foi a coisa certa a fazer. Quando John foi embora, estava no controle. Eu me senti como se não tivesse tido escolha.

— E não teve mesmo — disse Erica, largando o guardanapo na mesa. — Ele saiu sem nem discutir.

— Eu sei. E foi difícil. E ainda perdi o emprego depois... — Claudia respirou fundo — Fiquei me sentindo impotente, não estava no controle da situação. Mas estar aqui essa semana, passar um tempo com vocês e redescobrir meu amor pela culinária me fez perceber que eu tenho, sim, controle sobre o que faço a seguir.

Erica examinou a mancha no vestido.

— Não acredito que você atendeu.

— A gente passou dez anos juntos. Não tive um desfecho, e eu queria ouvir o que ele tinha a dizer. E não foi o que eu esperava.

— Não me diga — disse Erica, imitando uma voz ofegante: — ele te ama, cometeu um erro enorme, quer que você o perdoe para que possam viver felizes para sempre.

Anna cutucou a amiga.

— Claro que ele não disse isso. Beba seu vinho, Erica, em vez de derramar em você mesma.

— Na verdade, ele disse, sim — falou Claudia. — Ou quase isso.

Erica arregalou os olhos.

— Sério?

— Sério. Eu também fiquei chocada. Não esperava que ele fosse voltar com o rabo entre as pernas. E foi estranho, porque meus pensamentos estavam um caos nos últimos tempos. Estava com raiva, triste, confusa... mas, enquanto ele falava, minha cabeça desanuviou.

— E aí? — Erica se ajeitou. — Essa história está com mais suspense do que o livro da Catherine.

Claudia se aconchegou nas almofadas.

— Depois de passar um bom tempo com a mesma pessoa, é fácil tudo virar um hábito confortável. Não é mais aquela paixão avassaladora, mas você se convence de que isso é normal em um relacionamento de muitos anos. Eu achava que estava feliz — concluiu Claudia, franzindo a testa —, talvez satisfeita seja uma palavra melhor, e, quando ele foi embora, foi um choque porque para mim foi do nada. Mas agora percebo que tinha muita coisa errada entre a gente. Coisas que eu aceitava e nem questionava. Estar com vocês duas esta semana me fez perceber isso. As coisas que vocês disseram sobre Pete e Jack me fizeram perceber que o que eu tinha com John não era tão bom quanto eu achava. E, na verdade, eu devia ter notado que algo estava errado. O fato de ele mudar de assunto toda vez que eu mencionava casamento devia ter sido uma pista. E o de eu nunca ter insistido também diz alguma coisa.

Anna já tinha se perguntado sobre isso.

— Se ele tivesse feito o pedido, você teria aceitado?

— Não sei. A verdade é que a gente estava acomodado. Nossa vida juntos era ok, mas não era incrível. Meu trabalho pagava as contas, e era o que eu sabia fazer. E nunca questionei isso também. Como no relacionamento, aceitei o "ok" como o meu normal. As pessoas não sentem aquela empolgação com o trabalho depois de um tempo, certo?

Erica pegou a taça.

— Eu sinto.

— Você não é normal — rebateu Claudia. — De qualquer forma, eu estava chegando aos 40, e acho que pensei que empolgação era coisa de gente jovem. Aí John me largou, e eu perdi o emprego. Mas agora vejo que foi a melhor coisa que podia ter acontecido. Se não fosse por isso, eu ainda estaria vivendo aquela vida, em vez de estar aqui, começando algo novo e empolgante.

— Calma aí! — exclamou Erica, sorrindo. — Respira.

— Acho que o que eu quero dizer é que, de certa forma, ele me fez um favor. Se John não tivesse tomado a iniciativa, será que eu teria terminado algum dia? Gostaria de pensar que sim, mas, sendo sincera, acho que sou covarde demais para tomar a iniciativa e fazer mudanças grandes — admitiu Claudia. — Não sou do tipo que larga um emprego quando não está indo bem. Eu insisto. Precisei que a mudança fosse uma imposição. E agora estou aqui.

— John achou que você ia querer voltar com ele? — Erica balançou a cabeça. — Inacreditável.

— Pois é. E no fim da ligação ele ainda pareceu arrasado. E eu sou uma pessoa horrível, porque fiquei um pouco feliz. Não que eu quisesse que John tivesse um fim trágico. — Claudia apontou para o livro de Catherine Swift. — Ele não era tão ruim assim.

A cabeça de Anna latejava.

— Ele magoou você.

— E ainda causou um baita prejuízo — acrescentou Erica, sempre prática. — Largou você com um apartamento caro demais para uma pessoa.

Anna franziu a testa.

— John vai voltar a morar lá?

— Não sei e não me importo. Isso é problema dele. Minha nova casa se chama Sugar Shack, reformado nos fundos do terreno da Hattie. E o novo amor da minha vida é este lugar. — Ela gesticulou para as estantes e para a lareira crepitante. — Eu e Hattie vamos nos divertir muito.

Erica se endireitou no sofá.

— A gente devia comemorar seu novo emprego direito. Meus parabéns.

Ela levantou a taça, e Anna fez o mesmo.

— Parabéns. — Não queria parecer estraga-prazeres e admitir que estava com dor de cabeça, então tomou um pequeno gole. — Então... nada de relacionamentos por enquanto?

Claudia deu de ombros.

— Não digo nunca mais, mas, se acontecer, vou ser mais criteriosa. Acho que gostaria de ter o que você e Pete têm. Vocês estão juntos há um tempão, mas ainda têm aquela conexão. Um faz o outro rir. Se provocam. Ficam felizes de se ver. Sempre se tratam com respeito e fazem gentilezas um pelo outro. Pete até cozinha para você às vezes. Sabia que John nunca cozinhou pra mim, nem uma vez em todos esses anos? Vocês são o casal perfeito. — Ela abriu as mãos. — Só de dizer isso em voz alta já fico com inveja.

O casal perfeito?

Anna sentiu a emoção crescer tão rápido que não conseguiu se conter. Foi como uma onda, quebrando todas as defesas.

— Anna? — Claudia se sentou e tirou as pernas do sofá, horrorizada. — O que foi? O que eu disse?

— A gente não é o casal perfeito. Eu magoei ele.

Anna cobriu a boca com a mão, desistindo de fingir que estava tudo bem.

— Quem você magoou?

— Pete. Ele sempre pensa em mim e eu fui descuidada com os sentimentos dele. Fiz aquela coisa horrível, não o valorizei. — Sentia arrependimento e algo parecido com pânico.

— Como assim? Anna, você adora Pete — falou Claudia em um tom tranquilizador. — A gente sabe disso. Ele sabe disso.

Será que sabia mesmo? Ela dizia com frequência que o amava, mas o mais importante era demonstrar. Fazer com que Pete sentisse o seu amor. E parecia que não tinha feito isso.

Sentiu o sofá afundar quando Erica se aproximou e passou o braço por seus ombros.

— Quer contar pra gente o que aconteceu?

— É minha culpa. Vocês sabem o quanto estou sofrendo com os gêmeos estarem prestes a sair de casa. — Anna se inclinou e pegou o único lenço que ainda não tinha sido usado para secar vinho. — E eu falei com Pete sobre isso, porque a gente sempre conversa sobre tudo. — Assoou o nariz. — E ele ouviu, como sempre faz, mas nos últimos tempos as nossas conversas estavam meio estranhas.

— Estranhas como?

— Coisas pequenas. Não parecia que a gente estava na sintonia de sempre. E depois que fomos à loja de brinquedos eu estava meio para baixo, então liguei para ele e... — Ela mal conseguia falar sobre o assunto — ... Pete me disse que estava se sentindo deixado de lado.

— Deixado de lado?

— Como se não importasse pra mim. Quando falei o quanto estava com medo de os gêmeos saírem de casa, ele levou para o lado pessoal. Como se eu estivesse dizendo que não sobrava mais nada na minha vida. Como se, depois que eles forem embora, tudo estaria acabado. É óbvio que estava se sentindo assim já fazia um tempo e não falou nada. E eu penso muito nas crianças. Sei que é verdade. Talvez até demais. Ele não está errado.

— Os filhos são muito importantes na sua vida.

— Eu sei. — Anna fez uma pausa. — Sempre foi tão importante para mim ser uma boa mãe.

— E você é. Tem uma ótima relação com os seus filhos.

— Mas a que preço? Antigamente, eu e Pete éramos disciplinados com nossos encontros, sempre separávamos um tempo só nosso, mas, nos últimos anos, sempre que ele sugeria passarmos um fim de semana fora, eu inventava uma desculpa para não irmos. Acho que, no fundo, eu queria aproveitar ao máximo esse tempo com as crianças. Por que fazer algo só nós dois, se podíamos fazer em família? E eu nem pensava duas vezes. Todo mundo fala sobre equilíbrio entre trabalho e vida pessoal. Mas eu não equilibrei as coisas dentro da minha família. E agora vejo isso, mas não posso voltar atrás.

— Você está tremendo. — Erica colocou a mão sobre a dela e apertou. — Então vocês tiveram essa conversa depois da visita à livraria. E como estão as coisas desde então?

— A gente não se falou. O que não é normal pra gente. — Anna assoou o nariz de novo. — Trocamos algumas mensagens, mas toda vez que ligo, Pete não atende. Aí ele mandou uma mensagem dizendo que ia me ligar quando tivesse tempo. Tempo? O que isso quer dizer? — Sentia que estava surtando e tentou manter a calma.

— Talvez ele não tenha tido tempo mesmo — disse Claudia, dando de ombros quando as duas olharam para ela. — O que foi? É do Pete que a gente está falando. Ele não é de ficar emburrado.

— É verdade — concordou Erica, apertando a mão de Anna. — Uma das coisas que sempre admirei, ou invejei, em vocês dois é a capacidade de sempre encontrarem uma solução que funcione para os dois. Me lembro de uma vez que você me contou que o importante é escolher bem as batalhas. Você falou que tinha coisas que Pete fazia que eram bem irritantes...

— Ele vive deixando a tigela em cima da lava-louças. — Anna fungou e tentou sorrir.

— E coisas que você fazia e eram irritantes para ele.

— Eu sempre me atraso pelo menos uns dez minutos para tudo.

— Pois é. Mas os dois sabem quando deixar pra lá. O mais importante é que vocês são bons em resolver problemas.

Isso era verdade, mas dessa vez o problema era a própria Anna.

— Erica está certa — afirmou Claudia. — Não tem nada que vocês dois não possam consertar.

— Não sei. — Anna costumava pensar assim, mas sua confiança tinha sido abalada. Sentia vergonha, mas também estava confusa. — Estou arrasada com o fato de os gêmeos saírem de casa. Não consigo fingir que não estou. — Mas agora conseguia ver que podia ter sido mais sensível. Tinha descarregado tudo sem pensar em como Pete interpretaria sua reação.

Erica ficou em silêncio por um momento.

— Você pode amar Pete e gostar de estar com ele e ainda assim se sentir triste com seus filhos saírem de casa — disse por fim. — Seu marido é inteligente. Com certeza não deve achar que uma emoção anula a outra.

— Não sei. Mas entendo por que ele se sentiu magoado. — Doía admitir. — Nunca falei sobre o lado positivo, só sobre o negativo. Nunca disse “Ei, Pete, a gente bem que podia fazer um cruzeiro ou passar um mês em Paris aprendendo francês”.

— Bem, ele tem um emprego — disse Claudia, prática —, então um mês em Paris seria difícil.

— Eu preciso consertar isso. — Anna massageou a cabeça latejante com os dedos. — Só não sei como.

— Você pode reservar um hotel chique e comprar lingerie nova.

— Acho que é mais complicado que isso. Preciso olhar as coisas por outro ângulo. Ver oportunidades em vez de nuvens escuras. Este Natal, por exemplo. A gente tem tantas tradições, e elas estão sumindo aos poucos. Em vez de ficar animada, fico pensando: "E se for a última vez?". Parece um fim. — Anna soltou a mão de Erica e se serviu de um copo d'água. — Não sei o que fazer. O que é que vou fazer?

— Não pergunta pra gente — murmurou Claudia. — Você que é a especialista em relacionamento. Você e Pete são...

— Só que não.

Então Anna percebeu o quanto precisava ouvir das amigas que tudo ia ficar bem. Precisava ouvir isso de alguém, de preferência do próprio Pete, mas, se não fosse dele, então delas.

Mas elas não disseram nada. Ficaram em silêncio, como se aquela rachadura no relacionamento que sempre tinham considerado sólido tivesse abalado as três.

Claudia deu de ombros, impotente:

— Não sei, Anna. Erica? Você é a especialista em crises.

— Não em crises conjugais — falou Erica, passando a mão pela nuca e respirando fundo. — A gente precisa manter a calma. Talvez, se você fizesse algumas mudanças, Pete veria que você se importa com os sentimentos dele.

A preocupação das duas só aumentou a ansiedade de Anna.

— Tipo o quê? Não posso mentir e dizer que estou louca para ver os gêmeos irem para a faculdade.

— Não sei — respondeu Erica. — Mas talvez precise parar de se apegar às pequenas coisas. Claudia?

— Por que está me perguntando? Meu relacionamento desmoronou e eu nem percebi. Sou a última pessoa que pode ajudar.

Erica tentou de novo.

— Você ficou chateada com a história da árvore... Os gêmeos tinham planos, você queria manter a tradição. Pete sugeriu um almoço.

— E isso foi atencioso da parte dele. — Anna cobriu o rosto com as mãos. — E eu fui ríspida. Devia ter sido mais flexível. E ficado grata pelo esforço.

Erica acariciou suas costas com gentileza.

— Talvez seja hora de criar novas tradições em vez de se apegar às antigas.

Anna deixou as mãos caírem no colo. Sentia-se exausta.

— Alguma sugestão?

Erica deu de ombros.

— Vivam uma aventura.

— No Natal? — Anna tomou um gole d'água. — Que tipo de aventura?

— Não sei. Mas faça algo diferente — sugeriu Erica. — Assim você não vai ficar pensando se vai ser a última vez, porque vai ser a primeira. Tome as rédeas da situação.

— Além disso, você está vendo sua vida como um grande vazio, mas tem tanta coisa que você pode fazer. Você é ótima com crianças — disse Claudia. — Não dá para fazer algo com isso? Ser voluntária em uma escola. Trabalhar em uma biblioteca. Você conhece todos os livros que existem. Podia criar um clube do livro infantil ou algo assim.

Anna a encarou.

— Um clube do livro infantil?

— Sim, aposto que sua biblioteca local aceitaria o programa. Iam adorar. Ou talvez você possa visitar escolas. Ser um clube do livro itinerante.

Anna sentiu algo se acender dentro de si. Um clube do livro infantil.

— Gostei da ideia. Não sei como funcionaria, mas vou pensar.

Estava prestes a continuar o assunto quando o celular vibrou. Ela olhou e sentiu o coração disparar.

— É Pete. — Seus dedos estavam tão suados que quase deixou o telefone cair. — Ele disse para eu ligar se eu não tiver ocupada.

— Você não está ocupada. Ligue. E depois volte para contar tudo, porque essa tensão vai matar a gente. — Claudia fez um gesto em direção à porta. — Vamos ficar aqui bebendo, comendo e discutindo todos os motivos pelos quais uma mulher pode querer matar o marido.

— Se já terminamos de falar sobre o livro, quero encerrar dizendo que só fiquei surpresa por ela não ter matado o marido antes — declarou Erica, pegando o livro e dando um empurrãozinho em Anna. — Vai lá. E mande um beijo nosso pro Pete. Agora, Claudia, você e eu vamos conversar sobre como matar um homem e sair impune.

— Sempre achei comida um bom método.

Anna revirou os olhos.

— Vocês são um amor.

Mas ficou grata pela tentativa de aliviar o clima.

Pegou a chave do quarto, a bolsa e foi até a porta.

— Tomara que dê tudo certo — disse Claudia, tentando falar com naturalidade, e Anna percebeu que as amigas estavam quase tão tensas quanto ela.

— Obrigada.

Voltou para o quarto, desejando ter tido mais tempo para pensar no que iria dizer.

A mão tremia quando fechou a porta e tirou as botas. Tinha passado mais da metade da vida com Pete. Ele era seu melhor amigo, e era ridículo ficar nervosa... mas, ainda assim, era o que sentia enquanto segurava o celular e se preparava para a ligação.

Em todos os anos que estiveram juntos, nunca tinham passado por um momento assim. Aquela parecia a conversa mais importante que teria na vida. E se dissesse a coisa errada? E era chocante perceber que, mesmo conhecendo alguém tão bem quanto conhecia o marido, e amando alguém tanto quanto amava Pete, ainda assim podia errar. Anna fechou os olhos, respirou fundo e ligou para ele.

— Oi.

— Oi. Desculpa não ter dado notícias antes. Está uma correria por aqui. Só um instante. Lola achou um dos sapatos da Meg e está tentando destruir. Lola! Solta. Eu disse... — Houve uma pausa e o som de Lola latindo alegremente. — Droga. Achei que nada pudesse dar errado nos cinco minutos que levei para ligar. Onde ela achou isso? Eu tomei cuidado. Desculpa.

Anna teve vontade de perguntar qual era o sapato, mas decidiu que não se importava. Os sapatos de Meg eram problema de Meg. Não queria falar sobre a filha.

— Se Meg deixou os sapatos onde a Lola pode pegar, o erro foi dela.

— Isso não teria acontecido se você estivesse aqui.

— Claro que teria.

— Nós dois sabemos que não, Anna. Você é ótima com tudo isso. É a mãe perfeita.

Ela se sentou na beirada da cama. Não era perfeita em nada.

— Tentei ligar algumas vezes.

— Eu sei, e desculpa ter demorado tanto para retornar a ligação. Você faz tudo parecer fácil aqui em casa, mas eu não sou você. Demoro muito mais pra fazer as coisas. E é até vergonhoso admitir isso, porque qual é a dificuldade de lavar a roupa sem inundar a cozinha?

— Você inundou a cozinha?

— Pode ficar tranquila, conseguimos secar tudo, mas quando você me mandou mensagem não tinha a menor chance de eu atender e admitir minha incompetência.

Era por isso que Pete não tinha atendido?

— Mas eu mandei mensagem ontem também.

— E eu não consegui responder porque tinha deixado o celular em casa.

— Se o celular estava em casa, onde você estava?

— Na rua. — Ele suspirou. — Trancado do lado de fora.

— Trancado...?

— Isso mesmo, trancado. Fechei a porta da frente e esqueci de pegar as chaves. E eu sei que você nunca faz isso porque é organizada e consegue fazer nove coisas ao mesmo tempo, mas eu sou do tipo que faz uma coisa de cada vez, e eu estava tentando levar Lola para passear, aí o telefone tocou na hora de sair e eu me distraí... mas enfim, não importa. Só que acabou ficando tarde demais para eu ligar quando consegui entrar e chegar ao celular.

— Sharon e Mike, nossos vizinhos, têm uma cópia da chave.

— Eu me lembrei disso meia hora depois de arrombar a janela do térreo.

Anna fez uma careta.

— Parece que você teve dias bem emocionantes enquanto eu estive fora.

— Não foi minha melhor semana. E Daniel está com problemas amorosos, então estou tentando dar apoio.

— Problemas amorosos? — Mesmo tentando se concentrar em Pete, não conseguiu deixar de sentir uma pontada de ansiedade pelo filho. — Ele falou alguma coisa?

— Um pouco. Não muito. Mas estou cuidando disso. Não se preocupe.

— O que você fez?

— Nós jogamos video game. Ele acabou comigo, claro, algo que Meg não vai me deixar esquecer tão cedo.

Ela imaginou os dois, lado a lado no sofá, e sua ansiedade começou a ceder. Pete tinha mostrado a Daniel que, acontecesse o que acontecesse, ele estaria ali. Ao seu lado, sempre.

Sentiu um nó na garganta. Às vezes, Anna se sentia como se os filhos fossem responsabilidade só dela, mas isso não era verdade, era? Desde o momento em que nasceram, Pete também estava cuidando deles. E continuava fazendo isso.

— Por que você não me contou tudo isso quando a gente se falou?

— Sobre Daniel? Achei melhor não. Eu sabia que você ia se preocupar, e não queria deixar você chateada. Resolvi eu mesmo. Quanto ao resto, eu sou orgulhoso e teimoso, gosto de pensar que sou um homem moderno. Mas, pelo visto, certas tarefas domésticas levaram a melhor, e é humilhante admitir. De algum jeito, acabamos seguindo os papéis tradicionais. Eu levo o lixo para fora, cuido dos pneus de inverno, conserto janelas emperradas e limpo a neve. Você faz todo o resto.

Anna sentiu o amor se espalhar por todo o corpo, preenchendo cada canto.

— Ainda bem que você faz essas coisas, porque eu odeio fazer. E daí se somos tradicionais nas tarefas domésticas? Funciona para a gente. Estamos felizes com esse combinado. É o que importa. — Seus olhos ficaram marejados. — E você está esquecendo todos os anos de trabalho, que você aguentou mesmo quando era horrível. Você fez o que fosse preciso para nos sustentar, para que eu pudesse realizar meu sonho de ficar em casa com as crianças. — Ela pensou em todas as vezes em que Pete esteve ao seu lado. Em todas as vezes em que seu jeito calmo e firme melhorou uma situação ruim. Ele era forte, gentil e bom. E era seu. — Ah, Pete... — O alívio era tão intenso que a fez tremer. — Fico tão feliz.

— Você está feliz porque sou incompetente?

— Você não é incompetente. Fico feliz que tenha sido por isso que você não me ligou.

— Que outro motivo poderia ser?

— Por eu ter magoado você. Por eu só ter pensado nas crianças saindo de casa.

— Fiquei magoado, sim, mas isso é problema meu. Ver você angustiada com algo e não poder ajudar faz eu me sentir impotente. Inadequado.

Ela ficou chocada.

— Inadequado? Como assim?

— Porque é a nossa família. É meu dever garantir que tudo esteja estável e que todos estejam felizes. Se um dos nossos filhos tiver um problema, vou fazer o possível para resolver ou ajudar a resolver. Com você é a mesma coisa. Mas eu não sabia como ajudar com isso.

As coisas começaram a fazer sentido de repente.

— Foi por isso que você sugeriu outro filho?

— Foi o desespero. Eu não sabia o que fazer, Anna. Queria que houvesse uma solução simples. Queria que só nós dois fôssemos o suficiente.

Foi difícil conter a emoção.

— Nós somos o suficiente. Mais do que o suficiente.

— Se lembra daquela conversa na cozinha sobre a árvore de Natal? Você disse que não se arrependia de ter tido os gêmeos. Que eles foram a melhor coisa que aconteceu com você, e eu concordei.

— Sim.

Anna se perguntou aonde ele queria chegar.

— Eu estava errado. — Pete fez uma pausa. — Os gêmeos não são a melhor coisa que já me aconteceu, Anna. Você é. Porque sem você nossos filhos nem existiriam. Não haveria um lar aconchegante. Nem risadas e um ambiente caloroso. É você, Anna. Para mim, sempre foi você. Você é tudo.

Você é tudo.

Ela desistiu de tentar conter a emoção. As lágrimas começaram a cair.

— Você também é tudo para mim. E eu devo um pedido de desculpas. Bem grande. Eu magoei você — declarou, a voz falhando — e me sinto péssima. Fui descuidada, desatenta, e nunca mais vou fazer isso. Não sei quando comecei a focar tanto os nossos filhos, mas isso vai mudar. Sim, fico triste com tantas mudanças, mas também estou empolgada. Estou empolgada com tudo que a gente vai poder fazer agora que não vamos mais ter os gêmeos morando em casa. E eu devia ter dito isso antes. Desculpa, Pete.

Anna já tinha usado todos os lenços de papel por causa do vinho derramado por Erica, então secou as lágrimas com a manga.

— Não chore, querida. — A voz dele era gentil. — Sendo honesto? É bom saber que você não é perfeita, afinal.

Ela soltou uma risada embargada.

— Como assim? É claro que eu sou perfeita.

Foi um alívio fazer piada sobre o assunto, um alívio sentir de novo aquela conexão entre eles.

— É mesmo. Depois dessa última semana, acho que estou entendendo mais por que você sente o que sente. Essa coisa de cuidar da casa ocupa muito a cabeça e às vezes eu me esqueço disso. É o seu mundo inteiro. É mais do que perder o emprego, porque em geral, quando você perde o emprego, ainda tem um lar. Mas, no seu caso, o lar é o seu trabalho. Me desculpa por não ter entendido isso antes.

Ela finalmente achou um lenço e assoou o nariz.

— E me desculpa se eu fiz você sentir, mesmo por um segundo, que você não era suficiente para mim. Ou importante. Ou que eu não estava ansiosa para explorar essa nova fase com você. — Sua voz falhou. — Eu te amo tanto.

— Eu sei que ama. E eu te amo. — A voz dele ficou mais suave. — O que eu falei sobre termos outro bebê... eu sei que foi uma ideia maluca, mas eu estava falando sério. Se for isso que você quiser, nós podemos.

Dessa vez a resposta veio fácil.

— Não é o que eu quero, mas obrigada por sempre se preocupar com a minha felicidade.

— Então a gente precisa começar a pensar em como deixar essa transição mais fácil para você.

Anna se recostou nas almofadas, pensando se devia ou não mencionar a ideia do clube do livro infantil. Não. Queria refletir um pouco mais primeiro.

— Esta semana foi boa para isso. Me deu perspectiva. Preciso aceitar que vai ser um processo de adaptação e me permitir seguir com ele, focar outras coisas. Talvez a gente possa voltar a Paris, mas dessa vez ficar em um lugar com vista e jantar em bistrôs românticos, em vez de fazer piquenique no carpete.

— Ótima ideia. Vamos marcar a viagem para logo depois de levarmos os dois para a faculdade. Assim não ficamos em casa deprimidos.

— Você acha que também ficaria deprimido?

— Talvez. Mas claro que de um jeito bem masculino. Mexeria no motor do carro ou faria um churrasco, e fingiria que sou durão. Mas com certeza não confessaria que mandei cinco mensagens para Meg perguntando se ela está bem.

Ela riu.

— Paris parece uma boa ideia.

— E eu fiquei pensando mais sobre como você ficou chateada com a compra da árvore de Natal. Eu não dei a devida importância. Sei o quanto você valoriza nossas tradições, ainda mais no Natal, então vou me esforçar mais para mantê-las vivas.

— Você não deixou de dar importância. Eu é que me agarrei demais às tradições. Que diferença faz o dia de buscar a árvore? Estive pensando bastante sobre o Natal, no geral, e tive uma ideia.

A ideia surgiu durante a conversa com Erica e Claudia, e, quanto mais pensava nela, mais tinha certeza de que era a solução perfeita.

Esperava que a família concordasse também. E quanto ao futuro — quando os filhos fossem para a faculdade, eles aprenderiam a ser Anna e Pete outra vez.

Catherine Swift pode até ter desistido do amor, mas Anna com certeza não. Às vezes, ao lidar com mudanças, não era preciso fazer nada grandioso ou drástico. Às vezes, bastava mudar o foco.

25

Erica

Erica fechou o zíper da mala e a colocou ao lado da porta. Era difícil acreditar que já havia se passado uma semana. Difícil acreditar que, menos de sete dias antes, ela estava tentando pensar em uma maneira de escapar daquele suplício.

Alguém bateu à porta e, ao abrir, Erica encontrou Anna parada ali, feliz e renovada, usando um suéter avermelhado.

— Isso é mais um suéter novo?

— Talvez. É possível. — Anna corou. — Fica bem em mim, não acha?

— O que fica bem é esse seu sorriso. — Erica pegou o casaco e fechou a porta do quarto. — Você deixou a gente preocupada. Nós ficamos aliviadas em saber que você e Pete voltaram ao estado normal de harmonia conjugal enjoativa.

— Estou doida pra ver ele, mas vou ficar com saudade de vocês.

— Logo vai ver a gente de novo. — Ela ergueu os olhos quando Hattie apareceu no corredor. — E aí?

— Sim! — Hattie sorriu para Erica. — Acabaram de ligar cancelando um quarto. Um casal que viria de São Francisco teve uma emergência familiar e precisou adiar a viagem, então tenho um quarto disponível por três noites. Serve?

Erica sentiu um leve frio na barriga. Agora não dava mais para voltar atrás.

— Serve.

Anna a olhou com curiosidade.

— Você vai voltar?

— Vou. Eu e Jack vamos passar uns dias aqui nas férias de Natal.

— O quê? — O gritinho de Anna ecoou pelo corredor. — É a coisa mais romântica que já ouvi!

— Estamos falando de mim, então não vai ser — disse Erica. — Você sabe que eu não sou do tipo romântica.

— Que pena — disse Hattie, sorrindo. — Eu estava planejando encher o quarto de balões cor-de-rosa em forma de coração, e pedi para Claudia fazer um bolo escrito "Erica ama Jack".

— Não se esqueça das pétalas de rosa na cama — completou Anna, também sorrindo. — Que notícia boa. Se der sorte, vocês podem até ficar presos aqui por causa da neve.

— Será que ainda dá tempo de reservar outro lugar? — Erica se perguntou que pecado tinha cometido para acabar cercada de pessoas românticas. — E eu não quero ficar presa por causa da neve. Seria inconveniente.

— Você é prática demais.

— E você é sonhadora demais, ainda mais pra uma mulher de 40 anos.

— Quase 40 — disse Anna, erguendo o queixo. — E esses quase 40 anos me ensinaram que romance não tem idade.

Erica pensou em si mesma, em Jack, e achou que Anna talvez estivesse certa.

Mas não ia admitir isso, é claro.

Em vez disso, olhou para Hattie.

— Viu só o que eu tenho que aguentar?

— Coloquei vocês na Suíte da Montanha — contou Hattie. — Tem uma vista incrível. Vou deixar champanhe na geladeira. Você não vai precisar nem sair da cama.

Erica não sabia se ria ou gritava.

— Você anda fazendo complô com Anna?

— Não exatamente, mas, assim como ela, aproveito cada final feliz.

Erica tinha visto Hattie voltar do encontro com Noah e suspeitava que o final feliz dela não estava tão distante assim.

— O champanhe é ótimo, mas, se eu vir uma pétala de rosa sequer, vou embora na hora. — Ela se virou para Anna. — A gente vem de carro de Manhattan. Parece que Jack costuma fazer o trajeto pra esquiar em Vermont. Podemos visitar você e Pete no caminho, se estiverem em casa... mas você tem que prometer que não vai interrogar ele.

— Não posso prometer isso — declarou Anna. — E a gente não vai estar em casa. Vamos viajar.

— No Natal? Vocês sempre ficam em casa no Natal.

— Não foi você que sugeriu mudarmos algumas tradições? Decidi que, em vez de passarmos o Natal em casa, vamos vir pra cá. Os gêmeos estão empolgados, e eu mais ainda, agora que sei que vou conhecer Jack gostosão.

A ideia de Erica de ter alguns dias tranquilos e discretos estava indo por água abaixo. Será que era boa ideia apresentar Jack às amigas em um momento tão delicado do relacionamento? Talvez não. Mas, por outro lado, se era mesmo um relacionamento, então precisava incluir as amigas também.

— Você vai me fazer passar vergonha?

— Vou tentar ao máximo não fazer isso, mas seria errado prometer. — Uma covinha apareceu no canto da boca de Anna. — Me desculpo desde já.

— Claudia está preparando um cardápio especial de almoço de Natal — comentou Hattie. — Posso colocar vocês em mesas separadas, a não ser que prefiram dividir.

Erica lançou um olhar para a amiga.

— Se Anna prometer se comportar, podemos dividir a mesa. Se Jack vai me conhecer de verdade, melhor já saber de tudo desde o começo. Inclusive meu gosto duvidoso para amizades.

— As crianças vão adorar — disse Anna. — Meg vai querer sentar ao seu lado, embora vá ser discreta e tentar bancar a descolada.

— Eu gostaria de sentar ao lado de Meg. — Erica olhou para Hattie. — Onde Delphi vai sentar?

— Eu costumo ficar disponível para os hóspedes — disse a anfitriã —, então Delphi em geral me acompanha. É tudo bem informal. A gente costuma jantar juntas à noite, quando as coisas estão mais calmas.

— Por que ela não senta com a gente? Assim você pode se concentrar no trabalho sem se preocupar. Delphi pode sentar do meu lado também. — Erica tentou soar casual, mas percebeu Anna boquiaberta. — O que foi? Estou contando com as lições dela para saber como me comportar no dia de Natal.

— Você está assumindo muito bem o papel de tia Erica. — Anna piscou para ela. — Eu vou sentar do lado do Jack gostosão, para poder conhecê-lo melhor.

— Nesse caso, tenho certeza de que nosso relacionamento acaba antes do fim do dia.

Era estranho falar de Jack como se fossem um casal, embora, se fosse honesta consigo mesma, eles já eram um casal havia um tempo. Só que Erica se recusara a admitir.

"Não tem outra pessoa, Erica."

— Então está decidido. — Hattie estendeu a mão para pegar a mala de Erica. — Tecnicamente, você ainda está aqui como hóspede, não como membro da família, então eu vou levar sua mala lá para baixo.

— Por favor. — Erica pegou a mala de volta. — Se quiser ajudar alguém, ajude Anna a carregar todos os suéteres novos dela.

Elas atravessaram o corredor e desceram as escadas, onde Delphi brincava com Rufus.

— Tia Erica! — A menina correu até Erica e a abraçou com força. — Eu odeio quando as pessoas vão embora.

Erica bagunçou o cabelo dela e sentiu um nó na garganta.

— Eu odeio ir embora. — Ela se agachou até ficar na altura dos olhos de Delphi. — Mas volto para o Natal.

Rufus encostou a pata no casaco creme dela, e Erica fez uma anotação mental para planejar um guarda-roupa mais adequado para conviver com cães.

Delphi continuou agarrada a ela.

— Você promete que vai voltar?

Erica não hesitou.

— Prometo.

— Você sabia que os dinossauros que comiam plantas tinham os olhos mais afastados?

Erica sorriu.

— Eu não sabia, mas vou estudar bastante os dinossauros antes de ver você de novo.

E ela mal podia esperar.

26

Hattie

— Desculpa a demora. "Só mais uma história" acabou virando umas dez e eu preciso aprender a ser mais firme. Eu sabia que era véspera de Natal e que não ia ser fácil, mas achei que ela nunca fosse dormir. — Hattie se jogou no sofá ao lado de Noah, que estava deitado confortavelmente. Seu coração deu um leve pulo. Ela o via o tempo todo, mas não daquele jeito. Largado na sala dela como se já fizesse parte da rotina. — O que você está lendo?

— O livro de dinossauros de Delphi. — Ele fechou o livro e o colocou de volta na mesa. — Sabia que o estegossauro tinha uma cabeça bem pequena em relação ao corpo?

— Sabia. Eu sei todos esses livros de cor. — Hattie recostou a cabeça no sofá. — Por favor, não me bombardeie com mais curiosidades sobre dinossauros. Às vezes eu sonho com eles.

Noah ergueu uma sobrancelha.

— Você sonha com dinossauros?

— Eles são uma parte importante da minha vida. Nada de balé ou bonecas por aqui.

— É mesmo? — Ele passou o braço ao redor dela e a puxou para mais perto. — Talvez esteja na hora de dar a você outra coisa com que sonhar. — A boca dele estava bem próxima à dela, e seu olhar foi o suficiente para fazê-la esquecer o assunto da conversa.

Sonhos. Eles estavam falando de sonhos.

— Eu adoraria sonhar com algo diferente. — Ela se sentia sem fôlego, feito uma adolescente. — Você tinha algo específico em mente?

Noah abriu um sorriso.

— Que tal tubarões?

Hattie começou a rir, mas então Noah cobriu a boca dela com a sua e a beijou, e ela retribuiu até o coração disparar e o estômago derreter. Envolveu-o com os braços, sentindo os músculos firmes dos ombros sob as mãos. O beijo dele era intenso e habilidoso, um prelúdio para algo mais profundo, mais íntimo, mas os dois sabiam que não aconteceria naquela noite.

Mesmo tomada pelo prazer, Hattie estava bem consciente de que Delphi dormia no quarto ao lado.

Ela se afastou com relutância.

— Delphi...

— Eu sei. — A voz dele estava rouca, e ele se afastou, fechando os olhos por um instante. — Me dá um segundo. Fale sobre alguma coisa nada sexy.

Nada sexy?

— Hã... sabia que o tiranossauro rex pesava cerca de sete mil quilos?

Noah abriu os olhos.

— Ele já tentou jejum intermitente?

Ela sorriu e se aninhou mais perto, olhando para o fogo.

— Eu costumava amar o Natal.

Ele fechou a mão sobre a dela.

— E agora?

— Este ano eu amo de novo. — Hattie se virou para poder encará-lo. — E é por sua causa. Mal posso acreditar que você está aqui, na minha sala, na véspera de Natal. É...

— É o quê?

— É tão bom. Como o Natal deveria ser. — Ela ergueu a mão e acariciou o rosto dele, a mandíbula áspera, o cabelo macio.

Noah pegou a mão dela e beijou a palma.

— Também sinto que o Natal está sendo como deveria ser.

— Delphi ficou tão empolgada por você estar aqui hoje. E você foi muito fofo com ela.

— Fofo? — Ainda segurando a mão dela, Noah fingiu uma careta. — Não me vejo como fofo. Me vejo como um sujeito durão capaz de fazer uma fogueira esfregando gravetos enquanto luta com um urso.

Ela arregalou os olhos.

— Você tem lutado com muitos ursos ultimamente?

— Uns dez por dia. Às vezes vinte.

— Ursos não deveriam estar dormindo nessa época do ano?

Noah deu de ombros.

— Eles se empolgam com o Natal, que nem a gente.

Harriet encostou a cabeça no ombro dele, sentindo-se satisfeita e relaxada pela primeira vez em muito tempo.

— Lembra quando Delphi chamava você do homem da árvore de Natal?

Os dedos dele apertaram os dela.

— Lembro. Eu adorava o título. Quem não gostaria de ser o homem da árvore de Natal?

Hattie fez uma pausa, como se estivesse prestes a viver um momento muito importante.

— Ela te ama, Noah.

— Eu também a amo. — Ele falou com naturalidade, sem hesitação, e então a puxou para mais perto. — E também amo você. Caso esteja se perguntando.

As palavras a deixaram sem fôlego.

— Noah...

— Eu não tenho segundas intenções. — Ele passou os dedos sob o queixo dela e ergueu seu rosto para que ela o encarasse. — Só estou dizendo a verdade, mais nada. E agora você vai me dizer que está preocupada com Delphi acabar magoada, mas sabe que eu nunca faria isso. Também nunca magoaria você, mas entendo que é complicado e que talvez ainda não esteja pronta.

Só queria que soubesse o que sinto, para que, se e quando estiver pronta, possa me dizer também.

— Eu também te amo — disse sem hesitar, porque era verdade.

Ela amava Noah. Sabia disso agora, assim como sabia que o relacionamento não seria fácil, que não podia simplesmente apagar seus sentimentos por Brent, que a culpa iria e viria. Hattie não achava que fosse se apaixonar por outro homem, mas aconteceu, e ela podia ignorar o sentimento ou aceitar como um presente e ser grata por ter encontrado a felicidade duas vezes na vida.

— E eu sei que nunca magoaria Delphi. Você tem sido nosso melhor amigo.

Sabia que nunca precisaria esconder seus sentimentos dele. Nunca precisaria fingir que estava bem se estivesse tendo um momento de tristeza, culpa ou dor. Noah nunca tentava dar soluções ou resolver os problemas como tantas outras pessoas faziam. Ele não diminuía a dor dela. Não dizia que tudo o que ela precisava era de tempo. Parecia aceitar que certas coisas na vida eram difíceis, e às vezes não havia atalhos, era preciso continuar seguindo em frente até encontrar uma saída, e tudo que a outra pessoa podia fazer era emprestar o ouvido e um ombro amigo.

— Ouvir isso é o melhor presente de Natal que eu poderia ter. Espero que, um dia, talvez haja um lugar para mim na sua pequena família.

Noah a beijou de novo, mas com mais calma dessa vez, e Hattie poderia ter ficado ali para sempre, com os lábios dele nos seus e aquelas palavras no coração.

— Você já faz parte da nossa família. — Mas a mãe dentro dela ainda tinha obrigações, e ela acabou se afastando. — Está tarde, e Delphi vai acordar antes do amanhecer. Você devia ir, mas não quero que vá embora. Não quero que a noite acabe. — Ela estava dividida entre os próprios desejos e sua responsabilidade como mãe.

— Nem eu. — Ele acariciou o cabelo dela, mantendo-a perto. — O que vai fazer amanhã?

— Vai ser como qualquer outro dia, só que com Papai Noel, presentes e uma criança hiperativa e empolgadíssima.

Ele levantou as sobrancelhas.

— Imagino que esteja se referindo a si própria?

— Claro. Delphi é a contida e madura da casa. — Era incrível como as conversas com Noah quase sempre a faziam sorrir. — Depois que eu abrir meus presentes com o máximo de entusiasmo, acho que vou tomar várias canecas de café bem forte para me preparar para servir o almoço de Natal para um salão cheio de hóspedes, incluindo minha irmã e Jack gostosão.

— Jack gostosão? Você acha ele gostoso?

— Por quê? Está com ciúmes? — Era a vez dela de provocá-lo.

— Não sei. Ele sabe lutar com ursos e derrubar árvores?

— Não faço ideia. Nunca o vi. Chloe estava na recepção quando eles fizeram o check-in e desde então não saíram do quarto.

— Então como você sabe que ele é gostoso?

— Não sei. Mas esse é o apelido que Anna deu para ele. Estou esperando para formar minha própria opinião. — E ela tinha certeza de que, qualquer que fosse a aparência do misterioso Jack, ele não seria tão gostoso quanto Noah.

— Então está decidido. Amanhã venho ajudar.

Ele se inclinou para beijá-la de novo, mas os dois ouviram um barulho atrás do sofá. Afastaram-se, cheios de culpa.

Toda atrapalhada, Hattie ajeitou o cabelo e se levantou depressa.

— Delphi! O que está fazendo? Era para você estar dormindo.

— Eu tentei, mas não consegui.

Delphi correu até ela com os braços abertos, e Hattie a pegou no colo, sentindo seu peso e calor, e seu coração se encheu de amor.

— Você precisa dormir.

— Não consigo porque não estou com sono. E, de qualquer forma, Noah está aqui, então o Natal começou.

— O Natal não começou e Noah já estava de saída — disse Hattie, e Noah, obediente, se levantou e pegou o casaco.

— Isso mesmo. Estava de saída.

Delphi balançou a cabeça.

— Ele não vai embora. Ele não pode ir embora.

— Como assim?

— Ele não vai embora porque vai estar aqui de manhã quando eu acordar, e isso deve acontecer bem cedo. — Delphi estava ofegante de empolgação. — Eu sabia que, se escrevesse para ele, ia acontecer.

— Se escrevesse para quem? — Hattie estava perdida. — Noah vem nos ver amanhã, mas não vai estar aqui quando você acordar. A menos que você durma até mais tarde.

E ambas sabiam que isso era improvável.

— Vai, sim. — Delphi estava convencida. — Porque foi isso que eu pedi pro Papai Noel.

— Você pediu isso pro Papai Noel? — Era esse o presente misterioso com o qual Hattie tinha se preocupado tanto? — O que você pediu a ele?

— Eu pedi pro Papai Noel pra Noah vir morar com a gente. E como os presentes dele chegam na manhã de Natal, eu achei que Noah apareceria durante a noite. E ele está aqui. — Ela apertou os olhos com força. — Não era para eu ver meus presentes antes de amanhã cedo.

— Nesse caso, é melhor eu colocar você na cama. Dê boa noite para o Noah.

— Boa noite, Noah.

— Boa noite, Delphi. Até amanhã de manhã.

Com os pensamentos acelerados, Hattie carregou Delphi de volta ao quarto e a acomodou na cama com seu dinossauro.

— Agora, fique com os olhos fechados e logo você vai dormir. Eu te amo.

Ela se abaixou e beijou a filha, depois saiu na ponta dos pés, deixando a porta entreaberta.

Noah ainda estava parado onde o deixara, no meio da sala com o casaco na mão.

— Pelo visto, você é o presente de Natal dela. — Hattie o observou, curiosa. — Você sabia disso?

— Não. Se soubesse, teria vindo embrulhado. Com uma fita ou duas. — Ele a puxou para junto de si. — Isso quer dizer que não preciso ir para casa? Se ela vai acordar por volta das cinco e meia, eu teria que estar de volta aqui às cinco. Já é quase meia-noite.

Hattie ainda estava tentando assimilar o fato de que sua filha queria que Noah morasse com elas.

— Por que ela não me disse nada?

— Deve ter achado que era entre ela e o Papai Noel. — Ele a envolveu com os braços. — Que tal chegarmos a um acordo? Hoje eu durmo aqui no sofá. Assim vou ser a primeira coisa que Delphi vai ver quando vier procurar os presentes de manhã. E depois disso? A gente vai vivendo um dia de cada vez.

— Não sei se vou conseguir dormir direito sabendo que você está logo do outro lado da parede.

— Nem eu. Mas prometo manter os olhos fechados para que o Papai Noel não perceba que estou acordado.

Hattie riu.

— Você é um herói, Noah.

— Gosto de pensar que sim.

Ela passou os braços em volta do pescoço dele e o beijou, aproveitando o momento. O presente. E ia continuar fazendo isso. Ia aproveitar cada dia, não só porque sabia que era o que Brent gostaria que ela fizesse, nem só porque queria ser um bom exemplo para a filha, mas por si mesma. Brent se fora, mas ela ainda estava ali. Ferida, marcada, mas ainda ali. Tinha Delphi, tinha a pousada e uma comunidade inteira pronta para oferecer apoio.

E tinha Noah.

Hattie sorriu e enterrou o rosto no pescoço dele.

Aquele era o melhor presente de todos.

Epílogo

Hattie

— Este foi o primeiro almoço de Natal da minha vida que eu não precisei preparar. E que almoço. — Lynda dobrou o guardanapo com cuidado. — O que achou, Roy? Não foi a melhor refeição que você já comeu?

— Você espera mesmo que eu responda a essa pergunta? Acha que não aprendi nada depois de tantos anos de casamento? Se eu disser que foi a melhor refeição, é uma ofensa a você; se disser que não foi, é uma ofensa a Hattie e Claudia. Então vou apenas dizer que foi um excelente almoço. — Roy sorriu para Hattie e olhou ao redor do salão. — E não sou o único. Todos os seus hóspedes parecem felizes.

— Que bom. — Hattie estava entre a cozinha e o salão, verificando se todos tinham o que precisavam. Tinha quase certeza de que seu rosto estava da mesma cor do traje do Papai Noel. — Desculpe por não estar dando tanta atenção a vocês.

— Você não está deixando de dar atenção a ninguém. Está fazendo seu trabalho, e muito bem. — Lynda tomou um gole de vinho. — Eu estava conversando com sua irmã. Uma mulher admirável.

Hattie olhou para Erica, do outro lado da mesa, que ria de algo que Jack dissera. Ele tinha um conhecimento enciclopédico sobre dinossauros, o que o tornara um sucesso imediato com Delphi. Jack, Noah e Erica haviam entretido a menina durante o almoço, e assim Hattie pôde cuidar dos hóspedes.

Não tinha se passado muito tempo desde que Erica e Anna haviam deixado a pousada após a semana do clube do livro, mas Erica ligava para Hattie todos os dias.

Ela sabia que as ligações se tornariam menos frequentes depois do Natal, quando Erica voltasse a viajar a trabalho, mas apreciava cada conversa e estava gostando de conhecer mais a irmã. Haviam passado da fase constrangedora de trocar fatos sobre a vida delas — para Hattie, aquele início parecia o começo de um programa de TV em que faziam um resumo dos episódios anteriores —, e o relacionamento entre elas estava se tornando mais confortável e natural. Erica confessara que a relação com Jack estava ficando séria rápido demais, o que a deixava apavorada, e Hattie, por sua vez, revelara seus verdadeiros sentimentos por Noah. Também estava nervosa, mas, se a vida lhe ensinara algo, era que quem evita riscos também evita a felicidade, e estava decidida a não agir assim. Proteger-se emocionalmente significava deixar de viver muita coisa. Para Hattie, o amor valia o risco e, pelo visto, Erica começava a pensar assim também.

Através das grandes janelas do salão de jantar, Hattie viu Noah se abaixar para pegar Delphi na neve, onde a menina tinha caído. Ele lhe dera um novo trenó de presente de Natal, mas Hattie sabia que o que Delphi queria de verdade era ter Noah em sua vida, e parecia que já tinha isso.

E, de repente, Hattie desejou poder estar lá fora na neve, brincando com a própria família. Porque Noah *era* sua família, sabia disso, assim como Erica, e pensou em como a vida às vezes podia parecer tão sombria a ponto de não dar para saber como continuar em frente, e aí, de alguma forma, ela trazia algo mágico que causava uma enorme gratidão. Sabia que em alguns dias ficaria triste e sentiria saudade de Brent, mas também haveria dias em que estaria tão feliz quanto naquele momento. E aceitaria ambos. A vida era assim, como diriam as irmãs Bishop.

As duas estavam sentadas em sua mesa de sempre, junto à janela, vendo com benevolência Delphi brincar na neve com Rufus e Noah. Haviam chegado com presentes e tinham reservado uma semana na primavera e outra no verão.

— Este lugar é nossa segunda casa, querida — dissera Ellen quando Hattie as levou até seu quarto favorito, decorado com esmero por Chloe, que mostrara um talento notável para oferecer o que cada hóspede precisava.

Ela sentiu alguém tocar seu braço e se virou para ver Lynda sorrindo.

— Pegue o casaco e vá lá. Divirta-se. Você merece. Podemos chamá-la se for preciso.

Hattie estava prestes a dizer que não podia sair, mas Delphi encostou o rosto no vidro pelo lado de fora e acenou para a mãe, fazendo gestos para que ela se juntasse a eles.

Hattie acenou de volta. Haviam acordado cedo e aberto os presentes sob a árvore, e Noah preparara o café da manhã e café bem forte, muito necessário depois de uma noite em que dormir não foi prioridade.

— Vai lá. — Lynda lhe deu um empurrão gentil. — Aproveite esse tempo com eles. Você trabalhou tanto a manhã toda, agora é hora de curtir o seu próprio Natal.

— Eu realmente não deveria...

— Você realmente deveria. — Erica se juntou a Lynda. — A gente cuida das coisas por aqui. Vai brincar na neve.

— Vai lá.

Anna se juntou ao coro. Usava um suéter novo, aparentemente tricotado pela filha, que naquele momento trocava provocações animadas com o irmão.

Dava para ver que aquela era uma família unida pela forma como todos se comunicavam, e o amor entre Anna e Pete era evidente. Ela tinha levado as meias de Natal das crianças, e Chloe a ajudara a recheá-las com presentes à meia-noite. Era uma maneira de incorporar as tradições antigas às novas.

Mudanças são inevitáveis, e é melhor abraçá-las do que resistir, pensou Hattie. Melhor enxergar o futuro como uma oportunidade do que como uma ameaça.

— Aliás, sua nova chef não só é um gênio na cozinha como também adora ler — disse Lynda. — Já a convidei para o nosso clube do livro. Nossa próxima reunião será em janeiro. Vamos fazer aqui mesmo, na biblioteca, já que deu tão certo. Espero que tudo bem por você. Nós gostaríamos que você participasse.

— Por mim, está ótimo. — Ela começou a imaginar como expandir essa ideia e receber pequenos grupos de leitores para se hospedarem na pousada. — E eu adoraria participar.

— Claudia me contou que vocês criaram um menu especial para o clube do livro. Você devia trocar o nome da pousada para Hotel do Clube do Livro.

Hattie sorriu.

— Não é má ideia.

Havia tanta coisa que ela podia fazer, e as possibilidades infinitas agora eram mais empolgantes do que assustadoras. Talvez fosse porque ela não se sentia mais sozinha. Tinha Claudia e Chloe, tinha Erica e Lynda. Acima de tudo, tinha Noah.

Seu olhar encontrou o dele através do vidro, e Hattie viu algo em seus olhos que a fez perder o fôlego.

Sem esperar que a incentivassem outra vez, deixou o salão de jantar, fechando a porta, indo para longe das risadas e das comemorações. Pegou o casaco e saiu para a paisagem de inverno, apreciando o céu azul e o brilho gelado da neve fresca nos poucos segundos antes de Delphi notá-la. A menina correu o mais rápido que pôde, seus movimentos lentos por causa das roupas pesadas. Hattie a pegou no colo e a apertou com força, e então Noah chegou e abraçou as duas.

Hattie fechou os olhos por um instante, inspirando o cheiro dele e sentindo o cabelo da filha fazer cócegas em sua bochecha.

A menina e o homem. Seu presente e seu futuro.

Agradecimentos

Publicar um livro é um trabalho em equipe, e tenho muitos agradecimentos a fazer. Sou grata às minhas editoras, CSP, nos Estados Unidos, e HQ, no Reino Unido, por sua dedicação e criatividade. Tenho a sorte de contar com um apoio que vai além do livro e é também para mim, como autora. Não poderia pedir uma editora melhor.

Obrigada à minha editora brilhante, Flo Nicoll, que melhora cada um de meus livros, sempre com um entusiasmo generoso.

Sou grata à minha maravilhosa agente, Susan Ginsburg, a Catherine Bradshaw e a toda a equipe da Writes House.

A todos os livreiros, bibliotecários, blogueiros, resenhistas: obrigada por apoiarem meus livros. E aos meus leitores, muitos dos quais acompanham meu trabalho desde o começo, obrigada por continuarem lendo minhas histórias e pelas palavras de incentivo. Adoro receber suas mensagens.

Por fim, agradeço a meus amigos e familiares pelo apoio constante. Vocês são os melhores.

Este livro foi impresso pela Vozes, em 2025,
para a HarperCollins Brasil.
O papel do miolo é Avena 70g/m²
e o da capa é Cartão 250g/m².